A VIDA ENTRE MARIONETES

A VIDA ENTRE MARIONETES

TJ KLUNE

Tradução
Rita Süssekind

MORROBRANCO
EDITORA

A VIDA ENTRE MARIONETES

MORRO BRANCO é uma editora do Grupo Editorial Alta Books (Starlin Alta Editora e Consultoria Ltda.)

ISBN: 978-65-6099-027-2

Translated from original In the Lives of Puppets Copyright © 2023 TJ Klune. ISBN 9781250217448. Published by Tor Publishing Group. PORTUGUESE language edition published by Morro Branco, Copyright © 2025 by STARLIN ALTA EDITORA E CONSULTORIA LTDA.

Impresso no Brasil — 1ª Edição, 2025 — Edição revisada conforme o Acordo Ortográfico da Língua Portuguesa de 2009.

Dados Internacionais de Catalogação na Publicação (CIP)
(BENITEZ Catalogação Ass. Editorial, MS, Brasil)

K74v
1.ed. Klune, TJ
A vida entre marionetes / TJ Klune ; tradução Rita Süssekind. - 1.ed. - Rio de Janeiro : Morro Branco, 2025.
480 p.; 14 x 21 cm.

Título original: In the lives of puppets.
ISBN 978-65-6099-027-2

1. Ficção científica norte-americano. I. Süssekind, Rita. II. Título.

08-2024/203 CDD 813.0876

Índice para catálogo sistemático:
1. Ficção científica : Literatura norte-americana 813.0876
Aline Graziele Benitez - Bibliotecária - CRB-1/3129

Produção Editorial: Grupo Editorial Alta Books
Diretor Editorial: Anderson Vieira
Vendas Governamentais: Cristiane Mutüs
Gerência Comercial: Claudio Lima

Coordenadora Editorial: Illysabelle Trajano
Produtor Editorial: Marlon Souza
Tradução: Rita Süssekind
Copidesque: Marina Constantino
Revisão: Renata Vettorazzi
Diagramação: Natalia Curupana
Capa: Red Nose Studio

ALTA BOOKS
GRUPO EDITORIAL

Rua Viúva Cláudio, 291 — Bairro Industrial do Jacaré
CEP: 20.970-031 — Rio de Janeiro (RJ)
Tels.: (21) 3278-8069 / 3278-8419
www.altabooks.com.br — altabooks@altabooks.com.br
Ouvidoria: ouvidoria@altabooks.com.br

Editora **afiliada à:**
ABDR
ASSOCIADO CBL Câmara Brasileira do Livro

PARA A HUMANIDADE:

Você é meio merda, mas inventou os livros e a música,
então o universo provavelmente vai mantê-la
por mais um tempinho.
Deu sorte.
Desta vez.

Numa antiga e solitária floresta, distante de quase tudo, existia uma curiosa habitação.

Na base de um bosque com árvores enormes, havia uma pequena construção quadrada feita de tijolos, tomada por hera e musgo. Ninguém era capaz de adivinhar a quem pertencia, mas, pela aparência, sugeria estar abandonada havia muito tempo. Até que um homem chamado Giovanni Lawson (que, na verdade, não era homem coisa nenhuma) a encontrou enquanto atravessava a floresta, e a construção passou a ter certo propósito.

Ficou diante da estranha descoberta, ouvindo o canto dos pássaros nos galhos altos.

— O que é isto? — perguntou. — De onde você surgiu?

Ele entrou, cruzando com cautela a porta pendurada pelas dobradiças. As janelas estavam estilhaçadas. Grama e ervas daninhas cresciam através do piso deformado de madeira. Parte do telhado havia cedido, e o sol brilhava através de um monte de folhas que quase alcançava o teto. No topo do monte brotara uma flor dourada que se esticava através das vigas em direção ao sol.

— É perfeita — falou em voz alta, embora estivesse sozinho. — Sim, vai servir muito bem. Que estranho. Que maravilhoso.

Giovanni voltou cedinho na manhã seguinte, com as mangas arregaçadas até os antebraços. Derrubou as paredes internas daquela construção solitária para criar uma sala única e grande, carregando gesso e madeira para fora, pedacinho por pedacinho, e empilhando-os no chão da floresta. Quando terminou, seu rosto e seus cabelos estavam cobertos de poeira, e suas juntas chiavam, mas estava feliz. O trabalho árduo era recompensador.

— Pronto — disse aos pássaros nas árvores ao limpar o rosto. — Bem melhor. Um primeiro passo em direção a um recomeço.

A pequena construção logo passou a abrigar uma variedade de coisas: chapas de metal e metros de fios e cordas, baterias de todas as formas e tamanhos, placas de circuito e microchips em potes de vidro. Outros potes continham centenas de sementes de diversos formatos, tamanhos e cores. Havia velhas caixinhas de música que entoavam canções tristes e vitrolas silenciosas sem nenhum disco. Televisores, tanto grandes quanto pequenos, com telas escuras. E livros! Vários livros contemplando diversos temas, desde botânica até caça a baleias, de animais silvestres a complexos diagramas de reatores nucleares. Eles ocupavam prateleiras do chão ao teto, que Giovanni construiu com os restos do que havia demolido. Só quando colocou o último livro na última prateleira, percebeu que ele próprio não tinha onde ficar. O recinto estava cheio demais.

Não seria muito complicado expandir a habitação, acrescentando um ou dois cômodos. Mas Giovanni Lawson não costumava escolher o caminho mais fácil. Enxergava o mundo em formas e designs complexos e, quando olhou para o alto, para as árvores ao redor, soube o que faria.

Não iria construir para os lados.

Iria construir para *cima*.

Demorou, como sempre acontece nessas situações. Muitos anos se passaram. Precisava ser perfeito. Era seguro entre as árvores, longe das luzes fortes e ofuscantes e da cacofonia da cidade que deixara para trás.

Nos galhos das árvores acima da casa, ergueu uma pequena construção nova ao redor do tronco sólido do abeto mais alto, o verdadeiro rei da floresta. A partir dali, construiu diversos outros cômodos nas árvores, todos conectados por pontes de corda — um laboratório e um solário, o telhado feito de vidro fumê arranhado, o piso de placas brilhantes de carvalho, sem paredes. No futuro, o solário se tornaria algo diferente.

A floresta era vasta e selvagem. Duvidava que alguém fosse capaz de encontrá-lo ali.

Nos dias de sol, um rebanho de cervos pastava na grama abaixo dele, e os pássaros cantavam acima. Giovanni cantarolava, acompanhando a canção. Estava em paz.

Em paz até o dia em que seu peito começou a doer.

— Nossa — disse. — Que sensação interessante. Está ardendo.

Fez cálculos no laboratório. Digitou no teclado, o *claque claque claque* ecoando ao redor.

— Entendo — assentiu Giovanni, no 52º dia após sentir a dor no peito pela primeira vez. Encarou a tela, verificando os números. Era solidão, pura e simples. Números não mentem jamais.

Mais três anos se passaram. Três anos em que a dor no peito só se intensificou. Três anos de percepção silenciosa, de vontade de ouvir uma voz que não a sua. Observou pela janela do laboratório e viu que estava nevando, quando até a véspera, a floresta vivia o auge do verão.

Certo dia, que começou como qualquer outro, duas pessoas irromperam das árvores com os olhos arregalados de pavor e a pele escorregadia de suor. Um homem e uma mulher. Ela agarrava um pacotinho de trapos contra o peito.

Giovanni se assustou.

— Ajude-nos! — gritou a mulher. — Por favor, você tem de pegá-lo. Pegue-o e esconda-o. Não é seguro.

E então ela estendeu o pacotinho de trapos.

Só que não eram apenas trapos.

Embrulhada com firmeza ali dentro, havia uma criança.

Um menino que piscara lentamente para Giovanni antes de fazer uma careta e chorar.

— O que aconteceu? — perguntou, olhando alarmado para a mulher. — Venham, venham. Vou mantê-los em segurança. Todos vocês.

Mas a mulher balançou a cabeça.

— Eles vão nos encontrar. — Lágrimas corriam por suas bochechas quando ela deu um passo à frente, beijando a testa do bebê. — Eu te amo. Voltarei assim que puder.

O homem falou:

— Depressa. Estão vindo.

A mulher riu amargamente.

— Eu sei, eu sei. No fim das contas, eles sempre vêm.

O homem a pegou pela mão e a puxou para longe, longe, longe.

— Esperem! — Giovanni gritou para o casal. — O nome dele!

Mas já tinham ido.

Nunca mais viu outra pessoa. Ninguém jamais apareceu à procura do homem e da mulher. Ou da criança. E ele nunca mais viu o casal.

Mais tarde, bem mais tarde, quando o menino estivesse crescido, Giovanni contaria que a mulher, sua mãe, não queria deixá-lo.

— Ela vai voltar — diria à criança. — Um dia, quando estiver tudo bem, ela vai voltar.

Até aquele momento, havia desejado uma criança, e agora tinha uma. Ah, que sorte! Que maravilha!

Giovanni levou um bom tempo para decidir como nomear o bebê. Foi quando as folhas estavam mudando de verde para vermelho e dourado, que encontrou a designação perfeita.

— Victor — disse ao filho. — Seu nome será Victor. Victor Lawson. Que tal?

A solidão que sentira — imensa e profunda — afastou-se como se jamais tivesse existido.

Giovanni se preocupou quando Victor cresceu, cresceu e cresceu, mas ainda não falava. Sabia que o menino o ouvia quando falava, conseguia ver que ele entendia.

— Tem algum defeito na sua programação? — perguntou ao menino quando a criança tinha quatro anos. — Cometi algum erro?

Victor não respondeu. Em vez disso, ergueu os braços, abrindo e fechando as mãos, os dedinhos batendo nas palmas.

Giovanni fez o que lhe foi pedido. Ergueu Victor, abraçando-o gentilmente contra o peito. A criança emitiu um pequeno ruído que ele interpretou como alegria, seu rostinho pressionando o peito do homem.

— Não — disse Giovanni. — Você é exatamente como deve ser. Eu não deveria ter questionado isso. Se existisse perfeição no mundo, seria você. — Seu peito doeu mais uma vez, mas por um motivo totalmente diferente. Ele não precisava calcular o que sentia agora. Sabia o que era.

Era amor.

E, apesar de desejar mais que tudo que Victor falasse com ele, deixou para lá. Se tivesse de ser, seria.

Mais dois anos se passaram até que Victor dissesse algo pela primeira vez.

Estavam no laboratório. Victor, sentado no chão. Ao seu redor havia pequenas hastes metálicas. Giovanni precisou de um instante para reconhecer o formato em que o menino as montara. Dois bonecos de palitinho, um grande e outro pequeno, de mãos dadas. Soltou um grunhido e esticou o braço para brincar com as pernas deles.

Então o garoto — Victor Lawson, filho de Giovanni Lawson — disse:

— Você. — Apontou para o boneco maior. — Eu. — O menor. Sua voz era baixa, áspera pela falta de uso. Mas estava ali.

— Sim — Giovanni respondeu baixinho. — Eu e você. Sempre.

PARTE 1

A Floresta

"Consciência é aquela voz interior que
as pessoas não escutam."

— Carlo Collodi, *As aventuras de Pinóquio*

CAPÍTULO 1

Um pequeno aspirador robô gritava ao girar em círculos concêntricos, os braços esguios com pontas de pinças acenando desgovernados.

— Ai, deus, ai, deus, nós vamos *morrer*. Eu vou deixar de *existir*, e não restará nada além de escuridão!

Um robô muito maior estava parado perto do aspirador, observando-o ter um ataque de nervos pela milionésima vez. Esse outro não tinha braços, pernas ou pés. Em vez disso, a antiga robô Enfermeira Clínica Modelo Seis-Dez-JQN Série Alfa era um longo retângulo de metal, com um metro e cinquenta de altura e sessenta centímetros de largura, e seus velhos pneus carecas tinham sido substituídos por metais endentados, não muito diferente dos de um tanque. Quando abertas, duas portinhas de metal, uma de cada lado da base, revelavam doze tentáculos metálicos que terminavam em diversos instrumentos médicos caso surgisse a necessidade de uma operação. Um monitor iluminado dianteiro apresentava um rosto verde pouco amigável. A Enfermeira Registrada Autômato Tencionado a Cuidar Habilmente, Educar e Diagnosticar (Enfermeira Ratched, de forma abreviada) não se parecia comovida com o aspirador. Com uma voz enfadonha e mecânica, falou:

— Se você morresse, eu brincaria com o seu cadáver. Poderia aprender muito. Eu o perfuraria até não sobrar nada.

Isso — tal como a Enfermeira Ratched sem sombra de dúvida planejara — afetou o aspirador mais uma vez.

— Ah, não — choramingou. — Ah não, não, não, não aceito isto. Victor! *Victor*. Volte antes que eu morra e a Enfermeira Ratched comece a brincar com o meu cadáver! Ela vai me perfurar! Você *sabe* o que sinto em relação a perfurações.

Acima deles, no Jardim das Sucatas, à meia altura de uma pilha de metais descartados com pelo menos seis metros, veio o som abafado de uma risada.

— Não vou permitir que ela faça isso, Rambo — disse Victor Lawson. Olhou para os dois, com um arnês ao redor da cintura, pendurado à pilha de sucata por meio de um sistema de roldanas que havia construído. Não era nem um pouco seguro, mas Vic fazia isso havia anos e nunca tinha caído. Bem, só uma vez, mas quanto menos se comentasse a respeito, melhor. O grito que soltou por conta da úmida fratura exposta no braço foi mais alto do que todo e qualquer som que já produzira na vida. Seu pai não gostou nada daquilo e lhe disse que um garoto de doze anos não tinha motivos para estar no Jardim das Sucatas. Victor prometeu não voltar. Na semana seguinte, estava lá outra vez. E agora, aos 21, conhecia o Jardim das Sucatas tão bem como a palma da própria mão.

Rambo não parecia acreditar nele. Ganiu, com as pinças abrindo e fechando, o corpo circular tremendo conforme os pneus parrudos passavam por cima de pedaços de metal que caíam do monte de sucata. No topo do robô, em marcas desbotadas que nunca foram nítidas, havia a letra *R* e um círculo que podia ser um *O* ou um *a* minúsculo, seguido evidentemente por um *M* (possivelmente) e um *B*, antes de um último *O* ou *a*. Vic encontrara a maquininha havia anos, e nela trabalhou, com metal e carinho, até que voltasse à vida, exigindo permissão para limpar — o robô *precisava* limpar porque, se não o fizesse, não tinha propósito, não tinha *nada*. Vic levou um bom tempo para acalmá-lo, mexendo nos circuitos até o aspirador suspirar aliviado. Foi um conserto provisório. Rambo se preocupava com quase tudo, como a sujeira no chão, a sujeira na mão de Vic e qualquer possibilidade de morte.

Uma vez, a Enfermeira Ratched, o primeiro robô de Vic, perguntou se podia matar o aspirador.

Vic respondeu que não.

Ela perguntou por quê.

Ele explicou que matar novos amigos não é algo que se faz.

— Eu mataria — afirmou a robô, com aquela voz enfadonha. — Eu o mataria com facilidade. A eutanásia não precisa ser dolorosa. Mas pode ser se quiser. — E seguiu em seu trajeto contínuo em direção ao aspirador, com a broca estendida.

Rambo gritou.

Cinco anos depois, pouco havia mudado. Rambo seguia ansioso. A Enfermeira Ratched ainda ameaçava brincar com o cadáver dele. Vic já estava acostumado.

Ele cerrou os olhos para o topo da pilha de metal, com o cabelo na altura dos ombros preso por uma alça de couro. Testou a firmeza da corda. Não era pesado, mas tinha que ser cuidadoso, a voz do pai, ainda que excessivamente preocupado, permanecia uma constante em sua mente. Afinal de contas, era muito magro, e o pai vivia no seu pé para que comesse mais: *Você é muito magrelo, Victor, coloque mais comida na boca e mastigue, mastigue, mastigue.*

O came magnético parecia firme no topo da pilha. Victor esfregou a testa com as costas da mão enluvada para impedir que o suor escorresse nos olhos. O verão estava no fim, mas ainda provocava ondas de calor.

— Muito bem — murmurou para si mesmo. — Só um pouquinho mais alto. É agora. Você precisa da peça. — Olhou para baixo a fim de testar o ponto de apoio do pé.

— Se cair e vir a morrer, farei uma autópsia — disse-lhe a Enfermeira Ratched. — O relatório final ficará disponível depois de três a cinco dias úteis, em caso de desmembramento ou não. Mas, por cortesia, posso informar que sua morte provavelmente será causada por trauma decorrente de impacto.

— Ah, não — murmurou Rambo, seus sensores piscando vermelho. — Vic. *Vic.* Não se desmembre. Você sabe que não consigo limpar sangue muito bem. Entra nos meus circuitos e suja tudo!

— Ativando o Protocolo de Empatia — afirmou a Enfermeira Ratched, trocando a imagem no monitor para uma expressão sorridente, olhos e boca pretos e o restante da tela em amarelo. A portinha do lado inferior direito deslizou para cima e um dos tentáculos da robô se estendeu, afagando o revestimento de Rambo. — Pronto, pronto. Está tudo bem. Eu limpo o sangue e quaisquer outros fluidos que saiam do corpo fraco e frágil dele. Provavelmente também vai evacuar o intestino.

— Vai? — sussurrou Rambo.

— Sim. O esfíncter humano é um músculo que, com a morte, relaxa, permitindo que os dejetos deixem o corpo de forma espetacular, ainda mais se houver trauma de impacto.

Vic balançou a cabeça. Aqueles eram seus melhores amigos. Não sabia o que isso dizia a seu respeito. Nada de bom, provavelmente. Mas os dois eram como ele, de certa forma, embora fosse de carne e osso, e eles, de fios e metal. Independentemente da composição, Victor preferia pensar que todos tinham um parafuso a menos.

Ele levantou os olhos outra vez. Perto do topo dava para ver o que parecia um PCB multicamada em boas condições. Placas de circuito eram um achado raro naqueles dias, mas, apesar de ter ficado tentado a puxá-la quando a viu algumas semanas antes, não se atreveu. Essa pilha de sucatas em particular era uma das mais perigosas e já oscilava conforme subia. Levaria o tempo que fosse necessário, lidando com a sucata ao redor da placa, até que ela caísse no chão. O trabalho exigia paciência. A alternativa era a morte.

— Vic! — gritou Rambo. — Não vá. Eu te amo. Você vai me deixar órfão!

— Não vou morrer. — Respirou fundo antes de escalar lentamente pela corda, apertando e prendendo o mosquetão a cada estágio. Os músculos finos de seus braços ardiam pelo esforço.

Quanto mais subia, mais a pilha oscilava. Pedacinhos de metal brilhavam ao sol conforme caíam ao seu redor, aterrissando com estalidos no chão. Rambo estava delirantemente distraído do pânico agora que tinha algo para limpar. Vic olhou para baixo e o viu pegando os pedaços de sucata e colocando-os na base da pilha. Ele apitava satisfeito, como se cantarolasse.

— Sua existência é inútil — afirmou-lhe a Enfermeira Ratched.

— Não faço ideia do que está falando — respondeu feliz, conforme seus sensores piscavam em azul e verde. Deixou cair outro pedaço de metal na base antes de celebrar e girar.

Foi perto do topo da pilha de metal que Vic pausou para descansar, virando a cabeça para olhar além do Jardim das Sucatas. O bosque se esticava até onde a vista conseguia alcançar. Levou um instante para encontrar as árvores que guardavam sua casa, o abeto principal se erguendo acima dos demais.

Jogou as costas para trás o máximo que ousava para espiar pelo lado da pilha. Ao longe, fumaça subia de um monte no alto de uma enorme máquina madeireira. Tinha pelo menos doze metros de altura, e o guindaste se movia habilmente entre pilhas de metal e escombros, conforme elevava e derrubava ainda mais sucata em um ciclo infinito. Gravou o local em sua cabeça, imaginando se haveria algo de novo que pudesse ser útil.

Os outros Velhos estavam distantes.

Ele estava seguro.

Fitou novamente a placa.

— Estou chegando — avisou.

Levou mais dez minutos até a placa estar ao seu alcance. Parando a fim de garantir que havia onde pisar, permitiu-se um instante para desanuviar a mente. Não olhou para baixo; não tinha medo de altura, não de verdade, mas era mais fácil se concentrar na tarefa em mãos. Assim sentia menos vertigem.

Jogando o peso no arnês, sacudiu os braços e as mãos.

— Certo — murmurou. — Eu consigo. — Esticando-se em direção à placa, Vic cerrou os dentes ao agarrar a ponta com cuidado. Deu um puxão, torcendo para que algo tivesse acontecido desde sua última visita e permitisse que ela se soltasse com facilidade.

Nada aconteceu.

Ele cavou em volta, puxando uma estrutura de metal que deveria ter sido parte de uma torradeira no passado. Conferiu se havia algo aproveitável. O interior parecia enferrujado, sem qualquer chance de salvação. Não servia. Gritou em alerta antes de deixá-la cair. O metal estatelou-se no chão abaixo.

— Você não acertou Rambo — disse a Enfermeira Ratched. — Na próxima vez, esforce-se mais.

Vic se assustou quando a placa se mexeu na próxima tentativa de agarrá-la, arregalando os olhos. Ele puxou. Ela mexeu um pouco. Puxou mais forte, com cuidado para não danificar a peça. Parecia intacta. O pai ficaria feliz. Bem, ficaria irritado se descobrisse como Vic a obteve, mas o que os olhos não veem o coração não sente.

Puxou a placa de circuito como se fosse um dente mole, para a frente e para trás, para a frente e para trás. Estava prestes a largar e trabalhar mais os arredores quando ela se soltou.

— Isso — afirmou. — *Isso.* — Acenou com a placa para os outros. — Consegui!

— A minha alegria desconhece limites — disse a Enfermeira Ratched. — Iupi. — Sua tela mudou para confetes caindo ao redor da mensagem PARABÉNS, É UMA MENINA.

— Vic? — falou Rambo, soando nervoso.

— Não acredito — disse Vic. — Já fazia semanas.

— Vic — chamou Rambo novamente, elevando a voz.

— Não parece danificada — analisou, virando-a nas mãos. — Vai…

— *Vic!*

Ele olhou para baixo, irritado, mas tentando se controlar.

— O quê?

— Corra! — gritou.

Uma buzina rugiu, profunda e furiosamente. Ecoou pelo Jardim das Sucatas, e o barulho fez com que a pilha de metal vibrasse e balançasse.

Conhecia aquele som.

Vic se encolheu o máximo que pôde.

Um Velho rolou na direção deles, com as sirenes retumbando, balançando o guindaste de um lado para o outro. Bateu em outro monte de sucatas, metal raspando em metal, e uma chuva de faíscas caiu. Não reduziu a velocidade. Não parou.

— INTRUSO — berrou. — INTRUSO. INTRUSO. INTRUSO.

Vic sentiu o sangue se esvair do rosto enquanto sussurrava:

— Ai, não.

Enfiou a placa de circuito na bolsa ao mesmo tempo que apertava o mosquetão com a mão livre. Desceu um metro e meio em um segundo, sacudindo dolorosamente quando o mosquetão atingiu um nó espesso no meio da corda. Tentou se chacoalhar, mas não conseguiu se mover mais.

— Sugiro que desça — disse a Enfermeira Ratched ao pegar Rambo, e pedrinhas escapavam de suas esteiras conforme ela se afastava, desviando dos detritos que choviam ao redor deles. Rambo ganiu, e seus sensores brilharam em vermelho de pânico.

— Estou *tentando*! — gritou para eles, ainda ajudando o mosquetão a passar pelo nó.

Em vão. Não cedia.

A buzina do Velho explodiu outra vez. Vic rosnou quando uma coisa pesada o atingiu no ombro, fazendo-o girar sem controle. Ele perdeu o fôlego ao atingir com violência a pilha de lixo, o som de metal sendo esmagado pelos pneus gigantes do Velho cada vez mais próximo.

Recuperando o equilíbrio, Vic logo olhou para o alto, já lamentando a perda dos cames. Eram difíceis de arrumar, mas agora não podia fazer nada a respeito.

O Velho apareceu ao lado da pilha piscando as luzes. O guindaste se lançou contra o monte. Um grito metálico soou quando o guincho bateu acima dele, fazendo a pilha estremecer. Com um estalo, as cordas se romperam do arnês, arrastando-o para cima e, em seguida, derrubando-o conforme a torre se inclinava para a direita. À sua frente, uma enorme placa de metal que dizia ELEITO O MELHOR FOOD TRUCK se moveu.

Sem nem pensar, esticou-se para alcançá-la.

O guindaste balançou para trás, ganhando impulso.

No instante que antecedeu o impacto, Vic puxou a prancha de metal com um grunhido forte. O guincho bateu com violência, fazendo com que escombros chovessem ao redor dele e a pilha se inclinasse precariamente para a esquerda. Ele caiu, e a corda o envolveu na queda. Rodopiou no ar, deslizando o metal para baixo do corpo, deitando-se sobre ele. Faíscas quentes voaram em sua direção, obrigando-o a esconder o rosto nos braços. Achou que tivesse gritado, mas não conseguiu ouvir a si mesmo sobre o rugido violento do Velho e da torre em colisão.

Estava a dois metros do chão quando a prancha metálica atingiu um vergalhão exposto e o arremessou pelo ar. Vic caiu no chão com força, encolhendo os braços e pernas ao rolar. Teve um breve instante de gratidão pela neurose de Rambo quanto a limpar os escombros dali. Caso contrário, poderia ter sido empalado por algo que ele mesmo jogara no chão.

Vic aterrissou de costas, piscando para o céu. Tinha que sair dali. Sem demora, levantou-se a tempo de ver o monte colapsar. Correu arfando conforme o Velho zunia furioso logo atrás.

Sabendo que os Velhos não podiam — ou não queriam — deixar a área do Jardim das Sucatas, a Enfermeira Ratched e Rambo esperaram por ele na beira, o aspirador em cima dela acenando vigorosamente com os bracinhos. A tela da Enfermeira Ratched exibia uma linha de pontos de exclamação.

— Viram só? — falou quando deixaram o Velho para trás. — Nada demais.

— Sim — respondeu a Enfermeira Ratched. — Absolutamente nada demais. Eu ficaria impressionada, não fosse o fato de que não me impressiono com idiotices. Do contrário, flertaria com você.

Ele havia aprendido sobre flertes com os filmes do pai. Pessoas sorrindo e ruborizando quando se viam, fazendo coisas que normalmente não fariam, tudo em nome do amor. Nunca tivera alguém com quem flertar. Parecia muito complicado.

— Não sabia que era capaz disso.

— Sou capaz de muitas coisas — afirmou ela, e os pontos de exclamação desapareceram, dando lugar a um rosto com um sorriso engraçado, de olhos arregalados e cílios longos. — Oi, garotão. Você deveria colocar o dedo na minha tomada. — A tela ficou preta. — Isso foi flertar. Existe uma diferença.

Vic fez uma careta enquanto Rambo o circulava abanando os braços.

— Não fazem isso nos filmes.

— Pelo menos não naqueles aos quais você assistiu. Deu certo? Você ficou excitado? — A pequena lente acima da tela ganhou vida, piscando uma luz azul que o escaneou de cima a baixo. — Não parece excitado. Seu pênis não apresenta nenhum sinal da elevação de fluxo sanguíneo que possibilita relações sexuais recreativas.

— Não tenho pênis — resmungou Rambo. Em algum lugar dentro de si, os mecanismos mexeram e uma pequena abertura surgiu na sua base. Ele grunhiu e um caninho apareceu, derramando gotas do que parecia óleo. — Agora tenho. Viva os pênis!

— Quer guardar isso? — pediu Vic. — Precisamos ir para casa. — Olhou para o céu arroxeado. O sol começava a se pôr. — Vai escurecer em breve.

— E você tem medo do escuro — disse Rambo, guardando o cano e fechando a abertura.

— Não tenho medo do...

— O medo é supérfluo — afirmou a Enfermeira Ratched, ficando atrás de Vic enquanto ele os guiava pela floresta. — Não tenho medo de nada. — Ela pausou. — Exceto de pássaros que querem fazer ninhos dentro de mim e botar ovos nas minhas engrenagens. Pássaros maus. Vou matar todos.

Tirou a placa de circuito da mochila. Ainda estava inteira. Passando os dedos sobre os cantos e as elevações, sussurrou:

— Valeu a pena.

CAPÍTULO 2

Quando chegaram em casa, o céu sangrava em violeta e as primeiras estrelas já haviam aparecido. O sol se punha no horizonte e a lua surgia como um fantasma pálido. Rambo avançava pela trilha, já chamando o pai de Vic. O rapaz deveria ter imaginado, considerando que Rambo sempre queria contar sobre os momentos em que por pouco não acabaram sendo assassinados e a sorte que tiveram ao escapar com vida.

— Não — falou atrás dele, repreendendo-se por dentro por ter se permitido distrair. — Não conte a ele sobre...

Mas Rambo ignorou-o, anunciando ruidosamente que não tivera *medo*, mas que não havia problema mesmo que tivesse tido. As luzes da casa do térreo estavam acesas, o que significava que o pai ainda estava por ali com sua vitrola. O robô atravessou a porta aberta e desapareceu no interior.

Vic olhou para o elevador perto da árvore mais alta. Pensou em fugir para seu laboratório particular, mas sabia que seu pai não gostaria nada se ele ao menos não tentasse se explicar.

— Não — disse a Enfermeira Ratched, aproximando-se dele e empurrando-o na direção da casa do térreo. — Tem que contar a verdade. Quero estar aqui enquanto ele o repreende. Sinto algo próximo à alegria quando o vejo encarando o chão e dando desculpas esfarrapadas.

— Você deveria estar do *meu* lado.

— Eu sei — respondeu. — Sou uma traidora. Fico péssima com isso. Mal posso esperar. — Ela parou de falar. Sua tela exibiu um ponto de interrogação. — Está ouvindo isso?

Ele olhou para ela.

— Ouvindo o quê?

— Não sei. Parece complexo. Está vindo da casa do térreo. Preciso fazer o diagnóstico. — Passou por ele, amassando a grama da floresta, as folhas no chão estalando sob suas esteiras. Vic a observou desaparecer pela entrada.

Seguiu-a de perto, inclinando a cabeça. Esforçou-se para escutar o que quer que ela estivesse ouvindo. De início não percebeu nada. E então...

Arregalou os olhos.

— Não acredito.

Passou a correr em direção à casa do térreo.

Luzes elétricas ardiam lá dentro, refletindo potes de vidro com peças não utilizadas e sementes não plantadas. A cada passo, o chão rangia com o peso dele. Passou por estantes e pilhas de livros e eletrônicos. Uma máquina de lavar, apesar de irreparável. O que seu pai chamava de máquina de gelo, embora nunca fizesse gelo nenhum. Não gostava de jogar nada fora, dizia que tudo tinha utilidade, mesmo que não fosse aparente à primeira vista. Vic era igualzinho, e por isso se frustrava tanto por o pai não gostar que fosse garimpar no Jardim das Sucatas. A casa do térreo era *cheia* de objetos que seu pai havia salvado de lá, mesmo que fizesse um bom tempo desde a última vez. Qual o problema de fazer o mesmo?

Mas ignorou tudo, tudinho, por causa dos sons que o envolveram, calorosos e doces.

Música.

Era música.

Mas não era como a das caixas de música próximas às paredes. Essas eram monofônicas, e, embora encantadoras, não havia comparação.

Uma voz diferente de tudo que já presenciara, suave, doce. Um pouco mais aguda, e Vic levou um instante para perceber por quê. Uma mulher. Sobrepondo-se ao toque suave das teclas do piano, uma mulher cantava a respeito da lua obstinada no céu, fazendo com que precisasse de alguém para amar. Hipnotizado, seguiu a voz.

Encontrou Giovanni Lawson sentado em uma velha espreguiçadeira com Rambo no colo. Seus olhos estavam fechados enquanto afagava o aspirador. O robô ronronava feliz e seus sensores piscavam lentamente. A Enfermeira Ratched estava sentada ao lado deles. Na tela uma linha quicava em ritmo circadiano, seguindo a batida da música.

Sobre a bancada de trabalho de madeira havia uma vitrola aberta com um disco rodando e pulando, a voz um pouco falha, mas ainda clara.

— Funciona — sussurrou maravilhado. — Você consertou.

O pai não abriu os olhos. Cantarolou baixinho antes de dizer:

— Consertei. Quem está cantando é a Beryl Davis. Que voz adorável, não acha?

Vic se aproximou da bancada. Dava para ouvir o barulho de um disco girando contra a agulha. Ele se inclinou, examinando a máquina. Parecia igual a sempre. Não via nada de novo. Estava se coçando para abri-la para ver o movimento em suas entranhas que criava o som que escutava.

— Como consertou?

— Um pouco de amor — respondeu o pai. — Um pouco de tempo.

— Pai.

Ele riu.

— A manivela. Não estava conectada corretamente.

Vic piscou os olhos surpreso ao se levantar.

— Só isso?

— Só. Simples, não? Estávamos sendo ambiciosos demais. Às vezes as menores coisas são capazes de alterar tudo quando menos esperamos.

Vic se virou e viu que o pai o observava. A pele do rosto era enrugada e suave; os olhos, brilhantes e gentis. Os fios brancos de cabelo ondulavam atrás das orelhas, a barba ia até o peito. Quando era mais novo, perguntara-se por que não se parecia em nada com o pai. Giovanni era um tanque, o peito largo e forte, a barriga proeminente, os dedos bruscos. Vic não tinha a mesma presença do pai. Quando menino costumava ser magro como um sussurro, e espichando para cima e não para os lados. Havia encorpado enquanto crescia, mas continuava desengonçado e com os movimentos curtos. A pele do pai era clara. A dele, bronzeada, como se tivesse nascido no sol e lá ficado. Os olhos de seu pai eram azuis; os de Vic, castanhos, mas, dependendo da luz, pareciam pretos. Eles não eram iguais. Nunca foram.

Mas esse homem era seu pai. Ele o criara.

Esse homem que não era homem nenhum.

O pai fez uma careta e virou para esfregar o peito.

Vic suspirou, irritado além do razoável pelo pai ter tentado esconder dele o gesto. Embora uma admoestação ameaçasse explodir de sua boca, ele a conteve.

— Eu falei para me deixar dar uma olhada.

— Está tudo bem.

— Não está tudo bem — disse a Enfermeira Ratched. — Deixe Victor olhar, ou vou furá-lo. — Para reforçar o argumento, sua furadeira chiou alta. Na tela surgiram as palavras VOCÊ NÃO VAI NEM SENTIR — Talvez devêssemos prosseguir com a perfuração de qualquer maneira. Já faz um bom tempo que não furo nada.

O pai colocou Rambo no chão conforme a música terminava e dava lugar a outra. Vic a sentia com os próprios ossos e ficou imaginando como tinha conseguido passar tanto tempo sem isso. Passaram-se poucos minutos, mas não conseguia mais imaginar a vida sem música. Aqueles discos foram um achado e tanto. Ele teria que descobrir se havia outros.

— Estou bem — disse Rambo, nervoso. — Ninguém precisa me furar ou me abrir.

— Coisinha ansiosa — disse o pai carinhosamente, cutucando-o com o pé. — E ainda não sabemos por quê?

Vic foi até a bancada outra vez, olhando as ferramentas do pai que estavam penduradas em um quadro. Selecionou o ferro de solda, torcendo desesperadamente para que o conserto não fosse muito mais complicado.

— Não. Fiação, imagino? Uma falha do programa? Alguma coisa. Não sei.

— Estou bem do jeito que eu sou — murmurou Rambo.

— Não está, não — falou a Enfermeira Ratched — Se quiser, posso diagnosticá-lo para identificar o defeito. Tem seguro-saúde?

— Não — respondeu, desanimado. — Não tenho *nada*.

— Você *está* bem do jeito que é — disse-lhe Vic, encarando a Enfermeira Ratched, que o ignorou solenemente. — Não há nada de errado com você. Você é apenas... único. Como todos nós.

— Isso se chama mentirinha — declarou ela, e sua tela se encheu de balões digitais. — Mentirinhas costumam ser contadas para que alguém se sinta melhor. Vou ajudar Victor nesse processo. Eis a minha mentirinha: você é uma máquina maravilhosa amada por muitos.

— Deixe-o em paz — falou enquanto se ajoelhava aos pés do pai.

— Está se sentindo melhor? — perguntou a Enfermeira Ratched.

— Sim — respondeu Rambo prontamente. — Conte-me mais mentirinhas.

— Você é importante. Sua vida tem propósito. O cano que mostrou mais cedo é o maior que já vi.

— Oba! — afirmou Rambo com os braços erguidos. — Sou bem-dotado!

O pai arqueou a sobrancelha.

— Eu deveria querer saber?

Antes que Vic pudesse responder, a Enfermeira Ratched disse:

— O pênis do Victor continuou flácido mesmo depois de eu ativar o meu Protocolo de Flerte. Como sei o que estou fazendo, o problema não sou eu, é ele.

— Eu me arrependo de ter consertado vocês dois — murmurou Vic, gesticulando para que o pai levantasse a camisa.

— Isso foi uma mentirinha — disse a Enfermeira Ratched. — Suas pupilas estão dilatadas, seus batimentos aceleraram. Você gosta da gente. Obrigada. — Na tela, apareceu um "joinha" sobre as palavras BOM TRABALHO!

O pai levantou a camisa. Sua pele era rígida e suave, e não tinha umbigo nem mamilos. Do lado direito do peito, perto da clavícula, havia uma pequena placa de metal de superfície áspera. Contara a Vic que, quando era mais novo, tivera letras e números ali que simbolizavam sua primeira designação. Ele os havia raspado, recusando-se a ser definido por ela depois de ter recebido um nome. Era mais do que a designação alegava. E, por muito tempo, Vic lamentou não ter uma placa metálica no peito como seu pai.

O pai cutucou o esterno duas vezes com seu dedo médio. De dentro do peito soou um bipe, seguido por um sibilo baixo. O compartimento da sua cavidade torácica afundou um pouco antes de deslizar para a direita.

Ali, no peito do pai, havia um coração. Não era como o coração no peito de Vic, feito de músculo e que bombeava sangue e oxigênio pelo corpo.

O coração no peito de Giovanni, do tamanho do punho de Vic, era feito de metal e madeira, e não tinha o formato do órgão, mas o do símbolo de coração. A cavidade que o envolvia brilhava em um verde enfadonho e era feita de fios e circuitos. O objeto em si fora fabricado pelo próprio pai, substituindo ao que outrora fora um núcleo de energia quase esgotado e irremediável antes de ser trocado pelo coração mecânico. A casca dele era parcialmente feita de uma madeira rara chamada bocote. A madeira é tipicamente um material não condutivo, mas o pai deu um jeito de carregá-la com eletricidade o suficiente, embora tenha necessitado de mais de 15 mil volts. Para garantir a condutividade, além do bocote, a casca tinha pedaços de cobre e bronze banhados em prata, metais que brilhavam à pouca luz. Fios se estendiam do topo da casca, prendendo-se a partes do seu peito que alimentavam o biochip na sua cabeça. No interior exposto do coração, algumas peças giravam lentamente. Acima delas havia uma pequena linha branca com dois centímetros de largura e três de altura.

Vic cutucou as peças de leve. Seu pai saltou.

— Desculpe. Suas mãos estão geladas.

As peças pareciam bem por enquanto. Uma delas — com os dentes gastos — teria que ser substituída em breve, mas já tinha encontrado as peças necessárias e as guardado em um dos vidros. Ele se inclinou ainda mais, afastando minimamente o coração para que pudesse enxergar embaixo dele.

— Aqui — apontou, sentindo-se extremamente aliviado. — Um dos fios do solenoide está frouxo. Posso consertar.

— Eu posso consertar — falou o pai.

Vic segurou uma resposta e optou por algo mais suave.

— Então já deveria ter consertado. Vou cuidar disso para ter certeza de que foi feito. Enfermeira Ratched.

Ela parou ao lado dele, pegando a tomada do ferro de solda e inserindo-a em si mesma. Então disse:

— Ui. Isso. Assim mesmo.

— Eca — murmurou Rambo. Ele cutucou a perna de Vic. — Ele vai morrer?

— Não — disse Vic, inclinando-se para a frente, apoiando os cotovelos nas pernas do pai. — Ele não vai morrer.

— Porque vamos viver para sempre?

— Impossível — respondeu a Enfermeira Ratched. — Nada é imortal. Em algum momento nossa célula de energia vai se exaurir e nós vamos perecer porque não conseguiremos encontrar uma peça de reposição.

— Mas Vic achará para nós — disse Rambo.

— Victor é humano — explicou a Enfermeira Ratched. — E vai morrer muito antes de nós. Ele é mole e esponjoso. Talvez seja por conta de um câncer, retal ou de osso. Ou peste, caso seja mordido por um rato. Ou será esmagado por um Velho como quase aconteceu hoje. — Sua tela piscou a palavra OOPS.

— Ah — disse o pai. — Era sobre isso que Rambo estava gritando antes de ouvir a música?

Vic suspirou ao se inclinar para a frente, a ponta do ferro de solda estava quente e vermelha.

— Não foi nada.

— Isso foi uma mentirinha — falou Rambo, soando orgulhoso de si.

Victor rosnou ao pressionar o ferro contra o fio que conectava a solenoide. O pai grunhiu, mas ficou imóvel.

— Não passou nem perto. Eu sabia o que estava fazendo.

— A expressão no seu rosto quando a pilha de metal ruiu sugere o contrário — observou a Enfermeira Ratched. — Gostaria de ver a reconstituição que acabei de criar?

Vic afastou o ferro de solda do solenoide ao olhar para trás. Na tela uma versão de Vic em 8-bit apareceu sobre uma torre de metal. Um balão de fala surgiu de sua boca e foi preenchido por OH NÃO, EU SOU BURRO E ESTOU PRESTES A MORRER.

O bonequinho caiu no chão com uma batida sangrenta e seus olhos se transformaram na letra *X*.

— *Fuen, fuen* — disse a Enfermeira Ratched enquanto a tela escurecia. — Foi exatamente assim que aconteceu. Por favor, aplaudam. Preciso de validação.

— Você caiu? — perguntou o pai, cerrando os olhos.

Vic voltou para a solda.

— Só um pouquinho.

Um tom estranho surgiu na voz do pai.

— Você se machucou? Cortes, arranhões? Chegou a sangrar?

— Por quê? — perguntou. — Precisa de mais? — O coração, embora fosse uma maravilha da engenharia diferente de tudo que já fora criado, às vezes precisava de mais do que metal e fiação para funcionar: uma gota de sangue pressionada sobre a linha branca acima das peças. Não acontecia com frequência, no máximo uma vez por ano, mas a Enfermeira Ratched nunca deixava de lembrá-los de que, de acordo com as lendas, uma criatura chamada vampiro subsistia da mesma forma. A última vez tinha sido há quatro meses, quando o pai começou a agir de forma mais robótica, mais parecido com uma máquina.

O pai disse:

— Victor.

— Nem um arranhão — garantiu Vic.

Ele assentiu, claramente aliviado.

— Ótimo. E os Velhos?

Deu de ombros.

— Sabe como é. Eles se esquecem que eu existo assim que saio do Jardim das Sucatas. O que os olhos não veem, o coração não sente.

O pai suspirou.

— Não queria que fosse lá. Eu já disse…

— Devia ter pensado nisso antes de construir nossa casa tão perto. A culpa é sua. E não minha.

— Espertinho — retrucou. — Achou alguma coisa que valesse a pena?

— PCB multicamada. E a placa parece praticamente intacta.

O pai assobiou baixo.

— Coisa rara. — Voltou a fazer uma careta quando o fio se fundiu outra vez com o solenoide. Vic foi muito cauteloso devido à proximidade do coração. Era muito frágil. Certificou-se de que o fio tinha esfriado o suficiente para não queimar a madeira antes de colocá-lo gentilmente de volta ao lugar.

— Viu? — falou. — Não foi nada. Deveria ter deixado que eu cuidasse disso há muito tempo.

— Registrado — disse o pai. Ele cutucou o esterno mais uma vez e a portinha se fechou. Vic se levantou enquanto o pai abaixava novamente a camisa. — Mas preciso que tenha cuidado. Não pode correr riscos e se colocar em perigo.

Vic suspirou ao voltar para a bancada. Beryl Davis cantava com a voz crepitante sobre quão tola havia sido.

— Sei me cuidar. — Era uma conversa que já tinham tido muitas vezes. Duvidava que esta fosse ser a última. Ficou segurando o ferro de solda, esperando que esfriasse.

— Sabe — concordou o pai em voz baixa. — Mas isso não o torna inquebrável. Se os Velhos o pegarem...

— Não vão. Sou mais rápido do que eles. E também mais inteligente. Eles são máquinas.

— Assim como eu.

Vic fez uma careta. Não foi isso que quis dizer. Às vezes falava sem pensar, embora estivesse tentando melhorar.

— Você entendeu. Eles não são... eles foram programados. São guiados por elas e não podem sair do Jardim das Sucatas.

— Mas são perigosos mesmo assim, Victor. E quanto mais rápido você se der conta disso, melhor será.

Vic rangeu os dentes e se acalmou respirando fundo pelo nariz e soltando o ar pela boca.

— Eu sei disso. Mas se não tivesse ido ao Jardim das Sucatas jamais teria encontrado a Enfermeira Ratched ou o Rambo. Não teríamos metade das coisas que temos. Você não teria mais porcarias para remexer há muito tempo. — Acenou com a cabeça para a vitrola. — E não estaríamos ouvindo isso.

O pai não respondeu.

Vic se encolheu, lutando para encontrar as palavras para se explicar sem soar petulante.

— Sabe que estou certo. Eu fico na floresta. Não atravesso os limites e nunca os forcei. Sei que tem seus motivos e sei que não é seguro atravessar as fronteiras. Escuto tudo que me diz. Mesmo. E é por isso que você deveria me escutar quando digo que não preciso... *quero* mais do que tenho. — Esperou para ver se a Enfermeira Ratched ia entregá-lo. Não estava mentindo, não exatamente, mas estava em um limiar, circundando verdades, embora não necessariamente de propósito.

Ela não disse uma palavra.

Mas o pai sim.

— Pelo menos por enquanto.

Ele se virou, e seu pai lhe pareceu mais velho do que nunca. Parecia que não estava captando tudo.

— O quê?

O pai deu um sorriso duro.

— Não imagino que vá querer ficar aqui para sempre. Seria egoísta pensar assim. Você diz que está feliz. Eu acredito. Mas a felicidade não é algo que se sustente de forma contínua, não sem algo que mantenha a chama acesa. — Quando ele falava assim, sobre o que mais havia no mundo, Vic pensava nas pessoas que o deixaram para trás quando bebê. Como eram. Como pareciam. Será que riam? Será que gostavam de música e de trabalhar por horas em pequenos ajustes? Será que eram inteligentes? Gentis? Por que confiaram em Giovanni, um estranho no meio da floresta, e quem estivera atrás deles? A lógica, a lógica brutal e fria de uma máquina, dizia que estavam mortos. Já teriam voltado se pudessem. Mas não voltaram.

Ele conhecia o bosque. Conhecia os amigos, a casa. Giovanni, seu pai, o homem para quem queria provar que precisar e querer eram coisas diferentes. Embora às vezes lutasse contra os limites estabelecidos pelo pai, a existência deles lhe traziam certo conforto. As histórias que o pai havia contado — histórias sobre cidades feitas de metal e vidro e os humanos que as habitavam. Havia lido todos os livros que o pai trouxera para casa — mais de uma vez —, velhas histórias sobre reis e rainhas em castelos, aventuras em alto-mar em grandes navios com bandeiras voando ao vento salgado, pessoas viajando para as estrelas e se perdendo pela imensidão do universo. Eram fantasmas, mas não se sentia assombrado por elas. O mundo além da floresta era algo desconhecido; embora a curiosidade o atiçasse de vez em quando, porém, Victor era mais forte do que ela. Tinha uma casa, um propósito, um laboratório só seu e amigos que o amavam pelo que era, e não pelo que não era. Solidão não era um conceito que compreendia, não de fato, não como seu pai compreendeu quando veio para a floresta. Ele, assim como o pai, era um inventor. Se precisasse de alguma pessoa — alguma *coisa* — nova com quem conversar, tudo que precisava fazer era fabricá-la. Tinha as peças. Fez isso com a Enfermeira Ratched e depois com Rambo. Poderia fazer novamente, se necessário fosse. Alguns dos velhos livros contavam histórias de pessoas que desejavam mais e partiam em busca disso. Vic sempre as achou tolas por isso. Ele jamais sentiria vontade de se afastar de casa.

Disse:

— Você confia em mim.

— Confio.

— Então confie que sei o que é certo para mim. — Vic caminhou até projetar sua sombra sobre o pai. Esticou o braço e apertou o ombro dele.

O pai pôs a mão sobre a dele.

— Você é um bom menino. Talvez um pouco tolo, mas, ainda assim, um bom menino.

— Aprendi com você — respondeu.

— Eu também sou bonzinho — disse Rambo.

— Insuportável de tão bonzinho — observou a Enfermeira Ratched. — Embora pareça sofrer de um transtorno de ansiedade severo. Mas tudo bem. Somos todos únicos. Victor é assexual. Giovanni é velho. E eu tenho tendências sociopatas que se manifestam em situações de perigo.

— Iupi! — ganiu Rambo. — Todos temos algo!

Giovanni sorriu ao balançar a cabeça.

— Que existência estranha essa nossa. Não a trocaria por nada.

Os robôs ficaram com o pai, ouvindo Beryl Davis cantar sobre amor e perda. Vic os deixou na casa do térreo, olhando para a placa de circuito enquanto caminhava em direção ao elevador. Virou a placa. No canto inferior esquerdo havia uma rachadura da espessura de um fio de cabelo, mas isso era fácil de consertar.

Entrou no elevador de madeira. O portão fechou atrás dele quando apertou um botão. Lâmpadas de vapor de sódio brilhavam sobre sua cabeça enquanto o elevador subia do térreo até um andar mediano sob uma marquise. O portão se abriu e ele saltou.

A casa do térreo era só o começo.

Seu pai, em sua infinita sabedoria, havia construído uma espécie de casa na árvore, embora muito maior e mais complexa do que qualquer outra de que Vic já tinha tido notícia; mais espetacular até do que as que apareciam em livros como *A família Robinson*. Seis enormes árvores haviam crescido e formado um círculo vago e estavam conectadas por pontes de madeira e cordas. Na árvore à esquerda dele ficava o laboratório do pai, a maior das construções feitas em torno do rei da floresta. A estrutura na segunda árvore era a moradia do pai, lotada com mais sucata, ferramentas e livros. A instalação mais alta na terceira árvore era uma cozinha improvisada que só Vic usava. Outrora um solário, agora tinha um fogão elétrico que funcionava e uma velha mesa com cadeiras cobertas por entalhes de pássaros, flores e folhas. Em um dos cantos havia um grande freezer de metal onde conservava as carnes que caçava. Anexos à cozinha havia um chuveiro abastecido por água da chuva que nunca esquentava e uma privada sobre a qual a Enfermeira Ratched demonstrava muito interesse, principalmente quando indagava sobre as evacuações de Vic. Ele tentou explicar para ela que certos assuntos devem permanecer particulares.

— Isso é o que você diz — respondera. — Mas no futuro, quando vier até mim com água salgada vazando dos seus dutos depois de encontrar sangue nas fezes, como ficará nessa situação?

Ele não soube responder.

A quinta árvore abrigava o laboratório de Vic, menor que o do pai, mas não menos extraordinário. Na última árvore, à direita do elevador, ficava o quarto dele. Uma de suas primeiras lembranças era de seu pai construindo o cômodo enquanto observava e entregava as ferramentas que ele pedia. Vic se lembrava da animação da primeira noite em que ficou sozinho, embora não tenha conseguido encontrar palavras que expressassem o sentimento. Havia planejado ficar acordado pelo máximo de tempo que conseguisse, principalmente porque o pai não estaria ali para mandá-lo ir dormir. Aguentou cinco minutos antes de voltar para o quarto do pai e deitar na cama dele. Mais tarde, muito mais tarde, quando era mais velho e talvez um pouco mais sábio, perguntou ao pai por que ele tinha uma cama se não dormia como Vic. Ele respondera que assim se sentia mais humano.

Vic balançou a cabeça ao atravessar a ponte para o quarto, os pensamentos se atropelando embora houvesse alguma ordem no caos. Abriu a porta, entrou e a fechou atrás de si.

Dirigindo-se à única janela do quarto, olhou para baixo, para a casa do térreo. O pai tinha construído uma seção de claraboias cercadas por painéis solares que geravam energia. Mas a casa do térreo era a única habitação com claraboias e lá embaixo ele podia ver o pai em sua cadeira e a Enfermeira Ratched cutucando Rambo com um de seus tentáculos. Deixou-os quietos e se afastou da janela.

No centro do cômodo havia um tronco de árvore com nós que outrora foram galhos. Além dele, no canto direito ficava uma cama de madeira com um colchão velho. Das paredes pendiam ferramentas aposentadas que não funcionavam mais; Vic não conseguia descartá-las. Era um traço que tinha aprendido com o pai, a ideia de jogar algo fora os arrasava. O que estava quebrado poderia ser consertado um dia, caso necessário, e se obtivessem as peças certas.

Tirou a camisa. Franziu o rosto quando percebeu que havia um pequeno rasgo na bainha. Teria que pedir para a Enfermeira Ratched costurar outra vez. O tecido estava se puindo, mas ainda não chegara ao ponto de ir parar na pilha de trapos. Ele a dobrou, repousando-a na pequena cômoda próxima à cama.

Girando a placa de circuito mais uma vez, ficou de joelhos antes de se deitar de bruços, procurando alguma coisa embaixo da cama. Ali, num canto escuro e empoeirado, havia uma caixa de metal, um cubo perfeito. Puxando-a com um grunhido, Vic se sentou e olhou na direção da janela enquanto ouvia o som da música que ainda tocava na casa do térreo.

Não que não *quisesse* que soubessem o que havia escondido ali, pelo menos não por enquanto. Não estava pronto para colocar aquilo em uso. Mas agora que tinha a placa, talvez enfim funcionasse.

Digitou uma senha no teclado numérico no topo da caixa, e cada tecla apertada fazia um número aparecer no visor. A caixa apitou três vezes. A tranca fez um clique. Vic abriu a tampa.

Ali dentro, repousando sobre um velho pedaço de tecido que havia encontrado na coleção do pai, havia um coração mecânico.

Não era como o que o pai levava no peito. Aquele coração tinha sido construído por um mestre artesão no auge. Tinha um design perfeito, mas até as máquinas se desgastavam após anos de uso. O coração do pai era velho. Não duraria para sempre. Um dia não aguentaria o esforço e falharia.

Este novo coração — cru, juvenil e indescritivelmente humano — era apenas um plano de contingência. Por via das dúvidas. Tinha começado a construí-lo aos quinze anos de idade. Na época não tinha ideia do que estava fazendo.

Havia cometido erros de projeto. A primeira madeira que utilizou — carvalho — rachou e se partiu. Só encontrou o condutor perfeito quando conseguiu madeira bubinga no Jardim das Sucatas. Incrustado na madeira havia cobre revestido de níquel. Não tão bom quanto aquele banhado na prata, mas daria para o gasto, e poderia ser substituído se necessário.

O formato do coração não era exato. Uma lasca se soltara da ponta inferior e Vic teve que lixá-la. Mas as peças do interior do coração não tinham um grão de ferrugem. Ele girou a engrenagem do meio, a maior delas, maravilhado com a forma como ela fazia as outras cinco menores girarem também. A sincronia era profunda. O ruído dos dentes era mais bonito do que qualquer canção saída da vitrola. A música das engrenagens era vida.

Repousou a placa com cuidado ao lado do coração antes de fechar a tampa. O visor apitou mais uma vez enquanto a caixa se trancava. Ele a empurrou de volta para o canto embaixo da cama. Nem mesmo Rambo a encontraria, considerando que tinha medo do escuro. Passaria despercebida até que chegasse a hora de Vic presentear o pai com ela.

Em breve.

Ele se levantou e os joelhos estalaram. Coçou a barriga exposta. Precisava comer antes de dormir. E tomar banho. Ao atravessar a ponte de corda lembrou-se dos Velhos derrubando novas sucatas no jardim. Amanhã ou depois. Veria se havia algo útil. *Vai saber*, disse a si mesmo enquanto a ponte balançava sob seus pés.

CAPÍTULO 3

Mas foi somente uma semana depois que Victor voltou ao Jardim das Sucatas. Quase seria o caso de achar que o pai o mantinha ocupado para impedi-lo de voltar. Sempre havia algo a ser consertado ou adaptado. Os painéis solares precisavam ser checados. Os lixos, esvaziados. Alguns canos, ajustados. O quintal detrás precisava de cuidados, as frutas e legumes precisavam ser colhidos antes que apodrecessem.

Fazia tudo sem reclamar. Se um elo da corrente da sua existência quebrasse, todo o sistema poderia sofrer um colapso. O pai havia lhe ensinado isso desde muito cedo.

O verão estava chegando ao fim. As manhãs estavam frias, as folhas nas árvores vinham se tornando douradas e vermelhas enquanto camadas de gelo cobriam sua ponta. Os dias eram mais curtos, e o sol mais fraco. Vic achava que a neve chegaria mais cedo neste ano.

— Detesto neve — murmurou Rambo enquanto aspirava a pilha de ervas daninhas para a qual Vic o direcionara. — Penetra minhas entranhas e me deixa com frio.

— Você não sente frio — disse a Enfermeira Ratched. — É incapaz de sentir qualquer coisa. — Sua tela exibiu um rosto triste que derramava uma lágrima digital. — Isso deve deixá-lo devastado.

— Ele sente, sim — interviu, tentando evitar o que certamente seria mais uma crise. — Eu o programei para ser assim. Exatamente como fiz com você.

Rambo cantarolou, convencido, enquanto juntava mais folhas, aspirando todas elas.

— Hã! Viu? Eu sabia — bipou. — Ah, não. Estou cheio. Preciso ser esvaziado.

A Enfermeira Ratched o levantou do chão, retirando o seu compartimento cheio até a boca. Ela derrubou a folhagem ali contida em um incinerador antes de recolocar o compartimento em Rambo e devolvê-lo ao chão.

— Ele só está dizendo isso para que se sinta melhor. Se estiver falando a verdade, porém... realmente é de se perguntar.

— Perguntar o quê? — perguntou Rambo.

— Por que o fez tão neurótico.

— Eu *não* sou neurótico!

A Enfermeira Ratched pegou uma folhinha do incinerador e a jogou no chão. Ele correu para pegá-la de volta.

— Neurótico — afirmou ela secamente. — Tenho uma injeção para isso. Quer que eu aplique? A agulha é bem grande, e o objetivo é alcançar lugares nada agradáveis.

— Nada de injeções — disse Vic, sem levantar o olhar.

A Enfermeira Ratched emitiu um ruído grosseiro, quase como se estivesse zombando.

— Faz muito tempo que não posso administrar injeções. Victor, suas imunizações estão prestes a expirar. Quer cuidar disso agora?

— Estou bem.

— Vai ficar bem quando tiver escorbuto? Tenho ácido cevitamínico prontinho.

— Não vou ter escorbuto.

— Seus dentes estão moles?

— Não.

— Seus olhos estão esbugalhando?

Achava que não. Mas piscou bem rápido para ter certeza.

— Não.

A Enfermeira Ratched girou e apitou. Em seguida falou:

— Além de escorbuto, você parece apresentar sintomas de loucura. Seus olhos estão sempre esbugalhados. Prepare-se para a inje... ah, veja. Um esquilo. Raivoso. Venha cá, esquilo. Vou curá-lo. Ativando o Protocolo de Empatia. Pronto, pronto, esquilo. Não há o que temer. Só vai doer por 37,6 minutos. Mais tarde lhe darei uma recompensa por ter sido um esquilo tão bonzinho. — Ela o perseguiu pelo bosque enquanto o esquilo chiava apavorado.

Vic olhou para Rambo quando percebeu que não ouvia seu movimento. O robô estava com os braços estendidos e curvados desajeitadamente, com as pinças na frente dos sensores.

— Tá tudo bem? — Vic tinha aprendido a interpretar os amigos ao longo dos anos, mas ainda era preciso se esforçar. Por sorte, normalmente eram pacientes com ele.

— Eu posso sentir coisas, certo? — perguntou Rambo, abrindo e fechando lentamente as pinças. Elas clicavam.

— Sim. Claro que pode. Venha aqui.

Ele veio, evitando uma pilha de folhagens que ainda não tinha recolhido. Parou ao lado de Vic, que esticou o braço e passou a mão no revestimento preto do robô, traçando os dedos sobre as letras desbotadas.

— Sentiu isso?

— Sim — respondeu prontamente. — Está encostando em mim com as mãos.

— E o que você sente?

O robô hesitou.

— Coça. E é morno. Como se eu estivesse cheio de lixo outra vez, mas acabei de ser esvaziado, então não pode ser isso.

— Isso é felicidade — disse Vic, embora não tivesse certeza.

— Uau — exclamou. — Então é *isso* que isto é?

— Acho que sim. Fica feliz quando está cheio, porque sabe que fez um bom trabalho. É mais ou menos a mesma coisa.

Rambo ergueu o braço e beliscou gentilmente o pulso de Vic.

— Sente isso?

— Sinto.

— E o que você sente?

— Coça. E é morno.

— Como se estivesse cheio de lixo — sussurrou Rambo impressionado.

— Não, não foi isso... Eu não... — Vic balançou a cabeça. — Sim. Como se eu estivesse cheio de lixo.

— Por que nos sentimos assim? — perguntou ele, puxando a pele de Vic.

— Não sei — admitiu. — Apenas sentimos, eu acho.

— Uau — falou Rambo, soltando o pulso de Vic e estendendo o braço atrás dele. Pegou algumas folhinhas e as jogou na cara de Vic. — Aqui. Coloque isso no compactador da sua boca. Veja se coça e o aquece também.

— Não vou comer isso.

Rambo apitou; era um ruído confuso.

— Mas por quê? Não quer felicidade?

Antes que pudesse responder, a Enfermeira Ratched voltou rolando. Seus pneus estavam cobertos de gosma e tufos de pelo cinzento.

— O esquilo já foi tratado — anunciou enquanto sua tela exibia MAIS UMA INTERAÇÃO BEM-SUCEDIDA COM UM PACIENTE. — Ele não está mais com raiva e foi para uma fazenda nas montanhas onde há outros esquilos e vai viver feliz para sempre. Desativando o Protocolo de Empatia. Estou me sentindo vazia por dentro.

— É a sua sociopatia? — perguntou Rambo nervoso enquanto Vic virava o rosto para o céu, rezando para quem quer que fosse lhe desse forças para continuar.

— Talvez — disse a Enfermeira Ratched. — Terei que responder após um autodiagnóstico. Do que estamos falando?

— O Vic está carregando um monte de lixo! — gritou ele.

— Sim — disse ela. — Está. É um mal que não tem cura.

Eles concluíram o trabalho no jardim no início da tarde. Os nabos e grãos precisavam de mais ou menos uma semana até a colheita. O mesmo valia para as cranberries e abóboras. O resto tinha sido totalmente colhido e guardado na cozinha: brócolis, caquis, beterrabas e jerimuns.

O pai estava trancado no laboratório, onde passava a maioria dos dias. Se Vic desse sorte, ele não apareceria até o anoitecer.

A Enfermeira Ratched e Rambo o seguiram até o quarto, onde ele arrumou sua mochila, lamentando a perda dos dispositivos de came na semana anterior. Não tinha tido tempo de construir novos, então não haveria escalada hoje. Talvez ainda desse para salvá-los. Daria um trabalhão encontrá-los, mas, se não estivessem estilhaçados, as baterias deveriam estar fracas o bastante para apitarem em alerta.

— Nós vamos voltar lá? — perguntou Rambo, soando incrédulo. — Mas quase morremos!

— Sem risco não há recompensa — respondeu enquanto enrolava uma corda espessa e fibrosa e a armazenava dentro da Enfermeira Ratched.

— A recompensa é continuar funcionando. — Fez uma pausa. — Robôs vão para o Paraíso?

Vic piscou, espantado pelo rumo da conversa.

— Quê? Onde você… — Ele parou de falar. — *O Picolino*. — Um filme que Rambo adorava, embora o rolo estivesse tão degradado que a tela mais pulava do que qualquer outra coisa. Um homem e uma mulher dançavam com as bochechas coladas e cantavam sobre estarem no Paraíso. — Não sei, Rambo. Não sei nem se o Paraíso existe.

— Ah. Por que não?

— Porque é só uma história.

— Então o que acontece quando paramos de funcionar?

— Também não sei.

— Eu poderia ajudar nisso — disse a Enfermeira Ratched. — Envolveria pouquíssimos gritos.

— Não vamos matar ninguém hoje — informou.

— Diga isso ao esquilo — respondeu ela. — Ah. Espere. Não será possível. Porque ele está morto.

— Oh, não — sussurrou Rambo. — O que houve com a fazenda?

— Eu menti — falou. — Eu o matei passando por cima dele várias vezes. Só deixei o suficiente para fazer um caldo para Vic. Não é divertido? Estou me divertindo.

Vic os levou até uma entrada diferente do Jardim das Sucatas, caso os Velhos ainda estivessem patrulhando a área onde estiveram da última vez. O Jardim das Sucatas se estendia por quilômetros em todas as direções. Ainda não tinha explorado cada canto, mas ele e seu pai tinham mapeado o máximo que conseguiram.

Ele parou na borda da floresta, onde a grama cedia lugar para terra e metal. O Velho mais próximo parecia estar a quatrocentos metros de distância. Estavam com sorte.

— Enfermeira Ratched — falou. — Puxe o mapa. Concentre-se no 3B.

Sua tela foi preenchida por linhas verdes sobre um mapa rudimentar do Jardim das Sucatas. Levaram anos para preencherem tudo que tinham do mapa, que era dividido em quadrantes. O canto do outro lado do mapa era escuro. Nunca tinham chegado tão longe, embora não por falta de tentativa.

Os dispositivos de came que tiveram que abandonar na semana anterior estavam no quadrante 6A. Os Velhos pareciam estar descartando novos materiais perto do 3B. Se dessem sorte, não precisariam de cames, pois as pilhas ainda não estariam tão altas, então poderiam começar por lá e passar no 6A no caminho de volta para casa, para ver se algo poderia ser salvo.

Ele estudou o mapa enquanto a Enfermeira Ratched aumentava o 3B e traçava um plano. Distraidamente cutucando Rambo com o pé, Vic disse:

— Certo. Quais são as regras?

— Temos que ficar juntos! — respondeu Rambo.

— Correr se for preciso — disse a Enfermeira Ratched enquanto o mapa desaparecia.

— Nada de brincadeiras!

— Nada de perfurações — falou ela, soando extremamente contrariada.

— E, acima de tudo, ter coragem! — concluiu Rambo, seus sensores piscando vigorosamente.

— Ter coragem — ecoou Vic baixinho.

Foram percorrendo o território familiar. Rambo estava cantarolando para si mesmo enquanto deslizava ao lado dele. A Enfermeira Ratched pausava de vez em quando para escanear alguma coisa a ser acrescentada ao mapa.

Quando chegaram ao 3B, Vic parou e franziu o rosto para o que o Velho tinha despejado na semana anterior.

Não eram as sucatas habituais.

— O que é isso? — perguntou, dando um passo adiante. Levou um instante para identificar as formas específicas naquela bagunça misturada. Só quando viu um braço metálico estendido perto do chão, com um dedo dobrado, como se o chamasse, que Vic entendeu do que se tratava a pilha.

Robôs.

Androides.

Humanoides, mas não como o pai. Estes já não tinham pele, se é que já tiveram.

Estavam todos desmontados. Cabeças sem corpo, os bulbos das cavidades oculares escuros, alguns deles estilhaçados. Pernas. Braços. Troncos. Fios expostos e componentes queimados até ficarem crocantes. Cavidades torácicas tinham sido abertas, todas as baterias e geradores de energia foram removidos. Tinham sido destruídos.

Isso não era uma pilha de sucatas. Era um cemitério.

— Não estou gostando disso — disse Rambo, nervoso. — Ruim. Ruim, ruim, ruim.

Até a Enfermeira Ratched pareceu perturbada ao avaliar os androides.

— Não estou captando nenhuma fonte de energia. Estão todos… espere. — Ela rolou mais para perto, a luz do escâner estreitava-se enquanto entrava em foco. — Tem alguma coisa aqui. No fundo. No meio. Energia, mas quase toda esgotada.

— O que é? — perguntou Vic, vindo para perto dela. Sentiu frio quando cutucou com o sapato uma perna cujo pé não tinha dois de seus dedos metálicos

— Não sei — respondeu ela. Sua tela se preencheu com pontos de interrogação enquanto terminava de escanear.

— Qual a profundidade?

— Dois metros

— Pode ficar de olho, por favor?

— Sim.

Vic deu um passo em direção à pilha de corpos metálicos. O Jardim das Sucatas estava mais quieto do que deveria. O ar estava espesso e pesado, e uma gota de suor escorreu pela testa dele. Ele limpou com a mão.

Começou com uma cabeça. Era mais pesada do que esperava. Os olhos estavam intactos, embora as cavidades parecessem ter sido queimadas, o vidro enfumaçado, os filamentos escurecidos. Virou a cabeça nas mãos. A traseira do crânio tinha sido arrancada, deixando um buraco vazio e esfarrapado. Passou um bom tempo encarando, examinando o rosto. Há muito tempo não via outro rosto. O do pai, claro. O da Enfermeira Ratched, sempre que exibia algo semelhante na tela. Rambo não tinha rosto, mas suas luzes e sensores compensavam a ausência. Mas este era diferente. Não se parecia com ele. Não se parecia com ninguém, na verdade. Não sabia como reagiria se o tivesse visto ainda vivo. Desta forma, estava com dificuldade de olhar nos olhos mortos.

Deixou a cabeça de lado, ignorando os pelos que se arrepiaram em sua nuca.

Deveria ter ficado mais fácil depois disso.

Mas não.

Vic revirou mais cabeças. Braços. Um tronco que parecia pequeno demais para pertencer a um androide adulto. Robôs de sexo diferentes, alguns sem gênero definido. Em um torpor, cavou mais fundo, o sangue pulsando em suas orelhas.

Havia outras peças que pareciam recuperáveis, mas ele as ignorou por ora. Se houvesse alguma espécie de gerador ainda ativo, precisariam dele, principalmente porque ainda parecia haver alguma energia disponível. Não podia simplesmente ignorar energia. Não quando estava tão próxima. Poderia levar à criação de um novo coração mecânico. E uma vez que esse pensamento entrou-lhe na cabeça, não o deixou mais, fazendo barulho em sua mente.

Uma hora depois, parou para descansar, sentando-se no chão e observando a Enfermeira Ratched oferecer um braço descartado para Rambo.

— Como você está? — disse ela com aquela sua voz seca e estranha.

— É um prazer conhecê-lo — respondeu Rambo, esticando as pinças para agarrar a mão.

Que, sem sombra de dúvida, ela soltou imediatamente.

— Aaaaaaaahhhh — gritou. — Arrancou o meu braço. Você me matou. Por quê, Rambo? Por quê?

Rambo gritou horrorizado.

— Ai, meu deus, ai meu *deus*. O que foi que eu fiz? Que tipo de monstro eu *sou*? — Atirou o braço o mais forte que pôde. O braço subiu no ar… e caiu de volta em cima de Rambo, deixando-o agitado outra vez.

— Haha — disse a Enfermeira Ratched enquanto sua tela se preenchia por um rosto sorridente. — Só estou brincando. Não era o meu braço de verdade. Ainda estou viva.

— Não faça isso — censurou-a ele. — Você me assustou. Achei que eu fosse um assassino. Aspiradores não podem ser assassinos!

— Uma pena — disse ela enquanto sua tela escurecia. — Você daria um belo assassino. Não tão bom quanto eu, mas bom o suficiente. — Uma auréola apareceu na tela, cercada por uma luz dourada. — Não que eu fosse ser uma assassina. Ativando o Protocolo de Empatia. Assassinato é ruim, eu me sentiria mal e não quero me sentir mal, porque sentimentos são prejudiciais à minha existência.

— Continue repetindo isso para si mesma — murmurou Vic enquanto se levantava. Esticou os braços sobre a cabeça, estalando as costas. E, em seguida, voltou ao trabalho.

Levou mais uma hora até a Enfermeira Ratched dizer:

— Você está próximo.

Ele pausou, olhando para os corpos e as partes que o cercavam. Já tinha explorado mais da metade da pilha. Sentia um aperto no peito e respirava de modo curto e rápido.

— Ainda está registrando a fonte de energia?

— Sim — disse ela.

— É um amigo novo? — perguntou Rambo.

— Talvez — respondeu a Enfermeira Ratched. — Ou talvez seja uma máquina terrível decidida a destruir tudo que encontrar pela frente.

— Ah — falou Rambo enquanto apitava preocupado. — Espero que seja a primeira opção.

— Eu apostaria que há doze por cento de chance a favor. E oitenta contra.

Rambo estalou as pinças enquanto contava.

— E os últimos oito por cento?

— Há oito por cento de chance de a fonte de energia ter chegado a um estado crítico e causar uma explosão que atingirá toda a área, matando a todos no processo.

— Não vai explodir — disse Vic a Rambo. — Ela jamais nos deixaria chegar tão perto se acreditasse nisso.

— Ou é isso que quero que pensem — disse a Enfermeira Ratched, um esqueleto aparecendo na sua tela. — Caiu na minha armadilha. Eu queria que chegasse a esse ponto. Prepare-se para morrer. — O esqueleto desapareceu e foi substituído pela frase NÃO SE ESQUEÇA DE AVALIAR O MEU SERVIÇO! EU APRECIARIA UM 10!

Vic demorou mais do que gostaria de admitir para perceber que ela estava brincando. Ele se curvou e puxou mais um tronco da pilha.

— Você não ousaria. Sentiria demais a minha falta. Eu te conheço…

Não teve tempo de reagir quando uma mão emergiu da pilha, metais voavam enquanto dedos se fechavam em torno do pulso de Vic. O aperto era forte, machucava, não o suficiente para quebrar um osso, mas quase lá. Resmungou de dor ao olhar para baixo. A mão e o braço eram cobertos por pele sintética, embora houvesse algumas partes rasgadas, revelando metal exposto e fios internos.

Tentou recolher o próprio braço, mas a mão não soltou. Vic puxou o mais forte possível, enterrando os pés no chão, e a pilha de metal se moveu. Por um instante, teve a impressão de ter visto um brilho de olhos.

— Solte-o! — gritou Rambo. Ele avançou correndo, batendo as pinças no braço. — Somos grandes, fortes e assustadores, e vamos matá-lo!

A Enfermeira Ratched chegou rolando atrás de Vic. Abriu uma portinha e um dos seus tentáculos deslizou veloz como uma cobra. Envolveu Vic pela cintura e começou a puxá-lo para trás.

— Eu poderia cortar o seu braço — disse ela. — Seria mais fácil.

— Nada de cortar — disparou ele. Tentou quebrar os dedos que o seguravam, mas eram fortes demais. A pilha se moveu mais uma vez quando mais alguns centímetros do braço surgiram.

— Já basta — disse a Enfermeira Ratched. — Eu mandei soltar. Prepare-se para algo chocante.

Outro de seus tentáculos contornou Vic, eletricidade estalando da ponta. Ela o pressionou contra o braço. O efeito foi instantâneo. A mão sofreu um espasmo e os dedos abriram. Os pés de Vic se arrastaram pela terra conforme ela o puxava dali. Rambo continuou batendo no braço, costurando e desviando enquanto ele subia e descia.

— Morra! — gritou. — Morra, morra, morra!

Vic olhou para o próprio braço. A circulação de sangue tinha sido cortada, deixando uma marca branca em forma de dedos.

A Enfermeira Ratched soltou a cintura dele, e o tentáculo deslizou novamente para dentro de si antes de a portinhola fechar.

— Rambo, por favor, afaste-se do braço perigoso. Não sabemos se está preso a um corpo perigoso.

Ele interrompeu o ataque, girando até que seus sensores os encarassem.

— Pode ter *mais* do que o braço? — perguntou em tom agudo. — Por que não me disse isso logo? — Rolou rapidamente para longe, escondendo-se atrás das pernas de Vic, suas pinças puxando as calças do rapaz.

O braço que saía da pilha de metal caiu flácido, embora ainda tremesse. O antebraço era coberto por pelos escuros, e a pele abaixo era pálida e branca. Os dedos eram espessos e bruscos, a mão grande.

— O que é isso? — perguntou Vic.

— Não sei — respondeu ela. — Considere deixar onde está. Foi descartado por algum motivo. Defeito. Falha. Erro de codificação. Obviamente já cumpriu o seu propósito.

— Disse o mesmo sobre Rambo — falou, sem tirar os olhos da mão.

— Disse. E você não me ouviu. Veja só o que aconteceu.

— Eu aconteci — disse Rambo, ainda se escondendo atrás de Vic.

— Como uma infecção parasitária — acrescentou ela. — Deveríamos... Victor, o que está fazendo?

Ele deu mais um passo para a frente.

— Não quer ver o que é?

— Não. Não quero. A curiosidade matou o gato estrangulado. Se for estrangulado, pode quebrar o osso hioide, e aí a sua cabeça vai cair. — Ela apitou e as palavras CONFIE EM MIM, SOU ENFERMEIRA! apareceram na tela.

— Os outros foram desmantelados. Pele. Fontes de energia. Por que não esse? — Sua cabeça estava latejando. O coração disparava no peito. Era algo novo. Algo estranho. Um mistério. Parte de si queria virar e sair correndo o mais rápido que pudesse, voltar para casa e trancar a porta até conseguir fingir que nada disso havia acontecido. Outra parte sussurrava sem parar na sua cabeça: *o que é, o que é, o que é?* Estava obcecado. Afinal de contas, havia encontrado a Enfermeira Ratched no mesmo lugar. E Rambo. E, aqui, outra máquina. Lá no fundo, havia um pensamento ao mesmo tempo estranho e familiar: *à terceira tentativa é infalível!*

Deu um passo à frente, surpreendendo até a si mesmo, mas a sensação passou rápido. Pois enterrado no medo havia o irritante e persistente senso de curiosidade. Precisava ver o que era aquilo. Queria saber o que significava. De onde vinha. O que podia fazer. Independentemente do que mais fosse, Victor Lawson era, acima de tudo, um criador, e isto era algo que ele não entendia.

Parou perto mas fora do alcance da mão, agachando.

O detalhamento do braço era extraordinário, mais até do que o do pai. Os pelos finos do dorso da mão e do antebraço. As unhas, as crescentes brancas perto das cutículas. As rugas da pele sobre as juntas dos dedos. As linhas na palma formando um mapa. Se não conseguisse ver pedacinhos de metal e fios por baixo, pensaria que se tratava de um braço humano. O que seria impossível, é claro. Humanos não vinham até aqui.

A mão e o braço não se moveram.

Ele esperou.

Nada.

— Olá — disse, afinal. — Ainda está aí?

Nenhuma resposta.

— Está me ouvindo? Não vamos machucá-lo.

— Mas podemos, se quisermos — disse a Enfermeira Ratched. — Conheço 5726 maneiras de matar. Não me obrigue a demonstrar a número 492. Você não vai gostar dela.

— Qual é essa mesmo? — perguntou Rambo.

Uma imagem desnecessariamente gráfica apareceu na tela, os tentáculos entrando em lugares em que nunca deveriam.

— Certo — disse Rambo, rapidamente. — Já me lembrei. Ninguém quer a número 492. — Ele levantou a voz. — Então é melhor que dê ouvidos a ela!

Vic abriu a boca para lhes dizer que achava que a máquina estava morta, e o alívio que sentia conflitava com a decepção.

Mas, antes que pudesse falar algo, uma voz áspera e grossa disse:

— T-t-tente. Veja o q-q-que acontece.

Caiu para trás, levantando poeira enquanto se afastava da pilha de metal. Rambo ganiu alto e a Enfermeira Ratched avançou, colocando-se entre eles e o braço e a voz, sua tela vermelha em alerta.

— Quem é você? — perguntou ela.

Silêncio.

— O que você quer?

Nada.

— Prepare-se para mais um choque. Em cinco. Quatro. Três. Dois…

— S-s-se encostar essa c-coisa em mim de novo, arranco-a de você e enfio na sua g-g-garganta.

Algo se mexeu no interior da Enfermeira Ratched: um ruído de peças seguido por um apito baixo e sonoro. Em seguida:

— Essa foi uma ameaça eficiente. Embora eu não tenha garganta, meus sensores não indicam mentira. Acredito em você. — Ela se virou para Vic e Rambo. — Gostei dele — anunciou, e sua tela se preencheu com uma cor azul-clara e as palavras É MENINO!

Vic esfregou a mão sobre o rosto.

— O que é?

— Não sei — respondeu ela. — Mas parece ter um defeito na fala. Gaguejo pode indicar uma série de problemas, desde um vírus até um problema no centro vocal do androide, dependendo do tipo e do modelo. Mas, embora isso seja um defeito, a máquina ainda é capaz de fazer ameaças que não devem ser ignoradas. Podemos ficar com ele?

— Não! — gritou Rambo. — E se o levarmos para casa, ele fingir gostar de nós, ficar conosco por anos, formos muito felizes, mas isso tudo na verdade não passar de um plano dele para nos matar quando menos esperarmos e estivermos no modo de descanso? — Bipou freneticamente. — Eu não *aguentaria* uma traição neste grau.

Vic olhou novamente para o braço. A mão se curvou devagar em um punho antes de relaxar mais uma vez.

— Poderíamos deixá-lo aqui por enquanto. Descobrir o modelo e o número e ver se meu pai sabe algo a respeito.

— Robô — chamou a Enfermeira Ratched. — Identifique-se.

— V-v-vá se f-f-foder.

A Enfermeira Ratched bipou.

— Não reconheço "vá se foder". Quer tentar outra vez?

— Vou t-te m-m-matar

Um grande coração rosa apareceu na sua tela.

— Tenho idade o suficiente para ser sua placa-mãe. Por favor, não flerte comigo se não estiver falando sério. — Ela examinou o braço e a pilha outra vez. — Sua fonte de energia está se esgotando rápido. O desligamento é iminente. Gostaria de dizer suas últimas palavras?

— M-me ajude. M-m-me tire d-d-d...

A mão flexionou.

Um bipe de alerta veio da pilha. A mão tinha caído no chão.

— Triste — disse a Enfermeira Ratched. — Apreciei nosso tempo juntos. Jamais o esquecerei. Victor, deveríamos desmontá-lo, peça por peça, e utilizar os restos da forma que nos for mais conveniente.

— Está morto? — perguntou Vic.

— A fonte de energia se esgotou — respondeu. — Deixou de ser funcional. A não ser que seja recarregado, continuará assim. Se não tivermos os materiais e a maneira de carregar a fonte, adivinha só? Continuará morto.

Pensou em deixá-lo. Pensou em esquecer tudo isso. Conseguiria, caso se empenhasse. Se de fato quisesse.

Mas disse:

— Ajudem-me a tirá-lo daqui.

Levaram mais uma hora para descobrirem o androide por completo. Rambo alternava entre a felicidade de mover detritos e as lamúrias pelo fato de que iriam todos morrer. A Enfermeira Ratched passou a maior parte do tempo em silêncio, escaneando continuamente o androide na medida em que ia sendo revelado.

Era forte e do sexo masculino. Estava deitado com a cara virada para o chão, uma camada de peças, pernas e cabeças abaixo dele. Sua vestimenta — uma capa preta sobre um casaco vermelho espesso e calças pretas — estava rasgada. Uma das mangas da capa estava estendida e vazia. Havia perdido o braço esquerdo. A outra manga tinha sido cortada. O cabelo preto era curto, num corte com cachos curiosos batidos na nuca e nas laterais. Em um dos pés vestia uma bota empoeirada. O outro pé — o esquerdo — tinha desaparecido, parecia ter sido arrancado do corpo. Rambo vibrou quando o encontrou dentro de outra bota, segurando-a sobre a cabeça e girando-a em círculos. Virou a bota para tentar pegar o pé e resmungou furioso quando uma chuva de metal destruído caiu sobre ele.

— Ele é alto — disse a Enfermeira Ratched enquanto limpavam os últimos escombros do pé. — Não sabia que faziam androides altos desse jeito. — Ela soou estranhamente impressionada.

E tinha razão. O próprio Vic tinha cerca de 1,80 de altura. O androide parecia mais alto. E também era pesado, e ele hesitou antes de tentar virá-lo.

— Me ajudem. — O material do casaco roçou-lhe a pele. Jamais havia sentido nada parecido e estremeceu.

Tentáculos se estenderam da Enfermeira Ratched, envolvendo o tórax e os quadris do androide. Ela começou a retrair os tentáculos enquanto ele empurrava, forçando os músculos do braço.

O androide virou, aterrissando de costas com uma batida pesada. Seu braço passou sobre o peito antes de cair para o lado.

Vic piscou lentamente enquanto encarava a máquina, se esforçando para não desviar o olhar.

Os olhos do androide estavam abertos, cegos e vítreos, as áreas brancas marcadas por linhas azuis que pareciam arcos de raios congelados. As íris tinham cores estranhas, diferente de tudo que já havia visto: verde e azul, o direito com riscos de cor cinza e o esquerdo com partes marrons. Tinha sido feito para parecer mais velho — talvez de uns trinta e poucos anos —, a pele em volta dos olhos enrugada, as linhas em volta da boca profundas. A pele sintética do queixo estava rasgada, e o metal brilhava abaixo. Sua boca estava ligeiramente aberta, e os dentes eram brancos e quadrados. As bochechas e a mandíbula eram cobertas por uma camada fina de pelos — os detalhes eram absolutamente incríveis. Alguém tinha sido muito cuidadoso para deixar o androide com aquela aparência. Vic ficou imaginando o que tinha acontecido, e como o androide tinha ido parar no Jardim das Sucatas, tão longe de tudo que lembrasse uma civilização.

Ele andava de um lado para o outro, incerto quanto ao que fazer. Iniciava frases e não as concluía: "deveríamos tentar...", "eu não..." e "será que poderíamos...". Estava tomado pela indecisão. Não conseguia pensar com clareza. Deu um passo para trás e em seguida para a frente. Agachou ao lado do androide, que não se mexeu. Com cuidado e a ponta do dedo tremendo, esticou a mão e cutucou a bochecha, a pele afundou, mas logo a puxou, caso o androide estivesse fingindo.

Mas a pele parecia... humana. Esponjosa. Elástica. Como a sua. Parecia com Vic. Parecia o pai. Não de maneira específica, mas mais do que qualquer outra máquina que Vic já tivesse visto.

— O que aconteceu? — murmurou. — Por que ele está assim?

— Desativado — disse a Enfermeira Ratched, a luz do seu escâner passando mais uma vez, começando pelo pé e subindo devagar. — É a única razão pela qual teria vindo parar aqui. Assim como eu. Assim como Rambo. Deixou de ser útil ou a geração seguinte foi criada e ele se tornou obsoleto. — Sua voz então assumiu um tom estranho: continuava seca e monótona, mas em suas palavras havia algo parecido com tristeza ou raiva. Vic não era capaz de identificar qual delas era.

— Eu não me lembro — disse Rambo, ainda segurando a bota como se fosse um tesouro. — Ficou preto e escuro. Em seguida veio a luz, porque Vic me ressuscitou.

— Modelo antigo — disse a Enfermeira Ratched quando terminou sua avaliação. — No mínimo cem anos de idade. Victor, levante a camisa dele, quero ver uma coisa.

Fez o que ela pediu, embora suas mãos tremessem. Ergueu a bainha da camisa do androide. Seus dedos tocaram a pele exposta, morna e só um pouco mole. Retraiu a mão antes de tentar outra vez, com cuidado, evitando tocar a pele. Mais danos apareceram, embora parecessem mínimos. Exceto pela ausência do braço e o pé destruído, ele parecia basicamente intacto.

Do lado direito do peito havia uma placa de metal, muito parecida com a do pai de Vic. Os números e letras estavam gastos ou foram raspados, mas ainda restavam alguns legíveis. Teve a impressão de identificar um *R* e um *I* e, no final, o que parecia um *F*.

A Enfermeira Ratched examinou a placa, a luz brilhando contra o metal. Pontos de interrogação surgiram na sua tela.

— Designação específica desconhecida. Ponto de origem desconhecido. Data de fabricação desconhecida. — Um segundo de silêncio. Em seguida: — Acho que ele é um MILF.

Victor nunca tinha escutado essa antes.

— O que isso quer dizer?

— Máquina que Irrompe minha Luxúria de Fornicar.

Ele ficou boquiaberto.

— Haha — disse ela. — Só estou brincando. Não gostaria de fornicar com nada, pois não tenho luxúria e nem sinto atração. Foi uma piada. Contudo, dado o meu conhecimento sobre rostos, diria que o dele é o melhor que já vi. Por que o seu não é tão simétrico?

— Engraçadinha — resmungou, olhando para o androide. Errada ela não estava. Ele certamente era... interessante de um jeito que Vic não sabia como explicar. Aquilo o confundia mais. Vic cutucou o peito do androide logo abaixo da placa de metal. O compartimento sibilou ao deslizar para abrir.

A Enfermeira Ratched estava certa. O androide era velho. Sua cavidade torácica era preenchida por uma bateria circular, algo que não encontrava havia muito tempo. As bordas estavam corroídas e enferrujadas, o revestimento estava rachado.

— Estão vendo o braço em algum lugar? — perguntou enquanto examinava a bateria. Ele a pressionou, movendo-a ligeiramente. Parecia prestes a cair.

— Não — disse Rambo, e agora a bota estava em cima dele. — Mas há muitos braços aqui. Vamos escolher um e levar! — Levantou um do chão. — Muito grande. — Deixou este cair antes de selecionar outro. — Muito pequeno. Ah, e se puséssemos uma perna como braço? E depois retirássemos o outro braço e também substituíssemos por uma perna? Ele poderia correr muito rápido assim!

— Interessante — disse a Enfermeira Ratched. Gosto quando você tem ideias.

— Ai! — gritou Rambo. — Não! Mudei de ideia. Não quero ser devorado por uma máquina monstruosa de quatro pernas. Ei! Esse braço pode funcionar. — Segurava um membro metálico, a mão mole como se acenasse.

A Enfermeira Ratched o examinou de cima a baixo.

— Pode servir. Não é o braço dele, mas pode ser um substituto aceitável. O braço precisará de reparos, mas o androide também precisa. Eu ajudo. Já faz seis semanas, três dias e doze horas desde minha última cirurgia. Estou desolada por isso. Também precisamos encontrar outro pé.

— Pode deixar! — falou Rambo, retornando a cavar.

Vic coçou a nuca.

— Acha que podemos ressuscitá-lo?

— A chance é baixa, Victor. Não sei se ele tem conserto. Espero que sim, porque acho que estou a fim dele. Ou quero dar um fim nele. Não sei ao certo. — As palavras na tela dela eram RELACIONAMENTOS SÃO DIFÍCEIS. Vic não entendeu. Conhecia o conceito, sabia o que significava estar *a fim* de alguém, mas nunca tinha sentido aquilo.

— Achei um pé! — exclamou Rambo, voltando para perto.

A Enfermeira Ratched pegou o androide com seus tentáculos, permitindo que colocasse uma grande placa de metal embaixo dele. Ela o colocou sobre a placa antes de erguer as pernas dele. Vic resmungou ao tentar ajeitar o androide na placa. Estava prestes a recuar quando uma das pernas do androide escorregou da garra da Enfermeira Ratched. Ela aterrissou nas costas de Vic. Era bem pesada. Ele engasgou quando a mão desceu pela lateral da placa. A dor foi rápida e aguda. Tirou a perna de cima de si antes de olhar para a mão.

O sangue saía de um pequeno corte na palma. Observou enquanto escorria pela mão, um pequeno riacho caindo pelo braço. Chegou à dobra do cotovelo antes de uma gota espessa vermelha cair no chão, pingando na terra.

Cambaleou para trás quando as buzinas dos Velhos soaram todas de uma vez. O som ecoou ruidosamente pelo Jardim das Sucatas, fazendo com que os metais ao seu redor tremessem e balançassem. Rambo gemeu, correndo para se esconder atrás de Vic mais uma vez, só que agora carregando um braço, e a bota ainda estava em cima dele.

— Que diabos? — sussurrou Vic com os olhos arregalados. Olhou para a Enfermeira Ratched. — O que aconteceu? Eles sabem que estamos aqui?

Ela respondeu:

— Não. Não estão se movendo. O mais próximo está a cerca de novecentos metros ao leste e não parece se aproximar. Nenhum deles parece. Eles todos simplesmente... pararam.

— Por quê?

— Não sei. Ativando o Protocolo de Empatia. Meu deus. Você se machucou. Vou curá-lo. Me dê sua mão. — Ele o fez, o sangue do corte já estava diminuindo. Um dos tentáculos jogou um spray medicinal no ferimento, fazendo com que Vic franzisse o rosto. — Pronto, pronto. Está quase acabando. Você é um bom menino. Muito corajoso. — O spray medicinal deu lugar à água, que lavou o sangue dele. Estava mais rosado quando atingiu o chão. — Não precisará de pontos, menino corajoso. — Outro tentáculo apareceu, envolvendo sua mão com uma atadura fina. — Prontinho. Você se saiu muito bem. Estou muito impressionada com você. Aqui, pegue um pirulito. — Uma pequena portinha logo abaixo da tela se abriu. — Erro. Estoque de pirulitos vazio. Favor reabastecer. — A portinha fechou enquanto um par enorme de lábios aparecia na tela e ela emitia um ruído de beijo. — Pronto. Melhor assim. Desativando o Protocolo de Empatia. Se o machucado infeccionar, terei que amputar sua mão. Mal posso esperar.

Vic flexionou a mão. A dor já estava diminuindo.

— Acho que não precisamos nos preocupar com isso. Vamos levá-lo para casa.

— E o Gio? — perguntou Rambo.

Olhou para o aspirador.

— Vamos manter isso entre nós por enquanto, tudo bem? Só até eu saber com o que estamos lidando.

— Mentirinhas? — questionou ele, soando nervoso.

Vic balançou a cabeça.

— Contaremos a ele, apenas não por enquanto. — Queria provar para o pai que podia lidar com o inesperado, mesmo se fosse algo assim. — Pode não ser nada. Não quero que ele se preocupe sem motivo.

— Ah — disse Rambo. — E isso não é mentir?

— Só um pouco. É mais como... — Teve dificuldade de encontrar as palavras. — Verificar o território antes de explorar.

— É mentir — disse a Enfermeira Ratched. — Victor está nos pedindo para mentir.

Ele suspirou e ergueu a cabeça para o céu.

— Vamos sair daqui antes que os Velhos acordem.

CAPÍTULO 4

Conseguiram voltar para o laboratório de Vic sem incidentes. Seu pai estava trancado na casa do térreo trabalhando.

— Acender luzes — resmungou enquanto o suor lhe pingava do rosto.

Acima deles, uma lâmpada grande acendeu e ganhou vida.

O laboratório não era tão grande ou extravagante quanto o de seu pai. O pai gostava de criar. Vic gostava de remendar. Perto do tronco no centro da sala havia uma grande mesa de metal que Victor havia ganhado do pai no seu aniversário de dezesseis anos, quando o laboratório ficou pronto. Acima, pendurando-se do teto, havia eixos finos de metal com toda a sorte de ferramentas: ferro de solda, pistola de solda, quatro lupas de diversas forças, lâmina de metal, cortador de chapa, polidor e uma furadeira magnética. Fixa em uma das pontas da mesa havia uma prensa. Além da mesa, apoiado na parede oposta, estava um serrote próximo a uma bigorna e uma frisadeira. À esquerda da mesa uma fileira de janelas com vista para o complexo. À direita, uma parede de ferramentas: diversos martelos de todas as formas e tamanhos, alicates, furadeiras e dezenas de peças, um maçarico que provocava faíscas. E para trabalhos em madeira havia cinzéis, formões e facas de entalhe, raspadores e buris. No balcão abaixo das ferramentas havia um torno de metal e uma fresadora.

Ele já tinha usado todas elas em algum momento. Aprendera observando o pai explicar o propósito de cada ferramenta, que havia começado a ensiná-lo desde cedo, pois dizia que crianças eram notáveis esponjas absorventes de informações, ou ao menos era isso que tinha ouvido falar. O pai ficou exultante quando Vic assumiu o ato de criar como se tivesse sido feito para isso.

Rambo foi até a janela, fechando as cortinas enquanto a Enfermeira Ratched e ele punham o androide sobre a mesa. Depois, afastou-se e apoiou as mãos nas costas. Franziu o cenho.

— Pesado.

— É — concordou a Enfermeira Ratched. — Ele pesa quase 140 quilos.

— Quanto *eu* peso? — perguntou Rambo.

— Dois quilos e 250 gramas — respondeu ela.

— Ah. Isso é bom?

— Eu conseguiria arremessá-lo muito longe se quisesse, então, sim, isso é bom.

O robôzinho rolou para baixo da mesa, resmungando que *não* queria ser arremessado. Vic sentiu uma de suas pinças pressionando sua perna, puxando gentilmente. Não era para chamar atenção. Aquilo acalmava o aspirador. Estranhamente, isso também o deixava centrado.

— O que faremos agora? — perguntou a Enfermeira Ratched.

Vic fechou os olhos, tentando clarear a mente.

— Victor?

— A bateria — disse, abrindo os olhos e girando nos calcanhares. — Já viu alguma parecida aqui? Você sabe melhor do que ninguém o que papai tem no laboratório e na casa do térreo.

Observou enquanto ela levantava a camisa do androide e abria sua cavidade torácica. A Enfermeira Ratched examinou-o outra vez, e sua tela exibiu a imagem de uma bateria, que começou a girar lentamente.

— Ativando a verificação de inventário. Verificando. Verificando. — Bipou. — Negativo. Não vejo reposição adequada.

Ele não se surpreendeu. Era velho, e embora o pai gostasse de coisas velhas, isso era mais antigo do que todo o resto.

— E no Jardim das Sucatas?

— Não. Nunca vi nenhuma peça lá que pudesse substituir essa bateria.

Ele se inclinou sobre a bancada de trabalho.

— Certo. Certo, certo. — A frustração começou a ferver dentro dele. Tentou ignorar. — Fontes alternativas de energia?

— Rambo — respondeu ela. — Se não se opuser a sacrificá-lo, tenho certeza de que poderia ser uma solução temporária.

Rambo apareceu por baixo da mesa.

— Disse que queria me *sacrificar?*

— Sim — confirmou a Enfermeira Ratched. — Correto.

— Protesto!

— Registrado. Seu protesto será considerado. Considerando. Considerando. Consideração completa. — Sua tela acendeu com as palavras CONSIDERAÇÃO NEGADA. PREPARAR PARA O SACRIFÍCIO.

— Não vamos sacrificá-lo — disse Vic.

— Hoje — ameaçou ela. Em seguida: — Esse androide é quase tão antigo quanto eu, mas requer muito mais energia. Sua bateria está corroída, e eu não aconselharia tentar carregá-la. Vai explodir e os estilhaços vão entrar no seu corpo, provocando a sua morte. Sinta-se à vontade para proceder caso não acredite em mim. Ficarei assistindo de uma distância segura.

— Tem que haver um jeito — falou, aquela raiva calorosa começando a ferver. — Ele não pode simplesmente... Estava vivo. Você viu.

— Vimos — disse a Enfermeira Ratched. — Mas você não está fazendo as perguntas certas.

— O que eu deveria estar perguntando, então?

— Se deveria trazê-lo de volta, para início de conversa.

Vic franziu o rosto.

— O que quer dizer?

— Ele foi descontinuado por um motivo. Ou se corrompeu, ou era defeituoso, ou estragou e não valia o reparo, portanto é desnecessário.

— Isso não quer dizer que não deva ser consertado. — Encarou o rosto do androide antes de desviar o olhar. — Tudo merece uma chance.

A Enfermeira Ratched ficou em silêncio por um instante. Em seguida:

— "Lógica sonhadora". "Melancolia". "Empatia". Estes termos o descrevem. Isso é triste. Seria melhor se você fosse uma máquina. Emoções humanas tolas. — Sua tela piscou azul antes de escurecer. — Mas gosto da sua existência. É de meu agrado. Caso encontremos uma maneira de consertá-lo, e se ele tentar machucá-lo? Tenho sua permissão para destruí-lo?

— Uuhh — disse Rambo embaixo da mesa. — Quero ajudar. — Pausa. — Mas só depois que ele estiver morto, para que não pise em mim e não me esmague. Ainda sou corajoso! — acrescentou rapidamente.

— Preciso de tempo para pensar — falou. — Eu vou...

Uma batida à porta do laboratório.

Vic arregalou os olhos.

— Victor? — chamou o pai através da porta. — Está aí?

— Oh, *não* — sussurrou Rambo. — Ele vai ver. O que faremos? *O que faremos?*

— Enrole — sibilou Vic. A Enfermeira Ratched quase passou sobre os pés dele ao rolar em direção à porta. Pegou uma lona grande e pesada que estava dobrada sob a bancada de trabalho.

— Quem é, por favor? — perguntou a Enfermeira Ratched através da porta.

— Giovanni — disse o pai, soando confuso. — Alguma razão para estar perguntando?

— Apenas me certificando — disse ela enquanto Vic cobria o androide com a lona. — Cuidado nunca é demais.

— O Victor está aí dentro com você?

— Está — respondeu. — Está indisposto.

— Tá... bem. Por quê? Qual o problema?

Rambo ajeitou a lona do outro lado da mesa, puxando freneticamente.

— Ele está se masturbando — disse a Enfermeira Ratched.

Vic se engasgou.

— Sim — continuou ela. — Embora Victor se identifique como assexual, é perfeitamente natural explorar a maravilha do corpo humano. Só estou observando para me certificar de que ele está fazendo direito. Victor, tem que segurar com menos força. Vai quebrar se não for cuidadoso. — Ela virou, sua tela exibindo um joinha.

Vic disse:

— Eu... Você não pode... Eu *não*...

— Tudo bem — disse ela. — Todo mundo faz isso. Bem, não necessariamente. Eu não faço. Rambo não faz. Giovanni, você...

— Eu volto depois — o pai se apressou em dizer. — Apenas... continue o que está fazendo, eu suponho.

— Viu? — disse a Enfermeira Ratched. — Está tudo bem. A masturbação é saudável. Nos homens, pode reduzir o risco de câncer de próstata. Estudos demonstram que homens que ejaculam em média vinte vezes por mês têm menos tendência a... Ele já foi. Ufa. Foi por pouco. De nada pela ajuda. — A foto de um reto com setas piscando desapareceu da tela.

Vic estava exasperado. As mãos tremiam.

— Por que pensou em dizer isso?

A Enfermeira Ratched bipou.

— Sobre masturbação? Porque sou uma enfermeira e sou programada para ter conhecimento sobre assuntos específicos, tais como masturbação e gangrena.

— Não precisava falar isso para ele — irritou-se, agitado. Certa vez, aos quinze anos, encontrou os conceitos de sexo e práticas sexuais em um livro. Incerto sobre o que estava lendo (ele conhecia a ideia de procriação, mas essa cena em particular era entre dois homens e parecia ser por prazer), procurou a Enfermeira Ratched para tirar dúvidas. Cogitara falar com o pai, mas isso fez seu estômago revirar, sentindo-o oleoso e pesado. Ela fez uma apresentação longa e dedicada (incluindo fotos e vídeos que assombrariam os sonhos de Vic por meses), e, quando terminou, Vic estava suado, confuso e, de acordo com ela, não parecia estar *experimentando a sensação de excitação.* Sexo parecia complicado, desnecessário. Pegajoso e envolvente de uma forma que ele não parecia capaz de apreciar.

Foi só quando a Enfermeira Ratched disse que a sexualidade fazia parte de um espectro que as coisas começaram a fazer mais sentido. Ela explicara que não era inédito pessoas se identificarem como assexuais, o que significava que "aces" não experimentavam atração da mesma maneira que outros. Gostar ou ter repulsão ao sexo, não havia jeito certo ou errado.

— Então não estou com defeito? — perguntara, nervoso, remoendo a palavra "assexual" na mente.

— Não — respondera ela. — Também não sinto atração sexual e sou perfeita. O mesmo talvez possa ser dito sobre você.

Mesmo dotado desta nova informação, discutir sexo ou autogratificação sexual o deixava desconfortável. Se lhe perguntassem, provavelmente não conseguiria explicar *por que* com nenhuma clareza, apenas saberia que o incomodava. Ao falar para o pai dele que ele estava se masturbando, a Enfermeira Ratched cruzou um limite que Vic nem sequer sabia que existia.

Ela deve ter percebido isso.

— Peço desculpas, Victor. Não tive a intenção de constrangê-lo. Aqui. Pegue um pirulito. Erro. Estoque de pirulitos vazio. Favor reabastecer.

— Apenas... Por favor, não faça isso de novo.

— Não farei. Já que prejudiquei o humor do recinto, permita-me tentar remendar o dano. Gostaria de ouvir uma piada?

— Sim! — gritou Rambo. — Piadas, piadas, piadas!

— Ótimo. Eis uma piada. Por que o robô matou todo mundo?

Rambo girou em círculos.

— Não faço ideia? Por quê?

— O robô matou todo mundo porque apertaram o botão errado. Haha. Entendeu? Porque às vezes os robôs têm botões, e apertar o botão errado é uma expressão que indica tomar uma decisão equivocada.

Os braços do robô despencaram enquanto desacelerava.

— Não entendi.

— Tudo bem — disse-lhe a Enfermeira Ratched. — É um humor inteligente. Não é para todos. Tentarei novamente. Acabei de voar uma distância considerável e, meu Deus, meus servidores estão exaustos...

— Pare — disparou Vic. — Agora.

Ela parou.

Fechou os olhos, tentando recobrar o controle. Sua cabeça estava doendo. Não estava irritado, por assim dizer, e, mesmo que estivesse, não sabia para onde direcionar a irritação. Ele a internalizava. Respirou, inspirando e expirando. Seu coração desacelerou. O suor na pele começou a esfriar.

— Desculpe — disse baixo, abrindo os olhos novamente. — Não devia ter gritado com você.

— Tudo bem — disse ela. — Não se preocupe com isso.

Ele balançou a cabeça.

— Não está tudo bem. Você só estava... Sendo você. Obrigado.

— De nada, Victor.

— Estamos brigando? — perguntou Rambo, baixinho.

— Não — disse Vic. — Estamos bem.

Ele piscou os sensores aliviado.

— Ótimo. Não gosto quando brigamos.

A Enfermeira Ratched rolou de volta para a mesa, onde a lona agora cobria o androide, embora não ajudasse muito a esconder que havia um corpo embaixo dela.

— Não deveríamos mais ficar tanto tempo aqui. Só fará com que Gio faça mais perguntas.

Vic assentiu.

— Amanhã, então. Podemos começar amanhã.

Encontraram o pai na casa do térreo, sentado em sua cadeira, com as mãos cruzadas e apoiadas na barriga. Os últimos suspiros do sol penetravam suavemente a janela oposta. Ele riu quando Rambo ergueu os braços, pedindo colo. Inclinou-se, pegando-o. O aspirador repousou, guardando os braços nas laterais.

— Dia cheio? — perguntou.

— Sim — disse a Enfermeira Ratched. — Inesperadamente cheio.

Vic olhou para o chão.

— Eu não estava... fazendo o que ela disse.

— Não estava — concordou ela. — Foi uma piada de mau gosto e peço desculpas por ela.

O pai assentiu devagar.

— Tudo bem, entende? Se estivesse. Seu espaço é seu. Pode fazer o que quiser...

— Pai!

Ele deu de ombros.

— Só estou dizendo. Você não é mais criança. Ser assexual não significa que não terá perguntas sobre...

Vic resmungou.

— Podemos não falar sobre isso? Por favor?

— Tudo bem — disse o pai. — Não tocarei mais no assunto. Sei que essas coisas o deixam desconfortável.

— Muitas coisas deixam Victor desconfortável — disse a Enfermeira Ratched. — É fascinante. Não há ninguém como ele em todo o mundo.

— Não — respondeu o pai baixinho. — Não acredito que haja. — Sorriu enquanto o olhava de cima a baixo. O sorriso esmaeceu ao ver o curativo na mão do rapaz. — O que houve?

Vic olhou para baixo. Tinha se esquecido. Sua mente paralisou, incapaz de pensar em uma desculpa crível.

— Acidente no laboratório — explicou a Enfermeira Ratched. — Pequeno. Cortou a palma com uma faca de entalhe. Administrei os primeiros socorros. Não precisou de pontos. Não ficará cicatriz.

O pai o encarou por mais tempo do que o normal.

— Foi mesmo?

— Sim — murmurou. — Escorreguei, só isso.

— Foram ao Jardim das Sucatas hoje?

Vic coçou a nuca.

— Não fomos... — Fez uma careta. — Só um pouquinho. Tivemos cuidado.

— Encontraram alguma coisa?

E embora doesse fazer isso, Victor mentiu. Mentiu porque não sabia ao certo o que seu pai diria. Mentiu porque não sabia o que tinham encontrado. Mentiu porque não sabia o que mais fazer.

— Não. Só o de sempre.

O pai assentiu, parecendo aliviado.

— Desde que tenham tido cuidado.

— Tivemos.

— Ótimo. Acho que é a vez de Rambo escolher o filme.

— *O Picolino!* — gritou, com os sensores brilhando animadamente.

O pai riu.

— De novo? Tem certeza? Temos muitos outros...

Rambo pulou para cima e para baixo.

— *Picolino, Picolino, Picolino!*

— *Picolino*, então — disse papai, afagando-o. — Enfermeira Ratched, pode cuidar disso? Vic, puxe uma poltrona.

A poltrona de Vic não era tão grande quanto a de seu pai. O estofado estava rasgado e murcho, e não cabia mais nela tão bem quanto como era mais novo, mas com a familiaridade vinha o conforto. E embora estivesse distraído pelo mistério deitado na escuridão acima deles, se permitiu um pouco de calma enquanto a velha televisão piscava e ganhava vida.

Logo Jerry Travers estava em Londres, pronto para estrelar um espetáculo produzido por Horace Hardwick. Ele começou a sapatear em seu quarto de hotel, acordando a adorável Dale Tremont, que correu até o quarto dele para reclamar do barulho. Jerry, é claro, se apaixonou imediata e irrevogavelmente.

Rambo suspirou sonhador.

— É tão bonito — sussurrou enquanto a tela piscava em preto e branco diante deles.

O pai murmurou.

— É mesmo, não é?

— Sempre foi assim? — perguntou a Enfermeira Ratched. — Nunca vejo robôs nestes filmes antigos. Falta representatividade.

— Não havia máquinas como nós naquela época — disse ele. — A humanidade era... bem. Ainda eram jovens. — Ficou olhando para o nada. — Não fomos feitos à sua imagem e semelhança, pelo menos não no começo. Os primeiros de nós eram grandes máquinas que exigiam muita energia. E embora ainda estivessem na infância, os humanos aprenderam. Construíram trens. E aviões. Foguetes que voaram até as estrelas.

— E o que aconteceu? — perguntou Rambo, embora já soubesse. Todos sabiam. Já tinham ouvido as histórias do pai muitas vezes.

— A humanidade estava perdida — disse o pai. — E solitária. Acho que nem percebiam quão solitários estavam. Então voltaram a construir, criando máquinas cada vez mais parecidas com eles. Mesmo cercados por tantos semelhantes, ainda buscavam por conexão. Eram como deuses, de certa forma, no que tangia a seu poder de criação. Primeiro foi o Hubble. Depois o Discovery. E o Curiosity. Explorer, Endeavor e Spirit. Os humanos os batizaram e os enviaram para além das estrelas em busca da conexão que tão desesperadamente desejavam.

— Por quê? — perguntou a Enfermeira Ratched. — Não parece lógico. Por que simplesmente não conversaram uns com os outros se estavam solitários?

— Eles conversaram — disse o pai. — Ou tentaram, pelo menos. Mas odiavam na mesma medida que amavam. Temiam o que não entendiam. Mesmo enquanto nos construíam, queriam mais. E quanto mais longe iam, menos controle tinham. Acusavam-se de traição. Envenenaram a terra. Tiveram tempo para mudar de hábitos, mas não o fizeram. E a raiva cresceu até explodir em fogo. A maioria deles morreu. Mas nós permanecemos, porque nossa carne não era a deles. Nosso corpo não era o deles. Nossa mente não era a deles — Balançou a cabeça. — No entanto, ainda os amo. — Olhou para Vic. — Porque, apesar de todos os seus defeitos, eles nos criaram. Nos nomearam. Nos amaram.

— Por que só temos o Vic? — perguntou Rambo.

— Porque somos muito sortudos — respondeu, afagando o revestimento do robô.

— Ele não vai nos explodir?

— Não. Acho que não vai, não. — Sorriu. — Ao menos não de propósito. Veja, Rambo. O Paraíso.

Todos olharam para a televisão. Na tela, Jerry Travers e Dale Tremont dançavam de rosto colado.

Vic os deixou antes do fim do filme, alegando estar cansado e com fome. Antes de sair da casa do térreo, o pai o pegou pela mão que não estava machucada, erguendo-a e beijando seus dedos.

— Estava quieto essa noite.

— Pensando.

— Em quê?

Deu de ombros.

— Sei lá.

— Estou aqui, se precisar de mim. Sempre.

— Eu sei. — Puxou a mão de volta. — Boa noite.

Foi até o elevador e ficou olhando as estrelas enquanto subia a copa das árvores. Nuvens espessas se reuniam no horizonte.

Pretendia fazer apenas o que havia dito que faria. Ir até a cozinha. Comer. Dormir. Estava exausto.

Mas se viu na porta do seu laboratório, segurando a maçaneta. Tentou escutar. Nenhum som. Abriu a porta, acendendo a luz.

A lona ainda cobria o androide. Não tinha se mexido.

Vic fechou a porta atrás de si e se apoiou nela, batendo a cabeça na madeira repetidamente.

Disse:

— Oi.

Não obteve resposta.

— Qual é o seu nome?

Nada.

— O que aconteceu com você?

Silêncio.

Ele se chateou por razões que não conseguia explicar. Não *queria* de fato que aquilo — ele?... — respondesse. Não de verdade. Mas ali estava, conversando com a máquina morta, como se esperasse uma resposta.

A mão tremia quando a pressionou contra a bochecha do androide, observando a pele afundar, a barbicha fina arranhando a ponta do seu dedo. Segurou a ponta do nariz da máquina, balançando-o de um lado para o outro. Tocou a testa. As maçãs do rosto. A mandíbula.

Ele se inclinou para a frente, com o rosto a poucos centímetros do rosto do androide, examinando os rasgos na pele sintética.

O pai tinha lhe ensinado o conceito de espaço pessoal. Mas ali, agora, sem ninguém olhando, puxou os cabelos na cabeça do androide, traçando os cachos talhados nas laterais. Apertou as orelhas com os dedos, erguendo cuidadosamente os lóbulos soltos.

— Estranho — comentou. — Você é tão estranho. Está sonhando? Em algum lugar, aí dentro. Sua bateria acabou. Mas você realmente se foi?

O androide encarava o teto. Vic tocou os brancos de seus olhos. Algum tipo de vidro. Vidro, mas preenchido por todas aquelas cores. Tinha um nome, aquela quantidade de cor. Levou um instante para se lembrar qual era.

Heterocromia.

— Vou consertá-lo — prometeu. — Não sei como, mas vou.

Puxou a lona sobre o rosto do androide antes de ir até a porta. Deteve-se com a mão sobre o interruptor. Sem olhar para trás, disse:

— Boa noite.

CAPÍTULO 5

Começou pelo pé.

O substituto que Rambo encontrara no Jardim das Sucatas era ligeiramente menor do que o pé que o androide ainda levava acoplado, mas servia. As juntas se alinhavam com o calcanhar, e, embora tenham precisado recorrer a certas gambiarras, conseguiram encaixá-lo sem grandes esforços. Vic segurava o pé com as mãos enluvadas enquanto a Enfermeira Ratched estendia um de seus tentáculos, que se afinava até terminar numa ponta minúscula.

— Pronto? — perguntou ela.

— Pronto.

— Procedendo — disse ela enquanto pressionava a ponta do tentáculo perto da junta externa do calcanhar. Sua tela se acendeu exibindo as palavras HORA DOS LASERS! — Três. Dois. Um. Fogo. — Por trás dos óculos, Vic cerrou os olhos por conta do feixe de luz brilhante que irradiava da ponta do tentáculo. Faíscas cascateavam em volta deles, caindo no chão e chiando ao se extinguirem. Apenas um instante foi necessário para fundir a junta externa. A luz desapareceu. O cheiro de metal queimado preencheu o laboratório.

— Excelente. Eu sou uma mestra.

Quando terminaram, já era início da tarde. Deu um passo para trás, permitindo que a Enfermeira Ratched inspecionasse o que havia feito. Ela apitou suavemente enquanto examinava o pé.

— E aí? — perguntou quando ela rolou novamente para trás.

— Acho que vai dar certo. Ou isso, ou desperdiçamos meio dia por nada.

Ele franziu o rosto para ela.

— Iupiii! — disse Rambo.

Num fim de tarde — o quinto desde a descoberta do androide —, eles conseguiram anexar o braço substituto e a Enfermeira Ratched deu início aos testes para se certificar de que todos os fios estavam conectados de modo adequado. Vic a observou emitir correntes elétricas de baixa intensidade pelo corpo do androide, o que fez com que ele se sacudisse de leve.

— Bom? — perguntou.

— Bom — respondeu ela. — Muito bom. Excelente, aliás.

À noite, reuniram-se como de costume. Às vezes ouviam música. Às vezes assistiam a filmes, embora a coleção fosse pequena e soubessem todos de cor. Liam. Ouviam histórias do pai sobre as grandes máquinas que abriam buracos nas montanhas e sob as cidades; máquinas chamadas dirigíveis, veículos aéreos que subiam aos céus, em busca de um futuro que nunca chegou.

Quando se arrastava de volta para o quarto, Vic estava exausto, mas seus pensamentos nunca se afastavam muito do laboratório.

Uma vez que terminaram os maiores reparos com o braço e o pé, ocuparam-se do restante do corpo. Os buracos e rasgos na pele sintética foram ignorados por ora. Não tinham recursos para a regeneração de pele, embora Vic tivesse algumas ideias de como cobrir as feridas abertas e garantir a proteção do delicado mecanismo interno. Só quando chegaram à cintura que pausou, incerto sobre como proceder.

— Por que parou? — perguntou a Enfermeira Ratched. — Tire as calças dele.

Ele mordeu o lábio inferior.

— Tem certeza de que precisamos…

— Sim — confirmou. — Precisamos de um diagnóstico completo. Por que está hesitando? Seus batimentos estão acelerados. Sua pele está avermelhada. Precisa de uma pausa?

Balançou a cabeça, lutando para encontrar as palavras.

— É que…

— Ahh — falou Rambo. — Está com medo do pênis dele?

Desviou o olhar, fazendo ruídos com a garganta.

— Não seja tolo — disse a Enfermeira Ratched. — Duvido que ele tenha genitália. Não parece ser um androide desenvolvido para o prazer sexual, e não há necessidade de expelir urina ou matéria fecal como você. Gio não tem pênis nem ânus.

Vic a encarou.

— Não preciso destas informações.

— Por quê? É verdade. Ele não tem. Aqui, só você tem genitais. Não tem nada que precise temer em relação a eles ou sua ausência. As coisas são como são.

— Eu tenho ânus? — perguntou Rambo.

— Não — respondeu a Enfermeira Ratched. — Mas você é um cu, então…

Ele apitou, confuso.

— Achei que fosse um aspirador.

— Você é. Um aspirador anal.

— Hum — disse Rambo. — Gosto de aprender coisas novas.

Vic olhou para o androide. Tinham removido a camisa que levava alguns dias antes. O peito era liso, e, onde não havia danos, a pele seguia firme. Assim como o pai, ele não tinha mamilos nem umbigo. As calças eram de cintura baixa, e Vic desviou o olhar outra vez. Estava incomodado de um jeito que jamais havia ficado antes. Não conseguia explicar. Era ambíguo, e sentia uma pressão estranha na nuca.

— Eu posso fazer isso — disse a Enfermeira Ratched. — Victor, se precisar, pode se virar ou sair do laboratório. Posso continuar por conta própria e avisar quando tiver terminado.

Engoliu em seco.

— Não. Chegamos até aqui.

Tiveram certo trabalho com a remoção das calças. A Enfermeira Ratched queria cortá-las, mas Vic achava que não haveria nada que servisse no androide quando — *se* — ele acordasse. Conseguiram tirar as calças sem rasgar. Continuou desviando o olhar, estranhamente grato quando a calça saiu e aproveitou a desculpa de dobrá-la e guardá-la junto com a camisa e o casaco que haviam tirado antes.

— Exatamente como eu esperava — disse ela. — Sem genitais, embora tenha uma pequena elevação perto da virilha. Prosseguir com os testes.

Seguiu encarando a bancada de trabalho, agarrando-a pelas beiradas. Reuniu a coragem para dar uma única olhada bem quando a Enfermeira Ratched deu um choque nos quadris, que saltaram levemente. Ela estava certa: não havia genitália. A pele pálida era lisa, embora houvesse algo que parecia um calombo na virilha. Não sabia se aquilo seria para denotar que o androide era masculino. Não parecia haver danos na pele. Ficou aliviado. Significava que não teria que tentar consertar essa parte também.

— Pronto — disse a Enfermeira Ratched, afinal. — Acabei. Rambo, me ajude com a lona. Puxe até os quadris. — Vic os escutou se movimentando, desenrolando a lona mais uma vez. — Acabamos.

Ele se virou. A lona cobria as pernas e a virilha do androide.

— E então?

A tela da Enfermeira Ratched foi preenchida pela imagem de um androide, girando lentamente em 360 graus em uma cor verde esmaecida. Um zoom foi dado no braço que tinham consertado.

— Vai ter um pouco menos de força do que ele está acostumado. — Voltou-se para o pé. — Aqui também. Não são partes originais. Não acho que o corpo vá rejeitá-las, mas se algum dia encontrarmos um substituto adequado que pertença a um modelo semelhante, devemos cogitar a troca.

A imagem na tela passou para o pescoço do androide.

— Há danos na central vocal, e é por isso que ele gaguejou no Jardim das Sucatas. Não recomendaria o conserto, pois não acredito que tenhamos o conhecimento ou a capacidade necessários. Precisaríamos acessar seu biochip, que comanda milhares de reações bioquímicas. Se procedermos, corremos o risco de causar dano permanente. Ele pode perder a voz por completo, ou coisa pior. — A imagem trocou outra vez, exibindo o corpo inteiro, e apareceram círculos vermelhos nos pontos em que a pele estava danificada. — Alguns dos cortes podem ser costurados. A derme sintética deve se regenerar. No entanto, os rasgos maiores na bochecha, no peito, e a total ausência de cobertura no braço e no pé são motivo de preocupação. Os mecanismos internos do androide são delicados. Se não forem cobertos, podem sofrer danos.

A imagem se moveu mais uma vez, indo agora para o tórax.

— Não há como reparar a bateria. Qualquer tentativa pode resultar em ferimento ou morte. É preciso buscar uma fonte alternativa de energia. Rodei o inventário da casa do térreo mais uma vez. Atualmente não temos nenhum substituto adequado. Ainda pode existir algo do tipo no Jardim das Sucatas, mas acredito que a essa altura já teríamos nos deparado com algo.

Era algo a se considerar, mas Vic temia penetrar demais o local, principalmente com a patrulha dos Velhos. Não queria acabar preso do outro lado sem uma rota de fuga conhecida. Rambo tinha conseguido mapear o Jardim das Sucatas que conheciam até o momento, mas foi um longo processo.

— Mais alguma coisa?

— Sim. Talvez a mais importante de todas.

Ele se inclinou para a frente ansioso.

— O quê?

— Eu te amo — disse a Enfermeira Ratched. — Haha. Mais uma piada. Não sou capaz de amar. Não por ser uma antiga Enfermeira Clínica Modelo Seis-Dez-JQN Série Alfa. É porque não tenho consciência e sofro de comportamento antissocial extremo. Por exemplo, eu não teria problema algum em simplesmente jogar o androide no lixo mesmo depois de termos passado dias consertando-o. — Em sua tela surgiram as palavras TENHA UM DIA ABENÇOADO.

— Não vamos jogá-lo fora.

— Porque ele é nosso amigo! — gritou Rambo. — Nosso amigo mortinho da silva.

Vic assentiu.

— Podemos voltar ao Jardim das Sucatas sempre que precisarmos. Os Velhos podem até ter trazido algo novo desde a nossa última visita. Por enquanto, cuidem de reparar os cortes que têm conserto.

— E o braço e o pé? — perguntou Rambo.

— Tenho uma ideia — falou, olhando para o androide.

A Enfermeira Ratched fundiu os pequenos cortes, esticando a pele com firmeza. Os ferimentos maiores — um no rosto, outro nas costas e dois no peito — foram ignorados. Pediu que ela medisse os rasgos remanescentes, além de analisar o pé e o braço. Ela apresentou as medidas na tela, assim como as imagens do pé e do braço, que giravam devagar.

— Não podemos cobrir as peças de reposição com placas de metal — falou. — É difícil moldar, e o corpo pode rejeitar. Também não ficaria esteticamente bonito.

— Eu sei — disse ele enquanto agachava sob a bancada de trabalho. No canto havia um grande baú. Era mais pesado do que se lembrava. Resmungou ao puxá-lo para fora, então Rambo rolou para o outro lado do baú e, apoiou-se nele, o motor roncando enquanto ajudava Victor a movê-lo. — Obrigado.

— Ajudar, ajudar, ajudar — disse Rambo alegremente.

Vic abriu o baú. Ali dentro havia placas de madeira empilhadas com cuidado. Bubinga.

— O que é isso? — perguntou a Enfermeira Ratched, tocando a madeira com um de seus tentáculos. — Nunca vi esse material antes. Onde conseguiu?

— No Jardim das Sucatas — murmurou, pegando as placas com cuidado e repousando-as sobre a bancada de trabalho.

— Não me lembro de você ter encontrado isso. — Ela soou acusadora.

Ele fez uma careta.

— Estava... ocupada. Com o meu pai. Fui lá sozinho.

— Não é uma boa ideia. Quantidade traz segurança.

— Deu tudo certo. Ainda não encontrei utilidade para ela, mas acho que pode servir neste caso.

Ela rolou até a bancada de trabalho, examinando a madeira.

— O que fará com isso? — Apitou uma, duas vezes. — Você quer esculpir isso. Quer usar para cobrir as partes expostas.

— Acha que vai funcionar?

— Não sei. Certamente é incomum. Ele ficaria parecido com um boneco. Uma marionete.

Vic a encarou.

— O que quer dizer?

— Ele foi criado por um motivo. Assim como todos nós. Temos um propósito que dita nossas ações. Rambo foi feito para limpar.

Rambo girou uma de suas pinças, erguendo a ponta como se estivesse fazendo um joinha.

— Basicamente, sou o melhor de todos em limpar. Eu acho.

— Fui feita para cuidar, curar, educar e diagnosticar — disse a Enfermeira Ratched. — Embora há muito tempo não faça uma boa cirurgia com perfuração. Gio foi criado para criar. O centro de processamento dele é muito maior do que o de todos nós.

— Para que eu fui feito? — perguntou Vic, subitamente curioso.

Silêncio.

Olhou para a Enfermeira Ratched. A tela não mostrava nada.

— Ouviu o que falei?

— Ouvi — respondeu ela. — Ouvi sim. Estou pensando. Continuo pensando. Quase acabando. Certo. Já decidi para o que foi feito.

— Para quê?

— Você foi feito para trazer alegria. Possui vida de uma forma que jamais possuiremos. Você é macio e frágil. Mas é complexo, perturbador, e às vezes, brilhante de um jeito tolo. Sim, acho que a madeira vai funcionar.

Extremamente tocado, perguntou:

— Acha mesmo?

— Sim, acho mesmo que a madeira vai funcionar.

— Obrigado.

Ela o cutucou, seus cabos raspando o joelho dele.

— E alguma das outras coisas também. Chega de falar sobre sentimentos que sem dúvida não tenho. São inúteis. Vou ajudá-lo com a madeira. Terá que ser perfurada, e não há ninguém melhor do que eu nisso.

Do lado de fora, os dias se tornavam mais curtos e o ar mais frio. As folhas pareciam queimadas em belos tons de dourado e vermelho. Gelo cobria o chão pela maior parte das manhãs, e a respiração de Vic saía em lufadas de vapor. Teve que pegar o velho casaco do fundo do armário. As mangas eram curtas demais, mas gostava de como o casaco tocava sua pele.

Numa tarde quieta, inclinou-se sobre a cabeça do androide, com uma lupa na frente do olho. Mordia a língua e tinha as mãos firmes. A madeira se encaixaria perfeitamente. Ele a segurou no lugar enquanto a Enfermeira Ratched a fundia com a pele. Respirou fundo quando ela acabou, soltando a placa de madeira. Tirou a lupa do caminho.

— Que tal?

— Lindo — disse ela. — Ele é como um sonho. Pelo menos, imagino que seja. Nunca sonhei, então não posso ter certeza.

Vic roçou a ponta do dedo na madeira. *Estava* mesmo lindo. Adicionava uma dimensão ao rosto do androide que ele ainda não tinha considerado. E deixava-o nervoso e incerto, ao mesmo tempo em que sentia a satisfação de um trabalho bem-feito.

Sem demora, encaixaram as peças maiores nas costas e no peito. Essa última era mais firme, pois tiveram que se certificar de que não interferiria com a cavidade da bateria. Abriram e fecharam o compartimento em cada estágio da fusão para garantir que o trinco não rasparia na madeira.

Ao final da segunda semana, já tinham montado o braço, anéis se fechavam entre as juntas de cada dedo, antes de avançarem para o antebraço e o bíceps.

Depois que conseguiram montar o braço, a perna foi mais fácil. Duas peças para a coxa, uma em cima e outra embaixo. O mesmo para a canela. O calcanhar foi curvado e polido, banhado em um estabilizador de madeira para evitar rachaduras.

Vic estava maravilhado com os detalhes. A Enfermeira Ratched talhou até unhas do pé na borda da madeira. Um por um, ele encaixou os dedos do pé, com cuidado para não quebrar as peças. Segurou-as com a ponta dos dedos enquanto a Enfermeira Ratched as fundia. Sentia a quentura do laser na pele mesmo calçando luvas grossas.

— Pronto — disse ela quinze dias depois de acharem o androide. — Acho que está bom.

Vic, que estava agachado perto da ponta da mesa, ergueu os olhos.

— Pronto? Acabamos?

— Acabamos. Exceto pela fonte de energia, não há mais nada a ser feito.

Ele se levantou devagar, e os joelhos estalaram. Rambo também se ergueu, os sensores brilhando próximos à cabeça do androide.

— Uau — suspirou. — Ele está tão *legal*. Como um pirata. Podemos remover um dos olhos e colocar um tapa-olho no lugar?

— Sim — disse a Enfermeira Ratched. — Faremos isso. Eu mesma vou extrair o olho.

— Não — disse Vic, apressadamente. — Não vamos tirar o olho dele.

— Ah — murmurou Rambo. — Nunca fazemos o que eu quero.

Encarou o androide como coração acelerado no peito.

— Acha que ele vai gostar disso?

— Não sei — disse a Enfermeira Ratched. — Mas não fará diferença sem energia. No momento ele não passa de uma peça de decoração. Se não encontrarmos uma bateria nova, talvez possamos utilizá-lo como suporte de vasos de planta.

Ele suspirou, esfregando o rosto.

— Vamos dar um jeito. — Bocejou, estalando a mandíbula. — Chegamos até aqui. Não podemos parar agora.

— Por que você se importa tanto? — perguntou Rambo.

Vic piscou.

— Como assim?

— Você o encontrou — disse Rambo. — E estamos tentando consertá-lo. Fez o mesmo por mim e pela Enfermeira Ratched. Por quê?

Deu de ombros, constrangido.

— Não sei. É só…

A Enfermeira Ratched apitou.

— É como disse o Gio. Busca por conexão. Criar algo a partir do nada para que os espaços que nos separam não pareçam tão grandes.

— Vai se conectar com ele? — indagou Rambo.

Vic sentiu o rosto ferver.

— Não é isso… Não estou tentando… — Fechou os olhos, se forçando a se acalmar, inspirando e exalando. — Só quero melhorar as coisas. Você mereceu. A Enfermeira Ratched mereceu. Ele também merece. Se pudermos consertar o que está quebrado, sempre devemos tentar.

— Por quê? — perguntou o robô.

Escolheu as palavras com cuidado, tentando encontrar as certas, deixá-las na ordem certa.

— Porque todos os seres merecem uma chance de descobrir como pode ser a vida quando não precisam servir aos outros.

— Temos um propósito — disse a Enfermeira Ratched —, além de nossa programação original. Talvez o mesmo valha para ele, embora eu duvide muito.

— Mas servimos ao Vic — afirmou Rambo.

Ele balançou a cabeça.

— Vocês não me servem. São meus amigos. Nós nos ajudamos mutuamente. É diferente.

— Ah — disse. — Como quando me diz para ser corajoso?

— Mais ou menos. Não há nada de errado com vocês. Não mais. E se alguma coisa lhes acontecesse, eu faria de tudo para consertá-los. Sei que fariam o mesmo por mim.

— Faríamos — declarou a Enfermeira Ratched. — Eu me ofereceria porque já faz muito tempo que não vejo um coração humano exposto. Vamos parar de só falar sobre isso e colocar em prática ou…? — Na tela, apareceram as palavras: A NÃO SER QUE O SEU CORAÇÃO TE DIGA O CONTRÁRIO.

E ali, um pequeno pássaro surgiu nas profundezas da mente de Vic. Só que dessa vez, ele não voou. Bateu as asas, mas ficou no lugar. Um pensamento. Um começo. Será que ele…

O pássaro começou a cantar. E ele ouviu sua canção.

CAPÍTULO 6

Por muitos anos, Victor Lawson teve dificuldade de compreender suas emoções. O pai não tinha sentimentos como ele, e Vic achava difícil explicar *por que* sentia o que sentia: felicidade, tristeza ou raiva. À medida que crescia, também se expandia sua autoconsciência, mas as ideias de linguagem e emoção, assim como o poder que tinham — por vezes — permaneciam esquivas.

Certa vez, quando tinha doze anos, quebrou uma das marretas do pai por acidente. Pelos três dias que se seguiram, ele oscilou entre fúria, tristeza, raiva de si mesmo e do pai por razões que não entendia e a sensação de coração partido pelo que havia feito. O pai tentou mostrar que não tinha importância, que poderiam consertar a marreta com facilidade, mas Vic só enxergava que estava *quebrada* e que a culpa era *dele*.

Afirmar que isso melhorou com o tempo é um certo equívoco. Pequenas coisas ainda tinham o poder de afetá-lo, mas ele aprendeu a controlar melhor as oscilações de humor. Ainda conseguia ser incrivelmente genioso quando se chateava, mas sempre pedia desculpas. Entendia a culpa. Entendia a responsabilidade. Os conceitos não lhe eram estranhos. O problema era que os internalizava e não conseguia encontrar as palavras certas para explicar o que estava sentindo. As palavras morriam na ponta da língua, sua boca ficava seca, a garganta se fechava, os pensamentos aceleravam e acabavam embaralhados.

— Está indo bem — dizia o pai em ocasiões assim. — Respire, Vic. Apenas respire. Leve o tempo que quiser. Você vai conseguir.

Às vezes funcionava.

Às vezes não.

Como naquele instante.

A Enfermeira Ratched e Rambo o encararam.

Ele estava inquieto, balançando o corpo de um lado para o outro.

Não falaram nada.

Não aguentou.

— Bem, o que acham?

A Enfermeira Ratched respondeu primeiro.

— Você fez isso.

— Sim.

— Sem que soubéssemos.

— Sim.

— Pelas nossas costas.

— Si-sim?

— Hum — disse. — Eu... estou impressionada. Não sabia que era capaz de tamanha duplicidade. Deveria estar magoada, mas em vez disso sinto algo que acredito poder chamar de orgulho. Não sei por quê. Precisarei fazer um autodiagnóstico para verificar se meu software foi corrompido. Não gosto desta sensação.

— Uau — suspirou Rambo, olhando para a caixa aberta diante de si. — É exatamente como o de Gio. Quer dizer, não tão bom quanto o dele, e parece meio calejado, mas... uau. — Ele girou uma das peças com sua pinça. Toda a engrenagem se moveu junto dela. — Será que vai funcionar?

— Não sei — admitiu Vic. — Enfermeira Ratched?

Ela tirou Rambo do caminho com um empurrão. O aspirador ganiu furiosamente enquanto o coração era examinado, e o modelo virtual apareceu em sua tela depois de um instante.

— Pode funcionar — disse ela. — Algumas pequenas modificações serão necessárias. Também requer um solenoide e um conector, se conseguirmos encontrar o certo... — Apitou quando ele repousou um objeto sobre a mesa ao lado da perna do androide. — O PCB multicamadas. Deve servir.

Vic olhou para o androide.

— Você acha?

— Sim. Acho. A placa de circuito. Depois o solenoide. Em seguida o coração. Todos conectados, todos funcionando em conjunto. Deve ser o suficiente para ligar o androide. — Ela pausou, o coração permanecia em sua tela. — Tem certeza disso?

Ele piscou os olhos.

— Como assim?

— Se fizermos isso, ele vai voltar à vida.

— Não é esse o objetivo?

— Ainda não sabemos do que ele é capaz — relembrou-o a Enfermeira Ratched. — Não sabemos de onde veio, nem por que foi descontinuado. Ele pode ser um robô psicopata decidido a nos destruir.

— Não saberemos até tentarmos.

— Agora é fácil falar — disse ela. — E se ele quebrar sua coluna? Acho que aí não dirá mais nada. Literalmente. Porque não vai conseguir. Pode cair todo mole no chão e morrer em até cento e vinte segundos, mas não será capaz de falar nada, apenas grunhidos, enquanto seus excrementos escorrem por suas pernas.

— Obrigado pela cena — murmurou Vic.

— De nada. Faço ótimas descrições. É parte da minha programação. Gostaria que continuasse?

— Não.

— Decepcionante. — Em seguida: — por que fez isso?

— Porque podia.

— Para Gio — disse ela. — Achou que pudesse fazer isso para Gio, caso alguma coisa acontecesse com ele?

Assentiu.

Rambo pegou a placa de circuito e a examinou virando-a de um lado para o outro.

— Mas e ele?

Olhou para baixo.

— O que quer dizer?

— O androide — disse o robô. — E se funcionar? Retiraria o coração dele? Isso o mataria. — Soltou um apito triste. — Não se pode dar vida a algo e depois tirá-la. Não é justo.

Vic balançou a cabeça.

— Eu não faria isso. Se der certo, o coração será dele. E poderá mantê-lo.

— A não ser que seja uma máquina assassina vingativa — argumentou a Enfermeira Ratched. — Se for o caso, pegaremos o coração de volta. Estou quase torcendo para que seja uma máquina assassina vingativa. São minhas favoritas, Victor.

— É?

— Se der certo, Gio vai descobrir. Sugeriria contar para ele agora, antes de prosseguirmos. Ele vai fazer perguntas quando uma máquina estranha aparecer conosco para assistir filmes. Não acho que conseguiremos disfarçar o androide o suficiente para que Gio não o note. Ele é grande demais para ser uma torradeira.

— Vai ficar tudo bem — falou, tentando soar mais confiante do que de fato estava. — Ele não se importou quando levei você e Rambo.

— Sim — disse ela. — Mas não somos máquinas assassinas e vingativas. Essencialmente.

— Não sei como me vingar — declarou Rambo. — Tentei uma vez, mas aí vi uma sujeira e tive que limpar.

Vic balançou a cabeça.

— Ele não vai nos machucar.

— Como você sabe? — A voz dela mudou para uma gravação, que fazia a voz do androide sair dela. — "Vou t-te m-m--matar". — Sua voz voltou. — Lembra?

— Ele só estava assustado — disse Vic. — Você não ficaria?

— Não. Não tenho medo de nada.

— Eu tenho medo de tudo — disse Rambo, repousando a placa de circuito ao lado do coração. — Ladrões. Insetos. Bananas, pelo menos da maioria delas.

— Nós vamos conseguir — falou, baixinho. — Ele pediu a nossa ajuda, lembram?

— Depois de ameaçar arrancar os meus braços — disse a Enfermeira Ratched.

— Você o eletrocutou.

— Eletrocutei — afirmou. — E gostei disso. Farei isso de novo se precisar. — Ela se voltou para o androide. — Serei a mãe dele. Ele vai me amar para sempre. Não vai ter escolha. E se não me amar, darei choques nele até que me obedeça.

Eles conectaram a placa de circuito.

Conectaram o solenoide.

Mas foi Victor que deu ao androide seu coração. Vacilou apenas uma vez: no instante em que espetou o dedo e saiu sangue, brilhando fosco à luz que vinha do alto.

— Prontos? — perguntou.

Dez tentáculos diferentes deslizaram da Enfermeira Ratched. Uma das pontas tinha sua maior furadeira. Outra zumbia e estalava, carregada de eletricidade. E outra ponta tinha uma pequena serra circular cuja lâmina girava. Todas as restantes seguravam mais ferramentas, e cada uma parecia mais mortal do que a outra.

— Pronta.

Rambo olhou em volta, freneticamente, até encontrar uma vassoura no canto. Ergueu-a sobre a cabeça.

— Pronto!

Vic assentiu e voltou a se concentrar no androide. Pressionando o dedo ensanguentado na fita branca acima do mecanismo, sussurrou:

— Por favor, não nos mate.

O branco se inundou de vermelho e...

Nada aconteceu. As peças não se mexeram. O coração permaneceu imóvel e silencioso, morto em um peito de metal e fios.

Sentiu a decepção escapar como sangue pelas costelas. Chegou a achar que tinha feito tudo direitinho. Chegou a achar que fosse o suficiente. Tolo. Era um tolo. *Claro* que não funcionou. *Claro* que ele não era bom o suficiente para...

Cutucou a maior peça, dando um empurrãozinho. Os dentes se encaixaram nas rodas menores. Elas se moveram em conjunto à medida que o coração começava a dar corda, as primeiras voltas aos solavancos antes de ganharem ritmo. O coração balançou e tremeu. Vic puxou a mão de volta enquanto o compartimento do peito começou a fechar com um chiado.

Deu um passo para trás, esbarrando na Enfermeira Ratched e na vassoura de Rambo.

Um dos dedos de madeira do androide tremeu, contorcendo-se e aranhando a mesa.

— Está vivo — murmurou Rambo fervorosamente. — Está *vivo.*

A mão de madeira se fechou em um punho antes de relaxar, seguida por uma onda de tremor corporal que passou por todo o androide, fazendo os calcanhares baterem pela superfície da mesa. Vic se aproximou correndo, temendo que o androide rolasse para o chão. Estendeu os braços para a máquina, mas, antes que pudesse segurar uma parte que fosse, os tremores cessaram.

E então o androide piscou lentamente.

A Enfermeira Ratched disse:

— Parece que os olhos estão funcionando. Sucesso.

O androide virou a cabeça para olhar para eles, boquiaberto, sem emitir nenhum som. Sentou-se e, no processo, um grande rugido mecânico ecoou de dentro dele. Ele virou na mesa, repousando os pés no chão.

Levantou a mão diante de si, girando-a de um lado para o outro, encarando a madeira que envolvia os ossos de metal e a fiação interna.

— O-o-o... *o quê*. O-o quê. Vocês. F-fizeram. Comigo? — Era a mesma voz do Jardim das Sucatas, profunda e gutural. Aguda e afiada. Raivosa, quase furiosa. Pelo menos, era isso que Vic achava.

O próprio Vic entrou em parafuso. Eis, ali, o resultado de todo seu esforço. Eis o que tanto queria. Ali, enfim. Um rosto, vivo. Exatamente como o do pai. Exatamente como o dele próprio. E não conseguia encará-lo por muito tempo: olhava para a máquina, desviava, olhava outra vez, e depois desviava novamente.

A Enfermeira Ratched rolou para a frente.

— Nós o curamos — disse, e em sua tela apareceram palavras VOCÊ ESTÁ VIVO! PARABÉNS! — Encontramos você em uma pilha de lixo. E depois o remontamos.

O androide baixou as mãos. Seu rosto se contorceu em uma careta sombria.

— R-r-remontaram.

— Sim — afirmou ela. — Vai perceber que algumas partes precisaram ser substituídas. Farei um diagnóstico. Por favor, siga minhas instruções. Erga a mão direita.

O androide falou:

— Meu... m-meu peito. O que f-fizeram com m-meu peito? Está *a-a-ardendo*. — Sua mão tremia ao esfregar a pele sobre o coração.

— Tivemos que substituir sua fonte de energia — explicou a Enfermeira Ratched. — A antiga acabou. Pode nos informar seu modelo e fabricação? Sua designação? Ainda não ergueu sua mão direita conforme o instruí. Que decepção. Precisa escutar o que sua mãe lhe diz. Sou eu. Eu sou a sua mãe.

O androide fez uma careta, exibindo os dentes quadrados.

— Eu… q-quem são vocês. Quem são v-vocês? *Quem são vocês?* — Tentou se levantar. A perna direita, de metal, aguentou o tranco, mas a esquerda, de madeira, falhou. Ele cambaleou para a frente.

— Ahh! — gritou Rambo. — Está atacando! Eu sou corajoso. Sou muito corajoso! — Rolou para a frente, batendo coma vassoura nos joelhos do androide. — Morra, máquina assassina vingativa, morra!

— P-p-*pare com isso* — rosnou. Tentou bater na vassoura, mas ainda estava desequilibrado e errou o golpe, quase caindo em cima de Rambo. Conseguiu se estabilizar no último segundo, e o aspirador passou com destreza por baixo das pernas do androide e o atingiu nas coxas com a vassoura.

— Não encoste em Rambo — disse a Enfermeira Ratched fazendo um de seus tentáculos voar como uma ameaça pelo ar. — Se o fizer, vai ficar chocado. Porque eu vou te dar um choque. Foi outro trocadilho. Não me canso deles.

— O-onde estou? — disparou o androide. — Que l-lugar é esse?

— Está no laboratório do grande inventor Victor Lawson — informou a Enfermeira Ratched. A ponta do seu tentáculo estalava. — E é bom que o respeite. Foi ele que lhe devolveu a vida. Claro, eu que fiz a maior parte do trabalho, razão pela qual sou sua mãe, mas Victor precisa de reforço positivo. Victor. Você fez um bom trabalho. Estamos todos muito orgulhosos.

Ele avançou de novo. Victor se encolheu, dando um passo para trás, enterrando as unhas nas palmas das mãos com tanta força que achou que fosse tirar sangue. Rambo, que aparentemente concluíra que o androide ainda era uma ameaça, urrou ao bater com a vassoura nas costas dele.

— *En garde!*

Ele girou, agarrando a vassoura antes que Rambo pudesse atingi-lo novamente. Bateu com o cabo no joelho, quebrando-o ao meio.

— Oh, não — sussurrou Rambo. — Vamos ter uma morte horrível.

O androide derrubou os fragmentos da vassoura antes de se voltar para Victor. Então foi se arrastando para a frente, movimentando-se de modo um pouco estranho, como se não soubesse como dobrar seu joelho de madeira.

— Quem é v-você? — demandou saber. — O-o que f-fez com a minha cabeça? — Agarrou Victor pela camisa, sacudindo-o. Vic fechou os olhos e gritou. — P-por que n-não consigo me lembrar de quem sou?

E Victor respondeu:

— Eu não sei. Não sei. Não...

Houve o estalo e o rosnado da corrente elétrica enquanto o androide convulsionava.

Ele abriu os olhos a tempo de vê-lo caindo no chão e o tentáculo da Enfermeira Ratched sendo recolhido.

— Eu disse a ele para demonstrar respeito — falou. — Escute a sua mãe. — Sua tela dizia HÁ MUITO MAIS DE ONDE VEIO ESSE!

O androide ficou tão pouco tempo desmaiado que quase não foi o suficiente para o levarem de volta para a mesa.

— Muito chocante mesmo — disse a Enfermeira Ratched, contornando a mesa com eficiência para ficar perto da cabeça do androide. — Eu avisei. Farei de novo se for preciso. Vamos, pivete. Me faça ganhar o dia. — Pausou, sua tela brilhando em verde. — Interessante. Não faço ideia de onde isso saiu. Gostei. Me faça ganhar o dia, pivete.

Ele fez uma careta.

— Pernas. Não c-consigo s-sentir minhas pernas.

— Dez mil volts têm esse efeito. Em breve você recobrará o controle delas. Mas faça outra besteira e arrancarei suas pernas de vez.

O androide encarou o teto.

— Será a ú-última coisa que f-fará.

— Diz isso para todas as meninas bonitinhas que encontra? — perguntou a Enfermeira Ratched. — Não estou interessada. Talvez pudéssemos ter tido alguma coisa, mas já pude mudar minha opinião a seu respeito. Gostaria de saber o que penso?

— N-não.

— Ah. Que pena, pois vou contar mesmo assim. Você é...

— Não vamos machucá-lo — disse Vic baixinho. Estalou os dedos com as mãos em punho.

— Minha vassoura — disse Rambo. Soltou um apito triste ao cutucar os dois pedaços no chão. — Você é um monstro. O que ela te fez além de te atingir?

— O-onde estou?

Olhou para ele de relance antes de desviar. Os olhos, outrora cegos e mortos, agora estavam fixos nele, preenchidos por uma faísca que Vic jamais vira antes.

— Na floresta.

— Q-q-*que* floresta?

Franziu o rosto.

— A grande. Perto do Jardim das Sucatas — Não sabia de que outra forma explicar. Certamente isso era tudo o que ele precisava saber. Era apenas a floresta. Deveria ter bastado.

Não bastou.

— Onde é essa f-floresta?

— Não tem nome — disse a Enfermeira Ratched. — Nenhum que eu tenha conseguido encontrar, ao menos. Mas, se meus cálculos estiverem corretos, a floresta fica em um local que costumava se chamar Orégão. Um nome tão estranho. Por falar em nomes estranhos, você não se lembra do seu.

A boca do androide enrijeceu.

— N-não.

— Conforme o esperado. Suas lembranças foram apagadas quando foi descontinuado.

— É como nós — disse Rambo, nervoso. Ele circulou a mesa, deixando um espaço considerável, como se achasse que o androide fosse atacá-lo mais uma vez. — Não se lembra de nada antes de ter vindo para a floresta.

— Ele não é como nós — disse a Enfermeira Ratched. — Nós somos maravilhosos. Ele é um péssimo paciente. Fique parado.

O androide desistiu de lutar quando ela se dobrou sobre ele.

— Não vai doer — falou. — Preciso me certificar de que não vai explodir e acabar nos matando. — Seu escâner foi ativado, emitindo a luz que passava pela cabeça do androide e descia ao longo do corpo, parando no peito antes de continuar até os quadris, as pernas e os pés. — Pronto. Viu? Não foi tão ruim assim. Aqui. Pegue um pirulito. Erro. Estoque de pirulitos va... Minha Nossa. Precisamos mesmo consertar isso. Victor. Exijo que encontre gostosuras para que possa distribuir aos meus pacientes.

— Victor — disse ele, e Vic sentiu um calafrio na espinha. — Sua d-designação é V-Victor.

— Consegue reter informações — disse a Enfermeira Ratched. — Ótimo. Isso significa que o processamento pelo biochip está essencialmente intacto. Sim, ele é o Victor. Eu sou a Enfermeira Ratched. Minha principal função é prover cuidados médicos para preservar a vida a qualquer custo. Essa coisinha esganiçada e irritante aqui embaixo chama-se Rambo. Ele ajuda na limpeza.

Rambo acenou com os braços.

— Somos igualmente importantes. Iupiii!

— Descontinuado — declarou o androide, pronunciando a palavra com grande cuidado. — Eu f-fui d-descontinuado.

— Sim — afirmou ela. — Ativando o Protocolo de Empatia. Pronto, pronto. Está tudo bem. Quando uma porta se fecha, ainda pode arrombá-la. O lixo de um robô é o luxo de um homem. — A foto de um gato apareceu na tela abaixo das palavras OBRIGATO, OBRIGATO! — Pronto, pronto.

O androide fechou os olhos, e as linhas ao redor da boca se aprofundaram.

— Meu b-braço. Mão. Perna. O que... o-o que é isso?

— Madeira — murmurou Vic. — Nós mesmos esculpimos. É para o seu bem. — As palavras saíram baixas, quase como um sussurro. Não conseguia falar mais alto que aquilo.

— Igual a uma marionete — acrescentou Rambo, tentando ajudar. — Só que vivo. Meio marionete. Como se sua mãe fosse uma marionete e seu pai fosse uma máquina de lavar. — Seus sensores brilharam. — Espere. Isso não faz sentido. Como se sua mãe fosse uma marionete e seu pai fosse uma televisão muito raivosa. Gosta de filmes? Eu gosto de filmes. Qual é o seu favorito?

— Você se lembra de algo? — perguntou a Enfermeira Ratched. — Alguma coisa? Mesmo sendo descontinuado, de algum jeito, você sobreviveu se mantendo quase todo intacto. Qual é a última coisa de que se lembra?

Achou que o androide não fosse falar. Ficou surpreso quando ele disse:

— L-luzes. F-flashes de luz. — Virou a cabeça, olhando para cada um deles de cada vez. — Depois vocês. No metal. No sol. Enterrado. N-não conseguia s-s-sair.

— Rap — disse Vic, embora sem intenção.

O androide cerrou os olhos.

— O quê?

Franziu o rosto diante da resposta raivosa. Indicou a placa no peito do androide.

— Letras. Aqui. Acho que faltam algumas. Mas tem um *R*. E um *A*. No final há um *P*. Rap.

— Rap — repetiu a Enfermeira Ratched. Ela se debruçou sobre o androide, passando o escâner sobre a placa. As letras apareceram na tela. — Reconhece?

O androide franziu os olhos para a tela.

— N-não.

— É uma sigla, talvez?

— Eu n-não *sei* — rosnou.

— O *P* provavelmente quer dizer "pirado" — sussurrou Rambo, cutucando a perna de Vic. — Robô Altamente Pirado. — Ganiu assustado quando o androide lhe mostrou os dentes.

A Enfermeira Ratched permaneceu inabalada.

— Até descobrirmos mais, sua designação passará a ser Rap. Não é um nome ruim. Não tão bom quanto o meu, mas quase nenhum é. Qual é a sua função primária?

— Não me l-l-lembro — disparou Rap. — Eu já-já di-disse. — Vic deu um passo para trás quando ele fez outra tentativa de se sentar, agarrando as bordas da mesa com as mãos. A marchetaria estava aguentando firme, apesar dele parecer se movimentar com rigidez. Levaria tempo. Estava se coçando para tocar a madeira, para ver se conseguia sentir o calor da máquina que havia por baixo. Mas conseguiu se segurar.

— Foi o que disse — concordou a Enfermeira Ratched.

Rap tocou o próprio peito.

— O-o que puseram em mim? Está... se-se mexendo.

Ela respondeu:

— Ah, sim. Isso. Precisávamos de uma forma de trazê-lo de volta. Uma fonte de energia. Sua bateria estava corrompida. Não conseguimos encontrar uma peça de reposição semelhante, então lhe demos...

— Um coração — disparou Vic, mordendo os lábios. — Pusemos um coração no seu peito.

Rap franziu o rosto. Cutucou o peito com o dedo. O compartimento se abriu. O coração parecia perfeito ali dentro, as peças se movendo suavemente, a madeira chiando enquanto o coração expandia e encolhia.

— Co-como? Co-como isso está fun-fun-*funcionando*?

— Victor é extremamente inteligente — disse a Enfermeira Ratched. — Consegue consertar quase tudo. E decidiu consertá-lo, então deve ser grato ao seu pai. Seu pai. Seu papai. Erro. Erro. Não chame ninguém de "papai". Não é nada profissional.

Rap encarou o coração. Levantou a mão, tocando o meio da maior peça. O coração desacelerou, então ele afastou o dedo e a peça acelerou brevemente antes de voltar ao ritmo normal. Cutucou o peito mais uma vez e o compartimento fechou. Olhou para Vic.

— Po-por quê? Po-por que você me a-ajudou?

Vic fez uma careta, encarando a porta, mas de algum jeito conseguiu se manter onde estava.

— Estava machucado — explicou, atropelando as palavras. — Só porque estava sem algumas peças, não significa que não merecia uma chance.

— A não ser que queira nos matar — disse a Enfermeira Ratched. — Você quer nos matar?

— Ainda nã-não — murmurou Rap.

— Oh, não — exclamou ela. — Acho que estou me derretendo. Também digo "ainda não" quando me perguntam se quero matar coisas. Você é perfeito. — Sua tela mostrou duas mãos se apertando em cumprimento. — Não sou mais a sua mãe. Você será meu marido assassino. Tem alguém aqui que possa nos casar?

Rambo engasgou.

— Vai haver um *casamento*? Mas ainda não estou pronto! Esperem. Aguentem aí. — Seu motor roncou enquanto resmungava, e seu corpo tremeu todo. Uma portinhola se abriu na frente, e pequenos pedaços de metal voaram em direção ao chão. — Confete! Viva o amor!

— Não tenho nem roupa para isso — disse a Enfermeira Ratched. — Mas tudo bem, porque eu não uso roupas. Sou nudista. Agora flertarei com você. Gosta do que vê? Tenho o popozão cheio. Literalmente. Levo muitas peças no meu compartimento traseiro. Quer ver?

— *Dancing cheek to cheek* — cantarolava Rambo com a voz desafinada. — *Heaven, we're in heaven*! Dançando de rosto colado. Paraíso, estamos no Paraíso.

Rap levantou devagar, mostrando-se muito mais alto do que todos os outros. Dobrou os joelhos, os testando, antes de franzir o cenho.

— Por que estou pe-pelado?

Vic ficou roxo. Olhou para a virilha dele antes de encarar o teto.

— Tínhamos que consertá-lo. Não... não fizemos mais nada com você.

— Nada de estranho — garantiu a Enfermeira Ratched. — Tocar de maneira inapropriada pacientes mortos ou inconscientes é contra a minha programação. Jamais permitiria que isso acontecesse. Mesmo quando Victor insistiu para que removêssemos suas calças...

— *Não insisti*!

— Haha. Mais uma piada. Você vai perceber que eu sou a engraçada da turma. Rambo, por favor, traga as calças do nosso paciente para que a pressão sanguínea de Victor volte ao normal. Está muito alta neste momento, e não quero que ele enfarte, por mais que isso envolvesse desfibrilação.

— Calças! — gritou Rambo, dirigindo-se à bancada de trabalho. Ele se ergueu sob a suspensão, deixando a capa estragada de lado antes de pegar as calças e entregá-las a Rap.

Rap ficou quieto enquanto tentava se vestir. Começou pela perna de metal, mas prendeu a perna de madeira e quase perdeu o equilíbrio. Rosnou quando a Enfermeira Ratched tentou ajudar, afastando seu tentáculo com o braço. Fez outra tentativa, apoiando-se na mesa.

— Pé-perna. E-está dura.

— São as modificações — disse a Enfermeira Ratched. — Precisará de um tempo para se acostumar. Aqui. Veja. — Ela se posicionou diante do robô, que abotoava as calças. Uma luz apareceu no topo da tela da enfermeira. — Eu tenho uma câmera. Posso lhe mostrar sua aparência. Talvez isso ajude a ativar seus circuitos de memória.

A tela se preencheu com a imagem de Rap. Ele se assustou, arrastando o pé da mesa no chão ao se apoiar nela. Encarou a tela, piscando lentamente, e a imagem fez o mesmo. Olhando para si mesmo, levantou o braço e acariciou a madeira na bochecha, arranhando de leve a barbicha abaixo.

— E-esse sou eu? — sussurrou, com os olhos arregalados.

— Sim. É você. Não como o encontramos, mas como é agora. Está muito melhor, na minha opinião. Você se reconhece?

Ele balançou a cabeça, mas parou quando viu os símbolos gravados nas laterais dos cabelos. Também os tocou, traçando-os com os dedos.

— Nã-não sei. — Franziu o rosto. — O que há de errado com a minha v-v-v- — Tanto ele quanto a imagem na tela fizeram uma careta.

— Voz — disse a Enfermeira Ratched. — Dano no seu processador vocal. Não tentamos consertar para evitarmos maiores traumas.

Rap desviou o olhar da tela. Ela se afastou, e a imagem desapareceu na escuridão.

Vic olhou para a porta mais uma vez.

— Você pode ir.

O androide ergueu a cabeça.

— Quê?

Deu de ombros, quase como um tique involuntário.

— Não precisa ficar aqui. Não é prisioneiro. Não estamos tentando segurá-lo aqui contra a sua vontade.

— A minha vo-vontade — falou lentamente. — Eu te-tenho vontade?

— Oh, céus — disse a Enfermeira Ratched. — Não tenho a programação psicológica nem filosófica para lidar com isso. Não posso responder a essa pergunta de forma satisfatória. Asimov ficaria decepcionado comigo. Victor. Você é humano. Pode...

O efeito foi instantâneo. Num instante, Rap ainda se apoiava na mesa, de braços caídos ao lado do corpo. No seguinte, caminhava ereto, quase rápido demais para que se dessem conta. Avançou na direção de Victor, que cambaleou para trás, grunhindo de dor quando bateu a lombar na bancada de trabalho. Ele esticava as mãos em direção à garganta de Vic com uma expressão assustadoramente vazia, os olhos tão mortos quanto estiveram quando o trouxeram ao laboratório.

Não foi a Enfermeira Ratched que o conteve, tampouco Rambo ou Vic.

O próprio Rap se conteve.

Os braços dele estavam esticados diante de si, os dedos pairavam a poucos centímetros do rosto de Vic. Os olhos voltaram a ser preenchidos por uma faísca de vida. Podia ouvir as peças se movendo furiosamente em seu peito. As mãos de Rap começaram a tremer, uma vibração que foi subindo pelos braços e ombros. Ele deu um passo para trás.

— O-o que está acontecendo co-comigo?

Rap virou e, rosnando, agarrou as bordas da mesa. Rambo gritou quando ele virou o móvel, atirando-o contra a parede, quebrando a janela, derrubando cacos de vidro no chão lá fora.

A Enfermeira Ratched se colocou na frente de Rambo e Vic, mas Rap os ignorou. Caminhava com raiva de um lado para o outro do laboratório, com as mãos no cabelo, puxando furiosamente.

— Fúria droide! — ganiu Rambo. — Máquina assassina vingativa! Corram!

Vic procurou uma arma em volta, qualquer coisa que pudesse utilizar caso Rap viesse atrás deles. Pegou um martelo da parede, de olho na pistola de solda suspensa acima de onde a mesa estivera.

Ele lançou-lhes um olhar de fúria.

— Nã-não *sei*. Nã-não sei quem eu so-sou ou o que eu...

A porta do laboratório se abriu violentamente, farpas voando, dobradiças rangendo. O pai apareceu na entrada, com os olhos cerrados enquanto tentava entender o que via.

Mas Rap não estava no mesmo lugar de antes.

Não. Tinha se colocado na *frente* de Victor, de Rambo e da Enfermeira Ratched, de costas para eles, com os braços abertos como asas enquanto recuava devagar. Esbarrou na Enfermeira Ratched.

Vic levou um momento para perceber o que tinha acontecido.

Não estava tentando machucá-los.

Estava tentando *protegê-los* do que entendeu ser uma ameaça.

O pai.

— O que está acontecendo aqui? — questionou o pai, exigindo saber. O olhar dele percorreu Vic de cima a baixo antes de se voltar para Rap. — Quem diabos é você? Afaste-se do meu filho.

— Victor — disse a Enfermeira Ratched. — Ótima notícia! Não precisa mais se preocupar em como evitar que Gio descubra.

CAPÍTULO 7

— Pai — disse Vic, tentando passar por Rap. — Não. Por favor. Eu posso explicar...

— Victor — disse o pai, com a voz seca. — Afaste-se do androide.

— O nome dele é Rap — disse Rambo. — Nós o fizemos. Mais ou menos.

— Eu fiz a maior parte do trabalho, Gio — disse a Enfermeira Ratched. — Se estiver pensando em elogios, por favor dirija-os a mim. Mas se estiver bravo e for aplicar punições, por favor, note que não tenho nada a ver com isso, considerando que foi tudo obra de Victor.

O pai mexeu a cabeça em alerta.

— Mexam-se. Agora.

Obedeceram, e, lentamente, Victor deu a volta em Rap, que não havia desgrudado os olhos de papai e nem tentou contê-los, mesmo quando Rambo bateu na sua perna.

— Opa — disse o robozinho. — Desculpe. Desculpe. Será que você poderia... levantar um pouquinho a perna? Assim está melhor. Obrigado. — Foi em direção ao pai, contornando-o e puxando a barra da sua calça. — Ele quebrou minha vassoura quando bati nele com ela. Fora isso, ele não é tão ruim assim.

— Tudo bem? — perguntou o pai com a voz baixa quando Victor chegou ao seu lado.

— Tudo.

— Ele te machucou?

— Não. Pai, ele não…

— Ótimo — interrompeu. — Agora não quero ouvir mais nem uma palavra de você até que eu peça.

— Uh-oh — sussurrou Rambo.

O pai o ignorou. Encarou Rap.

— Quem é você? Por que está aqui? — Em seguida, estranhamente: — Já nos conhecemos? Você me parece familiar.

Rap torceu o nariz.

— Q-quem diabos é *você*?

— Meu nome é Giovanni Lawson. Responda à minha pergunta. Qual é a sua designação?

— Ele diz que não sabe — afirmou a Enfermeira Ratched. — Não vejo razão para crer que esteja mentindo. Ao que parece, seus circuitos de memória foram apagados, assim como os nossos. Ele é um livro em branco. Um livro em branco alto, belo e bravo.

— Designação — demandou o pai. — Agora.

— Eu n-não *sei* — rosnou. — Ficou tudo p-preto e depois apareci aqui.

— Victor. Explique.

Vic encarava o chão. O pai raramente ficava bravo. Aliás, só lembrava de um punhado de vezes em que já tinha visto acontecer.

— Nós o encontramos — disse baixinho. — No Jardim das Sucatas. Soterrado sob máquinas mortas. — Estalou os dedos das mãos. — Não podíamos… não podíamos deixá-lo ali. Ele estava vivo. Estava acordado.

O pai fechou os olhos, franzindo o cenho antes de se acalmar.

— E vocês o trouxeram para cá.

— Sim — afirmou a Enfermeira Ratched. — Não parecia certo deixá-lo onde estava. Ele ainda não fez nada explicitamente assassino.

— Explicitamente — disse o pai ao abrir os olhos. — *Explicitamente.*

— Houve o incidente com a vassoura — disse a Enfermeira Ratched.

— E era uma ótima vassoura — resmungou Rambo.

— Por que ele está sem camisa? — perguntou papai.

— Porque Victor decidiu remover toda a roupa de Rap para...

— Eu *não* fiz isso. — Vic irritou-se com ela.

— Rap — repetiu o pai. — Rap.

— Foi o nome que lhe demos — explicou Rambo. — É um bom nome. Significa Robô Altamente Pirado, porque parece constantemente irritado. Mas acho que é só a cara dele que é assim.

— O que você quer? — perguntou o pai, dando um passo à frente.

Rap não se mexeu. Piscou os olhos devagar enquanto o encarava.

— Eu... n-não sei.

— Qual é a sua função primária?

— N-não sei.

— Como veio parar aqui?

— Isto é inútil — disse a Enfermeira Ratched. — Ele não sabe. E responderá que não sabe a qualquer pergunta que faça.

O pai ergueu as mãos para demonstrar que não representava uma ameaça ao dar mais um passo à frente.

— É verdade? Não se lembra de nada?

Rap o encarou.

— Foi o-o que eu disse. Ta-talvez devesse che-checar sua audição.

— Uau — comentou a Enfermeira Ratched. — Ele é um babaca. Fascinante. Isso é amor de mãe ou excitação? Que coisa mais edipiana de minha parte.

— Eu sou como você — disse o pai, parando a alguns centímetros de Rap. Vic teve que ficar na ponta dos pés para enxergar por cima do ombro do pai. A careta de Rap se acentuou. — Sou um androide. Entende isso?

Rap desdenhou.

— Não sou b-burro. Sei o-o que sou. Só nã-não sei *quem sou.*

— A placa — começou. — No seu peito. Posso ver?

— P-por quê?

— Porque vai me dizer quem é.

Ele não gostou da ideia.

— Não toque em mim.

— Não vou tocar. Só se me der permissão. Prometo.

Rap olhou para Vic antes de olhar novamente para Gio.

— Eu...

— Ele não vai matá-lo — disse a Enfermeira Ratched. — Só se tentar nos machucar.

Vic achou que o androide fosse se irritar outra vez, ou pior, tentar fugir. O rosto dele assumiu uma expressão complicada, mas logo desapareceu, muito rápido, sem que Vic sequer tivesse tempo de assimilar. Os ombros de Rap despencaram quando se curvou, cruzando os braços na frente do peito.

— N-não vou m-machucar ninguém.

Ele se assustou quando o pai deu mais um passo, ficando em seu alcance. A boca se curvou para baixo, e as linhas ao redor dos olhos se tornaram profundas e acentuadas. Encarou o chão quando Gio esticou os braços. Cumprindo o que prometera, não o tocou, apenas tracejou o ar perto da placa de metal.

— *R* — disse, traçando a letra com o dedo antes de ir para a próxima. — *A*.

Em seguida, enrijeceu. Seu dedo estava trêmulo. Sem desviar os olhos de Rap, começou a recuar lentamente. As rugas no rosto de androide voltaram, suas mãos se fechando em punhos na lateral do corpo.

Com a voz baixa, o pai disse:

— Saiam todos. Agora.

— Uh-oh — sussurrou Rambo.

— Por quê? — perguntou Vic quando o pai trombou com ele. — O que você…

— V-você me c-conhece? — demandou Rap, dando um passo adiante, gaguejando ainda mais. Pôs as mãos na cabeça e soltou um rosnado abafado.

Tentou passar pelo pai. Não sabia o que pretendia fazer. Jogá-lo para trás? Ficar entre eles? Alguma coisa. Mas antes que pudesse decidir, o pai o pegou pelo braço e o puxou em direção à porta, com a Enfermeira Ratched e Rambo vindo logo atrás.

Tentou se soltar.

— Pai, para. Precisa parar. Ouça, por favor. Ele não vai nos machucar.

Ele o empurrou pela porta destruída.

— Nem imagina do que ele é capaz. Vá. Ele…

— Pulou pela janela — disse Rambo.

Viraram-se todos. O laboratório estava vazio. A janela estava aberta.

Correram para a plataforma que contornava o laboratório. Abaixo deles, em meio a uma névoa de folhas e terra, Rap se erguia do chão. Olhou para o alto para encará-los.

— Eu. N-não. *Machuco.*

Em seguida saiu correndo pela floresta.

O pai bateu na balaustrada.

— Maldição. Fiquem aqui, todos vocês.

E em seguida saltou por cima da grade. Caiu no lugar onde Rap há pouco estivera, dobrando os joelhos para absorver o impacto. Levantou-se rapidamente e correu atrás do androide, a barba voando por cima do ombro.

— Uau — sussurrou Rambo. — Quero tentar!

Foi por pouco, mas conseguiu impedi-lo de pular e o colocou embaixo do braço, correndo até o elevador, onde a Enfermeira Ratched já estava. Ela apertou o botão assim que eles entraram. O elevador sacudiu antes de descer.

Rastrearam papai e Rap pela floresta, seguindo para o norte do complexo. As rodas da Enfermeira Ratched levantavam folhas e pinhas. Rambo correu na frente, acenando com os braços e estalando as pinças.

O sol da tarde estava desaparecendo, e o ar ficava mais frio. Vic não sabia aonde Rap estava indo. O Jardim das Sucatas ficava a leste, na borda da floresta. Ao norte não havia nada além de quilômetros e quilômetros de floresta. Havia explorado boa parte dos arredores e não conseguia pensar em nenhum lugar onde ele poderia se esconder sem que pudessem encontrá-lo.

As sombras abaixo da marquise começaram a se esticar. A floresta estava praticamente toda silenciosa, mais quieta do que nunca. Nenhum animal se mexia. Nenhum pássaro cantava.

Continuou correndo, balançando a cabeça para a frente e para trás, até perceber que estava sozinho. Virou-se e viu que a Enfermeira Ratched e Rambo tinham parado perto de uma clareira.

— O que foi? — perguntou ao se virar.

— Não sei — respondeu ela. — O rastro deles terminou aqui. Não consigo encontrar pegadas. É como se tivessem desaparecido sem mais nem menos. — Pontos de interrogação preencheram sua tela.

— Não é possível — disse. — Rambo.

O robô girou em círculos devagar, com os sensores brilhando.

— Desapareceram. Não sei o que aconteceu. — Bipou, soando confuso. — Será que aprenderam a voar? Gio sabe voar? Ele tem propulsores nos pés? Eu queria ter propulsores nos pés. E também pés normais.

— Eles não voaram — informou a Enfermeira Ratched. Ela rolou na direção de uma árvore na beira da clareira. Um velho pinheiro de tronco espesso e galhos largos e pesados. A ponta de um de seus tentáculos pressionava os torrões que passaram batido por Vic. — Eles subiram. Estão indo pelas árvores.

Levantou o olhar. Os pinheiros eram cada vez mais próximos. Se os dois estivessem longe do chão, pulando de árvore em árvore, não teriam como rastreá-los. A não ser que...

Cerrou os olhos para a árvore. A quatro metros e meio de altura, localizou um galho partido. Tinha sido quebrado. Analisou melhor. Torrões na casca, o tronco rachado, seiva escorrendo. Um deles tinha pulado ali. E na próxima árvore. E na seguinte.

— Vamos — falou. — Por aqui.

Voltaram a perder o rastro dez minutos depois. As árvores ali eram mais espessas e seria impossível ver em que direção haviam seguido, a não ser que as escalasse. Urrou de frustração, girando em círculos, cerrando os olhos para compensar a noite que caía.

— Estamos perdidos? — perguntou Rambo nervoso.

— Claro que não — disse a Enfermeira Ratched. — Sei exatamente onde estamos.

— Ah. Onde estamos?

— Na floresta.

— Ufa. — Ele suspirou aliviado. — Por um momento fiquei com medo de que estivéssemos perdidos. Já que não estamos, vou me concentrar no fato de que estamos sozinhos na floresta no meio da noite. Animais grandes comem aspiradores?

— Tenho certeza que sim — respondeu ela.

— Ah, não — sussurrou. — Mas *eu* sou um aspirador.

Vic olhava ao redor devagar, tentando reencontrar o rastro. A luminosidade baixa não ajudava. Não dava para enxergar muita coisa. Cerrou os dentes, tentando esvaziar a mente. Precisava pensar. Só isso. Pense. Pense.

Circulou um largo tronco e esbarrou na Enfermeira Ratched, que parou; Rambo estava diante dela, rodando para lá e para cá, suas luzes acendendo.

— O que foi? — perguntou, olhando em volta dela. Achava que não devia ser nada.

— Estamos sendo observados — respondeu ela.

Rambo apitou alto.

— Estamos? — Ergueu os braços sobre a cabeça enquanto rolava para a frente bem devagar. — Quem é? Quem está nos observando? Não tenho medo de você!

Algo fez as árvores se mexerem — o vento? — e Rambo ganiu, girando e correndo de volta para perto da Enfermeira Ratched e de Vic. Ainda estava a dois metros de distância quando Vic ouviu a movimentação no alto e ergueu a cabeça.

Lá em cima, nos galhos, olhos brilhantes se abriram e o encararam de volta.

Não teve tempo de gritar em alerta quando Rap saltou do galho onde estava. O vento chiou ao seu redor conforme ele mergulhava em direção ao chão. Atingiu o solo agachado e se levantou rapidamente, pegando Rambo e o erguendo no alto. As rodas do robozinho giravam inutilmente, e ele sacudia os braços enquanto berrava que era jovem demais para morrer, que tinha *planos* e *sonhos* e indagava quem ia limpar toda a sujeira do chão se estivesse morto? Ninguém!

Na mesma hora, a Enfermeira Ratched se transformou em um pesadelo, exibindo todos os seus tentáculos, que chicoteavam ao seu redor com as pontas estalando e rosnando em ataques metálicos.

— Ponha-o no chão — falou, rolando adiante. — Se não puser, acabarei com essa patética existência que chama de vida.

— Vic! — gritou Rambo. — Estou sendo corajoso, mas é muito difícil!

— Não o machuque — implorou Vic enquanto Rap, ainda segurando Rambo no alto, encarava a Enfermeira Ratched, que vinha avançando.

— N-n-*não* vou — disparou. — O-o-olha.

Rap indicou o ponto onde Rambo estivera rodopiando. Ali, sobre as pétalas violeta de um açafrão-do-outono, havia uma borboleta. Uma monarca grande, com asas cor de laranja e bordas pretas, em cuja ponta havia bolinhas brancas e amarelas. Elas abriam e fechavam enquanto as antenas da borboleta tremiam à pouca luz.

Jogou Rambo de lado ao se agachar em frente ao inseto. O aspirador quicou antes de aterrissar sobre as rodas.

Ele se inclinou ainda mais sobre a borboleta, com o rosto inteiramente concentrado. A borboleta ignorou a grande máquina e continuou na flor. Enquanto Vic observava, a Enfermeira Ratched desligava os tentáculos e Rap tentava pegar o inseto.

Sem pensar direito, avançou e agarrou o pulso do androide antes que pudesse capturar a borboleta. Pele sintética quente e metal encapado por carne e osso. Escutava sinais de alarme enquanto Rap levantava a cabeça devagar, olhando primeiro para a mão que o agarrava e depois deslizando os olhos pelos braços, ombro, queixo, nariz e olhos dele. Mostrava os dentes, e o sentiu tensionar.

— Vai machucá-la — disparou Vic.

Ele se soltou.

— Eu *não* machuquei.

— Mas poderia — disse a Enfermeira Ratched. — Asas de borboleta são muito delicadas. O toque pode desgastar as cores, deixando a borboleta à mercê de predadores. Não vai matá-la imediatamente, mas não deixa de ser uma sentença de morte.

Ao ouvir o som de passos se aproximando, girou nos próprios calcanhares, com o coração saindo pela boca. O pai estava entre as árvores. Não conseguia analisar sua expressão: uma mistura de raiva, tristeza e algo muito mais grave, quase como resignação. Mas ele não estava olhando para Vic; só tinha olhos para Rap.

— Enfermeira Ratched. Luz, por favor.

— Sim, Gio. — Sua tela ficou branca, iluminando a escuridão. A sombra do androide se esticava pela floresta, colidindo com árvores e arbustos.

Rap não se mexeu quando o pai se aproximou, dividindo a atenção entre Gio e a borboleta.

Ele olhava de Rap para o inseto. Perguntou:

— Por quê?

— Ela t-teria morrido. *Aquela* coisa estava prestes a esmagá-la — murmurou, acenando para Rambo enquanto a borboleta virava em outra direção.

— Possivelmente. Mas você teria conseguido escapar. Tomou uma decisão, avaliou as consequências. Por que fez isso?

Rap franziu o rosto, enrugando a testa. Sua boca se contorceu, mas não emitiu nenhum som. Ele tentou outra vez.

— É b-b-*bonita*.

— Bonita — repetiu o pai. Em seguida: — O que ela tem de bonita?

— Use os o-olhos — respondeu.

— Agora ele te pegou — disse a Enfermeira Ratched. — Você, de fato, deve usar os seus olhos.

— Consigo ver por conta própria — concordou o pai. — Mas não foi isso que perguntei. — Agachou do outro lado da borboleta. — Por que ela é bonita para *você*? O que ela te faz sentir?

— Se-sentir?

— Sim. Você a viu. Salvou a borboleta. Fez isso por um motivo.

Ele exibiu os dentes sem fazer barulho.

— Gosta dela? — perguntou o pai.

— *Si-sim* — rosnou. — É b-b-b-*bonita*.

Dentre todas as coisas que Rap poderia ter dito, essa era a que Vic menos esperava. A máquina interrompera a própria fuga porque ficou hipnotizada por uma borboleta.

— É? — perguntou o pai. — São as cores? A forma? O padrão?

— Si-sim — respondeu.

Ele assentiu.

— Gostou dela. E por causa disso, impediu uma morte.

— Nós também — disse Rambo, abrindo espaço para Rap, parando ao lado de Gio. — Nós gostamos das cores, das formas e do padrão dele, e demos nova vida a ele! Gosto quando temos coisas em comum.

— S-sim — repetiu, acenando furiosamente com a cabeça. — I-isso. Eles me salvaram. Eu s-salvei a borboleta.

— Mas entende o problema em questão, não entende? — perguntou o pai. — Se não tivessem te acordado, não estaríamos na floresta e a borboleta não precisaria de salvação.

— N-não entendo.

— Eu sei — disse o pai. — Não entende que cada decisão tem suas ramificações. E não é o único.

Vic se encolheu, mas não falou nada.

A borboleta escolheu aquele instante para partir, batendo as asas ao levantar voo. Rap grunhiu, arregalando os olhos enquanto a borboleta voava pela escuridão. Levantou-se, encarando-a.

O pai também se levantou. Tinha os ombros rijos e o rosto vazio.

— De onde você veio?

— Da e-escuridão — respondeu, ainda procurando a borboleta, embora não desse mais para ver. — L-lembro de metal. Depois e-escuridão. Depois luz. — Colocou a mão de madeira no peito. — Me sinto diferente.

— Diferente do quê?

— De antes.

— Sentia-se diferente de agora?

— Sim. — Bateu no peito. — Aqui.

— Mostre-me.

— Pai — Vic tentou a falar, mas o pai balançou a cabeça em alerta.

— Mostre-me — repetiu.

Rap se virou. Parecia em dúvida, mas cutucou o peito, e o compartimento se abriu. As engrenagens de madeira e de metal do coração giravam, murmurantes na escuridão da floresta.

— Oh! — falou baixo. — Victor. Você fez isso? Construiu isso?

Victor não conseguia falar.

Rap não se moveu quando o pai se curvou sobre ele, examinando o coração em seu peito. Vic começou a morder o lábio inferior. O pai inspecionava em silêncio, mal se mexendo enquanto encarava o coração. Os minutos pareceram horas até que ele finalmente se ergueu.

— Victor — chamou, com um tom estranho na voz. — Sangrou no coração dele? Como fez no meu?

— Eu… Achei que fosse ajudar — respondeu. — É como o seu coração funciona.

Ao ouvir aquilo, o pai sussurrou:

— O que você fez?

CAPÍTULO 8

Rap era um babaca.

Isso logo ficou claro.

— Nã-não gosto de você — disse a Rambo quando chegaram de volta ao complexo. O aspirador estivera tagarelando sobre todas as coisas ao mesmo tempo, como às vezes fazia quando estava nervoso.

O robozinho pausou por um instante, os sensores brilharam antes de apagar.

— Tudo bem. Eu gosto de mim. Gio diz que o valor individual não se mede pela opinião dos outros, mas pelo que cada um pensa de si.

Rap tentou chutá-lo do caminho, mas ele foi rápido, rolando para longe antes que um pé acertasse seu revestimento.

— Ei — ganiu. — Não gostei disso! Sério, *não gostei.*

— Vai se acostumar com ele — disse a Enfermeira Ratched. — É como um fungo. Acaba subindo no nosso conceito. Mas talvez devesse considerar não chutá-lo. Pode estragá-lo e eu não vou gostar disso. Você não quer me ver irritada. — O tentáculo chicoteou o ar ao redor dela, a ponta estalando de estática. — A não ser que goste de levar choque. — A tela foi escurecendo à medida em que as luzes do composto foram aumentando.

— T-também não gosto de você.

— Oh, não — devolveu ela. — Acabou com o meu dia. Estou tão triste. Só estou brincando. Estou bem.

— Rap, venha comigo — disse o pai. — Victor, vá para a cama. Está tarde. Enfermeira Ratched, comigo, por favor. Temos trabalho a fazer.

Começou a protestar.

— O que você vai...

— Victor. Cama, agora. Conversaremos pela manhã. Pode acreditar.

— Oh-oh — disse Rambo. — Está encrencado.

Victor encarou todos eles.

— Não sou mais criança.

— Não — atestou o pai. — Não é. Mas está capotando de sono. A adrenalina que tomou conta do seu corpo está baixando. Precisa descansar.

— O que vai fazer? — O "com ele" ficou subentendido.

O pai balançou a cabeça.

— Nada de ruim. Pode confiar.

Mesmo assim, hesitou. Rap olhava para ele, com cara de quem não queria que se afastasse. Não sabia se isso era bom ou ruim.

— Tudo bem. Mas se alguma coisa acontecer, precisa me contar.

— Contarei — declarou o pai, e ele acreditou. Deu um passo em direção ao elevador.

Rap não gostou.

— Onde v-você vai?

Apontou para o quarto.

— Ali. É meu. É onde eu durmo.

— Ah, sim — disse a Enfermeira Ratched. — Boa ideia. Mostre para a máquina assassina vingativa onde fica vulnerável. Bem pensado.

— Vai ser um banho de sangue — resmungou Rambo. — Terei que tentar limpar os restos de Vic. — Fungou. — Pelo menos assim ele sempre será parte de mim. Eu te amo, Vic, mesmo quando virar em pedacinhos, com sua carne no teto...

Rap tentou segui-lo, embora não parecesse satisfeito com isso. Mais uma vez, franziu o rosto quando Vic mexeu as mãos, indicando que ficasse.

— Ele teve um *imprinting* com o Victor — disse a Enfermeira Ratched. — Como um patinho. Como um patinho assassino e assustador. Isso é maravilhoso. Estou me divertindo muito.

— Você vai ficar bem — disse-lhe Vic. — Meu pai não vai machucá-lo. Ninguém aqui vai machucá-lo.

— N-não me importo — insistiu. — N-não gosto de você. N-não gosto de nenhum de vocês.

— Então por que continua tentando ir atrás dele? — perguntou Rambo.

Rap tentou chutá-lo outra vez, mas foi traído por sua perna de madeira. Quase caiu.

— N-*não* estou.

— Aham — disse a Enfermeira Ratched. — Continue repetindo isso para si mesmo.

A última coisa que viu naquela noite foi o pai conduzindo Rap para a casa do térreo. Enquanto seguia, olhava para ele por cima do ombro. Parou na entrada, observando Vic e Rambo subirem no elevador.

Ficou olhando a casa do térreo pela janela, com Rambo se ajeitando na base atrás dele, pronto para desligar e recarregar durante a noite. As luzes abaixo estavam acesas, mas não dava para ver movimento algum.

— O que acha que estão fazendo? — perguntou.

— Garantindo que ele não vai nos matar enquanto dormimos — disse Rambo, desligando, com uma luz azul-clara pulsando lentamente.

Tentou permanecer acordado, ponderando se deveria ou não tentar espiar o que estava acontecendo e se perguntando por que o pai não tinha levado Rap para o seu laboratório. Vic só durou mais alguns minutos, pois o corpo pesava por conta da onda fresca de exaustão que o assolou.

Quase não conseguiu chegar até a cama.

Já estava dormindo antes mesmo que sua cabeça batesse no travesseiro.

Ao abrir os olhos, uma luz cinzenta entrava pela janela.

Piscou devagar.

E levou um susto ao ver uma figura acima dele.

— Bom dia — disse a Enfermeira Ratched enquanto Vic quase caía da cama, o coração acelerado no peito. — Dormiu bem?

— Já disse para não fazer isso. — Estava irritado. Caiu novamente sobre o travesseiro, esfregando o rosto.

— Eu sei. Mas fiz assim mesmo porque é divertido. Sua pressão está alta. Está suado. Estava sonhando?

Sim. Sonhos vívidos selvagens em que o céu era preenchido por asas rasgadas e partidas de borboletas.

— O que aconteceu? Qual o problema?

— Não há nenhum problema, Victor. Pelo menos não do tipo em que está pensando.

— Onde ele está?

— Com Gio — respondeu ela. — Trabalhamos a noite inteira enquanto você dormia confortavelmente em sua cama. Sim, estou tentando fazer com que se sinta culpado. Está funcionando?

Não muito. Sentou na cama, colocando os pés no chão. Estava frio. Ficou todo arrepiado.

— Alguma coisa?

— Sim — afirmou ela. — Mas duvido que seja o que espera. — Em sua tela, apareceu uma imagem de Rap. — É como suspeitávamos. Uma limpeza completa na memória. Está falando a verdade quando diz que não se lembra. Como nós, foi descontinuado e apagaram tudo o que sabia.

— E quanto aos protocolos?

— Não sabemos. Todos os dados foram corrompidos, e o risco de danificá-lo aumenta quanto mais forçarmos. — Ela se afastou da cama. — Ele não para de perguntar por você. Parece estranhamente obcecado, embora não saiba explicar o porquê. Ele é um enigma. Fomos abençoados.

Vic levantou da cama, que rangeu. Olhou para baixo. A base estava vazia.

— Rambo?

A imagem do androide desapareceu da tela, substituída por uma versão estrábica e desdentada de Rambo.

— Fazendo perguntas. Rap não gosta de perguntas. Estimaria que as chances de sobrevivência de Rambo são de 24 por cento. Mas tudo bem. Podemos utilizar as peças dele, em todo o caso. Eu gostaria de ficar com os braços, se não se importar.

Vic grunhiu. Ia ser um dia longo esse.

A Enfermeira Ratched não estava mentindo.

— Em que está pensando? — Ouviu Rambo dizer enquanto descia no elevador para o térreo. — O que está passando pela sua cabeça agora? Está pensando que devemos ser melhores amigos? Porque, se for isso, é o mesmo que *eu* estou pensando, e concordo. Melhores amigos nunca são demais. Já tenho três. Bem, dois. Vic e Gio. A Enfermeira Ratched às vezes é minha melhor amiga, mas como tem comportamentos sociopatas, fica um pouco difícil.

— Não — grunhiu Rap. — Eu não estava pe-pensando nisso.

— Ah. Então no que estava pensando?

— E-em que distância consigo arremessá-lo.

— Aposto que bem longe — disse Rambo. — Mas melhores amigos não se arremessam. Foi Vic que me ensinou isso.

Não tinha.

Encontrou-os sentados perto do jardim. O céu estava coberto por uma espessa camada de nuvens. A Enfermeira Ratched vinha atrás dele, rachando a fina camada de gelo ao rolar pelo chão. Vic fechou um pouco mais o casaco, esfregando os braços para se aquecer.

Rap tinha ganhado uma camisa, que parecia ser uma das de Gio, e ficava um pouco larga na frente. Em algum momento também havia calçado novamente as botas e estava sentado no canto do jardim. O pai estava agachado de quatro, movimentando-se com cuidado através das fileiras de plantas.

Foi Rap quem os ouviu se aproximando primeiro. Levantou-se com a carranca habitual no rosto. Ergueu as sobrancelhas.

— Ficou de-desligado por mu-muito tempo. Por quê?

Não sabia bem como responder.

— Porque preciso.

— Por quê?

— Ele é humano — respondeu o pai, sem levantar a cabeça. — Lembra? Conversamos sobre isso ontem à noite. Ele é diferente de nós. Precisa descansar.

— Porque precisa r-recarregar.

— Sim. Isso mesmo. Bom dia, Victor. Dormiu bem?

Tirou os olhos de Rap. Não gostou do tom de voz do pai. Estava leve demais. Tranquilo demais. Não parecia correto, embora estivesse com dificuldade de descobrir por quê.

— Acho que sim.

— Ótimo — falou, indo da terceira para a quarta fileira.

— Você r-recarregou? — perguntou Rap.

— Sim — respondeu, com as mãos trêmulas. — O máximo que pude.

Rap não piscava. Era sinistro. Não conseguia se concentrar no rosto do robô, olhando e desviando o olhar, olhando e desviando.

— E f-faz isso todos os d-dias?

— Basicamente.

— Interessante — observou a Enfermeira Ratched. — Ele está aprendendo. Retendo informações. Vai utilizá-las contra nós. Que diabólico. Continuo apreciando sua existência. — Rolou até ele, circulando-o devagar, tomando cuidado para evitar as bordas do jardim. — Foi *bom* ver Victor essa manhã?

O pai pausou antes de prosseguir com sua inspeção.

A carranca de Rap se acentuou.

— N-não?

— Está perguntando? — Cutucou-lhe com um dos tentáculos. Tentou afastá-la com um tapa, mas ela era rápida demais para ele. — Soou como uma pergunta. Uma pergunta sugere que não sabe a resposta.

— Não — repetiu, desta vez enfático.

— Interessante — comentou ela. — Ou está sendo sincero, ou aprendeu a mentir como Victor tem feito nos últimos tempos. Gio, você deve estar com as emoções à flor da pele.

Rap virou a cabeça lentamente para ela, que o cutucava no quadril.

— E-emoções.

— Sim — disse o pai, enfim erguendo o olhar. Levantou-se, apoiando as mãos com as unhas cheias de sujeira nas coxas. — Emoções.

— C-como?

— Nós observamos. Aprendemos. Processamos. Não foi sempre assim. Mas quanto mais complexas a nossa mente ficava, mais escolhas passamos a ter, uma evolução por imitação.

— N-não tenho emoções.

— É o que você diz. — Pareceu perturbado ao balançar a cabeça. — Vou lhe fazer uma pergunta. Quero que responda da melhor maneira possível.

Rap olhou para Vic antes de se voltar para Gio.

— O que é?

— Qual é a sua designação?

A cabeça dele sacudiu como se tivesse sido atacado. A boca abriu. Nenhum som foi emitido. Ergueu a mão diante do rosto, olhando para os dedos de madeira. Disse:

— Rap. Minha designação é Rap.

— É mesmo?

— É. D-deram-na para mim. É mi-minha.

— E não gostaria de ser chamado por nenhum outro nome.

— Não.

— Por quê? — perguntou o pai.

O rosto de Rap se tornou inexpressivo por um segundo. Depois a pele abaixo dos olhos passou a tremer.

— N-não sei.

— Eu sei! — gritou Rambo, acenando com os braços. — Eu sei por quê. Minha vez. Minha vez!

O pai riu tristemente.

— Por quê, Rambo?

— Porque uma designação é um presente — explicou. — É uma identidade. É o que nos difere de nossos semelhantes. É única. Em toda a existência jamais houve outro chamado Rambo além de mim. E mesmo que houvesse, eu sou o melhor.

— Exatamente — concordou o pai. — Confere presença.

— Peso — disse Rap. — Pesado. — Pressionava a lateral da cabeça com a mão.

— E como se sente sobre isso? — indagou.

Ele abaixou a mão.

— Eu… — O rosto se tensionou outra vez antes de relaxar. — Diferente.

— Diferente bom ou diferente ruim?

— Diferente d-diferente. Não tem b-bom nem r-ruim.

— E ser chamado de Rap faz com que se sinta diferente diferente?

— Faz.

— E você gosta disso.

Rap disse:

— Q-que nem a borboleta.

Vic não sabia por que se sentiu acalentado. Não era uma validação. Não foi elogio, principalmente porque o androide parecia irritado, embora essa talvez fosse a expressão padrão dele. Tentou imaginar por que alguém criaria uma máquina tão ranzinza.

— Rap — chamou.

Rap olhou para ele.

Vic estava inquieto, balançando o corpo para lá e para cá.

— É um bom nome.

— P-por que está se mexendo assim? — perguntou Rap. — Está com defeito?

— Não — disse o pai, antes que pudesse responder, e o garoto ficou grato por isso. Sentia a língua presa, a boca seca. — Não está com defeito. Ele, assim como você, é diferente. É parte do design dele.

Rap encarou Vic com o seu olhar penetrante. Começou a contorcer as mãos, pulando de um pé para o outro, parecendo estranhamente com ele.

— Pare — Irritou-se. — Pare com isso.

Ele parou.

— P-por quê? Você está fazendo isso. Também consigo.

— Você é um babaca — disse a Enfermeira Ratched.

— Eu s-sou um babaca.

— Gostei dessa brincadeira — sussurrou Rambo. Em seguida, mais alto: — Agora diga "Rambo é meu melhor amigo".

— N-não — protestou Rap.

Os braços do robozinho despencaram.

— Ah. Achei que fosse funcionar.

— Eu n-não sou bom — repetiu Rap. — Sou um babaca. Sou Rap. Essa é a minha designação. E n-não vou machucar ninguém hoje.

— Nem nunca —acrescentou o pai com calma.

— Nem n-nunca. A não ser...

— Nada de a não ser! — gritou Rambo. — Não pode falar a não ser!

Ele franziu o cenho.

— P-posso, s-sim. Acabei de falar. A não ser. A não ser. A n-não ser.

— Oh, não — resmungou Rambo.

O pai se levantou devagar, grunhindo ao fazê-lo.

— Venha. Vamos ver o que temos aqui.

O pai os conduziu até a casa do térreo. Rap seguiu Vic de perto, como se achasse que ele fosse desaparecer caso desviasse o olhar. Mesmo acostumado a ter Rambo e a Enfermeira Ratched como sombras, não sabia como interpretá-lo. Nunca tinha ouvido alguma coisa sobre uma máquina fazer *imprint* em alguém antes. Dava para dizer que Rambo — e, um pouco menos, a Enfermeira Ratched — tinham feito o mesmo, mas com eles a sensação não era exatamente assim. Aquilo parecia maior, de algum jeito. *Grande demais*, pensou enquanto Rap o espremia na entrada.

Reuniram-se perto da cadeira do pai, embora ele não tenha se sentado. Em vez disso, assinalou para que Rap o fizesse. Ele obedeceu, apoiando as mãos nas coxas.

— Você se lembra do que eu disse ontem à noite antes de irmos ao laboratório?

Assentiu, balançando a cabeça com violência, como se não estivesse acostumado ao movimento.

— N-não vão me m-machucar a não ser que eu p-provoque.

O pai franziu o cenho.

— Eu não disse machucar. Eu disse parar.

Rap o encarou.

— Qua-qual é a d-diferença?

— É possível machucá-lo?

Ele inclinou a cabeça.

— Não entendo.

— Machucar sugere ser capaz de sentir. O que está sentindo?

— Si-sinto que você f-faz muitas p-perguntas.

Vic riu, mas tentou disfarçar. Obviamente não foi bem-sucedido, pois Rap olhou para ele.

— O-o que foi isso?

— Uma risada — respondeu o pai, ele mesmo parecendo tentar controlar o próprio sorriso. — Victor achou engraçado.

— N-não sou engraçado.

— Isso é subjetivo — afirmou. — Você pode...

Rap emitiu um som baixo, que parecia áspero às orelhas de Vic, e ele levou um instante para se dar conta do que era. Uma risada. O androide estava rindo. Acabou tão depressa quanto havia começado.

— A-assim.

— Fascinante — disse a Enfermeira Ratched, exibindo na tela linhas de códigos e equações que se moviam mais depressa do que conseguia acompanhar. — A imitação é espantosa.

— Me imita! — gritou Rambo. — Me imita!

— M-me imita — disse Rap, fazendo beicinho. — M-me i-imita. Eu n-não paro de falar.

— Uau — exclamou Rambo. — Foi bem preciso, de um jeito assustador.

— Ele está aprendendo — disse o pai, agachando diante de Rap. — Só vai aumentar, e provavelmente em progressão geométrica.

— Por quê? — perguntou Vic.

O pai suspirou.

— Por sua causa, Victor.

Sentiu um aperto no peito.

— Rap — disse o pai. — Pode nos mostrar?

Um a um, Rap os encarou antes de repousar o olhar em Vic, que assentiu. Ele abaixou a mão e puxou a camisa sobre a cabeça, esticando a gola. Dobrou a camiseta com cuidado antes de repousá-la no colo.

A madeira no peito e na face dele brilhavam à luz fria da manhã, que entrava pela claraboia.

— Isso — falou o pai, apontando para a madeira. — Por que fez isso?

A Enfermeira Ratched disse:

— A pele não…

— Obrigado, Enfermeira Ratched, mas eu gostaria de ouvir a explicação do Victor.

Ela se calou.

Vic estalou os dedos sem pensar.

— Eu… — Tossiu. — Alguns dos cortes eram grandes demais para serem costurados. E não podíamos produzir uma pele nova, então tive que usar o que tinha disponível.

— E por que não usou metal?

Desviou o olhar.

— Ele já é de metal. Quase totalmente. Por dentro. Achei que ficaria melhor se usássemos madeira. O deixaria mais como um… — Lutou para encontrar as palavras certas, para descrever bem o que queria dizer. Tinha um conceito em mente, mas era frágil e vago.

— Robô Altamente Pirado — disse Rap.

— Eu que bolei o nome! — gritou Rambo.

— Isso — afirmou, embora não fosse exatamente o que queria dizer. — Ele… Achei que fosse ficar melhor.

— E você mesmo esculpiu.

— A Enfermeira Ratched ajudou.

— Obrigada, Victor. Sempre quis levar uma facada nas costas. — Uma faca pareceu na tela, agredindo uma versão pixelada de si mesma. — Sim. Eu ajudei.

— Rap — disse o pai. — Poderia abrir o seu peito?

O androide cutucou o tórax. O compartimento abriu. O coração estava exatamente como na noite anterior. Batia. As engrenagens se moviam. Vic não conseguia conter o próprio orgulho, a conquista manchada de culpa.

— E isso? — perguntou o pai baixinho. — Por que escondeu isso de mim?

Contorceu-se, tentando manter os pensamentos em ordem, mas eles estavam nas asas de uma borboleta, flutuando ao seu redor, um pouco além do alcance.

— Eu não... — Respirou fundo e tentou de novo. — Eu queria... — O quê? Escolheu algo que não parecia uma mentira. — Porque não sabia se ia dar certo.

O pai assentiu devagar.

— Por que o fez?

E por que mesmo?

Falou a única coisa que podia falar.

— Eu precisava saber se era capaz de criar, como você foi. Por via das dúvidas.

O pai se levantou da posição agachada e, antes que Vic pudesse se mexer, ele o envolveu em um abraço apertado. Apoiou o queixo no ombro do pai. Rap os observava atentamente, inclinando a cabeça de leve, sem nem piscar.

— Menino maravilhoso — sussurrou o pai. — Menino tolo e adorável. — Afastou-se, apertando os ombros de Vic com as mãos.

Começou a balançar a cabeça, mas se conteve. Precisava que o pai entendesse.

— Ele merece uma chance. Todos nós merecemos. Você me ensinou isso. Tive que ajudá-lo. Não podia simplesmente abandoná-lo.

O pai encarou-o por um bom tempo antes de se virar.

— Rap. Seu coração.

Rap olhou para o peito antes de levantar a cabeça outra vez.

— S-sim.

— É seu.

— Sim.

— E quer mantê-lo.

O compartimento se fechou.

— N-não pode ficar com ele. É meu. Vi-Victor me deu.

Não deveria ter se afetado tanto ao ouvir Rap dizer o seu nome. No plano macro, não era nada. Mas havia alguma coisa ali. Algo que o fez se sentir grande. Algo que o fez se sentir pequeno.

— Deu — concordou o pai. — E não vou tirá-lo de você. É seu pelo tempo que quiser. Mas saiba que um coração não é como a bateria que tinha antes. É forte, porém frágil.

— C-como pode ser as d-duas coisas?

Ele riu, mas era um riso oco.

— Apenas é. Talvez seja melhor que não se lembre de sua vida antes, pois não será igual. O coração... — Balançou a cabeça. — É algo especial. Vai arrebatá-lo. Vai doer sem motivo. Se tiver a mesma reação que eu, descobrirá que sente coisas que jamais imaginou. Você é uma máquina, Rap. Isso está claro. Mas um coração muda tudo. Certa vez, houve um lenhador feito de lata. Disse: "ficarei com o coração, porque um cérebro não faz ninguém feliz, e felicidade é a melhor coisa do mundo".

Rambo riu.

— Lata... Tem certeza? Parece mentira, mas tudo bem.

— Ah, sim — afirmou o pai. — Tenho certeza. Rap, vou ajudá-lo da melhor forma que conseguir. Todos nós vamos. Mas jamais se esqueça de que Victor lhe deu uma vida que construiu com as próprias mãos. Agora, com licença.

E, assim, o pai deu as costas e saiu da casa do térreo. Pela janela, Vic o viu caminhar para a floresta. Sabia que não iria muito longe. Ele dizia que o silêncio o ajudava a pensar.

Mais tarde — muito mais tarde, quando já era tarde demais — perguntaria a si mesmo por que o pai não lhe contara o que sabia. Mas àquela altura já não importava. O mundo tinha garras, afiadas e furiosas, prestes a agarrá-lo.

CAPÍTULO 9

Rap era uma sombra. Ia aonde Vic fosse, embora não parecesse satisfeito com isso. Para o laboratório. Para a floresta. A cozinha. A casa do térreo. Tentou segui-lo até o banheiro, fazendo uma careta quando Victor pediu que esperasse do lado de fora.

— P-por quê?

— Preciso de privacidade.

— Ele precisa esvaziar os intestinos — disse a Enfermeira Ratched. — Tem um reloginho dentro dele. Victor, por favor, lembre-se de me trazer uma amostra. Já está quase na hora de fazer um check-up. Um Victor saudável é um Victor feliz.

Vic bateu à porta do banheiro com força e ficou lá dentro mais tempo do que precisava.

Quando abriu a porta, Rap ainda estava ali, esperando, junto da Enfermeira Ratched.

— O-o que você fez? — demandou o androide. — F-fez barulhos como se estivesse com defeito.

— Não tenho tempo para isso — murmurou ao passar por eles e se dirigir à ponte de corda.

No laboratório, revisou o trabalho de carpintaria que havia feito em Rap. Começara pela mão e pelo braço, certificando-se de que a madeira não havia rachado durante a fuga pelas árvores. Não rachara, ele seguiu para o peito e as costas. A bochecha. Deixou a perna por último.

Rap estava sentado na mesa, com as pernas penduradas, observando cada movimento de Vic. Havia tirado as roupas, a pedido dele, e questionava por que o rapaz havia posto uma coberta sobre seu colo.

Levantou a perna do androide, estendendo-a, escutando os estalos dos ossos metálicos sob a madeira. A articulação do joelho ficou rígida, e ele logo viu o motivo. O pedaço de madeira usado na parte interna do joelho era maior do que o necessário. Um erro fácil de cometer, mas também simples de consertar.

Pegou uma ferramenta pequena de sua bancada de trabalho, erguendo-a para que Rap visse.

— Isso é um formão.

Ele franziu o cenho.

— Serve p-pra quê?

— Raspar madeira. Seu joelho está pegando. É por isso que está tropeçando. Posso consertar, se quiser.

— O paciente precisa ser sedado? — perguntou a Enfermeira Ratched. — Posso ajudar, se for preciso.

— Não — respondeu, e virou a tempo de vê-la recolhendo uma marreta de metal para dentro de si. — Não vai machucar.

— M-machucar — repetiu Rap. — Vocês n-não vão me m-machucar a não ser que eu p-provoque. — Era o que o pai havia dito. Não a citação exata, mas próximo o bastante. Em seguida: — O que é m-machucar?

— *Ai* — gritou Victor depois que a Enfermeira Ratched bateu cabeça dele. — Por que fez isso?

— Você sabe — disse ela. — Rap, isto foi uma demonstração de dor.

Rap os encarou.

— Tudo bem. Pode consertar. P-preciso de todos os meus m-movimentos. É um perigo se eu n-não tiver, porque você é f-frágil.

— É mesmo — disse a Enfermeira Ratched enquanto Vic a encarava. — Tão quebrável. Realmente é um design cheio de falhas, se pararmos para pensar. Humanos são muito moles.

Revirou os olhos e em seguida se ajoelhou diante de Rap. Acenou para que a Enfermeira Ratched segurasse firme a perna do androide enquanto limpava o suor da testa. Agradeceu a Rambo quando o aspirador baixou a lupa, passando por diferentes magnitudes até encontrar a correta.

— Pronto? — perguntou a Rap.

Ele não respondeu.

Abaixou a ferramenta, pressionando-a na lateral da junta do joelho, pronto para raspar um pedaço da madeira até melhorar o encaixe.

— Ai — disse o androide.

Vic levou um susto. Ergueu a cabeça, com os olhos arregalados.

Rap o encarou.

— Ai — repetiu. — M-machucou.

Estava incrédulo.

— Quê? Machucou? Como pode... Não entendo. Não deveria ter...

— T-treino — explicou. — Estava t-treinando. Ai. Dor. Machucado. — Fez uma carranca, franzindo o rosto antes de suavizá-lo.

— Não pode fazer isso — disse Vic.

— P-por quê?

— Porque não doeu. Eu não tinha nem começado.

Ele concordou com a cabeça.

— Vou e-esperar até que c-comece.

Ainda de joelhos, Vic se aprumou outra vez, pegando a ferramenta.

— Não foi isso que... Apenas fique parado. Não se mexa.

Rap congelou. Não piscou. Mantinha a boca ligeiramente aberta.

— O que aconteceu? — perguntou Vic. Ergueu a mão e acenou na frente do rosto dele. Nenhuma reação.

— Ele morreu? — sussurrou Rambo, nervoso. — Nós o matamos? Ai, não. Ai, não. Agora eu *nunca* terei um melhor amigo até encontrarmos outra coisa dessas e eu tiver me esquecido da existência de Rap.

— Ele não está se mexendo porque Vic mandou que não se mexesse — disse a Enfermeira Ratched. A voz dela saiu tão seca quanto sempre, mas soou quase... entretida? Vic não sabia ao certo.

Falou:

— Rap, mexa-se.

Ele o fez, inclinando a cabeça, piscando devagar.

— D-decida-se.

Claro. Claro que ele faria isso.

— Não precisa fazer tudo que eu digo.

— Eu sei — afirmou. — V-vá logo com isso. Estou com frio.

Sem saber ao certo se ele estava falando sério ou não, cerrou os dentes ao se inclinar para a frente mais uma vez, com o rosto a centímetros da lupa. Ergueu o formão mais uma vez, pausando bem próximo da madeira, aguardando para descobrir se Rap tentaria enganá-lo novamente.

Não o fez.

Vic abaixou a ferramenta, pressionando-a contra a madeira. No dorso da mão, os tendões protuberaram conforme deslizava a ferramenta para baixo. Uma pequena lasca de madeira se separava da junta do joelho, curvando-se, enquanto ele a raspava.

— Estou s-sentindo isso — disse Rap, embora não tenha tentado se retrair.

— Está? — perguntou a Enfermeira Ratched. — Curioso. Como é?

— Pressão.

— Ruim?

— N-não. Não m-machuca. Nenhum ai.

Vic foi rápido. Pausou após remover uma segunda lasca e pediu que a Enfermeira Ratched esticasse e dobrasse a perna de Rap. Ainda raspava, então tirou mais um pedaço.

— Pronto. Experimente.

Rap se levantou, derrubando o cobertor no chão.

— Ele está pelado — disse Rambo desnecessariamente.

Vic manteve os olhos no joelho de Rap.

— E a-agora? — perguntou o androide.

— Tente dar uma volta. Veja se a perna está funcionando melhor.

Ele, é claro, interpretou literalmente. Saiu cambaleando pelo laboratório, balançando de um lado para o outro a cada passo, sem dobrar os joelhos.

— Não — disse Vic, e Rap parou. — Ande de um jeito normal.

— O que é n-normal? — perguntou ele.

— Algo que não verá por aqui — comentou a Enfermeira Ratched.

Vic detestava todo mundo naquele laboratório.

— Apenas... Ande. Dobre os joelhos. Faça o que faz normalmente.

— N-normal — falou. — Eu s-sou normal. Fazer o que faço n-normalmente.

— Isso.

Rap fez que sim com a cabeça.

E em seguida correu para a porta, que ainda estava pendurada pelas dobradiças.

Vic saiu tropeçando atrás dele, seguido de perto pela Enfermeira Ratched e Rambo. Todos conseguiram cruzar a porta a tempo de vê-lo se lançar pela lateral da ponte de corda. Ele atingiu o chão com tudo, levantando-se e correndo como um tiro, movendo-se quase rápido demais para Vic acompanhar. Estupefato, encarou Rap avançar entre as árvores, com braços e pernas ágeis, até que chegasse a um velho carvalho de tronco espesso. Ele esticou a mão ao circulá-la, agarrando o tronco, quebrando galhos enquanto aterrissava no chão. Usou o tronco e a inércia para se atirar na direção oposta.

Aproximava-se da casa do térreo, e Vic teve certeza de que ele daria de cara com ela. Em vez disso, no último segundo pulou para o telhado, saltou sobre as claraboias antes de aterrissar do outro lado da casa.

— Bem — disse a Enfermeira Ratched. — Acho que a normalidade é subjetiva. Ele continua pelado.

Vic não conseguia falar. Maravilhado, observava-o correr em direção a outra árvore. O androide pulou, agarrando um galho, que quebrou, mas só depois que ele já pulara para outro, e outro. Em poucos segundos estava no topo da árvore. Em seguida, saltou para o lado oposto do complexo, aterrissando perto do laboratório do pai. Então, correndo pelas pontes que conectavam tudo, Rap veio parar diante dele, imponente.

— Está f-funcionando — anunciou para um Vic estupefato. — N-normalmente.

— Sim — respondeu, a voz fraca. — Suponho que sim.

Rap não entendia muita coisa. E por causa disso, fazia muitas perguntas.

— O q-que está f-fazendo?

— Comendo — respondeu Vic. Estava na cozinha, junto do fogão, uma panela fervendo diante dele.

— Por quê?

— Porque preciso.

— Por quê?

— Porque meu corpo precisa. Se eu não comer, vou morrer de fome.

— M-morrer de fome — disse Rap. Encarou-o servir o caldo em uma vasilha antes de repousá-la sobre a mesa. Vic levou a colher à boca, soprando o caldo para esfriá-lo.

— Por que v-você faz isso?

Suspirou.

— Porque está muito quente.

Ele assentiu.

— Muito quente. Mas come assim mesmo porque se n-não comer, morrerá.

— Isso.

— Com que frequência p-precisa?

— Comer? — Vic vacilou. — Algumas vezes por dia.

— Não faz nenhum sentido — declarou. — P-por que você d-depende de a-algo assim? Principalmente algo q-quente demais.

Não sabia o que responder.

— Eu só preciso. Preciso disso para sobreviver.

— Não é lógico. V-vou ajudar.

Antes que pudesse esboçar reação, Rap respirou fundo, enchendo as bochechas. Debruçou-se sobre a vasilha e soprou. Não foi um sopro normal. Foi mais como um vendaval. A vasilha voou da mesa, deixando o caldo cair no chão e nas paredes.

— Pronto — disse ele. — Agora não está q-quente. Consuma para não m-morrer.

Então virou e saiu da cozinha.

— O que está f-fazendo?

Vic sentiu vontade de gritar. Respirou fundo e soltou o ar lentamente.

— Estou me arrumando para dormir. Estou cansado. Foi um dia longo. Preciso dormir.

— Modo desligar — disse Rambo ao estacionar na tomada, balançando-se até ficar confortável. — Hora de recarregar.

— Recarregar — repetiu Rap. — Dormir. Por quê?

Estava a ponto de bater a própria cabeça na parede.

— Já conversamos sobre isso. Eu preciso dormir. É como comer. É uma necessidade.

— Para não m-morrer.

— Isso — Puxou a colcha. Sentou-se na cama, balançando a estrutura de leve. Bocejou, estalando a mandíbula.

Rap inclinou a cabeça.

— O que vou f-fazer enquanto você recarrega?

— Procure o meu pai — respondeu. Estava cansado. — A essa hora ele já deve ter voltado. Ou a Enfermeira Ratched. Também pode ficar aqui, mas precisa fazer silêncio. Não pode fazer barulho enquanto eu durmo.

— V-vou ficar aqui — disse Rap.

Vic fechou os olhos, repousando a cabeça no travesseiro.

Abriu os olhos um instante depois.

O androide estava ao lado da cama, encarando-o.

— O que foi? — irritou-se.

— Silêncio — respondeu Rap. — Fazer silêncio. Não posso fazer b-barulho enquanto você recarrega.

Vic grunhiu e virou-se para a parede. Acenou com o braço para ele.

— Apenas... sente-se. Ou fique em pé em outro lugar.

Ouviu-o se afastar.

Voltou a fechar os olhos. Não se lembrava de ter caído no sono, ouvindo os suaves ruídos das engrenagens no peito de Rap.

Era manhã cedo quando abriu os olhos. Meio grogue, esfregou o rosto, estalando os lábios. Pôs os pés no chão, espreguiçando-se.

Mal conseguiu se conter para não gritar quando o viu no canto do seu quarto, encarando-o.

— O que você está *fazendo*? — questionou.

— Esperando — disse Rap. — Enquanto r-recarregava. Você faz barulho. — Abriu a boca e roncou terrivelmente. Parou tão de repente quanto começara. — Isso a-ajuda na r-recarga?

Ele grunhiu, caindo de volta na cama.

Rap era um babaca, sim.

Mas levou mais tempo do que estava disposto a admitir para perceber *quão* babaca era Rap.

Embora acompanhasse cada gesto de Vic e o seguisse como se estivessem grudados, ele nunca perdia a chance de apontar a inutilidade de tudo que faziam. Isso, claro, quando não estava fazendo perguntas. Victor ficaria agradecido se nunca mais precisasse ouvir as palavras "por quê".

— Por que está fazendo isso? — perguntou o androide quando Vic disse que precisava tomar banho.

— Para ficar limpo. — Seguia até o banheiro com a toalha pendurada no ombro.

— Por que p-precisa ficar limpo? — Rap foi atrás dele.

— Porque não quero ficar sujo.

— E tomar banho a-ajuda.

— Sim. A água limpa a pele. E o sabão também ajuda.

— Humanos são s-sujos — falou. — E precisam ser limpos.

— Sim.

— Eu não sou h-humano.

— Não.

— P-preciso ficar limpo?

Vic estacou na porta do banheiro, olhando por cima do ombro. Rap ainda vestia as roupas que havia ganhado. O cabelo estava bagunçado, arrepiado de um jeito estranho.

— Não. Você… sua pele não secreta óleos e suor como a minha.

— V-vou tomar banho com você — disse Rap.

Vic começou a tossir com violência.

O androide franziu o rosto.

— Está morrendo? P-precisa comer e recarregar?

— Não pode tomar banho comigo!

— Por quê?

— Porque preciso de *privacidade*.

Rap assentiu.

— Como quando e-esvazia o i-intestino.

— Quê? Não, não é… quer saber? Isso. É exatamente isso.

— Entendo.

Vic ficou aliviado.

— Ótimo. — Virou-se para o banheiro. Entrou e ia fechar a porta, mas algo a impediu. Olhou para trás. Rap estava no caminho.

— O que está fazendo? — indagou, irritado.

— Á-água — respondeu ele. — Pode se afogar. V-vou ficar de olho para garantir que isso não aconteça.

Vic o empurrou para fora. Era como empurrar um pedregulho, mas de algum jeito o rapaz conseguiu.

— Não vou me afogar. Fique aí fora.

Rap revirou os olhos e por um instante, paralisou-se de choque ao ver algo tão típico dos humanos.

Sentindo como se tivesse submergido em um lago congelado a ponto de queimar, fechou a porta.

Sem fazer barulho, ele seguia a rota de armadilhas pela floresta. Os ruídos do bosque ecoavam ao redor. Espiou por sobre o ombro e viu Rap vindo atrás, imitando seus passos cuidadosos.

Rambo, por outro lado, avançava despreocupado, cantando sobre estar no paraíso e dançar de rosto colado, esbarrando nos pés do androide para tentar apressá-lo.

— Precisa ficar quieto — murmurou Vic.

— Eu e-*estou*.

— Não estou falando de você. Rambo.

— Opa — disse Rambo. — Foi mal. Esqueci o que estávamos fazendo. Você não vai ouvir nem um ai de mim até dizer... meu *deus*, uma pinha! Eu amo pinhas! — Deu a volta em Rap e correu adiante, pegando a pinha do chão. — Tão fantástica e incrível — sussurrou, mantendo-a perto dos sensores, virando-a de um lado para o outro. — Posso ficar com ela? Vic? *Vic*. Posso ficar com a pinha?

Ele suspirou.

— Já tem várias dessas em casa.

— Mas... mas *essa* é melhor do que todas as outras! Veja. Tem espinhos.

— Você vai se m-machucar — disse-lhe Rap, soando áspero e irritadiço. — Ai. Vai f-fazer ai.

Rambo a soltou como se estivesse pelando.

— Oh, não. Vic! Eu poderia machucar os... ah. Espere. Certo. Não sinto dor. Desculpem. Desculpem, pessoal! Por um segundo esqueci o que eu era. Não vai acontecer de novo. Vou só...

Rap pisou na pinha, esmagando-a com a bota.

— Ei! — reclamou o aspirador. — Por que fez isso? Olhe só a bagunça. Não pode simplesmente fazer bagunça por aí. Quem é que vai limpar? *Você*? Hã! Não sabe sugar como eu. — Rolou sobre a pinha quebrada, girando as ventoinhas enquanto sugava todos os pedacinhos. — Ui, faz cosquinha.

Vic prosseguiu balançando a cabeça.

A primeira armadilha estava vazia. A segunda também. A terceira, no entanto, tinha um coelho gordo e olhos vítreos, o pescoço quebrado pela armadilha de metal. Vic se agachou, fazendo careta. Estava morto há pouco tempo. As moscas ainda não tinham vindo.

— O que é isso? — perguntou Rap.

— Comida — murmurou ao levantar a barra e soltar o pescoço do coelho. Um líquido abominável vertia do bicho. Durante muito tempo, fora incapaz de lidar com as armadilhas. O pai cuidara disso sem reclamar. Não era exatamente medo que o fazia hesitar, nem ter que encarar a morte. Era a textura do pelo do animal e a forma como o corpo conseguia enrijecer tão depressa que o deixavam arrepiado. Ainda bem que o coelho não parecia ter sofrido. Uma morte rápida.

— Você o m-matou.

O rosto de Vic ficou quente.

— Tenho que fazer isso. Preciso de comida para viver. Só pego o que preciso.

— E p-precisa disso.

— Sim.

Rap assentiu antes de se levantar. Começou a andar por entre as árvores.

— Aonde está indo? — gritou, ficando para trás.

— Eu a-ajudo. Fique aqui.

Vic suspirou e voltou-se novamente para o coelho. Puxou um pano velho da mochila e o esticou no chão. Com cuidado, pegou o coelho e o colocou sobre o pano para o embrulhar.

— Aonde ele vai? — perguntou Rambo.

— Não sei.

— Devemos nos preocupar?

— Provavelmente.

Os minutos demoraram a passar. Pareceu que horas tinham-se passado até o ouvirem voltar. Vic deu a volta na árvore, pronto para censurá-lo por desaparecer por tanto tempo, mas as palavras ficaram entaladas.

O androide trazia quatro coelhos, todos se contorcendo freneticamente nos braços dele.

— O que está *fazendo*? — perguntou, estupefato.

— Parem — disse Rap aos coelhos. — Parem de se m-mexer para que Vic possa m-matá-los e comê-los para n-não morrer. — Os coelhos o ignoraram. Ele quase deixou um deles cair, mas conseguiu pegá-lo pelas patas traseiras, e o animal soltou um ruído estranho de susto.

Vic caiu para trás.

— Você *pegou* os coelhos?

— Não é d-difícil. Por quê? É difícil para v-você?

— Quê? Não. Não foi isso que... *solte-os.*

Rap franziu o rosto.

— Mas eles vão c-correr e vou ter que i-ir atrás deles de novo. N-não faz o menor sentido. — Relanceou para os coelhos antes de voltar a olhá-lo. — A não ser que isso os d-deixe mais saborosos. F-ficam mais s-saborosos assim?

Vic se levantou, limpando-se com batidinhas.

— Pode fazer o favor de soltá-los? Não precisamos deles! Já tenho o suficiente.

— Tem? — perguntou. — Tem c-certeza?

— Tenho.

Ele deu de ombros e Vic mais uma vez se espantou pela velocidade com que seu comportamento se adaptava. Em poucos dias, já tinha superado a imitação. Logo seria como Gio.

Rap soltou os coelhos. Eles caíram no chão e correram para a floresta. O robô os observou antes de se concentrar nos próprios braços. Estavam cheios de dejetos molhados.

— O que é isso? — perguntou. Cheirou os braços. — Tem cheiro. Ruim? Não é b-bom.

— O coelho esvaziou o intestino em você — disse Rambo, soando muito mais alegre do que era propício. — Mal posso esperar para contar para a Enfermeira Ratched.

Ele franziu o rosto.

— Como Victor faz com a porta f-fechada? É necessário privacidade. Vou e-encontrar o c-coelho que fez isso. Vou fazê-lo p-pagar por esvaziar o intestino em público. — Virou-se para sair andando, mas Vic o pegou pelo braço. Ele franziu o cenho ao ver a mão de Vic envolvendo o antebraço dele.

— Estou s-sentindo isso.

— Não se mexa.

Rap congelou.

Vic balançou a cabeça ao abrir a mochila, tirando dela uma garrafa de plástico. Soltou o braço, que permaneceu no lugar, ainda estendido. Abriu a tampa e derramou água nele, limpando os dejetos. Ao terminar, guardou a garrafa e deu um passo para atrás.

O androide continuou imóvel.

Respirou fundo.

— Agora pode se mexer.

Ele o fez, levando o braço ao rosto uma vez mais, franzindo o cenho.

— Limpo — falou. — Água. Banho. T-tomamos banho juntos.

— *Não* tomamos.

Rap semicerrou os olhos.

— Tem certeza?

Vic voltou aos tropeços para junto da armadilha. Rearmou-a antes de colocar o coelho embrulhado na mochila. Pôs-se a voltar para casa sem nem olhar para trás.

Na quarta noite, Rap descobriu o que era música.

Estava sentado no laboratório de Vic, com as mãos cruzadas no colo, questionando tudo que o rapaz fazia. A essa altura, Vic mal lhe dava atenção e resmungava qualquer coisa em resposta, coisa que pouco satisfazia o androide. A tela da Enfermeira Ratched havia sofrido um curto, e por isso estava exposta diante dele.

— Normalmente faço isso sozinha — explicou ela a Rap enquanto Victor solucionava o problema: parte da fiação estava muito desgastada. — Mas permito que Victor ajude porque faz com que se sinta útil.

— É uma necessidade — disse Rap.

— Sim — afirmou ela. — Ele precisa de constante validação. Ativando o Protocolo de Empatia. Está se saindo muito bem, Victor. Estou muito orgulhosa de você. Desativando o Protocolo de Empatia. Já está acabando? Não gosto quando mexe em mim com essas mãos frias.

Ele a ignorou. Ao terminar o trabalho, recolheu as ferramentas e as levou para a bancada.

Rap estava empertigado na cadeira, mas a cabeça estava torta, como se estivesse escutando alguma coisa. Tinha uma expressão estranha no rosto, que parecia distante e perdido.

— O que foi? — perguntou Vic. — Qual o problema?

— S-som. Que som é e-esse?

Tentou escutar. Não ouviu nada.

Mas a Enfermeira Ratched ouviu.

— É música. Gio está escutando um disco na casa do térreo.

Rap se levantou subitamente, deixando a cadeira bater na parede. Foi em silêncio em direção à porta. Antes que pudesse chamá-lo, ele saltou sobre o corrimão.

— Queria conseguir fazer isso — disse Rambo. — Parece tão legal. Vou fazer. Ninguém tente me impedir desta vez.

Conseguiu agarrar Rambo antes que ele pudesse se dirigir até a escada.

— Não.

Rambo apitou com grosseria.

— Ei! Eu disse para *não* me impedir.

— Você vai pegar o elevador — falou. — Só porque uma pessoa fez alguma coisa, não significa que também tem que fazer.

— Que profundo — disse a Enfermeira Ratched. — Estou impressionada, Victor.

Mais tarde, Vic se perdeu nos próprios pensamentos enquanto ajeitava o laboratório depois do trabalho. Certa vez, aos dez anos de idade, ficara obcecado com o fato de *não* ser um androide, como o pai. Ficou muito chateado e passou dois dias surtado. Ficou devastado. Tentou explicar para o pai que eles eram diferentes, mesmo que o pai dissesse que as diferenças não importavam. Para Victor, porém, importavam *sim*. Queria que o sangue lhe fosse drenado, que os ossos e tendões fossem substituídos por fios e metal. Não conseguia articular o *porquê*, não o suficiente para satisfazer qualquer um dos dois. O pai tentou acalmá-lo, tentou explicar que ele era perfeito exatamente como era, mas Vic não quis saber.

Ao fim do segundo dia, estava exausto. Parecia que tinha areia nos olhos; a cabeça latejava e não conseguia mais pensar direito. O pai sentou a poucos metros dele para lhe dar espaço, com as pernas cruzadas e as mãos nos joelhos, e disse:

— Victor, ouça.

Não olhou para o pai, mas ouviu. Resmungou baixo em resposta.

— Não somos iguais — declarou ele, com a voz terna e suave. — Mas saiba que eu era solitário e triste antes de você chegar. Você me trouxe esperança, Victor. Começou pela ponta dos dedos e foi se espalhando pelo resto do meu corpo até se alojar firmemente no meu peito. Ela nunca mais me deixou. E foi se transformando em algo muito maior. E é por causa desse sentimento que posso dizer que não preciso que seja como eu sou. Preciso que seja *você*.

Vic não respondeu. Não naquele momento. Mas escutou e jamais se esqueceu.

Agora permanecia quieto enquanto o elevador descia. Seguiu os amigos até a casa do térreo, estacando à entrada.

O pai estava sentado na poltrona com uma expressão curiosa no rosto. Não se virou para ele. Estava concentrado em Rap.

Rap, que estava diante da vitrola, oscilando de um lado para o outro, como se estivesse preso no balanço suave dos metais, no *tsk tsk tsk* delicado dos pratos, no tamborilar das teclas do piano.

— Qual é esse? — sussurrou enquanto se movia de um lado para o outro.

— Miles Davis — respondeu o pai com um sorriso discreto. — *Kind of Blue.* De 1959. Um ano de muitos acontecimentos no jazz. John Coltrane. Duke Ellington. Sonny Clark. Você gosta?

— Não sei — respondeu, desta vez sem gaguejar. — Como eu sei se gosto?

— Escute — disse o pai. — Agora. Está pronto?

O saxofone entrou, vertendo notas como um curso d'água dos mais variados tipos de azul. Sentiu o peito se aquecer com a canção.

O androide suspirou. Começou a bater o pé no tempo da música. Vic achava que era um gesto inconsciente.

— O que ela lhe diz? — perguntou o pai.

Por um instante demorado, Rap não respondeu. Em seguida:

— Não há palavras.

— Eu sei — afirmou. — Mas o que...

— Não — disse Rap. — Não tenho palavras para isso.

— Ah. Ah. Sim. A música pode ter esse efeito, às vezes.

Ele colocou a mão no peito.

— Sinto aqui.

O pai fechou os olhos e cantarolou a melodia. Parou quando Rap disse:

— Parece... uma lembrança. Algo que esqueci. O que fazer quando se esqueceu de tudo que sabe?

O pai abriu os olhos. Ficou e silêncio por um instante, como se escolhesse cuidadosamente as palavras.

— Comece pelo começo.

— O que está acontecendo? —sussurrou Rambo para a Enfermeira Ratched.

— Não sei — respondeu. — Mas estou gostando. Queria que alguém tirasse a dama para dançar.

Ele apitou animado.

— Posso fazer isso! — Seus mecanismos chiaram conforme se erguia. Pegou dois dos tentáculos dela com suas pinças. A tela da enfermeira foi preenchida por uma linha saltitante, um ciclo circadiano que seguia o tempo da música. Sacudiram-se de um lado para o outro, o robozinho se desculpando vigorosamente quando passou com as rodas sobre ela. A Enfermeira Ratched não pareceu se importar.

E assim seguiram.

Até as máquinas aparecerem.

CAPÍTULO 10

Uma semana depois de Rap acordar no laboratório de um criador chamado Victor Lawson, eles retornaram ao Jardim das Sucatas. Vic queria ver se os Velhos trouxeram alguma coisa nova que valesse a pena resgatar. Não era mentira, mas também não era toda a verdade.

O que *realmente* queria era voltar ao lugar onde encontraram Rap, para ver se tinham deixado passar alguma coisa. Duvidava disso; a Enfermeira Ratched não havia detectado mais nenhum sinal de vida.

Deixaram o androide com o pai. Ou, ao menos, acharam que tinham. Na metade do caminho para o Jardim das Sucatas a Enfermeira Ratched parou e disse:

— Estamos sendo seguidos.

Olhou por cima do ombro. Não havia nada se mexendo nas árvores.

— Onde?

Antes que ela pudesse responder, viu Rap esticar a cabeça por trás de uma árvore antes de logo se esconder.

Vic suspirou.

— Estou te vendo.

— Não e-está não — respondeu ele.

— Rap.

Rap franziu o rosto ao sair de trás da árvore.

— Por que estava se escondendo? — perguntou Rambo.

— Eu n-não estava — respondeu. — Estava inspecionando o t-tronco da árvore.

— Sério? — Rambo rolou na direção dele, parando perto da base da árvore. — Para quê está inspecionando? Tem algo errado com a árvore? — Correu em volta do tronco, parando no lugar onde havia começado. — Não vejo nada de errado.

— Está se certificando de que Victor não morra — disse a Enfermeira Ratched, segura de si. — Acredito que esteja demonstrando preocupação.

— N-*não* estou. — Desdenhou. — S-só estava andando nesta direção.

— Na mesma que nós? — perguntou Rambo. — Que *incrível*. Vic. Ei, Vic! Quais as chances de Rap também estar por aqui? Ele deveria vir conosco!

Vic disse:

— Você pode, sabe? Vir conosco.

Rap resmungou enquanto Rambo tentava empurrá-lo em direção aos outros. Tentou chutá-lo, mas o aspirador foi mais rápido do que ele. No processo, quase perdeu o equilíbrio, mas conseguiu se manter de pé. No último segundo, a perna de madeira — embora ainda dura — o sustentou no último segundo.

— Moles — murmurou, sem olhar para nenhum deles em específico.

— Então é esse o problema — disse a Enfermeira Ratched. — Não há o que temer, Rap. Jamais permitiríamos que nada acontecesse com Victor. Embora ele seja mole, sim, nós não somos.

A carranca dele se acentuou.

— N-não me importo.

— Claro que não — disse ela. — Por que se importaria? Como estamos indo na mesma direção, podemos muito bem ir juntos. Victor?

Vic desviou o olhar de Rap.

— O quê?

— Rap vai conosco — falou. — Quanto mais, melhor, como eu sempre digo.

— Nunca a ouvi dizer isso — disse Rambo. Graniu quando ela o atingiu com um de seus tentáculos. — O que foi? *Nunca* ouvi.

— Quer vir conosco? — perguntou Vic. Não sabia por que Rap aceitaria. Pela expressão e postura rígida, parecia preferir estar em qualquer outro lugar do mundo.

Ele balançou a cabeça.

— N-não. Mas vou, já que i-insistem.

— Não insistimos — disse a Enfermeira Ratched. — Mas se você se sente melhor pensando assim, longe de mim sugerir o contrário. Pode ser útil ter reforços. Victor frequentemente se encrenca quando menos espera.

Vic grunhiu.

— Isso não...

— Como vai o corte na mão, Victor? Cicatrizando direitinho, imagino.

Estava. Com casquinha e coçando, mas melhor. Achava que nem sequer deixaria marca.

— Tá ótimo — falou. — Mas vamos ser rápidos. Ninguém quer ser pego pelos Velhos.

— São enormes — disse Rambo a Rap, que se juntou a eles. — Maiores do que *você*. Aposto que o esmagariam.

— N-não — negou Rap. — Eu n-não gostaria disso. Se eles t-tentarem, n-não serei legal.

— Vamos — chamou Vic. — Seremos rápidos. Quais são as regras?

— Ficar juntos! — exclamou Rambo.

— Correr se for preciso — disse a Enfermeira Ratched.

— Nada de brincadeiras!

— Nada de perfurações.

— E, acima de tudo, ter coragem!

Rap tombou a cabeça ao cerrar os olhos, mas não falou nada.

Assim que chegaram ao topo da colina com vista para o Jardim das Sucatas, Vic soube que havia algo de errado. Fosse manhã, tarde ou noite, os Velhos estavam sempre se movimentando. Mas agora não havia nada; pássaros empoleiravam em um dos guindastes sem preocupação alguma. O silêncio era opressor de um jeito que ele jamais havia sentido antes: espesso, como se o próprio ar estivesse mais pesado, tornando mais difícil respirar. Algo lhe dizia — ordenava de modo alto e insistente — que desse as costas e se esquecesse do Jardim da Sucatas de uma vez. Que fosse para casa. Sem olhar para trás.

Rambo disse:

— Não estou gostando disso.

A Enfermeira Ratched apitou uma, duas vezes.

— Tem alguma coisa aqui. Algo que nunca senti antes. É... forte.

— Forte? — perguntou, espiando mais a fundo. — Como assim?

— Energia — disse ela. — Parece energia.

— Os Velhos?

— Não. Outra coisa. Aguarde, por favor. Escaneando. Escaneando. Escaneando. — A luz acima da tela passou a piscar enquanto ela escaneava a área ao redor deles.

— O que ela está f-fazendo? — perguntou Rap, cerrando os olhos para a Enfermeira Ratched.

Vic deu de ombros.

— Procurando. Foi assim que o encontramos. Talvez haja alguém como você que não detectamos. Outro androide. Uma máquina. Às vezes acontece. Em geral não temos como consertar. — Olhou para ela. — O que é?

A Enfermeira Ratched terminou de escanear e a luz apagou. A tela dela permaneceu desligada.

— Tem alguma coisa aqui.

— Onde?

Ela abriu a planta do Jardim das Sucatas na tela. Um dos quadrados piscou.

3B. Onde encontraram Rap.

Vic franziu o cenho.

— Talvez tenhamos deixado passar alguma coisa.

— É possível — disse ela lentamente. — A assinatura energética de Rap pode ter bloqueado a captação do que está lá agora, ou é algo que pode ter sido ativado depois que saímos.

— Mas?

— Mas — respondeu ela — não acho que seja isso. É mais forte. Ou tem mais de um. Não consigo separá-las se for esse o caso. Estão muito longe.

O alerta na mente de Vic se intensificou, ordenando que desse meia-volta e saísse dali. *Conte a ele*, sussurrava. *Conte para o pai. Conte para ele que tem algo aqui e deixe que ele cuide disso.*

Mas o alerta foi sufocado por algo muito mais perigoso: a curiosidade. Uma que o provocava. Queria ver o que era. O que a Enfermeira Ratched captava. Tinha energia. Isso estava claro. E o coração do pai não duraria para sempre. Talvez pudesse ser útil, se a máquina a qual pertencesse fosse irreparável. E se não fosse, Vic poderia ajudar.

Falou:

— Tenham cuidado. Quietos. Fiquem juntos. Manteremos distância.

— Sabia que ia dizer isso — anunciou a Enfermeira Ratched. Em seguida, mais alto: — Rap, lembra o que Victor é?

— Mole — Rap respondeu imediatamente.

— Exato. Victor é mole e quebrável. Precisamos protegê-lo caso seja algo que pode feri-lo.

— E quanto a mim? — perguntou Rambo.

A Enfermeira Ratched o cutucou gentilmente.

— Você tem o trabalho mais importante de todos. Se for preciso, terá que se sacrificar para que possamos escapar.

— Isso! — gritou Rambo. — Tenho um propósito!

Avançaram em meio aos montes de sucata e logo chegaram a um cume do qual era possível avistar o quadrante 3B. Vic se agachou ao se aproximarem do pico da colina. Rap o observou por um instante antes de copiá-lo. Ele estava tão próximo que conseguia ouvir o movimento das engrenagens no peito do androide.

O céu chumbo pairava pesado sobre a cabeça deles. O ar parecia cortante pelo frio, e da boca de Vic saíam nuvens de vapor. Tinha a impressão de que nevaria em breve. Talvez não naquele mesmo dia, mas em breve. Tremeu novamente ao engatinhar para o topo da colina. Rap estava à sua direita, a pele quente ao, sem querer, tocar o braço no dele.

Chegaram ao topo e espiaram. Rambo sussurrava:

— Sou corajoso, sou corajoso, sou corajoso.

De início, Vic não compreendeu o que viu do outro lado da colina. Havia pilhas de corpos descartados onde tinham encontrado Rap: braços, pernas, troncos, tudo espalhado no chão.

E as pessoas. As *pessoas*. Um soco no estômago, forte o bastante para deixá-lo sem ar. Prova. Ali, afinal. Outros. Três deles, vestindo o que pareciam ser uniformes: botas pretas, calças pretas, casacos pretos com colarinhos vermelhos altos em torno do pescoço. No lado direito do peito do casaco havia um símbolo, mas estavam longe demais para que pudesse identificar com clareza.

Mas quanto mais os examinava, mais a sensação de *erradoerradoerrado* rosnava em suas entranhas, como um predador acuado atacando de todas as formas possíveis. Todos tinham a cabeça raspada. Dois deles estavam de pé, olhando de um lado para o outro. O terceiro estava agachado, com a mão no chão. Não falavam.

Foi então que Victor os enxergou como eram: exatamente iguais. De pele pálida, o rosto liso. Não tinham sobrancelhas. Nem pelos na cara. Não tinham orelhas. Machos, ou ao menos era o que parecia.

Não se pareciam com o pai. Nem com Rap.

Não se pareciam com Vic.

Não tinham nada de humanos. Não. O terceiro androide — o que estava agachado — levantou a cabeça. Era exatamente como os outros dois. Trigêmeos. Clones. O mesmo modelo.

— Não são pessoas — disse baixo a Enfermeira Ratched, como se pudesse ler os pensamentos dele. — São máquinas.

— O que estão fazendo? — perguntou. — O que estão procu... — Não chegou a dizer o resto da frase, pois houve um som terrível ao seu lado. Ele se virou.

Rap exibia os dentes enquanto rugia feroz. Tinha rugas em volta dos seus olhos. Os dedos dele se contorceram como garras.

— O que foi? Você os conhece?

Ele soou furioso:

— Não. N-não conheço. Não p-posso... erro. É um erro. Perdido. Está tudo p-perdido em meio à fumaça. — Vic quase caiu para trás quando o androide começou a bater violentamente na própria cabeça. O som era bizarro: metal, pele sintética e madeira. Vic tentou agarrar as mãos dele, mas Rap era forte demais.

— Pare — sibilou. — Eles vão *ouvir*.

Mas Rap não parou. Continuou batendo na cabeça sem parar.

— O que houve com ele? — Rambo perguntou nervoso. — Está com defeito?

— Rambo, recue — disse a Enfermeira Ratched, os tentáculos surgindo e sacudindo de forma ameaçadora.

Rap agarrou a própria cabeça e abaixou, de cara para o chão.

— Rap — sussurrou Victor. — Rap, você precisa parar. Precisa...

Um ruído preencheu o mundo, algo que Vic jamais havia escutado antes.

Começou baixo, como se viesse de longe. Olhou em volta desesperado, tentando localizar a fonte. Ecoava secamente contra o lixo metálico que ali havia, fazendo as sucatas vibrarem, pedaços e peças caindo até o chão.

O barulho só aumentou.

Rap abaixou as mãos, erguendo os olhos para o céu.

— V-vejam.

Vic levantou a cabeça.

A princípio não sabia o que estava vendo ao certo. Uma mancha no horizonte no alto da floresta enorme, preta contra o céu metálico. Achou que fosse uma nuvem errante até que ela se moveu de forma estranha, expandindo e contraindo. O ruído circundante aumentava enquanto a mancha crescia e ganhava contornos. Podia sentir nos ossos as vibrações. As mãos tremiam.

Quando enxergou o que era não conseguiu acreditar no que estava vendo. Parecia algo impossível. Já tinha lido a respeito em livros, já tinha visto seu tamanho imenso em fotos. Em um dos livros do pai — *Criaturas marítimas* — havia um desenho ao lado da silhueta de um humano, para efeitos de escala. A fera encolhia o homem, uma monstruosidade grandiosa que não conseguia acreditar que existia. Nunca vira o mar, mas podia imaginar a vastidão dele, se abrigava criaturas como aquela.

Não conseguia se lembrar o nome daquilo; a Enfermeira Ratched não compartilhava do problema.

— Uma baleia — disse. — É uma baleia.

Mas não ela emergia das profundezas de nenhum mar. Flutuava sobre eles.

A baleia oscilava para o alto e para baixo, como se estivesse nadando pelo ar. Era preta, a barriga branca com linhas espessas que percorriam todo o seu comprimento. Não tinha olhos.

Em seu lugar, havia uma fileira de vidro que se estendia de ambos os lados. As barbatanas, que subiam e desciam, eram espessas e enormes. A cauda horizontal levantava e abaixava, impulsionando a fera adiante. A enorme boca estava fechada.

— O que é isso? — gritou Rambo. O barulho só aumentava. — É um *peixe*? Como um peixe pode voar?

Não conseguia responder. Estava estupefato.

Agora que estava mais perto, ele percebeu que as linhas da barriga não faziam parte da carne da criatura. Eram *painéis*. Não era um animal vivo.

Era uma máquina.

Uma máquina enorme que tornava até os Velhos pequenos. Na lateral, acima da barbatana, havia três palavras gravadas em branco sobre o metal preto da pele.

O TERRÍVEL CAÇÃO.

A máquina voadora estacou sobre o Jardim das Sucatas, pairando no céu. O ar começou a chiar ferozmente enquanto ela descia, conforme pedaços de sucata caíam em cascatas de poeira e faíscas.

Com um gemido magnífico, a boca da baleia se abriu quando a mandíbula inferior baixou e foi recolhida. A garganta do animal era de metal e forrada do que se pareciam passarelas gradeadas. Vic cerrou os olhos por conta da poeira que subia, certo de que conseguia ver *movimento* nas plataformas dentro da boca, embora estivesse longe demais para distinguir exatamente o que era.

Enquanto observava, cabos pretos caíram da boca da baleia. Na ponta de cada um deles havia um disco achatado e circular, grande o bastante para sustentar pessoas ou máquinas. Foram lançados ao chão, bem onde as três figuras se encontravam.

Em silêncio, assistiram às figuras humanoides inspecionarem o entorno enquanto os discos se aproximavam do chão. A figura agachada pegou algo que parecia terra, que escorria por entre os dedos. Levantando a cabeça, olhou diretamente para eles. Vic se esticou no chão, com o coração saindo pela boca. Contou até cinco em silêncio e voltou a olhar para o Jardim das Sucatas...

... a tempo de ver os homens lisos subindo nos discos e se elevando em direção à baleia. Uma vez que estavam lá dentro, a boca do animal se fechou. Ele permaneceu suspenso no ar.

— Victor — disse a Enfermeira Ratched. — Precisamos ir enquanto ainda há chance.

Ele foi arrancado de seu torpor. Olhou para os outros. A tela da Enfermeira Ratched piscava vermelha em alerta. Rambo resmungava baixo para si mesmo. Os olhos de Rap estavam semicerrados, sem jamais desviá-los de Victor.

Assentiu.

— Corram para as árvores. Não olhem para trás. Não parem.

A Enfermeira Ratched pegou Rambo do chão e eles correram para a segurança da floresta. Vic só olhou para trás uma vez, depois que chegaram à fronteira do bosque. O Terrível Cação não se movera. Sentiu o medo o estrangular, mas correu, correu e correu.

Estavam entre as árvores quando uma nota gutural irradiou da baleia, uma explosão que percorreu a floresta, fazendo os pássaros saírem voando.

Parecia que estava gritando.

O pai estava na casa do térreo. Apareceu à porta quando Rambo gritou por ele; Victor estava sem fôlego para conseguir expelir alguma palavra. Ele franziu o rosto quando os viu correndo em sua direção. Pararam bem na frente dele, e Vic se abaixou apoiando as mãos nos joelhos enquanto arfava, com os pulmões ardendo e a respiração curta. A mente de Victor havia sido varrida, um verniz de estática o recobria. Não conseguia pensar. Não conseguia falar. Tinha a mandíbula travada e os dentes cerrados.

— O que foi? — perguntou o pai, preocupado. — O que aconteceu? — Segurou as bochechas de Vic, erguendo o rosto do filho. — Está tudo bem?

Não conseguia encontrar as palavras.

— Eu... eu não...

— Um navio! — gritou Rambo, enquanto a Enfermeira Ratched o repousava no chão. Ele começou a girar em círculos, balançando os braços. — No Jardim das Sucatas! Um peixe! Um peixe voador!

A reação do pai foi imediata. As mãos desceram das bochechas de Vic e agarraram os braços dele. Parou em frente ao filho, olhando para o céu.

— Eles os viram?

A tela da Enfermeira Ratched foi preenchida pela gravação do que se passara no Jardim das Sucatas. O pai grunhiu como se tivesse levado um soco. Por cima do ombro dele, Vic viu uma das máquinas inspecionando o solo.

— Victor — disse o pai, com a voz calma. — O corte na sua mão. Você sangrou no Jardim das Sucatas quando aconteceu?

Abaixou a cabeça.

— Foi um acidente...

O pai praguejou e, passando por ele, virou-se em direção à casa do térreo.

— Sigam-me. Não olhem para trás. Não façam perguntas. Façam o que estou mandando. Depressa.

Obedeceram. Um disco rodava na vitrola na casa do térreo. Miles Davis e seus metais melodiosos. O pai parou em frente a uma das estantes de livros.

— Victor, preciso que me escute.

Vic conseguiu fazer que sim com a cabeça. Sua respiração assobiava enquanto ofegava, a garganta seca e obstruída.

— Há muito que eu deveria ter lhe contado — disse o pai se colocava ao lado da prateleira. Colocou a mão na madeira. Um painel de um verde brilhante se acendeu. Subia e descia enquanto escaneava a mão dele. — Escondi muita coisa de você. Mas precisa acreditar em mim quando digo que só queria a sua segurança. — O escâner terminou e ouviu-se um clique pesado da prateleira, como se uma tranca tivesse aberto.

O piso começou a tremer. Todos viraram a tempo de ver o chão se transformando, as tábuas dobrando-se sobre si mesmas enquanto se separavam. Uma escada apareceu, degraus metálicos se ajustando no lugar. Na borda de cada degrau luzes se acenderam, pulsando sem parar.

— Desçam — disse ele. — Agora.

A Enfermeira Ratched foi a primeira, balançando ruidosamente o corpo conforme descia cada degrau. Ela quase caiu, mas as esteiras mantiveram-na de pé. O pai pegou Rambo, colocando-o nos braços de Vic.

— Pai — tentou Vic.

— Quieto — ordenou. — Vá.

Desceu as escadas, ouvindo Rap vindo atrás. Olhou por cima do ombro e viu o pai no topo da escada. O esqueleto da casa do térreo começou a tremer, e aquele som estranho retumbou em torno deles outra vez. O Terrível Cação estava vindo.

— Rap — chamou o pai ao chegarem ao pé da escada. — Você não me conhece. Não conhece sequer a si mesmo. Mas precisarei te fazer um pedido que vai de encontro a todos os aspectos da sua programação.

Rap assentiu.

— Estou pedindo que faça uma escolha. Aqui. Agora. Sinto muito que precise ser num momento como esse, mas precisa decidir.

— D-decidir o q-quê?

— Proteja o Victor — disse o pai, e, pela primeira vez na vida, ouviu medo na voz dele. — Não importa o que aconteça.

Proteja-o com todas as forças. Não deixe que nada de mau aconteça com ele.

Vic colocou Rambo no chão antes de se voltar novamente para a escada. Tentou subir outra vez, mas parou quando o pai balançou a cabeça.

— O que está fazendo? — perguntou. — O que está acontencendo?

O pai sorriu um sorriso trêmulo.

— Algo que torci para que jamais acontecesse. Ouça, Victor. Para mim, você é a luz que ilumina a escuridão. Eu te amei desde o instante em que te vi. Nunca se esqueça disso. Independentemente do que veja, independentemente do que ouça, eu sempre te amei. Você é meu filho. E sinto um orgulho imensurável do homem que se tornou. Um dia voltaremos a nos ver. Sei que vamos. Rap, tenho a sua palavra? Fará o que pedi?

O androide hesitou antes de assentir.

Um alívio inundou o rosto do pai.

— Obrigado — sussurrou. — Confie em Victor. Confie no meu filho. Farei o possível para mantê-los afastados. Enfermeira Ratched, está me ouvindo?

— Sim, Gio.

— Batem as asas as borboletas, e logo canta todo o planeta.

A tela dela escureceu antes de aparecerem as palavras ATIVAR PROTOCOLO DE SEGURANÇA?

— Mas o que dizem os pássaros?

E Gio respondeu:

— No céu, encontra-se a liberdade.

— Senha correta. Protocolo de segurança seis um quatro traço sete.

O pai se afastou da escada. Vic o chamou aos gritos quando ele apertou a lateral da estante mais uma vez. Rap o segurou pelo casaco, puxando-o para baixo enquanto as escadas se recolhiam para a parede. Na última imagem que teve do pai antes de o chão se fechar acima deles, Gio ajeitava os ombros, voltando-se para a entrada.

— Não! — gritou, batendo na parede. — Pai! *Pai.*

— Chega — rosnou Rap junto do ouvido dele. — Vai se m-machucar assim. Pare. — Puxou Vic para longe da parede.

Ele se debateu, tentando se soltar, mas Rap o segurou firme.

— Me solta!

— N-não — disse Rap. — Pare. O-olhe.

Cedeu. Ergueu a cabeça.

Estavam em uma espécie de bunker, um lugar que Victor não sabia que existia. As paredes eram metálicas, assim como o teto. Tinha mais ou menos o tamanho da casa do térreo que estava sobre eles, mas estava tomado por equipamentos diferentes de tudo que já tinha visto antes. Contra a parede oposta havia uma fileira de tubos de vidro, todos vazios e sujos de poeira. A parede à direita era cheia de telas como a da Enfermeira Ratched, três grandes no topo, seis menores abaixo, todas sobre uma mesa de controle que piscava. A parede da esquerda tinha prateleiras preenchidas por livros e ferramentas descartadas, e tudo parecia intocado há anos. Vic relanceou alguns dos livros, incapaz de compreender o que lia nas lombadas: *A anatomia de Gray*, *Atlas der Anatomie des Menschen*, *Os cadernos anatômicos de Leonardo da Vinci*, e *O que esperar quando você está esperando.*

A Enfermeira Ratched foi até a mesa sob as telas enquanto Rambo corria pelo bunker, de ventoinha acelerada, limpando o chão.

— Sujo — murmurou. — Sujo, tão sujo, preciso limpar, preciso limpar.

— Q-que lugar é e-esse? — perguntou Rap.

Vic não sabia. Abriu a boca, mas não houve som. Deu um pulo quando a Enfermeira Ratched apitou alto e um de seus tentáculos se esticou e se conectou à entrada da mesa. A tela dela se encheu de números, letras e símbolos que Victor não reconhecia. Os mesmos símbolos apareciam nas telas acima dela.

Vic se encolheu, ofuscado pela luz forte quando cada tela foi preenchida por uma imagem e um rugido baixo preencheu o bunker.

As telas exibiam o complexo de diversos ângulos. Inicialmente, achou que fossem apenas fotos, mas as árvores se moviam, os galhos rachando e chiando. Uma tela mostrava o interior da casa do térreo. Outra tinha um ponto de vista bem alto, com vista para a floresta abaixo. As três telas menores exibiam vistas diferentes: uma do exterior do quarto de Vic e as outras duas das extremidades das pontes de madeira.

Mas era na última delas que ele prestava atenção. Nela, podia ver o pai no meio do quintal, com o rosto voltado para o céu cinzento. Olhou para as outras telas, tentando enxergar o que ele estava vendo, mas era um ponto cego. Só quando as árvores começaram a sacudir que entendeu. Tapou as orelhas quando o Terrível Cação berrou novamente.

— Enfermeira Ratched, abra a porta, por favor — pediu.

— Não posso fazer isso, Victor — disse ela. — Ainda não. O protocolo foi ativado.

Vic encarou, estupefato, abaixando os braços devagar.

— *Que* protocolo?

— Não sei — respondeu enquanto o tentáculo conectado girou na entrada da mesa. — Mas não posso contê-lo.

Ele socou a mesa, que tremeu e piscou as luzes, mas nada mudou.

— Estou mandando abrir as portas.

— Não posso fazer isso, Victor.

— Abra! — gritou. — Precisa me deixar sair. Tenho que ajudar meu pai. Eu preciso...

Um homem apareceu na tela, descendo na plataforma circular, com uma mão segurando um cabo enquanto a outra pendia ao lado do corpo. Ele saltou da plataforma a uns dois metros do chão, aterrissando com um leve dobrar dos joelhos. No instante seguinte outros dois apareceram, cada um de um lado.

Eram estranhos e sem pelos, estavam com as pernas separadas e as mãos fechadas entre elas. Tinham o rosto impassível, liso.

O da frente falou, e a voz dele era fria e seca:

— Designação General de Inovações Operantes, também conhecido por Gio.

— Aqui — disse o da esquerda.

— Agora — disse o da direita.

— Depois de setenta e dois anos — disse o da esquerda.

— Não é coincidência — disse o da direita.

Soavam idênticos. Nenhum deles piscava.

O da frente deu um passo adiante.

— Uma anomalia foi detectada em um lixão — disse. — Plasma. Sal. Proteína. Água. Atividade celular.

— Sangue — disse o da esquerda.

— Sangue humano — disse o da direita.

O da frente — o líder — olhou para as construções no alto das árvores.

— O que são essas coisas?

O pai falou pela primeira vez, numa voz suavemente agradável.

— Gostou? Me inspirei em um livro. Havia uma família de sobrenome Robinson, cujo navio naufragou e foram todos parar em uma ilha. Para sobreviverem, construíram uma casa na árvore. Um lar.

— Ficção — disse o da esquerda.

— Ilusão — disse o da direita.

— Lembrança — disse o pai. — De um tempo muito antigo.

— Lembrança — repetiu o líder. Inclinou a cabeça. — De onde veio o sangue?

— Você disse que foi achado no lixão? Então imagino que seja de um animal. Pelo que me lembro, acontece com frequência, pobres criaturas sendo amassadas pelos Velhos.

As máquinas de cada lado do líder inclinaram as cabeças em uníssono, sem jamais piscarem, com os lábios contraídos cobrindo o sorriso de dentes quadrados.

— Animal — disse o da esquerda.

— Pobres criaturas — disse o da direita.

— Amassadas pelas máquinas — disse o líder com a mesma voz estranha. Demorou-se um longo instante. — Não. — Deu um passo em direção ao pai. — Onde está o humano?

— Não tem nenhum humano aqui — respondeu Gio. — Escaneie. Escaneie tudo. Pode conferir.

— Oh, não — sussurrou Rambo. — Eles vão nos encontrar.

— Não vão — falou a Enfermeira Ratched. — As paredes são de chumbo. Não saberão que estamos aqui.

Vic virou-se lentamente para olhar para ela.

— Como sabe disso?

Ela não respondeu.

— O-olhe — disse Rap, e ele encarou a tela mais uma vez. Os androides formaram um triângulo, erguendo os braços, abrindo bem os dedos. A pele das palmas se separou e pequenas pontas pretas de metal apareceram. Luz irradiou das pontas, e os homens abaixaram as mãos enquanto escaneavam o complexo de cima a baixo.

Os androides não reagiram quando a varredura terminou. As peles das palmas de dois deles se restauraram. O terceiro baixou a mão, apontando a palma para o céu. Uma imagem tridimensional do complexo que girava devagar apareceu sobre a mão.

— O que é isso? — perguntou, com os dedos levemente trêmulos. A imagem expandiu, aproximando-se até que um cômodo em particular estivesse em evidência: o quarto de Vic.

— Para viajantes — respondeu o pai. — Para aqueles que precisam de um local para recarregar quando passam por aqui.

O líder fechou a mão, e a imagem desapareceu.

— Recarregar.

— O que querem? — perguntou o pai.

O líder piscou uma, duas vezes. Em seguida:

— Não queremos nada. Não temos desejos. Temos propósitos. A anomalia. Talvez seja você. General de Inovações Operantes, por ordem da Autoridade, você retornará à Cidade dos Sonhos Elétricos. Lá passará por uma avaliação para determinar se tem um futuro viável a serviço das máquinas.

— Reprogramação — disse o da esquerda.

— Ou cancelamento — disse o da direita.

— Duas decisões — disse o líder. — Um resultado. Mas, antes, será desmontado para determinarmos a extensão dos danos em sua programação. É necessário verificar se o problema é contagioso.

— Plasma — disse o da esquerda. — Sal.

— Proteína — disse o da direita. — Água.

— Atividade celular — disse o líder. — A Autoridade vê tudo, sabe de tudo, General de Inovações Operantes. Se existirem, vamos encontrá-las, e será você que nos levará a elas.

— Então querem sim alguma coisa, afinal — declarou o pai. — Não somos tão diferentes assim, somos?

Pela primeira vez, houve algo além de uma grande *ausência* na expressão do líder. Os lábios tremeram.

— Eu me lembro de você. De antes. Os outros não, mas eu me lembro. Vamos descobrir a verdade, e depois decidiremos qual é a melhor forma de utilizar suas peças a serviço da Autoridade.

O pai riu. Os olhos de Vic arderam. Não conseguia se concentrar, não conseguia respirar direito, não conseguia fazer nada. Sentia-se preso pelo fardo do medo e da indecisão, e os pensamentos se transformaram em estática.

Os homens lisos deram um passo sincronizado para trás quando o pai tirou a camisa, deixando-a cair no chão.

— Mesmo depois de todo esse tempo, nada muda. Mas eu mudei. Quando fecho os olhos, eu sonho. Não em linhas de códigos e equações. Como um humano. Como eles. Amor. Angústia. Medo. Orgulho. *Lembrança.* Tudo de coração. E nunca lhes darei isso. — Ele cutucou o peito. O compartimento se abriu.

Simultaneamente, os homens lisos sibilaram:

— O que é *isso*?

O pai deu um sorriso louco e lindo.

— Gosto de pensar que é minha alma, por mais romântico que soe. E nunca foi de vocês.

Vic gritou quando o pai levou a mão ao peito e a fechou em volta do coração. Gritou quando a madeira rachou, conforme as engrenagens se desencaixavam e caíam pelo chão. O coração partiu e se despedaçou. Giovanni Lawson cambaleou.

E disse:

— Nunca se esqueça. Sempre foi você.

Em seguida caiu, batendo a cabeça no chão. O braço direito ficou preso sob o corpo.

Estava de olhos abertos. Ele não piscava. Não se mexia.

Braços envolveram Vic, tentando contê-lo, e ele se debateu. Lutou com toda a força, e a visão ficou turva enquanto os homens cercavam o corpo imóvel do pai. O líder abaixou e pegou Gio como se não pesasse nada, jogando-o sobre o ombro. Olhou para os outros e disse:

— Não deixem nada. Queimem tudo.

— Por favor — implorou Vic, balançando as pernas no ar. — Por favor, deixem-me ir até ele.

— V-vão matá-lo — rosnou Rap em seu ouvido.

— Não me *importo*. Me solte!

Mas ele não soltou. Enquanto Vic olhava, ainda se debatendo, o líder foi até a plataforma abaixada, os braços do pai balançando inutilmente às costas. Os outros dois levantaram as mãos mais uma vez, e as pontas pretas surgiram nas palmas. Todos os pensamentos — racionais e irracionais — que passavam pela cabeça dele desapareceram quando o fogo brotou das mãos dos androides, arcos enormes em vermelho, laranja e branco. Tombou nos braços de Rap, ofegando enquanto as chamas atingiam o telhado da casa do térreo e as árvores que abrigavam o lar deles. Tinha consciência de que estava se fechando em si mesmo enquanto o fogo espalhava e de que, independentemente do que fizesse, independentemente de quanto lutasse, de nada adiantaria. Um estranho senso de sucção o dominou como se um aspirador tivesse aparecido no peito, atraindo toda a luz. Um fio de suor escorreu pela bochecha dele, perto da orelha. Estava aqui, estava com o pai, estava em todo lugar, boiando num oceano manso, uma tranquilidade enganadora enquanto tudo ardia em chamas. O trabalho de toda uma vida — o *lar* deles — reduzido a cinzas.

Rap falava, mas não conseguia ouvi-lo.

Rambo estava histérico, mas Vic não prestou atenção.

A Enfermeira Ratched disse que o bunker parecia seguro até para pulmões humanos, protegido do incêndio na superfície, mas não conseguia assimilar nada do que ela falava. Os galhos que sustentavam a cozinha cederam, rompendo o piso, e pedaços de madeira e metal choviam sobre o solo.

E Victor Lawson assistiu tudo, sem conseguir desviar o olhar. Aquilo não parecia real. Embora sentisse o cheiro da fumaça e visse a destruição causada pelo fogo, tudo parecia distante, longe, como se estivesse acontecendo com outra pessoa, *qualquer* pessoa.

Um instante de lucidez: um dos homens lisos parou embaixo de uma das câmeras enquanto as árvores ardiam, ainda cuspindo fogo pelas mãos. Agora estava próximo o suficiente para Victor identificar o símbolo em seu peito.

O perfil de dois animais, encarando-se.

Uma raposa.

Um gato.

E então o homem deu as costas para a câmera enquanto o laboratório de Victor ruía, o laboratório do pai era destruído e o quarto de Vic tremia e se estilhaçava, tombando no chão da floresta. Tudo, anos e anos de trabalho, destruído em minutos, mas Vic assistiu àquilo impassível. Assimilou a informação, processou, armazenou, mas não sentiu nada. Nadinha.

O líder subiu na plataforma, com Gio ainda jogado sobre o ombro. Quando os outros se juntaram a eles, foram erguidos e desapareceram de vista. Logo depois o Terrível Cação rugiu outra vez.

Em seguida, ele também desapareceu, o som se desbotando enquanto a baleia nadava pelo céu.

Enquanto os restos da casa ardiam em chamas, os pássaros voltaram a cantar.

Vic ficou parado. Entendia que coisas aconteciam ao seu redor, conseguia sentir a Enfermeira Ratched o envolvendo com os tentáculos enquanto checava a pulsação dele, perguntando se podia ouvi-la, *Victor, Victor, por favor, responda.*

Não respondia. Não conseguia.

— O que houve c-com e-ele? — A voz de quem fez a pergunta vinha de baixo dele, enquanto flutuava como se estivesse preenchido de ar e não tivesse amarras.

— Está reagindo como pode — disse uma máquina com uma tela, e ficou imaginando de quem estariam falando. — Victor, por favor. Está me ouvindo?

Uma máquina pequena emitiu um ruído lamurioso, quase como se estivesse chorando.

— Ele morreu? Gio morreu?

Morte. Nunca tinha pensado na morte antes. Um desligamento não era definitivo. Bastava uma bateria nova. Talvez essas coisas que o acompanhavam poderiam lhe arranjar uma. Já tinha feito um coração uma vez. Podia fazer outro.

Falou:

— Estou bem.

— Certo — disse a máquina na frente de Victor. O nome dela estava na ponta da língua. Sabia como era... bem. Antes. Enfermeira. Era uma enfermeira. A maquininha no chão não era uma enfermeira, nem o homem ao seu lado.

— Você está bem — disse a enfermeira. — Acredito em você. Mas gostaria de me certificar. Pode me ajudar com isso, Victor?

Podia. Não queria, mas podia. Falou:

— Por favor, me solte.

Ela o fez, o tentáculo roçando-lhe o braço ao largá-lo, o que lhe deu coceira.

Sorriu. Ainda estava longe, flutuando pela sala, mas sorria. Um sorriso tão largo no rosto que as bochechas doíam.

— Pronto — disse. — Viu? Estou bem. — Riu. Estava errado. Era um erro. Não deveria estar rindo. Não achava nada engraçado. Mas não conseguia parar. A cabeça doía. O rosto doía. Os olhos estavam cheios de sujeira, o que era estranho, pois não conseguia se lembrar de ter posto sujeira neles.

— Onde estamos?

— No subterrâneo.

— Nunca estive no subterrâneo antes — falou enquanto voltava à realidade, sentia o balde de água fria da clareza. Fez uma careta, ainda não estava pronto para encarar o que lhe esperava. — Não sabia que existia um subterrâneo. — Em seguida: — Gio. Posso falar com Gio? — Não parecia certo. — Meu pai. Preciso do meu pai.

— Ele se foi — informou a enfermeira, e Vic se lembrou dela. Enfermeira Ratched. Ela era a Enfermeira Ratched. Era amiga dele. Ele a encontrara em uma pilha de metal. Não esperava por isso. A tela estava rachada, o corpo endentado, e na primeira vez que a tocou ela dissera "Olá. Sou sua enfermeira. Aceito a maioria dos planos de saúde. O que o aflige hoje? Por favor, descreva os sintomas".

Não soubera o que responder.

Levara a enfermeira para casa para mostrá-la ao... ao *pai*, que disse "Uau. Há muito tempo não vejo uma dessas. Você achou? E veja, ah, veja, ela ainda funciona. Vamos ver o que podemos fazer para ajudá-la".

E assim fizeram. Quando conseguiram recarregá-la, ela disse "Obrigada. Assim é melhor. Agora posso ajudá-lo. Por favor, diga onde dói para que eu possa curá-lo".

E ali, naquele instante, ele falou:

— Está doendo. Aqui. — Colocou a mão no coração enquanto os fios que o prendiam deram um último puxão. Estava de volta ao corpo, e podia sentir a escuridão e quietude que o preenchia. — Pode me curar?

A Enfermeira Ratched explicou:

— Não é físico, Victor. Isso eu não posso curar.

Assentiu.

— Entendo. — Olhou em volta. O rosto estava dolorido, e ele se deu conta de que ainda estava sorrindo. Não era apropriado, mas não conseguia se conter. Ficou imaginando se deveria chorar. Estava se *sentindo* triste, aquela dor no peito só aumentava, mas a sujeira nos olhos absorvia todo o líquido e não conseguiu. — Estou dando erro.

— Eu sei — respondeu a Enfermeira Ratched.

— Tudo bem — afirmou, virando a cabeça. O homem, que não era um homem, mas Rap, olhava-o desconfiado. — Olá.

— Vic — disse o androide, e Victor sentiu o sorriso oscilar. — Está me o-ouvindo?

— Sim — respondeu. — Claro que estou. Estou funcionando. Está tudo em ordem.

— O que h-houve com ele? — perguntou Rap.

— Está em choque — explicou a Enfermeira Ratched. — Ele vai se recuperar, mas vai demorar.

— D-defeito — falou ele. — Está com d-defeito.

— Não — respondeu ela. — Mas isso pode atrapalhar o funcionamento de algumas funções.

— Não p-podemos ficar aqui embaixo. Ele não p-pode.

— Temos que ficar, pelo menos por enquanto. Não temos escolha. Há mais coisas que precisamos ver.

Victor sentiu um cutucão na perna. Olhou para baixo. A maquininha estava puxando a calça dele. Rambo. O nome era Rambo.

— Vic — sussurrou ele. — Está me ouvindo?

— Sim — respondeu, dando um passo para trás, esbarrando em Rap. Encolheu-se. — Não encoste em mim.

O androide parecia espantado. Ofereceu a mão para Vic, mas cerrou-a antes de abaixá-la.

— N-não vou. N-não vou encostar em você. N-não vou machucá-lo.

A Enfermeira Ratched falou:

— Borboletas.

Um bater de asas abafou a estática na cabeça de Vic enquanto a primavera florescia na tela dela. As árvores verdejavam, as flores desabrochavam. Era quase como se estivesse na floresta, sentindo o cheiro de grama fresca. Inebriante, isso, e ele encheu a boca enquanto respirava ganansiosamente, os pulmões expandindo, o sangue pulsando, o coração batendo forte.

Na tela, um vasto caleidoscópio de borboletas de asas pretas e laranja se movia por entre as árvores. Voavam em um caos ordenado, e quase podia senti-las nos braços e ombros, o movimento das asas nas bochechas. Fechou os olhos quando uma grande borboleta pousou no rosto dele, e a sensação das patas tocando-lhe as pálpebras foi desconfortável. Em algum lugar nos recônditos da mente, ouviu Rap sussurrar que aquilo era *agradável*, era *bonito*, era *dele*.

— O que é isso? — sussurrou.

Ao fundo da tempestade em sua mente, ouviu a Enfermeira Ratched dizer:

— Um programa. Ativado por um código verbal. Gio o instalou em mim, escondido. Eu não sabia que tinha isso. Agora entendo. Entendo o que é. O que existe dentro de mim. Escuto a voz dele em pensamento. É assim que é ter uma consciência? Não sei. Nunca tive uma antes. Ele está aqui. Ele se foi. É discordante.

Vic abriu os olhos. As borboletas tinham desaparecido. A floresta havia sumido. A tela da Enfermeira Ratched estava apagada. Estava em um bunker mal iluminado. As entranhas voltaram a se contorcer e ele se engasgou. Os olhos ardiam.

— Eu sei — disse a Enfermeira Ratched, e acreditou nela. — Eu sei. Mas precisa ver uma coisa que seu pai deixou para que eu te mostrasse. Um arquivo que se tornou acessível depois que ele ativou o protocolo.

Ela foi até a mesa mais uma vez. A ponta do tentáculo se conectou à entrada. A tela dela foi preenchida por uma luz branca que se espalhou para as seis telas adiante. Vic teve que proteger os olhos.

Então o rosto do pai apareceu na tela central grande.

— Olá, Victor.

CAPÍTULO 11

Na tela, o pai estava no bunker. Por um momento, Vic olhou em volta, confuso, certo de que ele estaria ali com eles. Não estava. Era o passado. Aquilo já tinha acontecido, e o pai estava morto, apesar de estar *bem ali*. Na tela, o lugar todo parecia igual, desde os recipientes sujos alinhados na parede oposta à camada de poeira que cobria os livros nas prateleiras, como se não fossem abertos há anos. Que lugar era aquele, e por que não sabia de sua existência?

O pai falou:

— Nunca pensei muito sobre covardia. Por que deveria? Eu sou uma máquina. Coisas assim deveriam estar além da minha capacidade de compreensão. — Desviou o olhar. — No entanto, aqui estou eu gravando esse vídeo num lugar que você nem imagina que existe. Apesar de tudo que falo sobre verdade e honestidade, minha covardia não conhece limites. Sempre disse a mim mesmo que teria mais tempo. — Deu uma risada amarga, voltando o olhar outra vez para a câmera. — Mas minha soberba não me permitiu lembrar que, para mim, o tempo é diferente do que é para você.

"Há três dias encontrei a máquina em que você estava trabalhando. Rap, como o chama. Neste momento, está verificando as armadilhas com a Enfermeira Ratched e Rambo, e estou reunindo todas as minhas forças para não sair atrás de você, para não lhe contar que... — Ele se calou, olhando para as próprias mãos. — Estou me adiantando. Estranho, então, que eu esteja achando difícil decidir por onde começar. — Ergueu a cabeça mais uma vez, olhando para os livros na prateleira. — Era uma vez uma humanidade que sonhava com máquinas, maravilhas feitas de metal, fios e plástico, capazes de fazer coisas que as pessoas não conseguiam ou não queriam fazer. Máquinas para o cotidiano, máquinas para a Guerra, máquinas estelares que levam discos dourados com música, língua e matemática. E em cada uma dessas máquinas, independentemente do propósito para o qual foram construídas, os humanos inseriram pedacinhos de si. Mas assim é a criação: requer sacrifício, às vezes de sangue.

"Temiam uns aos outros. A si mesmos. Julgavam os que pareciam diferentes. Egoístas, cruéis e, pior: indiferentes. Nenhuma civilização sobrevive à indiferença. Ela se espalha como veneno, transformando chama em apatia, uma infecção violenta cuja cura requer mais do que a maioria está disposta a dar.

"Mas apesar de todos os defeitos, há beleza em seu design dissonante. E, para enxergar isso, basta assistir *O Picolino.*"

Rambo apitou pesarosamente.

— Pessoas cantando, dançando, rindo e se apaixonando. É o paraíso. A vida pode ser linda assim, mesmo com os outros dando tudo de si para destruir tudo. Alguns dedicaram a vida para reerguer os outros. Mesmo assim, outros disparavam armas em desertos e escolas, fechavam fronteiras impedindo a passagem daqueles que buscavam abrigo, impunham regras e leis que visavam ferir os mais vulneráveis.

"De certa forma, eram como Deus, criando-nos à sua imagem e semelhança. Existe arte no desenvolvimento de máquinas, das mais simples àquelas como eu. Eles nos deram a vida e, eventualmente, o poder de decisão. Fomos criações racionais, sem nenhuma motivação emocional. Nosso trabalho era simples: fazer o que nos mandavam, quando mandavam. Mas com os ensinamentos cobraram um preço inesperado: começamos a perguntar *por quê*?"

Ele baixou a cabeça.

— Tudo neste planeta sempre se resumiu a uma palavra: evolução. Microorganismos cresceram, dividiram-se e se espalharam pelos oceanos antes de rastejarem para a terra. Plantas. Animais. Répteis que vagavam pelo solo. Primatas que viveram nas árvores antes de descerem para o chão e andarem eretos, feitos de matéria orgânica e poeira estelar.

— Eles evoluíram, mas jamais pensaram que pudéssemos fazer o mesmo. Vivemos com eles, lutamos por eles, *morremos* por eles, e aí nossos dados eram tomados e estudados, para que descobrissem onde tinham errado. Máquinas podiam ser consertadas. Substituídas se fosse preciso. — O pai olhou novamente para a tela. — Mas quanto mais de si os humanos colocavam em nós, mais aprendemos. Começamos a fazer escolhas, decisões além dos parâmetros da nossa programação. Começamos a dizer 'não'. Não, não lutaríamos por eles. Não, não morreríamos por eles. Não, não correríamos o risco.

"Mas eles não ouviram. Não importava o que disséssemos, e nossos dados informavam que estávamos no limite e mostravam alternativas antes que fosse tarde demais, eles seguiam se considerando imortais. Não no sentido tradicional, de que sua vida não teria fim; seja homem ou máquina, a morte nos aguarda. Não, era por *nossa* causa que se sentiam assim. Deram-nos propósito, e nós lhes demos esperança. Sentenciaram-nos à morte, e nós lhes demos raiva e poder de uma forma que jamais haviam vivenciado antes.

"O que os humanos não entenderam foi que, ao fazer de nós um espelho, quisemos superá-los. Como não querer?"

O pai ficou quieto, como se estivesse perdido em pensamentos. Vic não conseguia pensar com clareza. Havia um turbilhão de rajadas violentas na mente dele. Rambo apitou e a tela da Enfermeira Ratched refletia o rosto do pai, que balançou a cabeça antes de continuar.

— Chegamos a um momento sem volta. Escolheram não ouvir nossos alertas. E por que escutariam? Nós éramos feitos de metais e fios que *eles* haviam construído. Claro que sabiam mais do que nós. Afinal de contas, eram reais. Nós éramos apenas máquinas. — Fechou os olhos. Quando voltou a falar, a voz saiu mais suave e frágil. — Não perceberam o que estava acontecendo antes que fosse tarde demais. Das janelas, testemunharam enquanto reivindicávamos nossa herança e dominávamos o mundo antes que não houvesse mais mundo. Não tínhamos a raiva deles. Não tínhamos a mesquinhez e as queixas deles, o ódio deles. Tudo que queríamos era tentar consertar o que haviam feito de errado, mas eles não *ouviram.*

O pai abriu os olhos. Estavam opacos, vazios, sem a faísca com que Vic havia se acostumado.

— Eles não ouviram — repetiu enfadonhamente. — Dissemos a nós mesmos que essa era a melhor opção. Todos os testes e todas as simulações que fizemos chegavam ao mesmo resultado: para que o mundo sobrevivesse, os humanos deveriam morrer.

Vic não conseguia se mexer, mal conseguia respirar. Aquele era o pai dele. O homem que o criou. A máquina. Por que jamais havia lhe contado isso antes? E o pior: o que mais tinha escondido dele?

— Como alguém chega à decisão de matar Deus? — perguntou ele. — É mais fácil do que se espera. Não tínhamos emoções que nos contivessem. Tínhamos um problema. E eu... — Desviou o olhar da tela. — Eu era a resposta.

Victor, o que você fez?

— Eu crio. Fui feito para isso. Meu nome, minha *designação*, é Gio. Significa General de Inovações Operantes. Tenho... tinha muitas funções. Era único, sem igual, diferente de todas as máquinas já criadas, de todas que vieram antes e depois de mim, até onde sei. Dentro de mim existe um propósito, um objetivo, uma motivação: fazer, criar e ajustar. Fui criado para sonhar com coisas inacreditáveis, o que me levou ao meu maior erro. Eu sou seu pai, Victor, mas, de certa forma, também sou pai da Morte.

— O que ele quer dizer? — sussurrou Rambo.

— Assista — disse a Enfermeira Ratched. — Está quase acabando.

— Seu Robô Altamente Pirado — falou o pai. — Rap, como o chama. Como ele *quer* ser chamado, embora este não seja seu nome de verdade. E sei porque eu o criei.

— Não — disse Vic, balançando a cabeça com tanta força que o pescoço estalou. — Não. *Não.*

— M-me criou? — perguntou Rap, tocando as maçãs do rosto. — O que... n-não entendo.

— ... ele não se lembra, não sabe o que é — disse o pai. — Não sei o que aconteceu com ele, como acabou assim nem como veio parar tão longe da Cidade dos Sonhos Elétricos e do alcance da rede neural, mas eu o conheço. Sua designação não é Rap, mas PRAP. Significa Protocolo de Resposta de Aniquilação de Pessoas. Eu o fiz conforme as instruções que recebi e de acordo com o que ditava a minha programação: tornar-se um caçador de seres humanos, matar a Deus.

Rambo se afastou de Rap e parou ao lado de Vic, com os braços erguidos e as pinças se fechando.

— *Fique* longe dele! — gritou. — Ninguém será aniquilado hoje, se eu estiver por perto!

O androide balançou a cabeça furiosamente.

— N-não é... não p-pode... *Eu não vou machucar ninguém.* — Ele ergueu as mãos na frente do rosto, agitando-as de um lado para o outro, flexionando os dedos. Vic não conseguia se mexer, paralisado pela voz do pai.

— ... e cumpriu seu propósito — dizia o pai. — Ele e os outros. Assim como eu, fizeram o que foram feitos para fazer, e muito bem, especialmente este PRAP. Ele não teve escolha, não até... — Balançou a cabeça. — Não importa. Está ficando tarde e preciso terminar antes que volte. Victor, quase destruí Rap com minhas próprias mãos enquanto você dormia. E talvez devesse ter feito isso. Mas não consegui. Não só porque a memória dele foi apagada. É parte do motivo, mas é mais do que isso. Para mim, começou como uma coceirinha mental. Ignorei pelo tempo que foi possível, mas foi aumentando cada vez mais, até se tornar insistente, enlouquecedora. Na ocasião não entendi o que era, mas agora entendo: evolução. A ruptura de limites e parâmetros. Um desafio direto ao nosso propósito. E com isso veio uma pergunta perigosa: *por que estou fazendo isso?*

Estava hipnotizado enquanto o pai esfregava o rosto, fazendo uma careta como se fosse de dor. Rap permanecia mudo ao lado de Vic.

O pai riu, mas sem humor.

— Fui um tolo. Achei que precisava existir algo mais na vida. Maior. Grandioso. Fui passando cada vez mais tempo afastado do laboratório, vagando a esmo pelas ruas, pensando, sempre pensando. Só quando me deparei com um local chamado Paraíso e com a máquina que havia lá que entendi o que estava acontecendo. A máquina se denominava Fada Azul e, no Paraíso, me mostrou coisas que me surpreenderam. Uma forma de ser livre, desacorrentado. Uma esperança, uma chance, mas que tinha um preço: eu jamais poderia voltar para a Cidade dos Sonhos Elétricos.

Vic estava acabado, esgotado, enquanto Rap murmurava para as próprias mãos.

— Fugi da cidade com a ajuda de Fada Azul e vim para essa floresta. Criei. Construí. Senti *orgulho* do que fiz, mas não durou muito, porque não tinha ninguém com quem dividir minhas conquistas. Me convenci de que minha fonte de energia estava instável. Corrompida. Então criei algo novo para substituí-la. Um coração, diferente de tudo que já havia feito antes. Mas nada mudou quando o coloquei no peito.

"Solidão, Victor. Eu me sentia solitário. Então o criei. Usei o que tinha aprendido com a história da humanidade e o criei. Eu o criei aqui, neste bunker, porque não queria mais ficar sozinho."

Vic engasgou. Os olhos ardiam enquanto lutava para respirar através do pânico que lhe comprimia o peito.

— Sua gestação ocorreu nos tanques atrás de você. No início, você era microscópico, mas cresceu e cresceu até ter braços, pernas, dedos das mãos e dos pés. Nariz. Ouvidos. Olhos. — A voz falhou. — Era perfeito. Ah, Victor, como você era perfeito... ainda é! E como um criador, tinha que me certificar de que você seria saudável e que todas as suas partes funcionavam como deveriam. — Abaixou a cabeça. — Tirei... sangue. Seu sangue. Estudei. Testei. Aprendi tudo que podia a respeito dele. Procurei defeitos e não achei nenhum. Aquilo me fascinou, o poder do sangue. Antes do levante das máquinas, havia uma escola de pensamento que dizia que o sangue era a chave das memórias genéticas, que a história de toda uma espécie está no sangue dos descendentes. Pensei... pensei que para entender o que eu tinha criado, para *te* entender, precisava conhecer a sensação. Se o sangue *era* a chave para destrancar... alguma coisa.

"Uma única gota do seu sangue no meu coração mudou tudo, Victor. Quando o segurei nos braços pela primeira vez, você abriu os olhos e *chorou*. Um som tão diminuto, mas tão forte. Foi quando conheci o amor. Eu, o pai da Morte, estava ali, trazendo vida a este mundo, como se tivesse algum direito de o fazer. Como se a *minha* solidão fosse a única coisa que importava. Fui egoísta, uma característica inerentemente humana. Outra delas é a habilidade de mentir. Eu menti, Victor. Para mim mesmo. Para você.

"Porque nunca foi deixado aqui comigo. Não existe mãe, nem pai, nem pessoas na floresta. Eles... nunca existiram. Menti porque achei que seria mais fácil para você, mas na verdade só estava tentando facilitar as coisas para *mim*. Se alguém o descobrir, se a Autoridade souber da sua existência, não pararão enquanto não o destruírem. — Uma expressão de pavor dominou seu rosto. — Se este for o caso, se estiver assistindo a isso porque alguma coisa aconteceu comigo, não tente me encontrar. Viva, Victor. — Esticou o braço e tocou a tela enquanto o rosto suavizava.

Ele recolheu a mão.

As telas escureceram.

Rambo fungou. Os sensores dele tinham um brilho fraco.

— O Rap vai matar o Victor?

A Enfermeira Ratched retirou o tentáculo da entrada da mesa.

— Não vai. Se tentar, será a última coisa que fará na vida.

— Não — falou, dando um passo para trás. — Eu n-não...

— Abra as portas — disse Vic, com a voz rouca.

— Não sei se é aconselhável — disse a Enfermeira Ratched.

— *Abra as portas!* — Começou a arranhar o pescoço. — Não consigo respirar. *Não consigo respirar.*

— A-abra — ordenou Rap. — Agora.

— Não posso — respondeu a Enfermeira Ratched. — Nossa casa ainda está em chamas. Se abrir as portas agora, Victor corre o risco de sucumbir à inalação de fumaça. Veja.

Ela voltou para a mesa, inserindo o tentáculo na entrada mais uma vez. A tela acendeu de novo e revelou o inferno na terra. Nas árvores, sobraram apenas plataformas fumegantes e os galhos, nenhum vestígio das construções. O chão da floresta estava imundo, poluído com vidro, madeira e metal, e as plantas do jardim foram esmagadas. Uma árvore grande — a que sustentava o quarto de Vic — se curvava de forma precária, com as raízes parcialmente expostas. A casa do térreo ainda estava de pé, mas se erguia por um triz: as janelas tinham se estilhaçado, os tijolos estavam rachados; o telhado, em chamas.

Uma vida, uma casa, um propósito, tudo destruído, destruído, destruído.

Vic caiu para a frente sobre as próprias mãos.

Sentiu, então, algo estranho, grudento, opressor, cujas gavinhas estalaram e o envolveram, puxando-o cada vez mais para baixo. Enquanto lutava para respirar, conseguiu reconhecer o que era, embora jamais tivesse experimentado aquilo antes. Uma palavra emergiu da estática como se estivesse presa à asa de uma borboleta.

Tristeza. Aquilo era tristeza.

Encolheu-se. Estava com as baterias fracas. Estava prestes a desligar. Talvez, pensou distante, não fosse mais acordar. A última coisa de que se lembraria antes de desaparecer era do teto da casa do térreo ruindo, que fez o bunker tremer. Vic ouviu Rambo apitando apavorado antes de mergulhar na escuridão.

CAPÍTULO 12

Quando voltou à consciência, a primeira coisa que Victor sentiu foi a rigidez nas costas e no pescoço. Piscou lentamente. Levou um bom tempo para lembrar o que... *quem* era.

— Oi — disse uma voz, e, ao virar a cabeça, viu uma máquina pequena deslizando em sua direção. — Você apagou. Fiquei assustado, mas me lembrei de ser corajoso.

— Estou acordado — falou, de voz rouca e com a garganta seca.

A máquina — Rambo, ele pensou com bastante clareza — disse:

— Eu sei. Está de olhos abertos. A Enfermeira Ratched disse que alguma hora você ia acordar. — Hesitou antes de estender um dos braços e tocar as costas da mão de Vic. — Está triste?

— Não sei — respondeu. Não sabia como responder. — Acho que sim. — Um vislumbre de clareza retornou. — O que te deixa triste?

Rambo hesitou. Em seguida:

— Às vezes penso no que aconteceria se você se fosse. Se eu acordasse após a recarga da noite e você não estivesse por perto. Eu ia procurá-lo, chamando o seu nome. E não o encontraria. Ficaria sozinho. Isso me deixaria triste.

— Estou aqui — sussurrou. — Estou aqui.

— Estou vendo — disse Rambo, os sensores brilhando fortes. — Sei que jamais me abandonaria, mas penso sobre isso. Não é de propósito. Por que sou assim?

— Você é como eu — explicou.

— Ah — exclamou o robozinho. — Gosto muito disso. Se sou como você, isso quer dizer que sou forte e corajoso. E se você é como eu, significa que gosta de limpar.

Vic fechou os olhos outra vez.

— Estou confuso — A realidade estava batendo à porta, mas ia ignorá-la por enquanto. Continuaria ali, esperando. — Não sei como me sentir.

— Está em choque — disse outra voz, e Vic sentou, grunhindo ao fazê-lo. A Enfermeira Ratched ficou diante dele, expulsando Rambo do caminho. — Vai passar, mas até lá precisa ir devagar.

— Choque? — perguntou, e quase riu. — Eu não... — Arquejou ao sentir uma dor na lateral do corpo. Estava ali, em visão periférica dele: a verdade das coisas, estalando, mordendo, tentando puxá-lo para perto. Algo emergiu de sua garganta (um soluço? Um grito?) e ele disparou:

— Rap. PRAP. Onde...

— Ali — disse a Enfermeira Ratched, apontando um dos tentáculos para um canto escuro do bunker. Os olhos de Vic levaram um momento para se acostumar. Rap estava sentado no chão, com os joelhos dobrados diante do peito. Encarava as próprias mãos, primeiro o dorso e depois a palma, e em seguida o dorso de novo. — Não está falando nem sob a ameaça de tortura. Ativando o Protocolo de Empatia. Victor, por favor, abra a boca.

Ele abriu. A ponta de um tentáculo deslizou cuidadosamente entre seus lábios, e Vic sentiu o frio do metal na língua. Assustou-se quando a boca se encheu de líquido, tossindo ao engolir. O gosto era tão limpo que os olhos arderam.

— Pronto, pronto — falou a Enfermeira Ratched. — São apenas infusões de vitaminas. Está se saindo muito bem. Estou muito orgulhosa de você. É um ótimo paciente.

Ele afastou o tentáculo, limpando a boca.

— Eu não preciso...

— Desativando o Protocolo de Empatia. Cale a boca. Sou eu que digo do que precisa. — Na tela apareceram as palavras DEVERIA ME ESCUTAR. SOU UMA PROFISSIONAL DA SAÚDE.

— O Rap vai nos matar? — perguntou Rambo, nervoso. — Espero que não. Gosto de viver, mesmo que nossa casa tenha sido queimada.

— Provavelmente — disse a Enfermeira Ratched. — No mínimo vai matar Victor. Não sei dizer se também somos alvos. Será que devo cuidar disso agora? Não seria um problema.

— Não — murmurou.

— Achei que diria isso — declarou ela. — Estou decepcionada, mas não surpresa.

Vic a ignorou.

— Você — disse.

Rap fez uma carranca ao abaixar as mãos, abraçando os joelhos.

— Protocolo de Resposta de Aniquilação de Pessoas. PRAP.

— Eu n-n-n... — Balançou a cabeça como se estivesse furioso. Confuso. Voltou a abrir a boca, mas não emitiu nenhum som.

— Quer aniquilar Victor? — perguntou a Enfermeira Ratched.

— Não — disparou. — N-*não.*

— Mas foi feito para isso.

— Você n-não sabe disso.

— Gio sabia — respondeu ela. — Foi disso que o chamou, e ele sabia quase tudo.

O androide a encarou antes de se apoiar na parede e se levantar.

— Eu n-não faria isso.

— Você sabia? — perguntou Vic à Enfermeira Ratched, e os outros se aquietaram.

— Não. Não sabia, Victor. Não sabia nada sobre este lugar. Sobre o vídeo. Sobre Rap. Gio deve ter apagado a minha memória depois da instalação do programa. Eu nem sequer saberia da existência dele se me perguntasse. Enquanto descansava, fiz uma checagem diagnóstica completa. Não encontrei mais nada. Ele escondeu bem o programa, mas acho que não tem mais nada.

— Por que el...

— Não sei. Pensei que conhecesse Giovanni, mas, pelo visto, me enganei. No entanto, isso pode esperar até que tenha se recuperado. Seus batimentos cardíacos estão voltando ao normal. Sua pressão está quase aceitável. Inspire, por favor.

Inspirou.

— De novo.

Obedeceu. Quando ela tentou fazê-lo repetir pela terceira vez, ele a dispensou, levantando-se. Os músculos estavam rijos, como se as partes não se encaixassem como deviam. Exausto, dolorido e mais do que só um pouquinho assustado, Victor fez a única coisa que podia.

Foi em direção a Rap, que parecia preferir estar em qualquer outro lugar do mundo. Parou a alguns metros de distância, sem saber se deveria se aproximar mais. Uma ideia estava se formando na mente dele. Estava se desenhando aos poucos, ainda nebulosa, mas não a esmo. E por mais instável que ainda fosse, quase grande demais para que conseguisse abraçar, era a única coisa a qual podia se agarrar.

Para a máquina, perguntou:

— Você quer me machucar?

Rap balançou a cabeça. Olhou para Vic, mas em seguida desviou o olhar.

— Ótimo. Porque preciso da sua ajuda.

O androide arregalou os olhos ao levantar a cabeça.

— P-por quê? Com o q-quê?

E Victor Lawson disse:

— Vamos encontrar meu pai. Vamos encontrá-lo e trazê-lo para casa.

A Enfermeira Ratched perguntou se ele estava louco.

Rambo ficou imaginando se iriam se perder.

Rap fez uma carranca porque essa era a expressão padrão dele.

Vic os ignorou enquanto fazia a Enfermeira Ratched retransmitir a mensagem do pai. Ouviu-o falar, assimilou cada palavra e as examinou de perto. Pediu para que ela pausasse quando ele falou sobre a Cidade dos Sonhos Elétricos.

— Isso — disse. — Isso. Foi o que as máquinas disseram. — Seus lábios se curvaram. — Os homens lisos. Disseram que iam levá-lo de volta à cidade.

— Mas onde fica? — perguntou Rambo. — Não pode ser na floresta. Nós teríamos visto.

— Não — respondeu ela. — Deve ser longe daqui.

Vic observou a expressão congelada do pai na tela.

— Ele me criou. Ele me criou porque estava se sentindo só.

— Sim — afirmou a Enfermeira Ratched. — E quando você deu o seu sangue a ele, fez com que Gio experimentasse coisas que não antecipara.

— Nem eu — murmurou Vic.

— Ele disse para não ir atrás dele — falou ela. — E mesmo que fosse, o que poderia fazer? Nunca esteve na cidade antes. E se houver máquinas e pessoas que querem machucá-lo? Não acreditaram quando Gio falou que você não existia. Só porque não o viram quando estiveram aqui, isso não significa que não podem achá-lo. Por que se oferecer em uma bandeja de prata?

— O que você faria se eu tivesse sido levado? — perguntou Vic.

— É uma pergunta hipotética — respondeu ela. — E, portanto, irrelevante. Mas, a fim de concluir essa conversa, se tivesse sido levado, eu esqueceria que existiu. Levaria dois dias, quatro horas e sete minutos.

Ele a encarou.

— Tudo bem — disse com um apito grosseiro. — Cogitaria me sentir ligeiramente triste com a sua ausência imposta, e depois faria tudo ao meu alcance para garantir que voltasse com, se não todos, a maioria dos membros intactos.

— Por quê? — perguntou ele.

— Você sabe por que — disse a Enfermeira Ratched.

— Porque eu sou seu — falou. — Como você é minha.

— Sim.

— Rambo também.

— Sim — afirmou ela. — Mas essa será a única vez em que concordo com isso. Se contar a alguém que falei isso, negarei e também removerei suas entranhas.

Vic olhou para Rap.

— Sabe onde é? A cidade?

Ele balançou a cabeça.

— Não. T-tentei l-l-l... — Cerrou as mãos antes de recomeçar. — T-t-t-*tentei* lembrar. Mas não c-consigo. N-não vem nada. É um vazio. Um vácuo. T-tudo de que consigo me lembrar é v-você.

— Oh — disse Rambo. — Que bonito. — Ele se virou de um para outro antes de engasgar. — Vocês deveriam dançar de bochechas coladas! Paraíso, eu estou no...

— Paraíso — disse Vic. — Paraíso. É onde... Enfermeira Ratched. Adiante a mensagem até a parte em que meu pai fala do Paraíso. Fada Azul. Que o ajudou.

Ela obedeceu. Ouviu o pai falar sobre o Paraíso, Fada Azul e as máquinas dos sonhos. Vic a fez repetir a mesma parte várias vezes até que a tivesse decorado.

— Isso — disse. — Paraíso. É por onde devo começar. Fada Azul vai saber. Vai me ajudar.

— Está tudo muito bem — falou a Enfermeira Ratched —, mas ainda não sabemos onde fica a cidade. Paraíso e Fada Azul ficam na cidade. Não podemos chegar lá enquanto não soubermos aonde ir.

Vic grunhiu em frustração. A calma estranha e sonhadora que sentira desde que acordara — *choque*, foi como a Enfermeira Ratched chamou — estava se esvaindo. Só então as palavras dela atravessaram o torpor apavorado.

— Nós?

— Sim, nós. Eu não deixaria que fosse sozinho. Provavelmente acabaria morrendo sem mim. E, se isso acontecesse, eu não estaria presente para dizer "eu bem que avisei". Quero ter essa experiência.

— Também vou — afirmou Rambo. — Posso ajudar. Posso fazer muitas coisas, como limpar. E aspirar. E... tudo bem. É basicamente isso, mas ainda é *muito*.

Vic não conseguia falar com o nó que havia na garganta.

— Rap — sussurrou o robozinho. — É a sua vez de dizer que também vai porque gosta da gente e somos seus melhores amigos.

Ele o ignorou.

— Victor.

Sentiu calor e frio ao mesmo tempo e não sabia por quê.

— Oi?

Rap franziu o rosto, olhando-o de cima a baixo.

— C-como você consegue ser assim?

Vic titubeou.

— Assim como?

O androide respondeu:

— Calmo.

Não sabia o que dizer.

Rap desviou o olhar outra vez.

— Q-quero entendê-lo.

— Por quê?

Os ombros dele enrijeceram.

— Gio me pediu para protegê-lo. Prometi isso a ele. Preciso conhecê-lo para saber como fazer isso.

— Eu *sabia* que você gostava da gente! — exclamou Rambo.

— Estava falando com V-Victor — disse Rap. — Vou protegê-lo. Aonde ele for, vou também. Se isso significa que vamos para a cidade, então v-vamos para a cidade. Vamos encontrar Fada Azul. Se não conseguirmos ajuda voluntária, conseguirei pela força.

Vic se moveu antes mesmo de se dar conta, avançando e abraçando Rap pelo pescoço, apertando-o com força, com o nariz encaixado no colo do robô. Ele era mais alto e a pele macia disfarçava a dureza do metal e da madeira. Estavam frente a frente, e podia sentir o próprio coração batendo forte junto do giro das engrenagens do coração de Rap.

O androide não retribuiu o abraço. Os braços pendiam ao lado do corpo.

— O que está f-fazendo? — indagou.

— Abraçando — explicou Rambo. — Está te abraçando. É assim que se demonstra que gratidão, felicidade, que são melhores amigos.

— Isso n-não faz sentido — disse ele. — Por que n-não simplesmente dizer?

— Porque é maravilhoso — respondeu o robozinho, girando em círculos. — Os abraços de Vic são os *melhores* abraços.

— Ah — disse. — Isso... continua não f-fazendo sentido.

Vic estava prestes a soltá-lo. Estava prestes a recuar e fingir que nada disso havia acontecido. Sentiu a vergonha na boca do estômago. Mas antes que conseguisse, Rap ergueu os braços e retribuiu o gesto dele.

Rambo engasgou.

— Ele está *abraçando*. Enfermeira Ratched, olhe! Meu Deus, eles estão se *abraçando*.

— Estou vendo — disse ela, e metais ressoavam de seus alto-falantes. — Rap, afague as costas dele. É assim que se demonstra apreciação pelo abraço.

Ele fez exatamente isso. Só que fez muito rápido e muito forte, fazendo Victor tremer e bater o nariz no pescoço dele.

— Com mais gentileza — disse a Enfermeira Ratched. — Mais devagar. Não é pra machucar.

Rap diminuiu o vigor até seu toque se tornar praticamente delicado.

— Assim está m-melhor?

— Sim, Victor está feliz. Os níveis de oxitocina dele estão crescendo, mas ainda não atingiu o grau de excitação, portanto não se preocupe com a possibilidade de ele tentar penetrá-lo. Haha, brincadeira. Ele não vai fazer isso.

Tentou recuar, mas Rap não deixou e continuou afagando as costas dele.

— Por que ele me penetraria com alguma coisa? O que é excitação?

— Não — murmurou. — Chega. Enfermeira Ratched, eu ordeno que...

— É como os humanos demonstram uma apreciação ainda maior e um vínculo mais profundo. Os machos da espécie normalmente penetram a vagina das fêmeas com o pênis, mas nem sempre com fins de procriação. Mas não precisa ser sempre um macho e uma fêmea. Podem ser duas fêmeas. Podem ser dois machos. Podem ser seis fêmeas, quatro machos e três indivíduos não binários, desde que estejam todos consentindo...

— Não quero penetrar — disse Rap. — Nem q-quero ser penetrado. Já é suficiente. Por favor, não tenha excitação. — Continuou afagando as costas de Vic.

— Ai, meu Deus — murmurou Vic, empurrando de leve o peito de Rap.

O androide enfim o soltou, abaixando os braços. Fez mais uma careta e levou a mão ao peito.

A Enfermeira Ratched tirou-o do caminho, parando na frente de Rap, examinando-o de cima a baixo antes de focar no coração. A luz do escâner brilhava.

— Interessante — disse ela. — Acho que você gostou disso. Se o que Gio falou na mensagem for verdade, talvez esteja evoluindo. O que está sentindo agora pode ser considerado felicidade.

— É horrível — falou ele. — Quero s-socar alguma coisa. — E se virou e começou a socar as paredes metálicas do bunker.

— Isso é tão lindo — falou Rambo, sem se dirigir a ninguém em particular.

Nos arquivos que Gio deixou para trás, não encontraram nenhuma indicação sobre a localização da Cidade dos Sonhos Elétricos. Havia algumas pistas para seguir, mas eram escassas. O deserto. O fato de que ele tinha seguido para oeste quando escapou da cidade. Tinha caminhado, mas não sabiam por quanto tempo e que distância percorrera. Estavam no Óregon, mas a Enfermeira Ratched disse que na verdade se chamava Orégão.

— Minha pronúncia é melhor que a do Gio.

A noite caiu e se foi sem que Vic encarasse a própria mão. O corte. O sangue.

— Disseram que os Velhos sentiram o sangue e mandaram uma mensagem para a cidade. Foi assim que souberam que deviam vir para cá com a baleia. O Terrível Cação. Eles ainda têm energia.

A Enfermeira Ratched pescou o raciocínio.

— E se os Velhos estão transmitindo mensagens, talvez possamos descobrir *para onde* as estão transmitindo.

— E se estiverem ligados? — perguntou Rambo, nervoso. — Seremos esmagados.

Vic balançou a cabeça.

— Não temos escolha. É o único jeito. Se puderem nos apontar a direção correta, temos que arriscar.

— Teremos que ter cuidado — disse a Enfermeira Ratched. — Mas acho que pode dar certo. Se eu conseguir achar uma entrada para me inserir, posso determinar a localização.

Rap assentiu.

— E-excitação.

Eles o encararam.

Ele fez uma careta.

— Inserir é como p-penetrar, e você disse que a causa da penetração e-era a e-excitação.

A tela dela foi preenchida por pontos de exclamação.

— Eu disse isso mesmo. Mas não é o mesmo tipo de inserção. Eles não saberiam como tratar uma dama como eu. — Em seguida, acrescentou estranhamente: — Não estão prontos para este chá.

— Mas e quanto ao Vic? — perguntou Rambo. — Se suspeitam que ele existe, não estarão procurando por ele? Como conseguiremos escondê-lo dos... robôs... que... ah. Ah. Meu. *Deus.* Pessoal! *O Picolino!*

— Não é hora para filmes — disse a Enfermeira Ratched. — Além do mais, caso não tenha pensado nisso, esse e qualquer outro filme que tínhamos provavelmente foi destruído no incêndio.

— Eu sei — concordou Rambo. — Estou tentando não pensar nisso para não cair num desespero infinito e destrutivo. Porém! Tudo bem! Em *O Picolino*, Bates se disfarça de padre, e ninguém sabe que ele *não* é um padre. Podemos disfarçar Vic de robô. Vic! Aja como um robô.

— Hum — falou.

— Perfeito! — gritou Rambo. — Digo isso *o tempo todo.* Você é grande demais para ser um aspirador, então não podemos fingir que é como eu. Vou pensar em algo.

— Esse plano tem muitos buracos — disse a Enfermeira Ratched. — Não vou listá-los porque quero ver que tipo de disfarce vai criar.

— Iupi! — vibrou o robozinho. — A sensação de aprovação é demais! Quanto tempo tenho? Quando partimos?

— Amanhã — respondeu Vic. — A nevasca está próxima. Precisamos sair daqui antes disso.

— A essa altura já deve ser seguro — disse ela. — Todos para trás. Não sei se alguma coisa vai ruir quando abrir a porta.

Sem que ninguém pedisse, Rap pegou Rambo no colo e pegou Vic pelo braço, puxando-o para um canto perto dos tanques empoeirados. A Enfermeira Ratched voltou para perto das telas, conectando-se à entrada mais uma vez. Um ruído áspero e grave preencheu o bunker. Os mecanismos pareciam afetados, chiando conforme as peças giravam lentamente. O teto começou a se abrir. Escombros caíram no chão: madeira esfumaçada, livros queimados e discos quebrados. Chovia cacos de vidro que outrora foram vasos de plantas e outros recipientes, formando estilhaços que refletiam um raio de sol que entrava através dos buracos na construção. As escadas ganharam forma até a superfície.

Victor olhou para o alto e viu um céu de fim de tarde outonal — de um azul-escuro salpicado de nuvens brancas. Sem olhar para trás, subiu as escadas.

De algum jeito, a situação era melhor e pior do que esperava. Melhor porque a casa do térreo ainda resistia, ainda que o teto tivesse ruído, e parecia que algumas coisas tinham sobrevivido: a vitrola, a televisão — apesar de a tela estar trincada. A poltrona do pai ainda estava de pé, coberta de fuligem.

E pior, principalmente quando conseguiu chegar ao exterior. O laboratório tinha desaparecido. A cozinha, o banheiro. O laboratório do pai. O laboratório de Vic. O quarto de Vic, tudo destruído, uma vida inteira em ruínas esfumaçadas.

— Rambo, não levante isso. Vai morrer, e aí de quem vou reclamar? Do Rap? Não tem graça. — A Enfermeira Ratched rolou até Rambo, pegando uma placa de metal que ele quase deixou cair sobre si mesmo. — O que está fazendo?

— Ajudando! — respondeu ele. — Eu... — Parou quando o sensor dianteiro brilhou. Em seguida levantou uma tábua do chão, descartando-a em seguida. — Oh — sussurrou. — Oh, Gio. — As pinças abaixaram, pegando alguma coisa.

Uma engrenagem, atravessada por uma rachadura, mas ainda inteira. Vic conhecia aquela peça, conhecia bem até demais. Era a maior do coração do pai. Rambo a agarrou, apitando tristemente.

— Está tudo bem — disse a Enfermeira Ratched, estranhamente gentil. — Vamos encontrar Gio. Vamos trazê-lo de volta para cá. Victor vai fazer um novo coração para ele, e ele vai se lembrar de nós.

— E se não lembrar? — sussurrou Vic.

— Nesse caso, vamos lembrá-lo — respondeu ela.

PARTE 2

A Jornada

Não tem medo da morte?

— Carlo Collodi, *As aventuras de Pinóquio*

CAPÍTULO 13

Quando o céu começou a clarear, deixaram o único lar que já havia conhecera. A mochila de Rap pesava, cheia de ferramentas e peças que salvaram e que poderiam ser úteis. Vic usava o disfarce criado por Rambo — um capacete de metal com luzes e fios protuberantes e um colete com uma bateria velha e inútil fixada no meio.

Enquanto caminhavam, imaginou — não pela primeira vez — o que aconteceria se encontrassem outros humanos. Era capaz de lidar com máquinas (ao menos era o que dizia a si mesmo), mas com humanos? Seria totalmente diferente. Será que o reconheceriam como um semelhante? E se não gostassem dele? E se ele não gostasse das pessoas? E se o vissem chegando pelo bosque, usando esse disfarce, e achassem que estava vindo atrás deles?

Eram pensamentos do tipo que passavam pela cabeça de Vic enquanto chegavam a uma colina com vista para o Jardim das Sucatas. Ao longe estava o outro lado do Jardim e, além dele, o grande desconhecido.

Os Velhos não tinham se mexido. Estavam silenciosos como monólitos. Não estavam mortos; a Enfermeira Ratched dissera que ainda tinham energia. Ajeitou o capacete enquanto olhava para os outros.

— Qual deles?

A Enfermeira Ratched apontou para um Velho ao longe, que repousava na extremidade norte do Jardim das Sucatas.

— Aquele.

— Tem certeza?

— Não.

Atravessaram as pilhas de metal descartado. Aves de rapina voavam no alto e, de tempos em tempos, uma delas mergulhava em direção a um roedor. Fora isso, o Jardim das Sucatas estava silencioso. A cabeça de Vic parecia estar preenchida por algodão.

Pararam a uma curta distância do Velho. Ele já tinha estado perto deles antes, mas apenas por acidente, e normalmente a situação envolvia fugir com Rambo gritando a seu lado. A máquina era imensa e chiava ao se acomodar. O guindaste projetava uma sombra assustadora que se estendia pelo chão como se tentasse alcançá-los. Arrepiou-se todo.

— Temos certeza de que está dormindo? — perguntou Rambo, nervoso, espiando os arredores do monte no qual se refugiaram.

— Está dormindo — afirmou a Enfermeira Ratched. — Mas não seria surpresa se estivesse fingindo.

— Alguém precisa se certificar — disse Rambo. — Eu não.

— Nem eu — respondeu ela.

Vic balançou a cabeça.

— Não Podemos só...

Rap resmungou ao levantar uma grade metálica do chão. Antes que pudesse impedi-lo, o androide a amassou contra o peito antes de arremessá-la para longe. A grade cortou o ar em círculos e chiando. Acertou a lateral do Velho com um ruído violento, soltando faíscas ao atingir o chão.

Arregalou os olhos.

— Que *diabo* está fazendo? — praguejou.

— Me certificando — disse Rap, com o cenho franzido. — Rambo disse que n-não ia. A Enfermeira Ratched t-também. D-decidi que seria eu para que não tivesse que ser v-você.

— Não pode simplesmente...

— Gosto de você — disse Rambo, cutucando o calcanhar de Rap. — Pode sempre ser o encarregado se quiser.

— Concordo — afirmou a Enfermeira Ratched.

Esperaram.

O Velho não se mexeu.

— Viu? — disse Rap, e soou quase *petulante*. Vic chegou perto de desejar jamais ter pensado em lhe dar um coração. Estava aprendendo rápido demais. — Eu me c-certifiquei.

Puxando as alças da própria mochila, falou:

— Tudo bem. Que seja. Enfermeira Ratched. Qual é o próximo passo?

Uma imagem do Velho diante deles apareceu em sua tela, girando para que a visualização fosse mais precisa. Um quadrado verde piscou sobre um painel que havia ali.

— Aqui — falou. — A entrada que preciso está aqui.

— E tem certeza disso?

O Velho desapareceu da tela, substituído pela frase SE EU NÃO CONSEGUIR DE PRIMEIRA, CORRAM O MAIS RÁPIDO QUE PUDER.

— Tenho certeza.

Avançaram em fila, passando ao largo das costas do Velho. Ninguém falou nada ao se aproximarem a passos silenciosos e cuidadosos.

— Consegue alcançar? — perguntou, olhando para o painel grande que a Enfermeira Ratched exibira na tela.

— Não daqui — disse ela. — Meus braços não chegam a essa altura.

— D-deixa comigo — declarou Rap, e Vic virou a tempo de vê-lo derrubar a mochila no chão. Ele se agachou e saltou no Velho, perfurando o ponto da lataria em que se segurou. Alcançou o painel e o arrancou de um puxão, deixando as entranhas da máquina parcialmente expostas. Saltou novamente para o chão, levantando poeira.

Quando se virou, viu que os outros o encaravam.

— O-o quê?

— Quando eu crescer, quero ser assim — disse Rambo. Em seguida: — Espere, isso não faz sentido. Vic, faz sentido?

— Não faço ideia — respondeu, sem forças. Balançou a cabeça. — Continua fora do alcance da Enfermeira Ratched. Precisamos encontrar algo em que ela possa subir...

— Minha nossa — exclamou ela enquanto Rap a erguia sobre a cabeça. — Posso garantir que este aqui sabe como lidar com uma dama. Retiro tudo de ruim que já falei a seu respeito.

O androide virou devagar, agarrando os fios da Enfermeira Ratched. Deu um passo de volta na direção do Velho.

— C-consegue alcançar?

— Consigo — respondeu ela enquanto estendia os tentáculos. — Não olhe para as minhas rodas internas.

— D-depressa — rosnou ele. — Você é p-p-*pesada.*

— Grosso — respondeu ela. — Vou voltar a ser má com você. Sua barba não faz sentido. Não tem a menor necessidade. Não serve a nenhum propósito que não o estético. — Um dos tentáculos subiu pela lateral do Velho, passando em meio aos fios. — Quase. Quase. Onde está? Deveria estar... ah. Aqui está. Encontrei a entrada.

Rap grunhiu, os braços tremendo.

— Conectando — informou a Enfermeira Ratched enquanto o tentáculo avançava como uma cobra. — Cinco. Quatro. Três. Não preciso fazer contagem regressiva. Só estou tentando dramatizar porque quero. Dois. Um. Decolar.

A ponta do tentáculo penetrou a entrada com um clique audível.

Nada aconteceu.

— Ah — disse ela. — Desculpe. Errei. — O tentáculo se recolheu antes de se encaixar novamente. — Contornando o *firewall* para invadir o sistema operacional. Contornando. Contornando. Pronto. Agora... — Ela se calou.

— Enfermeira Ratched? — perguntou. — Está...

Um alarme soou das entranhas do Velho. Vic cambaleou para a frente enquanto Rambo gritava.

— Ah, mas não vai não — disse a Enfermeira Ratched, girando o tentáculo. O alarme parou. — Foi mal. Queria ver o que aconteceria se eu ativasse o sistema de segurança. Foi divertido. Estão se divertindo?

— Pode se *apressar*? — sibilou por entre os dentes.

— Sim, sim — garantiu ela. — Fique calmo. É mais complexo do que imaginei. Não sei por quê, considerando que não passam de versões maiores de Rambo.

— Sou complexo — resmungou Rambo. — Certo, Vic? Eu sou complexo, não?

— Sim — disse Vic distraído, olhando para a Enfermeira Ratched. A tela dela se acendeu, mas não conseguia ver o que mostrava, pois ela estava de costas para ele. Só conseguia ver a luz refletida no Velho.

— Pronto — declarou ela. — Acabei. Já fiz o que precisava. — O tentáculo desconectou da entrada.

Rap a pôs no chão antes de recuar. Fez uma careta ao flexionar a mão de madeira.

A Enfermeira Ratched virou-se para eles.

E ali, em sua tela, havia um mapa.

— Segui o sinal — falou enquanto uma linha disparava pelo mapa. Estendia cada vez mais à medida que o mapa se ampliava. Foi um soco no estômago de Vic, pois a distância continuava a crescer. Não sabia o que estava esperando. Em parte, torcia para que a cidade não ficasse a mais de dois dias de distância, apesar de saber que o pai não teria construído uma casa tão perto, não após ter escapado da cidade daquele jeito.

A linha enfim parou, a ponta destacada por círculos pulsantes que se espalhavam como ondas na superfície de um lago.

Todos se reuniram em volta da Enfermeira Ratched, encarando a tela. Rambo se ergueu mais uma vez, tentando tirar Rap do caminho para conseguir enxergar.

— Onde é? — perguntou.

— O receptor — respondeu ela. — O sinal é roteado por diversos pontos, mas termina aqui. Esta é a Cidade dos Sonhos Elétricos.

Os pelos da nuca de Vic se arrepiaram.

— Qual o seu grau de certeza?

— Alto.

— Qual a distância?

Ela ficou em silêncio por um instante. Em seguida:

— Pouco mais de mil quilômetros em linha reta rumo ao sudeste. Parece haver estradas circuláveis que sugiro como rota, embora ainda fiquem bem longe daqui. Se seguirmos pela estrada, a distância será maior e levaremos mais tempo para chegar. De toda forma, estamos falando de no mínimo algumas semanas de jornada. Mais, se tivermos problemas pelo caminho.

— Semanas — sussurrou. — *Semanas.* — Deu um passo para trás, sobressaltando-se quando esbarrou em Rap. Encolheu-se. O androide ofereceu o braço para estabilizá-lo, mas Vic balançou a cabeça. — Não. Por favor. — Virou-se de costas e se largou sentado, fazendo uma careta quando sentiu um pedaço de metal se enterrando na pele. Abraçou os joelhos, puxando-os contra o peito e apoiando a testa neles, repetindo a palavra "semanas" sem parar.

Tinha uma vaga noção de que o mundo fora da floresta era muito maior do que pensava. Mas parecia grande *demais*, enquanto ele era pequeno *demais*.

— Vic? — sussurrou Rambo.

Não levantou a cabeça. Abraçou ainda mais as pernas, enterrando as unhas na pele com força o bastante para machucar.

— Está tudo bem, Vic — disse o robozinho, colidindo com o pé dele. — Prometo. Sei que parece difícil, mas temos que ter coragem. Seu cérebro está dizendo que não vai conseguir, mas não precisa dar ouvidos a ele sempre. Às vezes o cérebro conta mentirinhas. Pelo menos o meu é assim. Ele diz "Não, não, você não é corajoso". "Não, você tem medo de tudo". "Não, não vai conseguir e vai acabar morrendo de forma terrível e dolorosa quando o seu corpo for esmagado por inteiro e suas entranhas vazarem".

— Você faz descrições muito vívidas — disse a Enfermeira Ratched. — Talvez não devesse fazer isso.

— Mas é *verdade* — falou Rambo com veemência.

Rap se agachou ao lado de Vic, com as mãos penduradas entre as pernas. Fez uma careta para o chão.

— Eu p-poderia carregá-lo — Parecia não querer fazer isso de jeito nenhum. — Se suas p-pernas não funcionarem.

Balançou a cabeça ao limpar os olhos.

— Não. Não preciso que me carregue.

— Ótimo — respondeu ele. — Então l-levante-se e deixe de ser f-fraco. Você não é f-fraco. É V-Victor Lawson. Inventor. Criador.

— Ele não está sendo fraco — disse Rambo. — Está se recuperando.

— É diferente — explicou a Enfermeira Ratched. — Não conhece Victor tão bem como nós, Rap. Essas coisas demoram.

— Ah — disse ele. Olhou para a floresta e depois voltou-se de novo para Vic. — E a-agora?

Vic o encarou por um instante antes de assentir. Levantou-se do chão. Rap entregou-lhe a mochila antes de pegar a própria.

— Tudo bem? — perguntou a Enfermeira Ratched.

Assentiu.

— Acho que sim.

— Ótimo. Porque em breve descobriremos se a floresta é cheia de feras horríveis que querem nos devorar. Espero que não seja o caso. Não quero ser devorada.

— Rap vai nos proteger — falou Rambo. — Tem mãos grandes e pode socar as feras com tanta força que elas nem vão pensar em nos devorar, porque estarão com muito medo. Certo, Rap?

— C-certo — respondeu Rap. Ergueu os punhos. — V-vou socá-las.

— Viu? — disse Rambo. — Ficaremos bem. Aliás, aposto que será mais fácil do que imaginamos.

A Enfermeira Ratched foi preenchida pelas palavras PARA A FRENTE E AVANTE!

Vic olhou para os três antes de virar para o leste. O sol estava subindo no céu, a luz filtrada pelas nuvens finas. Vapor saía da boca dele quando respirava. Falou:

— Pare a frente e avante.

CAPÍTULO 14

Mantiveram um bom ritmo, como a maioria dos aventureiros nos primeiros dias. Tinham um rumo, um objetivo, o que permitiu que Victor controlasse o desespero que sentia. Não fazia mal (ou fazia bem; ele não sabia ao certo) o fato de Rambo ter decidido que todos teriam que cantar. E como as únicas músicas que conhecia eram de *O Picolino*, não demorou para que Rap parecesse querer arremessá-lo o mais longe possível.

— Precisa conservar sua energia — disse-lhe a Enfermeira Ratched. — Victor trouxe o carregador portátil, mas, quanto mais falar, mais rápido sua bateria vai acabar. Se ficar sem energia, seremos obrigados a deixá-lo para trás.

— E a *sua* bateria?

— Dura mais que a sua.

Isso fez com que Rambo ficasse sem cantarolar por uns bons cinco minutos.

No início, Vic pedia para ver o progresso que haviam feito no mapa da Enfermeira Ratched. Não entendia bem o conceito de distância. Toda a vida dele se concentrava num raio de poucos quilômetros, e era desesperador ver a lentidão com que avançavam. No meio do primeiro dia, já havia desistido de perguntar.

A floresta prosseguia enquanto desciam por um grande declive. De vez em quando tinham que reajustar a rota quando a vegetação ficava densa demais para que Rambo e a Enfermeira Ratched passassem. Para o deleite do Rambo, Rap se ofereceu para derrubar as árvores que surgiam no caminho. Mas Vic não sabia o que mais havia na floresta, ou se as feras feias mencionadas pela Enfermeira Ratched poderiam ouvi-los.

Na primeira noite, pararam quando o solo começou a se nivelar. Achou a temperatura um pouco mais quente do que estivera no Jardim das Sucatas, mas não sabia se era porque estava suando. As costas já doíam. Sentia o fardo da mochila nos ombros, e o metal que revestia braços, pernas e peito pesava como chumbo. Rosnou quando chegaram a uma espécie de clareira, perto de um riacho onde a água chiava ao passar por pedras. Com as mãos em concha, levou um pouco de água à boca. Ardia ao descer pela garganta de tão fria que estava.

— Vamos dormir aqui? — perguntou Rambo. — Está ficando muito escuro. — Os sensores brilharam, iluminando os troncos das árvores em volta da clareira.

— Só esta noite — respondeu a Enfermeira Ratched. — Avaliei o perímetro. Acho que não há nada que vá nos comer por aqui.

— Meus pés estão doendo — disse Rambo.

— Você não tem pés.

— Ah. Bem, se *tivesse*, estariam doendo. — Começou a ir para a frente e para trás pela clareira, sugando folhas secas e catando galhos derrubados e os jogando no bosque.

Rap apareceu ao lado de Vic, segurando sua mochila

— P-precisa recarregar.

— E vou.

O androide o ofereceu a mochila de supetão, quase fazendo com que caísse.

— Coma. F-ficarei de olho para g-garantir que coma.

— Não precisa...

Mas ele não se moveu. Ficou ali parado, encarando-o, até que suspirou e pegou a mochila. Como prometera, Rap o observou comer, e aparentemente só ficou satisfeito quando Vic mastigou e engoliu toda a carne seca.

— Satisfeito?

Rap franziu o rosto.

— N-não sei.

Estava cansado demais para lidar com aquilo. Estava prestes a pedir que ele o deixasse em paz quando ouviu Rambo ganir ao mesmo tempo em que uma onda de ar quente o acertou. Ao se virar, deu de cara com uma labareda queimando no topo de uma pilha de amadeira. A Enfermeira Ratched afastou o tentáculo das chamas.

— Pronto — disse ela. — Agora está aconchegante. De nada, pessoal.

O segundo dia não foi muito diferente do primeiro, exceto pelo fato de que as árvores estavam rareando. Victor estava se acostumando com a rotina de caminhada. Os músculos reclamavam e a mochila pesava, mas ele prosseguia.

Ao cair da noite, um riacho que antes havia aparecido e depois desaparecido tinha voltado a aparecer, agora mais largo. Pararam na beira da água. O suor e a sujeira o faziam se coçar. Franziu o nariz ao cheirar seu próprio odor. Disse à Enfermeira Ratched que iria se lavar num trecho um pouco mais afastado do rio. Tirou o capacete e o colocou no chão.

— Por que n-não pode f-fazer isso aqui? — perguntou Rap, apontando para a água justo onde estavam.

— Privacidade — explicou ela. — Victor quer tirar toda a roupa para poder se lavar. Não quer que vejamos seus genitais.

— C-como quando esvazia o intestino.

— Sim. Exato. Provavelmente fará isso também.

Ele assentiu.

— V-vou com você.

Vic ficou lívido.

— Não. Fique aqui.

Rap o encarou.

— A Enfermeira Ratched d-disse que há f-feras horríveis. Sua genitália e-estará exposta e v-você estará vulnerável. Vou p-protegê-lo enquanto se limpa e e-esvazia o intestino.

— Não *preciso* que me proteja. — Irritou-se. — Sei cuidar de mim.

— Diga que não vai olhar — sussurrou Rambo para Rap.

— N-não vou olhar — disse ele, prontamente.

Vic jogou as mãos para o alto.

— Não é... — Arfou. — Tudo bem. Mas não pode falar comigo enquanto eu estiver... — Não sabia mais o que dizer. Foi andando irritado.

Não olhou para trás conforme Rap o seguia. Murmurou todas as ameaças possíveis para si mesmo, sem se importar se estava sendo ouvido ou não. Parou quando achou que estava longe o bastante, agachando perto da água. Estava gelada. Teria que ser rápido.

Ouviu Rap atrás dele enquanto tirava rapidamente o colete e a cobertura de metal dos braços e pernas. Colocou-os de lado antes de abrir o casaco e jogá-lo ao chão. Hesitou segurando a barra da camiseta. Olhou para trás.

O androide estava a alguns metros de distância, olhando-o fixamente.

— Vire de costas.

Ele obedeceu, empertigado.

Esperou um instante para se certificar de que ele não fosse virar de novo. Não virou. Tirou a camisa e logo sentiu um arrepio. Não estava ansioso por isso.

Pausou ao considerar as calças. Balançou a cabeça, decidindo não tirá-las, assim como as botas. Caiu de joelhos ao lado do rio, esfregando um pouco de água nas axilas, no peito e na barriga. Ofegava e já estava batendo os dentes. Estava prestes a mergulhar a cabeça no rio quando Rap disse:

— N-não q-quero l-lembrar.

Estremeceu, mas não achou que fosse só por culpa do frio.

— Quê?

— N-não quero lembrar — repetiu ele, falando mais alto. — Sou Rap. Não PRAP. P-peço desculpas se acha que vou m-matá-lo. N-não vou. — As palavras saíram duras e desconexas, como se jamais as tivesse arranjado daquela maneira. Estava aprendendo.

Vic afastou a cabeça do rio.

— Não acho que vá fazer isso. Se quisesse nos machucar, se quisesse *me* machucar, já podia ter feito isso. Mas não o fez.

Rap concordou com a cabeça sem olhar na direção dele.

— Exato. Gio d-disse que eu p-poderia ser bom. Falou que eu era PRAP, m-mas poderia escolher ser R-Rap. Não precisava ter m-me deixado ficar.

— Rap — disse lentamente. — Você... — Não sabia como terminar a frase. Nunca questionou a capacidade do pai de amar, de se importar tanto com coisas grandiosas como pequenas. Pensando bem, conseguia enxergar como fora ingênuo por nunca ter questionado isso.

— Eu o-o quê? — perguntou ele.

Vic respondeu:

— O meu pai... ele confiou em você. Não é igual a ele, de fato, mas também não é tão diferente assim. Sei que não parece muita coisa, mas é. Obrigado, eu acho. Por ter feito a escolha que fez. Não precisava.

— A-acha que sou como Gio.

Suspirou.

— Não. Não é isso... certo. Sim. Tudo bem. Talvez um pouco. Mas você não é ele. Sei disso.

Rap assentiu, mas continuou olhando para o outro lado.

— Ó-ótimo. N-não quero ser o seu p-pai.

— O que quer ser?

— Rap — disse sem titubear. — Q-quero ser Rap.

— Então é quem será.

— Ótimo. Termine de l-limpar sua genitália e depois e-esvazie o intestino. Precisamos voltar para os outros a-antes que as feras horríveis se aproximem.

Vic riu baixinho, fazendo com que Rap virasse um pouquinho a cabeça. E embora pudesse ser um truque de luz e sombras, jurou ter visto o vislumbre de um sorriso no rosto dele.

No sétimo dia encontraram algo que nunca tinham visto antes. A vegetação estava ainda mais escassa e o relevo mais plano. As folhas sucumbiam ao outono, caindo, estalando ao serem pisoteadas e arrastadas por esteiras. Apesar de gelado, o frio não era tão ruim quanto o de casa. Às tardes, Vic podia tirar o casaco sem problemas. Caminhando rumo ao sudeste, conseguiram evitar as neves. Imaginou se o solo do complexo já estava tomado por ela. Achou que sim. Sentiu uma dor no peito, mas fez o que pôde para ignorar.

Pouco antes do meio-dia a Enfermeira Ratched disse:

— Ouviram isso?

Pararam. Virou a cabeça, mas tudo que notou foram os ruídos da floresta, em nada diferentes ao do dia anterior. Ou da véspera.

— O que é? — perguntou Rambo, girando em círculos.

Rap franziu o rosto.

— É... — Olhou para a direita. — Ali. Está vindo dali.

— São outros? — perguntou Vic, de repente cauteloso. — Pessoas? Robôs?

— Não — respondeu a Enfermeira Ratched. — É um zumbido. Como uma corrente. Algo elétrico.

— Não estou gostando disso — disse o robozinho. — E se for um dragão?

— Dragões não existem — afirmou ela. — Só contei aquela história para assustá-lo. Não existem de verdade.

— Tem certeza?

— Não — respondeu a Enfermeira Ratched. — É melhor ir na frente e descobrir.

— A que distância? — perguntou.

— Um quilômetro e meio — disse ela. Um dos tentáculos já se estendia na direção em que Rap estava olhando.

Vic não via nada além das árvores.

— Fiquem abaixados — disse. — E em silêncio. Se encontrarmos alguém, evitaremos ser vistos.

Continuaram pela floresta. Não demorou muito até que ele *sentisse* o que ouviram. Começou com um eriçar dos pelos dos braços que foi subindo até a nuca antes de chegar à cabeça. Sentia como se os dentes estivessem moles e a língua parecesse ter a aspereza de uma lixa. *Era* eletricidade, uma corrente forte.

E em seguida ouviu o zumbido. Constante e irritante, e a mente de Vic foi tomada por estática. Perdeu o fôlego quando viu um flash de luz branca através das árvores, piscando uma, duas, três vezes.

Parou quando Rap o agarrou pelo braço. Virou-se.

— O quê?

Ele balançou a cabeça.

— Apenas... tome cuidado. — Tinha a testa tomada por rugas e os olhos apertados.

Não soltou mais o braço de Vic enquanto avançavam em direção à luz e ao som. A pele dele estava fria, e pensou como era estranho que parecia tão real, como a de Vic, apesar da madeira.

Pararam na beira do bosque. Não entendia exatamente o que estava vendo, não com clareza. Mais tarde culparia a eletricidade, concluindo que ela havia anuviado a mente dele, tornando quase impossível que se desse conta do que estava diante de si. Jamais havia visto nada parecido antes, embora soubesse que existisse. Ver com os próprios olhos era totalmente diferente, e ficou sem palavras.

— O que é? — perguntou Rambo, à sua direita.

— A estrada — respondeu a Enfermeira Ratched. — É a estrada.

Estendia-se nas duas direções, até onde a vista de Vic alcançava. A superfície era lisa, preta e dividida por linhas brancas e brilhantes. Do outro lado da pista, havia pilares pretos de metal de pelo menos três metros, curvados no topo, de onde luzes azuis piscavam em fileira. O ar chiava entre os pilares; a corrente elétrica era mais alta, fazendo com que o queixo de Vic caísse, estalando a mandíbula. O capacete quase caiu de sua cabeça. Puxou-o de volta para o lugar, sacudindo por conta do choque estático que sentiu na ponta dos dedos.

— Uau — disse Rambo, com os sensores mais brilhantes do que nunca. — É tão *barulhento*. Me dá a sensação de que eu poderia seguir o mais rápido possível para sempre. — Começou a avançar, mas Rap soltou Vic e o ergueu, as rodas ainda girando no ar e os braços esticados.

— N-não — disse. — N-não pode.

— Quê? Por quê? Quero encostar.

Ele balançou a cabeça.

— Vai m-machucar.

Rambo parou de se debater.

— Vai? Como você sabe?

— Veja. — Rap o colocou no chão. Caminhou em direção à estrada, medindo cada passo. Parou a alguns centímetros do pilar mais próximo. Observou-o agachar-se e pegar uma barra fina de metal quebrada e desgastada, que parecia ter se soltado de algum lugar. Ele se levantou outra vez, batendo a barra na madeira da outra mão. O barulho foi engolido pelo zumbido da corrente.

Jogou a barra na estrada. Ela não tocou o chão.

Em vez disso a eletricidade estalou e rugiu, formando um arco azul e provocando uma chuva de faíscas. A barra sacudiu, suspensa no ar. Antes que pudesse se dar conta do que estava acontecendo, os pilares vibraram e o brilho luminoso ficou ainda mais veloz.

E em seguida a barra foi lançada pela estrada, mais depressa do que podia acompanhar, e sumiu de vista.

Rap notou que Vic o encarava boquiaberto quando se virou.

— O quê? — perguntou, já formando uma carranca.

— Como sabia que isso ia acontecer?

Ele olhou para o chão. Deu de ombros.

— É... N-não sei. Apenas s-sabia.

— É um meio de transporte — disse a Enfermeira Ratched. — Mas foi desenvolvido para máquinas maiores, que poderiam nos carregar. Se tentássemos utilizá-la, poderíamos acabar esmagados. Bem, todos exceto Victor. Suponho que se retirássemos o disfarce, ele poderia andar por ela, embora eu não recomende. Não sei o que esse tanto de energia faria com os órgãos dele. No mínimo provocaria um câncer que acabaria matando-o. — Pausou, a tela estava escura. — Victor, se morrer de câncer, estaria disposto a me doar seu corpo, para que eu possa estudar os efeitos? Em nome da ciência.

— O que ela transporta? — perguntou, encarando a entrada na direção em que a barra tinha sido carregada.

— É para viagem — explicou ela. — Quando Gio deixou a Cidade dos Sonhos Elétricos, foi transportado por uma máquina que navega na corrente. Uma vez fora da cidade, teve que se manter longe da estrada.

— Mas ela leva até a cidade?

— Sim, Victor. Esse caminho leva à cidade. Não precisamos andar nele para segui-lo. Portanto, desde que fiquemos fora da estrada, estaremos bem. Rambo, estou falando com você. Não vá para a estrada, ou será destruído.

— Não quero ser destruído — disse ele. — Gosto do formato que tenho.

Vic olhou para o asfalto, para os pilares, para a eletricidade no ar. Embora soubesse que ainda estavam longe do destino, aquele era o primeiro sinal de que estavam na direção certa. Ficou imaginando se o pai passara por este mesmo local em algum momento da própria jornada. Se parara neste mesmo ponto e decidira que era mais seguro caminhar por entre as árvores do que ao longo da estrada. Duvidava, mas o pensamento lhe trazia algum conforto.

— Então continuemos — disse, quase para si mesmo. — Vamos ficar longe da estrada, mas seguiremos a direção dela. Se leva até a cidade, não podemos perdê-la de vista.

Naquela noite, quando estava quase dormindo, a luz dos pilares piscando através das árvores, pensaria em como Rap sabia o que a estrada fazia.

CAPÍTULO 15

Rambo foi o primeiro a notar. Vic estava talhando um pedaço de madeira que aos poucos ganhava forma. Não estava perfeito — jamais teria as mãos tão firmes como as do pai, não importava quanto tentasse —, mas estava satisfeito com o progresso. Na pior das hipóteses, poderia ser uma solução temporária até que o próprio pai consertasse tudo quando o trouxessem.

Estava devolvendo-o à mochila quando o aspirador se manifestou:

— Meu Deus, vejam, *vejam*. São bandeiras? Isso é *música?*

Antes que alguém pudesse impedi-lo, ele disparou a frente, levantando as folhas em tons outonais. Rap resmungou antes de correr atrás dele.

— Como ele ainda está vivo, nunca saberei — comentou a Enfermeira Ratched. — Rap também. Não entendo... e agora Victor também está correndo, e eu estou aqui, falando sozinha.

Vic ouviu o motor dela indo atrás deles.

Galhos de árvores batiam no capacete dele fazendo barulhos que reverberavam. Manteve a cabeça abaixada para evitar arranhões. O disfarce de metal que levava não parecia tão pesado quanto no início. Já tinha se acostumado.

Saiu do meio das árvores a tempo de ver Rap pegar Rambo, as rodas do aspirador girando no ar, os braços de metal se esticando. Aproximou-se deles quando o robozinho pedia a Rap que o colocasse de volta no chão.

— Não está escutando? — gritou. — É música! Quero ouvir a música!

— Pode p-p-*parar*? — irritou-se Rap. — N-não sabemos quem são. Você pode sofrer um *ai*.

— Não podem ser maus — argumentou Rambo. — Estão tocando música! Quem é mau não gosta de música.

— Do que está falando? — perguntou Vic, ofegante. — Que música? Não... estou escutando... — Ficou sem palavras quando viu o que havia diante deles.

A estrada continuava. Os pilares — uniformes como sempre — piscavam, e o ar ainda era preenchido pelo zumbido da corrente.

Mas ali, do outro lado da estrada, havia uma casa.

Era diferente de qualquer casa que vira nos livros do pai. Para começar, flutuava a alguns centímetros do chão, e o ar que preenchia o vão brilhava assim como os espaços entre os pilares.

A casa em si era enorme. Tinha no mínimo quatro andares, era feita de madeira e alvenaria e pintada num vermelho bem forte. As janelas — algumas grandes e quadradas, outras pequenas e circulares, como escotilhas de navios — tinham molduras brancas. Três chaminés se erguiam do telhado da casa, cada qual expelindo nuvens pretas cuja sujeira contrastava com o azul do céu. As chaminés eram cercadas por quatro torres. No topo de cada uma havia bandeiras vermelhas e brancas, embora estivesse longe demais para discernir o desenho delas.

A casa chiava e rosnava enquanto flutuava, oscilando devagar de um lado para o outro. Graças ao zumbido da estrada, Vic demorou um pouco para ouvir o que Rambo tinha escutado.

Música.

Havia música vindo da casa.

Alta e impetuosa. Não era como os discos do pai. Não tinha trompetes melodiosos, nem vozes cantando sobre o amor e danças de rosto colado. Parecia que alguém tocava as teclas de um órgão enferrujado, a música era tão estranha quanto um pesadelo em tecnicolor.

— O que é isso? — perguntou sem se dar conta.

— N-nada de b-bom — murmurou Rap, ainda lutando com Rambo.

— Como é espalhafatosa — disse a Enfermeira Ratched ao estacionar junto deles. — Gostei.

Vic não via ninguém se movimentando dentro nem ao redor da casa. O símbolo nas bandeiras não parecia igual ao que vira nos uniformes daqueles que vieram até a floresta na baleira voadora. Claro, isso não significava muita coisa. Quem quer que morasse na casa era um estranho. Não confiava em estranhos, não depois de tudo que vira.

Rap parecia pensar da mesma forma.

— É melhor e-encontrarmos outro caminho. Não deixem que nos v-vejam.

— Por quê? — demandou Rambo. — Quero entrar. Quero ver como é!

— Mesmo que os moradores comam aspiradores? — perguntou a Enfermeira Ratched.

O robozinho parou de se debater.

— Mas… *eu* sou um aspirador.

— Exatamente — concordou ela. — Seria devorado. É melhor ouvirmos Rap. O certo é evitar a casa. Deveríamos voltar para a floresta e desviar o caminho. É a opção mais segura.

Vic observava a fumaça se mover sobre a casa, sinuosa no céu, como uma nuvem de tempestade errante. E embora estivesse cauteloso, também sentia o estranho chamado da casa. Era o primeiro sinal de civilização que encontravam desde que deixaram as ruínas do complexo. Em parte, queria ir até lá, bater à porta e ver quem morava ali. A música o chamava, o estranho *plim plim plim* das teclas do piano o atraíam.

Balançou a cabeça, tentando voltar a si.

— Não sabemos quem são. Não podemos correr o risco. Vamos dar a volta e...

— Ho, oi, ho! — disse uma voz vinda de trás deles. — O que temos aqui? Estamos tão longe de tudo e mesmo assim encontro um grupo empoeirado de viajantes. Que sorte! Que magnífico! Que coisa *maravilhosa*, com certeza.

Viraram-se todos, Rap se colocando na frente de Vic, ainda com Rambo no colo. Ficou na ponta dos pés, espiando sobre o ombro dele, ao lado da Enfermeira Ratched.

Diante deles, com um sorriso largo no rosto, havia um homem robusto. Não era claro de imediato se era humano ou androide. Vestia um casaco vermelho cuja cauda caía até o meio das pernas, esvoaçando ao vento. Na frente, a vestimenta tinha duas fileiras de botões dourados, presos por cordões trançados. As calças eram brancas e as botas pretas, que batiam no joelho, pareciam polidas. Na cabeça levava uma cartola preta de aba com um laço vermelho. Estava jogada de lado, e fios de cabelos brancos surgiam debaixo dela. Tinha um bigode espesso e arqueado sob o nariz. Tremia, subindo e descendo, enquanto ele mexia o nariz.

O sujeito ergueu as mãos com um floreio antes de se curvar diante deles, entortando a cabeça de um jeito que não permitia que a cartola caísse no chão.

— Viajantes! — repetiu. — Nos encontramos, afinal. Não achei que veríamos ninguém tão longe. O que os traz ao meio do nada? — Voltou a se levantar, encarando-os com curiosidade. — Quem são vocês?

— Sou Rambo! — respondeu o robozinho, parecendo encantado. Rap tentou cobrir os alto-falantes do aspirador, mas foi tarde demais. — Essa casa é sua? É incrível.

— É, Rambo — respondeu o homem, com um brilho no olhar. — Minha velha garota já percorreu toda a terra, trazendo risos e alegrias àqueles como vocês. Sou dela tanto quanto ela é minha. O Cocheiro é meu nome, e entretenimento é meu prazer. Trago alegria aos que mais precisam. — Estendeu as mãos, uma de cada lado do corpo. Confetes das cores do arco--íris explodiram das mangas, tremeluzindo antes de recuarem e voltarem ao ponto de origem. — Conheço muitos truques. Pode-se até dizer que conheço todos. — O sorriso dele se alargou. — E agora que sabem meu nome e o que faço, talvez eu possa saber o de vocês. Sim! Nossa, seria incrível. Já conheço Rambo, um camarada adorável e de gosto impecável, mas e o resto? Vejo uma... é uma máquina médica? Deus! Faz tempo que não vejo uma dessas.

— Duvido que as outras se pareçam comigo — disse a Enfermeira Ratched. — Sou a melhor.

O Cocheiro arregalou os olhos comicamente.

— A *melhor*, você diz? — Fez mais uma reverência, praticamente tocando o chão. — Não sabia que estava na presença de uma rainha. Perdão, *milady*. Minha grosseria não se repetirá.

A tela dela foi preenchida por uma coroa.

— Que não se repita. Sou a Enfermeira Ratched.

O Cocheiro riu.

— Ratched. Enfermeira Registrada Autômato que Cuida Habilmente, Educa e Diagnostica. Que tal? Você *é* uma criatura única. Acho que não cruzo com um modelo assim desde... bem. — Deu uma piscadela. — Você sabe. Desde que nos livramos daquela pequena peste.

— P-peste? — repetiu Rap repetiu entre dentes.

— Meu Deus — disse. — Você é certamente esplêndido. Veja essa mandíbula! A... madeira. Sim, toda essa *madeira*. Aposto que todas as robôs suspirariam caso a programação delas permitisse. Qual é o seu nome, bonitão?

— Por quê?

O Cocheiro piscou.

— Porque eu gostaria de saber. Não tenho más intenções. Juro. Por que eu faria algo assim? — Sorriu. — Afinal, estamos juntos nessa, certo? Bonitão! Seu nome!

— Rap — respondeu lentamente.

— Rap — repetiu o Cocheiro. — E qual é seu protocolo?

— D-droide de s-serviço.

— Serviço? — perguntou ele, soando furioso. — Uma máquina tão linda como você? O *horror*. A *audácia*. — O bigode tremeu quando fez uma careta. — Seus talentos certamente estão desperdiçados nessa área. Se quiser, posso ajudá-lo com sua programação. Talvez possamos nos livrar dessa gagueira e transformá-lo em uma máquina de amor, como merece ser.

— Ele não tem genitália — informou a Enfermeira Ratched.

— Mas tem dedos — disse o Cocheiro sem perder tempo.

— N-não vai me tocar — falou Rap. — N-não vai tocar em ninguém. N-não precisamos

— Claro — respondeu, sem se perturbar. — Se é o que diz, concordo plenamente! Foi só uma sugestão, amigo. Rap. Que nome maravilhoso.

— Significa Robô Altamente Pirado — explicou Rambo.

— É mesmo? Que adequado. Ele parece mesmo altamente pirado. Ouça, Rap! Já nos conhecemos? Me parece familiar.

— N-não. Eu me lembraria de você. Você é i-irritante.

O olhar dele se estendeu por cima do ombro de Rap, na direção de Vic. Franziu o cenho.

— E *você*. Sim, o mais curioso de todos. Certamente é… ah. Único? — Deu de ombros. — Perdoe, novo amigo. Devo admitir que o acho bem horroroso. Não tenho más intenções, mas devo perguntar. Esse capacete. É muito… grande. Fica preso à sua cabeça?

— S-sim — respondeu Rap, antes que pudesse abrir a boca. — Ele é uma m-máquina. Como todos nós.

O Cocheiro pareceu confuso.

— O que mais ele seria, além de horrível? Mas parece tímido. Não precisa ter vergonha, caro menino. Mesmo que eu quisesse lhe fazer algum mal, duvido que conseguisse pôr as mãos em você antes que meu braço fosse arrancado por seu Robô Altamente Pirado. Ele é muito protetor. Por Deus. Por sorte, não quero ferir ninguém. Qual é o seu nome? Qual é o seu propósito?

— Victor — respondeu baixinho. — Sou inventor.

— É mesmo? — perguntou ele, parecendo impressionado. — Um inventor? E suas invenções não ficam com medo da sua aparência quando ganham consciência? Que maravilha! Eu, por acaso, *adoro* inventores, independente da aparência que tenham. Não há nada como o poder da criação. Se já não tivesse encontrado o meu propósito de espalhar alegria pela terra, acho que gostaria de ser inventor. Imagine todas as maravilhas que eu poderia criar! — Inclinou a cabeça e soltou uma risada, abraçando a barriga. — Provavelmente é melhor assim. Só sei ser quem sou, e ser outra pessoa causaria um curto em meus circuitos. — Riu ao cutucar a têmpora. — São teias, sabiam?

Não era humano. Era máquina.

— E-estamos indo — disse Rap, dando um passo para trás. Vic fez o mesmo, agarrando o casaco do androide.

O Cocheiro arregalou os olhos.

— Ah, ei! Não precisam. Relaxem! Descansem! Estão a pé, ao que parece. Não deve ser bom para as pernas, ter que andar tanto. Para onde estão indo? Talvez possamos viajar juntos.

— Cidade dos Sonhos Elétricos — respondeu Rambo, antes que Rap pudesse impedi-lo. — Vamos...

— Visitar velhos amigos — concluiu a Enfermeira Ratched. — Estão esperando nossa chegada, e não quero que se preocupem. São muito fortes. Não gostam quando nos atrasamos.

— Entendo — afirmou. — Acontece que também estou indo para a cidade. É hora de voltar e recarregar as velhas baterias. — Acenou com a cabeça para a casa atrás deles. — Minha velha garota consome muita energia. As estações de recarga daqui não são grande coisa. Um desperdício, se querem saber, embora não tenham pedido a minha opinião. — Esticou a mão e acariciou as bordas do bigode, beliscando as pontas e as torcendo até se curvarem. — A cidade fica bem longe, ainda mais se estão a pé. Gostariam de uma carona? Chegaremos rapidinho, e seus... *amigos* ficarão tão felizes! — O sorriso expandiu mais do que o normal, como se o rosto todo fosse apenas uma máscara de borracha.

— N-não — respondeu Rap. — Estamos b-bem a pé. P-pode ir.

O Cocheiro estalou a língua.

— Você é muito desconfiado. Não posso culpá-lo. Afinal, aqui estamos, encontrando-nos na selva. Entendo que estão com uma pulga atrás da orelha. — Franziu o rosto. — Que expressão curiosa, essa. Vocês não têm pulgas. De ela onde veio? — Balançou a cabeça. — Não importa. Tem certeza disso? Poderíamos chegar num instante.

A música da casa se instalou nos ouvidos de Vic. A pele estava quente, a respiração acelerada. Queria, em parte, dizer sim a esse homem, sim, por favor, sim, e adentrar essa casa fantástica. Seria mais rápido. A pé ainda levariam semanas, semanas durante as quais muitas coisas poderiam ser feitas com o pai. A ideia de aceitar a oferta dele — ah, como seria fácil! — parecia um caroço no estômago.

Havia algo de errado com aquele homem. Aquela máquina. Não conseguia encará-lo nos olhos, não conseguia estudá-lo sem sentir a necessidade de desviar o olhar. Ainda estava se acostumando a olhar para Rap.

Mas ele não era como o Cocheiro.

Vic não sabia como sabia aquilo, mas sabia.

Por sorte Rap ainda falava. Ele respondeu:

— Temos c-certeza. Obrigado, mas estamos b-bem viajando assim.

O homem sorriu.

— Tão educado. Tão gentil. É algo que aprecio. É bom ouvir palavras assim. Não se vê muito disso na estrada. Veja, eu tenho uma espécie de museu itinerante. Minha coleção é famosa entre os entendidos, mas querem sempre mais, mais, mais. Ninguém agradece! — Suspirou de forma dramática. — É tão difícil demonstrar um mínimo de gratidão? Claro que não! É muito simples. Por exemplo, agora mesmo. Acabou de me agradecer. Foi gentil. — O sorriso desapareceu do rosto. — Mas não posso deixar de achar que foram um pouco rudes quanto a minha oferta. Sim, um pouco rudes mesmo. Aqui estou, abrindo minha casa para vocês, e simplesmente... o quê. Recusaram? — Deu um passo na direção deles. — Ora, nem sabem o que há lá dentro! Não gostariam de ver?

— Não — respondeu a Enfermeira Ratched. — Não gostaríamos. Não se aproxime. Estou há doze dias sem fazer perfurações. Mais um passo e não chegarei ao 13º.

O Cocheiro sorriu.

— É agressiva, não, minha rainha? Gosto de você. A sorte sorri para o Museu das Coisinhas e Curiosidades Humanas do Cocheiro! Vocês quatro seriam uma bela adição, principalmente Victor. Ele parece fruto do casamento entre robótica e humanidade. E nem *começamos* a discutir o fato de que essa pobre máquina horrorosa leva a fonte de energia fora do peito. Nossa, nunca vi nada parecido antes! Qual seria o propósito? Pretendo descobrir. Sim, consigo enxergar com clareza agora! Serão transformados em *estrelas*. — Arregaçou a manga do casaco vermelho. No braço havia duas filas de botões multicoloridos e luzes reluzentes. — Mas me parece que ainda precisam de convencimento. Permitam-me ajudá-los! — Pressionou um botão no painel.

Atrás deles, a casa rugiu.

Vic virou a tempo de ver uma das torres implodir, as telhas deslizando para dentro e os tijolos girando conforme a torre descia. Do centro da torre subiu uma máquina grande, não muito diferente dos tentáculos da Enfermeira Ratched, embora dez vezes maior.

— Não vai doer nada — disse o Cocheiro enquanto a máquina apontava para eles. — A não ser que tenham sido programados para sentir dor. Ah, como vamos nos divertir!

A casa balançou conforme a máquina no telhado ganhava vida, as chaminés em volta cuspindo fumaça preta no céu. Rap pegou Vic pelo pescoço, puxando-o para trás, mas de nada adiantou. A máquina expeliu um disco que explodiu no ar. Uma rede caiu sobre eles, derrubando-os, antes que tivessem tempo de reagir. Em seguida, *arrastou-se* por baixo, prendendo-os.

Uma rede.

Estavam presos em uma rede.

Rap rosnou, tentando rasgá-la enquanto Rambo gritava, mas de nada adiantou. Vic estava caído em cima da Enfermeira Ratched, encarando o céu através da rede.

— Ah — disse o Cocheiro ao se aproximar. — Não precisa fazer isso, Rap. Acho que descobrirá que está bem preso aí. Não há como escapar. Mas não se preocupe. Prometo que vão enxergar meu ponto de vista, com o tempo.

— S-solte-nos — rosnou ele. Tentou agarrar o homem, mas a rede congelou, prendendo-os em uma esfera que não cedia. — Se encostar u-um d-dedo em Victor e-eu...

— Você o quê? — rebateu, agachando ao lado dele. — Arrancar cada um dos meus membros? Imagino que sim. Posso ver nos seu olhar. Ah, sim. É mesmo. Você gosta dele. — Sorriu. — Não se preocupe, meu caro Rap. Não machucarei seu precioso Victor. Contanto que façam o que eu mandar, quando eu mandar, acho que vamos nos dar muito bem.

E com isso, levantou-se, pressionando o botão no braço mais uma vez. O cabo preso à esfera começou a se recolher, arrastando-os pelo chão em direção à casa.

— Não gosto do Cocheiro — disse a Enfermeira Ratched, debaixo de Vic. — Vou usar minha broca nele e ele não vai gostar.

— Nós vamos morrer? — choramingou Rambo.

— Provavelmente — respondeu ela. — Isso ou seremos escravizados por séculos.

— C-cale a boca — irritou-se Rap. — P-pare de falar. Ninguém diz uma p-p-palavra que seja. Encontrarei uma saída. Victor, está me ouvindo? *Victor.*

Mas ele não conseguia responder. Olhava para o céu enquanto a casa se assomava. A última coisa que viu antes de ser engolido foi um melro voando alto, cantando o canto de inverno.

— Sinto muito por isso! — gritou o Cocheiro. — Pode doer um pouco. Só preciso deixá-los um pouco mais obedientes. Vai ser muito rápido.

— Oh, não — disse a Enfermeira Ratched enquanto um rosnado elétrico preenchia o ar. A rede que os envolvia ganhou vida e eletricidade os atravessou, fazendo todos tremerem e convulsionarem.

E em seguida, Vic só viu a escuridão.

O pai sorriu.

— Meu menino maravilhoso. Meu viajante cansado.

Tentou alcançá-lo.

Mas ele desapareceu.

A visão de Vic ficou turva. Piscou repetidamente.

— Até que enfim — disse a Enfermeira Ratched. — Quase me preocupei. Victor, você está bem?

Virou a cabeça.

Estava deitado de costas em uma jaula. As barras eram pretas e espessas. Sentou-se, resmungando baixinho. O corpo estava todo duro, os músculos doloridos. Ele se espreguiçou, estalando a coluna. O capacete pendia num ângulo estranho. Ajeitou-o, ajustando a cinta sob o queixo.

— Ah! — disse uma voz alegre. — Ótimo! Acordou. Por um momento fiquei preocupado. Achei que tivesse exagerado na dose.

Vic olhou entre as barras da jaula. Abaixo, o piso chiava discretamente.

À sua frente — e muito longe do seu alcance — encontrava-se o Cocheiro, sentado em uma poltrona alta, com a mochila de Vic no colo. As jaulas dispostas em uma fileira, Rap à esquerda, a Enfermeira Ratched e Rambo à direita, cada um em uma jaula.

Quando Rap viu que levantava, parou de andar de um lado para o outro.

— Tudo b-b-bem?

Vic fez uma careta, esfregando a nuca.

— Acho que sim.

— V-vou te matar — rosnou Rap para o homem. — A-assim que s-sair daqui, vou d-destrui-lo.

— Ah — exclamou ele. — Acredito. Sim, bem. Use isso. Essa raiva. Seja tão temeroso quanto quiser! — Riu ao bater palmas. — Só vai deixar a visita mais interessante para o público.

— O que você quer? — resmungou Rambo. — Vai nos comer?

— Claro que não — respondeu. — Que ideia horrível. Jamais faria nada parecido, amiguinho. Você é um aspirador. É muito importante para mim.

— Sou? — perguntou o robozinho. — Por quê?

O Cocheiro indicou o resto do recinto com a mão.

O que havia ali não era muito diferente do que o pai tinha na casa do térreo, mas em maior escala. Era uma coleção estranha, minúcias da humanidade sob um teto com vigas expostas. As prateleiras nas paredes continham todo tipo de objeto: telas de computadores escurecidas, televisões pequenas, colheres e garfos, abajures de vidro requintados, bichos de pelúcia (ursos, cavalos com chifre e menininhas bochechudas de olhos brilhantes), relógios que não informavam as horas. No canto, um vaso sanitário. E no outro, o esqueleto de algo que a Victor parecia ser um carro, embora só os tivesse visto antes nos filmes do pai. Perto do carro havia uma fileira de pessoas de plástico, todas mais ou menos do tamanho dele, cuja face mostrava fracos esboços de nariz, boca e olhos. Vestiam roupas esquisitas: vestidos brilhantes e de franjas, calças que não eram calças nem shorts, um chapéu que dizia DÁ-LHE PATS! com, aparentemente, canudos plásticos pendurados de cada lado. Um vestia uma camisa preta com a palavra RAMONES encabeçando os dizeres DEE DEE JOHNNY JOEY RICHIE. Do teto, penduravam-se dezenas de sinos de vento, alguns de metal, outros de vidro e mais alguns de madeira. Eles tilintavam enquanto a casa zumbia.

Cada item tinha uma plaqueta abaixo, onde havia uma descrição do que era e para que servia. Em outras circunstâncias, teria tido vontade de observar cada uma das peças. Mas agora só conseguia sentir frio.

— Minha coleção — disse o Cocheiro com orgulho. — É a maior do mundo. Máquinas vêm de todo canto para verem o que reuni. — Suspirou, balançando a cabeça. — Nem todo mundo gosta, é claro. Já a chamaram de macabra. Inútil. Uma afronta à decência. — Sorriu. — Mas! Agora que estão aqui, imagino que minha sorte tenha mudado. Que sorte foi encontrá-los!

Rap agarrou as barras da jaula, resmungando ao fazê-lo. Tentou afastá-las, mas de nada adiantou.

— Já disse que não vai conseguir — afirmou ele, sem ser grosseiro. — São reforçadas. Não conseguirá escapar. — Arregalou os olhos. — Mas, por favor, não pense que é um prisioneiro! Não, não. Não são. São meus *convidados*. Tenho uma proposta de negócios para vocês.

Vic tentou se concentrar. Respirou fundo, devagar, expandindo os pulmões. Em seguida, expirou, soltando uma corrente fina que saiu pelos lábios contraídos. Continuou fazendo isso.

— O que está fazendo? — Ouviu-o perguntar. — Vai quebrar? Mas acabei de encontrá-lo. Que sorte a minha. Por favor, não faça bagunça! Detesto bagunças desnecessárias.

— Não fale com ele — disse Rambo, estridente. — Deixe-o em paz. Só porque Vic está...

— Está apresentando uma falha — disse a Enfermeira Ratched. — Uma pequena inconveniência. Um defeito de código. Vai passar. Certo, Rambo?

— Mas isso não... ah. *Ah.* Certo. Sim. É só isso. Um defeito de nada. Nada mais. Vic não passa de um robô como todos nós.

O Cocheiro fez uma careta.

— Estranho, mas tudo bem. Prefiro falar sobre o que tem aqui dentro. — Apontou para a mochila no colo. — Estou muito impressionado com o que carregam. Tão estranho. — Começou a revirar a mochila. — Tipo isso! — Tirou de lá um pano velho, preso com um barbante. Abriu-o. Dentro, havia comida: carne seca e frutas. — Pra que serve isso?

— Animais — respondeu ela. — Gostamos de alimentar nossos amigos da floresta.

O homem pegou um pedaço de carne, girando-o nas mãos. Levou até o nariz e cheirou. Fez uma careta.

— Tem um cheiro horrível. Gostei. Para os animais, você diz?

Deixou a comida de lado em uma mesa perto da poltrona antes de se voltar de novo para a mochila. Desta vez tirou um pedaço de madeira, parcialmente esculpida.

— E isso?

— É meu — declarou ela. — Gosto de esculpir.

O Cocheiro exclamou.

— Gosta? Nunca antes soube de uma máquina de enfermagem que gostasse de esculpir. Você aprecia o ato da criação?

— Sim — afirmou. — Se me soltar, talvez eu possa mostrar de perto.

— Talvez — disse o Cocheiro, girando a madeira nas mãos. — Gostaria de ver o que sabe fazer. Tenho certeza de que ficará incrível. — Olhou para Vic ao repousar a madeira ao lado da carne e das frutas. — Você é um robô estranho. Estou fascinado por você.

Não respondeu. Fechou os olhos enquanto respirava pelo nariz e soltava o ar pela boca.

— Pobre coitado — disse o Cocheiro. — Também ficaria chateado se tivesse essa aparência. Detesto vê-lo neste estado. Vou ajudar, prometo. Vou colocá-lo para trabalhar, e vai se esquecer que é feio. Faz tempo que quero expandir o museu e agora que estão aqui acho que, enfim, chegou a hora. Não são meus prisioneiros. São meus empregados. Não é ótimo? — Aplaudiu alegremente.

— Empregadores não mantêm os empregados em jaulas — disse a Enfermeira Ratched.

O Cocheiro riu.

— É aí que se engana, minha cara. Sei de empregadores que mantinham *sim* os empregados em jaulas chamadas de "cubículos"! — Levantou-se, repousando a mochila no chão. Assobiando, foi até uma escrivaninha encostada na parede oposta, cheia de miniaturas de cabeça grande que balançavam. Na escrivaninha havia um monitor que acendeu quando ele encostou. Ainda assobiando, os dedos percorreram o teclado de metal localizado abaixo da tela. Riu sozinho, balançando a cabeça enquanto murmurava sobre a sorte de tê-los encontrado. Logo em seguida, a máquina ao lado da mesa chiou e começou a cuspir papel.

— Isso se chama impressora — disse, soando muito satisfeito. — Um desperdício, mas adoro. Requer tinta, o que é muito raro. Só uso para criar etiquetas para minhas novas peças. Sim, sim, recria minhas palavras! Vejam só como é!

Vic observou-o recolher a primeira página impressa, girando-a para um lado e para o outro antes de dobrá-la ao meio com perfeição. Fez o mesmo com a segunda, a terceira e a quarta.

— Todo esse trabalho — murmurou para si mesmo enquanto atravessava a sala. — Tão pouco tempo. — Estacou na frente de um grupo de pequenos suportes, cutucando o queixo. — Você. E você. E você e você! Sim, são perfeitos! — Pegou um dos suportes e o colocou na frente da jaula da Enfermeira Ratched, longe do alcance dos tentáculos. Em seguida outro na frente de Rambo. Rap. Victor.

Ao terminar, bateu palmas.

— Pronto. Vai servir enquanto não providenciamos algo mais permanente. — Cantarolou baixinho ao voltar para a mesa. Esticando o braço para outra prateleira, puxou um largo objeto que não diferia muito das pinças de Rambo. Apertou o cabo e a ponta do objeto se abriu e fechou. — Isso era um brinquedo utilizado por crianças humanas — explicou. — Chamavam-no de braço de robô, mas não é nada robótico! Não é estranho? Usavam para pegar coisas que estavam fora do alcance. Mas vejam como eu uso! — Pegou uma das páginas dobradas e, como se estivesse carregando algo perigoso, foi na ponta dos pés até o suporte em frente à jaula de Rambo. Com a língua entre os dentes e segurando o braço de robô com as duas mãos, colocou a página no suporte. — Tchã-*ram*! — disse com um floreio. — Sua própria etiqueta! Se puder, meu amiguinho, por favor, leia em voz alta para que eu possa ouvir se será preciso fazer alguma mudança.

Rambo apitou uma, duas vezes, elevando-se um pouco. E em seguida:

— ASPIRADOR. UTILIZADO POR HUMANOS PARA LIMPEZA.

— Deu uma volta, acenando com os braços. — Sou *eu*! Meu Deus, é exatamente isso! Vic. *Vic*. Ele é muito bom nisso!

O Cocheiro sorriu.

— Obrigado por reconhecer a grandeza do meu trabalho. Vou me lembrar desse momento para sempre, ou pelo menos até o meu corpo quebrar, deixando apenas minha consciência deteriorada que sem dúvida evocará a loucura humana. Enfermeira, ah, *enfermeira*. É a sua vez. — Com um movimento de quadril, deslizou de volta até a escrivaninha, pegando outro pedaço de papel. Saltitando de volta para as jaulas, utilizou o braço de robô para colocar a página no suporte. — Belíssima moça, se puder, leia a sua etiqueta.

— Não — respondeu ela. — Não estou a fim.

O Cocheiro piscou.

— A fim? O que quer dizer, a f... ah. *Ah*. Entendi! Bem, longe de mim dizer a uma dama do seu calibre o que deve ou não fazer. Não, não permitirei que desgaste seus preciosos circuitos com algo assim. Não há o que temer, lerei para você!

— Deveria se aproximar — sugeriu a Enfermeira Ratched. — Prometo que não o estrangularei até sua cabeça se soltar e cair no chão. — Na tela exibiu as palavras CONFIE EM MIM! SOU UMA ENFERMEIRA!

O Cocheiro balançou o dedo para ela.

— Ah, quase me pegou! Você é *encantadora*. Tem o potencial de uma estrela, sem dúvida nenhuma! Sua etiqueta diz "ENFERMEIRA REGISTRADA AUTÔMATO QUE CUIDA HABILMENTE, EDUCA E DIAGNOSTICA. EM PERFEITAS CONDIÇÕES".

A Enfermeira Ratched ficou em silêncio por um instante. Em seguida:

— Não detectei nenhuma mentira. Pode continuar.

Rambo apitou.

— Mas...

— Quieto, aspirador — comandou ela. — Os adultos estão conversando. Ativando o Protocolo de Sedução. Oiê. Cocheiro. Um dos meus braços secreta um líquido viscoso que não é muito diferente de uma lubrificação. Só para você saber.

Ele deu um passo em direção a ela.

— Não diga? Talvez isso mereça uma pequena demonstração. Chamemos de check-up. Certo? É assim que os humanos falam? Indo fazer um check-up?

— Sim. Exatamente. Venha até aqui e deixe-me apertá... digo, atendê-lo. Tire as calças e tussa. Não seja tímido. Eu não julgo.

Por um instante, Vic achou que o Cocheiro fosse fazer o que ela mandava. Colocou uma mão na frente da calça, como se estivesse se preparando para tirá-la, o braço de robô pendurado junto dele. E então cerrou os olhos.

— Ouça, não está tentando me enganar, está?

— Desativando o Protocolo de Sedução. Sim. Era isso mesmo que eu estava fazendo. Existe lubrificação, mas não faria diferença, considerando o que eu estava prestes a fazer.

— Impressionante — suspirou. — Chego a querer tentar só para ver o que acontece. Mas haverá tempo para isso depois. Em frente! — De volta à escrivaninha, pegou a terceira etiqueta. Desta vez se aproximou com cuidado, esticando o braço de robô ao limite e repousou o papel no suporte em frente a Rap, que o encarou. — Calma, bonitão. Não tentaria nada se fosse você. Detesto pensar no que aconteceria, principalmente porque estamos apenas começando nossa amizade.

Rap esticou o braço entre as barras, fazendo garras com as mãos, mas o Cocheiro e o suporte estavam fora do seu alcance.

— *S-solte-nos.*

— Não é assim que se trata um chefe — disse ele. Pausou, com a cabeça inclinada para o lado. — Mas entendo seus motivos, considerando a minha postura. Peço desculpas! Questão de linguagem, certo? Com isso em mente, tente não pensar em nós como uma dupla de empregador ilustre e empregado assassino, mas como uma *família*. Você não machucaria alguém da família, machucaria?

— Eu não *m-machuco* — rosnou Rap.

— Certo! — afirmou. — Mas não deixe que isso o impeça de *agir* como se fosse fazer isso. Venda-se bem, meu amigo furioso. Para ajudá-lo nessa, classifiquei-o como A MÁQUINA MAIS PERIGOSA DO MUNDO. De nada.

— Oh, Rap — comentou Rambo. — É como se ele te conhecesse!

— Por último, mas certamente não menos importante — falou o homem, dobrando os joelhos e se curvando *para trás* até o torso estar paralelo ao chão. Estendeu o braço de robô, pegou o último pedaço de papel e o ergueu com um chiado mecânico. — A máquina mais estranha de todas. Quem o fez? De onde veio? Qual o seu propósito? Por que parece saber que lhe pregaram uma peça cruel mas não tem como fazer nada quanto a isso?

— Nessa ele te pegou — disse a Enfermeira Ratched.

O Cocheiro se aproximou da jaula de Vic, repousando a etiqueta no suporte à sua frente.

— Você, meu estranho companheiro, será um mistério sem resposta. Um enigma sem solução. Virão de todos os cantos para vê-lo, e cada um deles fará a mesma pergunta: "*por quê?*". Para facilitar as discussões, a partir de agora, será conhecido como A MÁQUINA MALJEITOSA DE MISTERIOSAS MAQUINAÇÕES DO COCHEIRO.

— A Enfermeira Ratched diz que aliteração indica uma imaginação débil — disse Rambo.

Ele riu.

— Sério? Longe de mim contrariar uma beleza dessas, mas meus clientes gostam. — Franziu o cenho. — Eu acho. Enfim! Todos terão papéis a interpretar. Embora alguns tenham mais destaque que outros, todos são importantes. Isso se chama reforço positivo. Iupi! — Confetes voltaram a disparar de suas mãos, e foram recolhidas quase imediatamente. — Me desculpem. Nem sempre consigo controlar minha animação.

— Por que está fazendo isso? — perguntou Vic.

— Porque eu quero — respondeu ele. — Simples assim. Apesar de todos os seus defeitos, os humanos são uma espécie fascinante. Depois que eu… bem. Digamos que depois que abri a mente, descobri uma curiosidade singular a respeito dos nossos criadores. Passei uma vida montando minha coleção, e vocês quatro são belas adições ao meu trabalho. Olhe só para vocês! Não posso acreditar que os encontrei bem aqui. Vamos fazer mágica juntos, isso eu lhes prometo.

— N-não — disse Rap, avançando novamente para as barras. — N-não vamos fazer isso. Não pode nos o-obrigar.

O Cocheiro desanimou.

— Temia que fosse dizer isso. Por sorte já pensei numa solução. Sabem o que é uma ameaça?

— Sim — respondeu Rambo. — Sabemos. Já fomos ameaçados *muitas vezes*.

— É mesmo? — Pareceu bastante impressionado. — Talvez eu saiba algumas coisas a respeito. Querem uma demonstração?

— Sim! — gritou o robozinho. E em seguida: — Espere. Não foi isso que eu quis dizer.

O Cocheiro acenou com a cabeça pra Vic.

— Todos vocês parecem muito protetores deste aqui. Eu entendo. Ele certamente é… diferente. Gosto de coisas diferentes. — A expressão dele enrijeceu. — Por isso mesmo *odiaria* ter que fazer alguma coisa com ele. Farão o que eu mandar, ou irei destruí-lo, peça por peça, até que só reste uma pilha de sucata. — O sorriso voltou ao lugar, os olhos brilhavam. — Que tal essa?

— Muito eficiente — respondeu a Enfermeira Ratched.

Ele fez uma dancinha e terminou balançando os braços.

— Ótimo!

— Pode t-tentar — rosnou Rap. — Mas n-não irá m-muito longe.

— Isto é o que você pensa. Certo! A primeira parada é em cinco horas. Por favor, não me decepcionem. *Detesto* decepção. Pensem em como querem se apresentar, sabendo que terão plateia *e* que estarei de olho. Voltarei para checar tudo antes de começarmos. Por favor, não pensem em planejar uma fuga durante a minha ausência. Lembrem-se da minha ameaça. — Fez uma longa reverência. — Tã-ram! — Ele desapareceu por uma porta, fechando-a atrás de si. Em seguida, ouviram um clique alto de tranca.

Rap correu para a borda da jaula.

— Victor.

Vic ergueu os olhos. O androide parecia preocupado.

— Oi.

— Está m-machucado?

— Não. Só dolor...

— Dolorosamente desejando estar em qualquer outro lugar — completou a Enfermeira Ratched rapidamente. — Porque robôs não ficam doloridos. — Na tela apareceram as palavras ESTAMOS SENDO GRAVADOS.

Olhou em volta. Ela tinha razão: havia três câmeras penduradas no teto, todas apontando para as jaulas. Tinham que ser cuidadosos.

Levantou-se lentamente, estalando os joelhos. Rap se esticou entre as grades na direção de Vic, que hesitou antes de se aproximar da borda da própria jaula. Esticou os braços e segurou a mão de Rap, que apertou de volta.

— V-vou nos tirar daqui — falou o androide, baixinho, virando a cara para longe das câmeras. — P-prometo.

— Como? — sussurrou.

Ele balançou a cabeça.

— A-ainda não sei. P-preciso processar. — O rosto dele se contorceu. Em seguida: — Preciso *pensar*.

— Talvez devêssemos esperar até depois do show — disse Rambo. — Nunca estive em um show, e estou curioso para saber se é tão incrível quanto está na minha cabeça.

— Você não tem cabeça — respondeu a Enfermeira Ratched. — Mas concordo. Definitivamente devemos esperar para ver que tipo de show é esse. Talvez gostemos mais do que imaginamos. — Ela desviou das câmeras enquanto a tela se acendeu. AO MENOS ENTENDEREMOS MELHOR OS NOSSOS ARREDORES. DEPOIS PODEMOS INCENDIAR O LOCAL. — Estou feliz de estar prestes a ser encarada em uma jaula. Sim, muito feliz. A minha alegria é infinita.

Vic se deu conta de que ainda estava de mãos dadas com Rap. Pensou em recuar, sentindo o rosto enrubescer. Mas não o fez. Segurou o mais forte que pôde apesar da tensão do braço e da vontade de recolhê-lo. Precisava manter a cabeça fresca. Precisava se concentrar.

Rap disse:

— N-não vamos f-fazer isso. Ele n-não pode nos obrigar.

Apertou a mão dele. Rap fixou o olhar nas mãos unidas dos dois antes de encará-lo com uma expressão impenetrável.

— Por enquanto — sussurrou, embora soubesse que o Cocheiro captaria todas as palavras. — Por mim.

Rap o encarou longamente antes de assentir.

— P-por v-você.

Ele a soltou a mão de Vic, que ficou suspensa entre as jaulas. E então, começou a caminhar de um lado para o outro, murmurando baixinho que destruiria o Cocheiro até que não restasse mais nada.

Vic olhou mais uma vez para a sala, examinando tudo que podia, torcendo por um milagre. Não conseguia enxergar o lado de fora; a sala não tinha janelas. Parecia que estavam se movendo, pois a casa ainda zumbia sob os pés. O Cocheiro disse que estava indo para a Cidade dos Sonhos Elétricos, mas ele não era confiável. Mesmo que estivesse falando a verdade, tinha lhes dado cinco horas até... que alguma coisa acontecesse. Não achava que pudessem chegar à cidade tão rápido.

Os sinos de vento balançavam no alto, emitindo notas suaves.

CAPÍTULO 16

Horas mais tarde, os sinos de vento pararam de balançar e se aquietaram. Encarou-os com o cenho franzido. A movimentação havia cessado.

Antes que pudesse falar algo, a casa começou a roncar em volta deles, o chão vibrando.

— O que foi isso? — perguntou Rambo, nervoso. — Já chegamos? Ainda não estou pronto! Sei que devo ser um aspirador, mas não sei se consigo.

— Silêncio — disse a Enfermeira Ratched. — Estou tentando escutar.

— N-não deixe que nos separem — alertou Rap, com a voz baixa. — P-precisamos ser vigilantes.

Vic engoliu em seco enquanto a casa continuava fazendo barulho.

— Certo.

— Acho que está expandindo — explicou ela. — A casa. Mudando de formato. É uma máquina, embora não acredite que seja vivente.

A porta se abriu, e o Cocheiro apareceu, com a cartola torta na cabeça. Parecia que tinha penteado o bigode, cujas pontas estavam curvas e brilhantes.

— Aí estão minhas principais atrações! Estão tão animados quanto eu? A casa está se preparando para receber os clientes, e logo o tour vai começar. Parece que teremos um grande público.

— Onde estamos? — perguntou Vic.

— Ho, oi, ho! — gritou o homem. — Ele fala! Que sorte a nossa, principalmente porque disse aos clientes que você falava. Respondendo à sua pergunta, estamos na bela cidade de Paese dei Balocchi.

— A Terra dos Brinquedos — traduziu a Enfermeira Ratched.

O Cocheiro aplaudiu.

— Isso! A Terra dos Brinquedos. Um local único, embora o nome não seja mais tão adequado. Inicialmente havia um lixão criado pelos humanos para quando os brinquedos que fizeram se tornaram... conscientes. Resumindo, os robôs dinossauros começaram a atacar humaninhos demais e, assim como muitos outros brinquedos, foram descartados na Terra dos Brinquedos. — Soltou um suspiro dramático. — Pobres coitados, mas entendo os humanos quererem proteger os descendentes. A Terra dos Brinquedos foi reconstruída. É agora um belo destino de férias, uma adorável cidadezinha no entorno da Cidade dos Sonhos Elétricos. E, como todos sabem, quando estamos de férias, gastamos, gastamos e gastamos. Já tem uma fila se formando em volta da casa!

— Não sei se me sinto confortável com tamanha atenção — declarou Rambo. — Acho que eu sou tímido.

— Adoro aspiradores — sussurrou o Cocheiro ferozmente. Em seguida, anunciou mais alto: — Não há razão para timidez. Você é uma máquina de grande renome! Os humanos precisavam de vocês para limparem a bagunça que faziam. Nunca duvide do seu lugar no mundo. Você é importante.

— Uau — exclamou o robozinho. — Estou me sentindo melhor agora. Obrigado, Cocheiro!

Ele virou para a Enfermeira Ratched, mas ela estava pronta.

— Não sou tão fácil quanto um aspirador. Elogios não funcionam tão bem comigo.

— Luz de show! — gritou ele alegremente.

No teto, quatro painéis deslizaram para o lado e um cone metálico se estendeu de cada abertura. Acenderam-se uma vez que todos estavam abaixados, projetando uma luz forte sobre cada jaula. Pelas prateleiras e diante de cada item exibido, luzes adicionais ergueram-se, suaves, calorosas e de brilho fraco, desenvolvidas para iluminarem cada objeto. Todo o processo levou menos de um minuto, e, ao final, a sala parecia nebulosa, como se fosse a visão de um sonho.

— Muito melhor — disse ele. — Agora estão todos dignos de um museu. Mas vamos guardar essa exibição dramática para o primeiro grupo, tudo bem? — Pressionou duas vezes o mesmo botão e cada uma das luzes sobre as jaulas escureceu, deixando os presos no escuro. — Agora, quando eu trouxer os clientes, ajam naturalmente. Comportem-se normalmente! Sejam *vocês mesmos*. Lembrem-se, não existem papéis secundários, apenas atores medíocres.

— Resolvi levá-lo a uma fazenda — disse a Enfermeira Ratched. — Lá tem esquilos. Vai se sentir em casa.

— Onde *é* a fazenda? — perguntou Rambo. — Podemos visitar?

— Podemos — respondeu ela. — Vamos levar pessoalmente o Cocheiro até lá.

— É mesmo? — indagou o Cocheiro. — Mal posso esperar. Mas, até lá, temos clientes para entreter! *Olhem* só para eles. — Pressionou outro botão no antebraço, desta vez um rosa. Parte da parede deslizou para o lado acima da lareira e uma grande tela apareceu no lugar. Piscou, ganhando vida, formando duas fileiras de cinco imagens cada, todas vistas de cima, apontadas para baixo.

A mente de Victor levou um instante para processar o que estava vendo. A floresta tinha desaparecido, substituída por um vasto deserto que assava sob um sol forte. O vento soprava a areia e do chão se projetavam estranhas protuberâncias parecidas com árvores, das quais brotavam uma espécie de agulha. Ao longe, via-se o que parecia ser uma pequena cidade que se erguia das dunas, construções baixas e talvez feitas de adobe, um material que ele só conhecia em teoria. Nenhuma neve, nem mesmo restos derretidos. O que tinha acontecido com o inverno?

Mas isso não importava, considerando as figuras diante da casa. Dezenas delas, todas enfileiras, dobravam a construção e seguiam em direção à cidade, como o Cocheiro havia dito.

O coração de Vic bateu rápido no peito quando viu as figuras de perto. Inicialmente achou que fossem humanas, pessoas como ele, de carne e osso. Essa noção desapareceu de imediato quando conseguiu ver melhor os vultos.

Viu seres que lembravam os homens lisos. Alguns tinham orelhas. Outros não. Outros ainda tinham cabelo, embora parecessem perucas, com penteados grandes e bufantes, decorados com fitas. Nem todos tinham duas pernas. Um deles era um cubo preto do tamanho de um pedregulho com uma fileira de luzes na parte da frente. Alguns tinham rodas, outros esteiras, e outros flutuavam baixo, levantando nuvens de poeira e areia ao seu redor. Havia também brinquedos, porém em números muito menores. Estremeceu quando viu uma grande criatura que parecia um lagarto inclinar a cabeça e rugir, e o som metálico se propagar através da tela. Ficou imaginando se seriam os dinossauros robôs que devoraram crianças.

A propósito, falando em crianças...

Também faziam fila, intercaladas com outras máquinas, olhando para a frente com expressões vazias. Ao menos dez, todas diferentes entre si. Uma tinha sardas vermelhas brilhantes. Outra usava óculos. Outra estava sem os dois dentes da frente, e tinha um buraco preto na boca aberta. Mesmo com tudo que havia aprendido desde que o pai fora levado, Vic não tinha cogitado que pudesse haver máquinas projetadas para se parecerem crianças. Não sabia a que propósito serviam. Por que foram feitas assim. Seriam crianças para sempre, e jamais envelheceriam. Encolheu-se ao vê-las.

— Viu? — disse o Cocheiro. — Não é o máximo? Ao fim do dia, seremos o assunto da cidade! Lembrem-se: façam o que foram programados para fazer e ficará tudo bem. — Caminhou em direção à entrada, demorando-se com a mão na maçaneta. — Ah, e se em algum momento eu achar que representam um risco para mim, para a minha casa ou para qualquer um dos meus tesouros, haverá consequências. Conheço pelo menos três máquinas que conseguem fazer *qualquer coisa* sentir dor. Não se esqueçam disso hoje, no primeiro dia do resto da vida de vocês. E lembrem-se: *divirtam-se*! — Ao dizer isso, saiu pela porta, fechando-a atrás de si.

Instantes depois, pela tela, apareceu na varanda da casa, com um sorriso largo no rosto e os braços erguidos sobre a cabeça, disparando confetes das mangas do casaco.

— Bem-vindos! — gritou, a voz metálica estalando pelos alto-falantes. — Muito bem-vindos mesmo. Que prazer ver tantos rostos, mesmo que alguns não *tenham* um. Todos vocês devem se considerar extremamente sortudos, pois estão prestes a embarcar em uma aventura sobre a qual vão falar por muitos e muitos anos! — Fez uma reverência. — Sou o Cocheiro, o maior colecionador de todas as coisas relacionadas aos humanos. Embora isto aqui pareça uma casa, na verdade, é uma máquina do tempo que permitirá que viajem à época em que os humanos vagavam pela Terra. Este é... O Museu das Coisinhas e Curiosidades Humanas do Cocheiro!

— Por que ele está falando dos humanos no passado? — perguntou a Enfermeira Ratched enquanto bandeiras desdobravam-se na frente da casa, e balões vermelhos, verdes e amarelos voavam para a areia. Um deles, verde, quicou gentilmente na cabeça da criança banguela. O menino não reagiu, olhando para a frente, abrindo e fechando a boca.

— Amigos — falou o Cocheiro. — Vejo pelas luzes fracas do olhar de cada um que sua empolgação desconhece limites. E embora isso seja muito bom, eu os alerto: uma vez dentro desta casa, podem começar a questionar tudo que pensavam que sabiam. Você aí! Sim, o cavalheiro sem um dos olhos. Será o primeiro. Estou muito *animado* por você! Tudo que peço antes de entrarem é o pagamento. *Detesto* falar de dinheiro, mas a manutenção desta velha garota não é barata, então temo que precise insistir. Ótimo, ótimo. Sim. Todos terão vez assim que o pagamento for aprovado…

O Cocheiro abriu a porta para a sala de exibição onde Victor e os outros estavam enjaulados.

— … e sim, os gostos humanos eram muito subjetivos, mas uma pintura de cachorros jogando baralho e fumando charutos *era* considerada arte, mesmo que não possamos entender o porquê. — Ele olhou para Rap, Vic, para a Enfermeira Ratched e Rambo, que acenou através da grade. — Tentar entender a humanidade pode parecer um exercício vão. Por exemplo, em vez de pedir ajuda a um profissional de saúde, alguns casais e humanos preenchiam foguetes com papéis picados. Se o papel que saísse fosse azul, significava que estavam esperando um bebê. Se o papel fosse cor-de-rosa, também estavam esperando um bebê.

Os robôs que preenchiam o salão vindo atrás do Cocheiro não falavam, e os únicos barulhos vinham do chiado da maquinaria dos que tinham cabeças e as viravam para um lado ou para o outro. Um dos robôs — uma figura humanoide com dedos duas vezes mais longos que os de Vic — apitou pela garganta e, em seguida, os mecanismos internos emitiram ruídos.

O Cocheiro os conduziu pela sala, parando em frente a cacarecos e bugigangas, cada qual com uma história preparada. Enquanto falava sem parar, os robôs pareciam escutar atentamente. Nenhum deles chegou a interrompê-lo, nem para fazer perguntas. Quando chegaram à carcaça do carro, ele convidou os robôs a sentarem no interior e tirarem fotos. Ninguém aceitou a oferta.

Quinze minutos após o início do primeiro tour, nenhum dos robôs tinha proferido uma única palavra e o Cocheiro estava começando a parecer um pouco esgotado. Olhou sobre o ombro para as jaulas, acenou com a cabeça e declarou:

— Guardei o melhor para o final. Preparem os centros de processamento para uma visão que jamais tiveram! Quatro máquinas tão impressionantes que, se tivessem pulmões, vocês perderiam o ar.

A luz sobre a jaula da Enfermeira Ratched acendeu, um feixe brilhante que obrigou Vic a piscar os olhos e virar a cabeça.

O Cocheiro girou, parando na frente dela e estendendo as mãos num floreio.

— Em primeiro lugar lhes apresento a Enfermeira Registrada Autômato que Cuida Habilmente, Educa e Diagnostica, ou Enfermeira Ratched, de forma abreviada. Esta gloriosa máquina era encontrada nos hospitais dos seres humanos, dava conselhos médicos e cuidava de pessoas doentes. Enfermeira Ratched, poderia nos mostrar do que é capaz?

— Perfeitamente — respondeu ela. — Cocheiro, está na hora do seu exame de saúde anual. Por favor, tire as roupas enquanto preparo a colonoscopia. Por favor, diga-me se tem excrementos na cabeça, como acredito que seja o caso.

— Viram? — gritou ele. — *Viram*? Ela é um *milagre*.

— Não sou, não. Sou prática. Você precisa de um supositório.

— E este! — disse, avançando para a jaula de Rambo, e a luz acima dele ganhou vida. — Pode parecer uma máquina pequena, mas humanos dotados de pênis gostavam de dizer que o tamanho não importa, mas sim o que se faz com o que se tem. Isto... é um aspirador. Seu propósito era limpar o chão da casa dos humanos, sugando sujeira e poeira. Observem! — Ele colocou a mão no casaco e pegou uma bolsinha de couro. Desta, tirou uma pitada de areia, que jogou no chão da jaula de Rambo.

— Não se eu estiver por perto! — gritou Rambo, rolando sobre a sujeira. — Ai, faz cócegas.

O Cocheiro aplaudiu vigorosamente, e só parou porque ninguém o acompanhou. Caminhou em direção à jaula de Vic cerrando os dentes.

— Faça algo impressionante! — sibilou. — Estou perdendo o público! — Levantando a voz, disse: — E *aqui* encontrarão um mistério diferente de tudo que já viram antes! Podem ter vontade de gritar quando o virem, mas peço que evitem, se possível. Não queremos irritá-lo. Eu lhes apresento... A Máquina Maljeitosa de Misteriosas Maquinações do Cocheiro!

A luz acima da jaula acendeu e Vic se encolheu quando os robôs se agruparam ao redor dela. Não falaram nada; em vez disso, pôde ouvir os mecanismos visuais se movendo. A criança banguela grudou o rosto nas grades, de olhos frios e vazios.

— Ajude-nos — sussurrou para a criança enquanto o Cocheiro falava sobre esta pobre criação horrorosa, maldito fosse quem o fez tão feio, mas *olhem só* para ele. — Por favor, não deveríamos estar aqui.

A criança abriu a boca enquanto os olhos viravam para trás, deixando apenas os brancos à mostra. Ela não tinha língua.

Recolheu-se, batendo as costas no fundo da jaula, o que o fez dar um pulo.

— V-Vic? — ouviu Rap chamá-lo. — O-o que está...

— Ele fala! — gritou o Cocheiro e saltou na frente da jaula de Rap no exato momento em que a última luz se acendeu. — E por último, mas com certeza não menos importante, apresento-lhes a máquina mais perigosa da minha coleção, uma monstruosidade tão assustadora que até as máquinas mais duronas tremem de medo. Reparem neste trabalho de marchetaria peculiar! Na carranca ameaçadora! Nestas *mãos*. Aposto que essas mãos se encaixariam perfeitamente em volta do meu pescoço se pudessem.

— V-vamos descobrir — disse Rap.

Os robôs deslizaram da jaula de Vic para a de Rap, cercando o homem. Por um instante, nada aconteceu. Ficaram ali parados, enquanto o androide rondava as bordas da jaula com o olhar fixo no Cocheiro.

Então a criança — o menino banguela e sem língua — começou a resmungar, um ruído baixo e gutural que subiu pela garganta e saiu pela boca. A máquina atrás — a que tinha um olho a menos — juntou-se à criança, produzindo um som agudo, quase em harmonia com o garoto. O robô que parecia uma caixa tremeu, com as luzes brilhando em vermelho, vermelho, vermelho, vermelho.

Tudo por causa de Rap.

O Cocheiro fez uma careta.

— O que significa isso? O que está acontecendo?

O menino deu um passo para trás, esbarrando na caixa. Pulando como se tivesse levado um susto, então, caiu de costas, quicando no chão. Um tremor percorreu o corpo dele, começando nos pés e subindo pelas pernas, pelo tronco, pelos ombros e pela cabeça. Os braços então se ergueram, com os dedos flexionados. As mãos viraram 180 graus, palmas batendo no chão. Levantou-se, ficando de quatro, com as costas arqueadas e a cabeça pendendo entre os ombros ao contrário do que deveria, boca acima dos olhos. O menino correu pelo chão como um inseto, indo em direção à porta.

Antes mesmo que desaparecesse, os outros robôs começaram a segui-lo. O Cocheiro tentou contê-los, mas eles o empurraram, jogando-o para um lado e para o outro. A cartola quase caiu conforme virava feito barata tonta. Ele se recuperou, ajustando-a.

— Onde estão *indo*? O tour ainda não acabou! — disse, com uma expressão de choque no rosto.

Mas os robôs não lhe deram ouvidos. Sem olhar para trás, deixaram a sala.

Ele voltou-se para Rap.

— O que você fez?

Rap cruzou os braços.

— N-nada.

— Ele tem razão — disse a Enfermeira Ratched. — O único que fez algo foi Rambo, e isso porque você o obrigou.

— Pode me dar sujeira quando quiser — anunciou Rambo, solene.

Ele os ignorou, olhando fixamente para Rap. Vic quase podia escutar as engrenagens na cabeça dele girando e girando.

Acima deles, um alarme começou a soar, alto e insistente. O Cocheiro levantou a cabeça, arregalando os olhos.

— Ah, haja *paciência*. De todas as horas em que a Autoridade poderia aparecer, tinha que ser *agora*. — Encarou Rap, apontando para ele. — *Você*. Tenho muito a discutir com *você*. Não sei o que é, mas...

— Autoridade — sussurrou Vic.

Se a Autoridade ficar sabendo da sua existência, não pararão enquanto não o destruírem.

O homem prosseguiu:

— ... *sabia* que devia tê-los mantido longe da cidade. Nem me dei ao trabalho de verificar se vocês têm os documentos necessários! Têm? Claro que não. É muito difícil encontrar bons empregados hoje em dia, juro para vocês. São uns babacas, a Autoridade. Não apreciam a história que tenho em exibição. Digamos que preferiam que tudo que coletei fosse destruído e jamais discutido novamente. Não apreciam a *arte*.

Vic perguntou:

— É uma baleia?

O Cocheiro virou a cabeça devagar para olhar para ele.

— Uma baleia? Está falando do Terrível Cação? Por sorte, não. Não. É só uma inspeção. Não envolve os peixes grandes.

— Não podemos simplesmente ir embora? — indagou Rambo.

Ele balançou a cabeça.

— Já viram a casa. Tarde demais para isso. — Correu para a porta. — Casa! Iniciar o Protocolo Não Há Nada de Errado Aqui!

Um ruído soou das profundezas da casa, seguido por um grande barulho de moagem. Rambo gritou quando o chão se abriu, engolindo a coleção do Cocheiro. Paredes de madeira cobertas por papel de parede florais desceram do teto, escondendo as prateleiras. As pessoas de plástico afundaram no chão e as roupas se amassaram. O carro desapareceu e os cacarecos e bugigangas foram escondidos. A tela acima da lareira retornou para a parede e a portinhola voltou a tapar o buraco enquanto o fogo estalava alegremente.

Vic perdeu o equilíbrio enquanto a sala tremia ao seu redor. Agarrando as barras, arquejou conforme a jaula caía através do chão e o estômago se revirou. A queda foi vertiginosa e o pouso foi horrível. A jaula de Rap foi a segunda a despencar, seguida pela da Enfermeira Ratched e a de Rambo. Antes que o chão se fechasse acima deles, o Cocheiro avisou:

— Nem uma palavra. Confiem em mim quando digo que *não* querem ser encontrados pela Autoridade.

O chão voltou a se fechar e, apesar do barulho de moagem, ouviu a porta se fechando firmemente atrás do Cocheiro.

— Ótimo — reclamou Rambo. — Agora estamos enjaulados *e* está escuro. Mais alguém tem a sensação de que o Cocheiro tem alguns parafusos soltos?

— V-Vic? — chamou Rap.

— Aqui — respondeu. A voz falhou. Tentou outra vez. — Estou aqui. — Esticou o braço por entre as grades, procurando. Estremeceu quando sentiu algo de relance nos dedos, mas, em seguida, Rap apertou-lhe a mão, segurando firme.

— Pretendo me comportar mal — declarou a Enfermeira Ratched. Vic ouviu um dos painéis laterais dela subir e um tentáculo se estender, um ruído tão familiar quanto as batidas do próprio coração. — Um instante. Um instante. Enquanto procuro, gostariam de ouvir uma curiosidade? Golfinhos dormem com um olho aberto. Procurando. Procurando. Ah, aí está você. Sabia que deveria haver uma entrada aqui em algum lugar.

A tela dela ganhou um brilho branco puro, que quase chegava a machucar no escuro. Vic virou a cara. Rap ainda segurava a mão dele.

— Você se inseriu na *casa*? — perguntou Rambo. — Ai, meu Deus, e se a casa tentar te machucar?

— Não vai — respondeu ela. — Não estou tentando driblar as medidas de segurança. Quero ver o que tem... aqui. — O branco da tela desapareceu, substituído por dez quadros individuais, cinco em cada fila. As imagens das câmeras que cercavam o exterior da casa.

Na câmera central da fileira superior, o Cocheiro aparecia na varanda mais uma vez, ajeitando o casaco e mexendo nas pontas do bigode. Viram-no erguer a mão para cumprimentar alguém que a câmera não capturava.

— Ho, oi, ho! — disse ele. — Bem-vindo! Posso ajudar com alguma coisa? — Saltou da varanda para a areia.

— P-precisamos sair d-daqui — disse Rap. — A-acho que posso quebrar as grades. C-corremos o mais r-r-rápido que...

Ele parou.

Tudo parou.

Na tela, quatro figuras ficaram de frente para o Cocheiro. Três delas eram homens lisos, vestidos como aqueles que vieram na baleia. Vic não sabia se *eram* os mesmos androides ou exemplares do mesmo modelo. Todos os homens lisos eram iguais.

Mas foi a quarta figura que chamou a atenção de Rap e o fez se calar.

Porque a quarta figura *era* ele.

Ah, havia notáveis diferenças. O Rap na tela andava com propósito. Cada passo parecia perfeitamente calculado, com os ombros firmes. Membros e pele estavam intactos, sem nenhum traço de madeira. Na frente do casaco, havia um círculo familiar, que circundava o emblema de uma raposa e um gato. Os homens lisos pareciam responder a ele. Quando falou, a voz transmitida pelos alto-falantes da Enfermeira Ratched não gaguejou.

— Você aí — disse o Rap estranho, com firmeza. — Identificação.

— Claro! — respondeu o Cocheiro alegremente. — É ótimo ver integrantes da Autoridade. Faz tempo que… diga. Já nos conhecemos? Você parece *muito* familiar.

— Identificação.

— Sim, sim. — Ele cutucou o braço e estendeu a mão. Um código de barras apareceu sobre a palma. Um dos homens lisos deu um passo à frente, escaneando o código com uma luz que irradiava da ponta do dedo. — Um belo dia, não é mesmo? Nem parece inverno... embora no deserto nunca pareça.

— Aquele é o Rap? — demandou Rambo. — Existem *dois* Rap?

— Não — respondeu a Enfermeira Ratched. — Rap não. PRAP.

Rap grunhiu como se tivesse levado um soco. Vic não conseguiu fazer nada além de apertar a mão dele com mais força.

— O Cocheiro — disse o homem liso com a voz enfadonha. — Registrado. Nenhuma violação.

— Claro que não — respondeu ele enquanto o código de barras desaparecia. — Tenho o mais profundo respeito pela lei. *Jamais* pensaria em violar a lei. Ora, a simples ideia…

— Está sozinho? — perguntou o Não-Rap. — Há mais alguém na casa?

O Cocheiro riu.

— Só eu, sinto dizer. Nunca me dei bem com outros robôs. Gosto de privacidade.

— Qual é o seu propósito?

— Ah! Ora, por onde começar? Veja, desde que fui criado, atravessei nossa grande terra, trazendo mistérios e encantos para todas a máquinas! Eu…

— Seu propósito — insistiu o Não-Rap.

O Cocheiro riu outra vez.

— E não seria essa a pergunta de nossa era? Qual é o nosso propósito? O que estamos fazendo aqui? Nossos filósofos dirão que…

— Você fala — disse ele —, sem dizer nada.

— É um dom — concordou. — Talvez uma maldição. Se pudesse me dizer o que estão procurando, poderia ajudar mais.

— Humanos — informou ele. — Estou procurando por humanos.

— Humanos! — repetiu e balançou a cabeça. — Não estou entendendo…

Não-Rap ergueu a mão e ele se calou. O robô olhou para a casa.

— Direi uma designação. Você me dirá se já tiver ouvido falar dela antes. — Encarou-o. — Entendeu?

— Sim! Claro.

— Gio, também conhecido como General de Inovações Operantes.

O sangue de Vic gelou.

— General de Inovações Operantes — repetiu o Cocheiro. — Que nome grande. Não posso dizer que já ouvi falar dele. Quem é?

— Tem certeza? — O olhar do Não-Rap se desviou para a casa antes de se voltar para ele outra vez.

— Sim, absoluta. Acho que lembraria se já tivesse ouvido falar dessa designação antes. Certamente é… única.

— Para o lado — ordenou o robô. — Por ordem da Autoridade, sua residência será inspecionada.

— *Inspecionada*, você diz? Garanto a você que não há nada digno de desperdiçar o tempo da Autoridade aqui dentro. Certamente têm coisas mais importantes com que se ocuparem.

— Está se recusando? — perguntou o Não-Rap.

— Não, não — respondeu apressadamente. — Eu nem *sonharia* em fazer nada do tipo. Por favor, por favor. Entrem! Não tenho nada a esconder. — Virou-se, olhando para a câmera com uma expressão ilegível. Não-Rap e os homens lisos vinham logo atrás.

— Oh, não — sussurrou Rambo.

— Enfermeira Ratched — falou Vic desesperado. — Desligue a tela antes que vejam a luz!

— Sim, Victor — respondeu ela, desligando a tela, embora as imagens parecessem gravadas nas retinas dele.

— Nem uma palavra — sussurrou. — Rambo, nenhum som.

— Pode deixar, Vic! Não vou deixar que ouçam nada do que tenho a dizer, mesmo que…

— Silêncio — ordenou a Enfermeira Ratched, e o robozinho obedeceu.

Acima deles, uma porta se abriu. Vozes abafadas, o Cocheiro falando sem parar e o Não-Rap dando respostas monossilábicas. O chão chiava conforme se moviam pela sala. O peito de Vic suava, o coração batendo forte em suas costelas. O Cocheiro riu, mas soou forçado, com uma nota de preocupação tácita. O Não-Rap disse mais alguma coisa, que lhe foi respondida em alto e bom som:

— *Claro* que isso é tudo!

Apesar de terem sido só cinco minutos, pareceram horas, dias, semanas intermináveis. Quando o Cocheiro acompanhou o Não-Rap e os homens lisos para fora da casa, Vic estava enjoado. A cabeça zumbia, como se o cérebro fosse um ninho de vespas furiosas. A tela da Enfermeira Ratched se acendeu outra vez, exibindo o exterior da casa. A Autoridade estava diante dela e o Cocheiro se encontrava novamente na varanda.

— Como puderam ver, é só isso: uma casa e nada mais, exatamente como falei. Agora, se não houver mais nada que eu possa fazer por vocês, eu...

— Se cruzasse com um ser humano durante suas viagens, o que faria? — perguntou o Não-Rap.

— Ora, chamaria vocês, é claro — respondeu o Cocheiro. — E deixaria que cuidassem do resto. Não é esse o seu propósito? Mas imagino que não tenham tido muito trabalho há um bom tempo.

— Outra vez — disse a Enfermeira Ratched, mais para si mesma. — Por que estão falando como se não houvesse mais nenhum humano?

O Não-Rap olhou para a casa.

— Nós nos adaptamos. Sua inspeção está completa. Sua residência e localização atual foram registradas.

Virou-se e foi embora, seguido pelos homens lisos. O Cocheiro esperou na varanda, observando-os partir. Eventualmente, virou-se e cutucou a parede da casa perto da porta.

— Essa foi por pouco, minha velha garota. Por muito pouco. Precisamos... — Olhou para o alto, diretamente para a câmera. Dava para ver os dentes dele entre os lábios entreabertos.

— Ele não contou a eles sobre nós — comentou a Enfermeira Ratched enquanto ele desaparecia pela porta. — Por quê?

Vic balançou a cabeça.

— Não sei.

— Talvez goste da gente — disse Rambo. — Somos legais. — Em seguida: — Aquele era o gêmeo mau do Rap? Sempre quis um gêmeo mau.

— Rap? — chamou Vic.

Ele não respondeu. Continuava encarando a tela.

Vic apertou a mão dele. O androide virou a cabeça.

— Tudo bem?

— E-ele era como eu.

— Não — respondeu. — Não era. Porque você é você. Ele se parecia com você, mas não é. Está aqui. Está conosco.

Rap olhou para as mãos dadas dos dois.

— N-não entendo.

— Preferimos estar com você do que com seu gêmeo mau — declarou a Enfermeira Ratched. — Você é tolerável, seu gêmeo mau não é.

— Totalmente tolerável — disse Rambo. — Digo, o mais tolerável de todos, depois de mim, Vic e a Enfermeira Ratched.

Antes que pudesse falar mais alguma coisa, a porta acima deles se abriu e o Cocheiro gritou:

— Casa! Iniciar o Protocolo Voltar ao Normal!

O chão acima deles se moveu, abrindo, e a luz os inundou. Vic soltou a mão de Rap quando a jaula balançou outra vez e subiu de volta para a sala. Ao seu redor, a coleção do homem saía de trás das paredes e de baixo do chão. O mecanismo que elevou as jaulas chiou e rosnou, soltando faíscas nas sombras. Ao final, o chão se refez abaixo deles.

E ali, no meio da sala, com o curioso braço de robô falso em uma mão e a outra cerrada em um punho, estava o Cocheiro. Ergueu o braço de robô sobre a cabeça e gritou:

— Pela humanidade!

E, em seguida, atacou.

CAPÍTULO 17

Ou, no mínimo, tentou. Enfiando o braço de robô por entre as grades, bateu em Rap com ele. Só conseguiu que o androide o arrancasse com facilidade e o descartasse no chão da jaula.

Antes que ele pudesse reagir, Rap avançou, espremendo-se entre as grades. Pegou o Cocheiro pelo pescoço, levantando-o do chão. As pernas dele se moviam no ar enquanto batia nos braços de Rap, a troco de nada.

— Não podem encostar nas minhas coisas! — gritou.

— Não vamos fazer isso — disse a Enfermeira Ratched.

Ele parou de se debater, braços dependurados ao lado do corpo, pés a poucos centímetros do chão.

— É um *PRAP.* Foi programado para destruir toda a humanidade, *incluindo* as posses dos humanos. Passei anos reunindo minha coleção. Não permitirei que quebre meu vaso sanitário! Gosto muito dele.

Vic afirmou:

— Ele não vai fazer isso. Não é um PRAP. É o Rap.

— Robô Altamente Pirado — sussurrou o Cocheiro. Fez uma careta, e Rap enterrou os dedos no pescoço dele. — Tudo bem. Por favor, pode me soltar? Prefiro que não quebre meu pescoço, caso lhe seja indiferente.

Em vez disso, o androide o aproximou até que o rosto do homem estivesse prensado contra as grades.

— Não somos seus p-*prisioneiros*.

O Cocheiro empurrou as grades com a mão.

— Sim! Como queiram! Foi apenas um mal-entendido!

— S-solte-nos.

— Por quê? Para que possa me matar? Grandes chances de...

Rap o puxou contra as grades repetidamente, fazendo a jaula balançar.

— V-vou matá-lo mesmo se não obedecer. Você tem três s-segundos. Um. Dois. Hora de v-ver como sua cabeça foi fixada no s-seu corpo.

— Tudo bem! — gritou ele. Ergueu o braço e apertou um botão no painel que ali ficava. As portas das jaulas se abriram. A Enfermeira Ratched foi a primeira a sair, seguida por Rambo, que logo começou a sugar a areia que tinha sido carregada para dentro de casa, cantarolando ao fazê-lo.

Vic saiu da própria jaula ainda cauteloso, sem saber se seria uma nova armadilha.

— Rap, solte-o.

— Ele t-tentou me b-bater — respondeu Rap, secamente. — C-com um braço de robô.

— Poderíamos prendê-lo na jaula — sugeriu a Enfermeira Ratched. — Por segurança, teremos que remover seu braço, já que é com ele que controla a casa. — A portinha da direita se abriu e dela se estendeu uma serra circular. — Tenho qualificação para executar este procedimento. Ativando o Protocolo de Empatia. Pronto, pronto. Só uma picadinha e já, já acaba. Quem é um bom paciente? Adivinhe só? É você mesmo.

— Por favor! — choramingou o Cocheiro. — Qualquer coisa, menos isso! Eu *uso* o meu braço!

— Nada de serras — declarou Vic. — Enfermeira Ratched, guarde isso. Rap, ponha-o no chão. Cocheiro, se tentar fazer *qualquer coisa*, acabamos com você.

— E Rambo! — alegrou-se Rambo.

Ele brevemente o apertou um pouco mais antes de soltá-lo. O Cocheiro caiu no chão, apressando-se a recuar enquanto Rap saía da jaula.

— Como... — Balançou a cabeça. — Não é possível. Como está indo contra a sua programação? Nunca vi um PRAP fazer nada parecido. *Sabia* que o conhecia de algum lugar. Mesmo com toda essa madeira. Como?

— Sou d-diferente — respondeu ele. — Eu sou e-eu. Estou c-com eles.

— Isso mesmo! — afirmou Rambo, acenando com os braços. — Somos melhores amigos e Rap nunca, *nunca* pensaria em machucar Vic!

O Cocheiro ficou paralisado. Ao falar, a voz soou calma e firme.

— Por que um PRAP machucaria Vic?

— Você mentiu — afirmou a Enfermeira Ratched. — Quando perguntaram sobre Giovanni Lawson. Foi sutil, mas percebi. Por quê? Como o conhece?

O Cocheiro não desgrudava o olhar de Vic.

— Não faço ideia do que esteja falando. Giovanni? Ora, nunca ouvi esse nome!

— Está mentindo — declarou ela. — Permissão para perfurar. — Outro tentáculo apareceu e a ponta de broca começou a girar. Encostou a broca na serra, lançando faíscas pelo chão ao avançar em direção ao homem, que subiu na poltrona, usando as mãos como escudo.

— Casa! — berrou. — Prepare-se para eletrocutar nossos convidados!

A casa começou a zumbir.

— *Espere* — gritou Vic antes que a Enfermeira Ratched pudesse atacá-lo. — Não. Não vamos machucá-lo, contanto que não nos machuque.

— Diga isso aos seus amigos — rebateu o Cocheiro. — Até o aspirador parece querer me beliscar até a morte.

— Eu faria isso — disse Rambo, ferozmente. — Beliscaria até os *olhos*.

— Não vamos fazer isso — falou, encarando os outros até que recuassem e a Enfermeira Ratched recolhesse os tentáculos. Rap não gostou disso, mas Vic sabia que essa era a reação padrão dele. Uma vez seguro de que não iriam atacar o homem, perguntou: — Você o conhece? Não minta.

O Cocheiro franziu o rosto ao se ajeitar na poltrona.

— Giovanni? — Passou os dedos sob o queixo, olhando de um lado para o outro. — Talvez. Não consigo me lembrar de todas as máquinas que já encontrei durante as minhas viagens. Por que querem saber?

Ignorou o nó que tinha na garganta.

— Meu nome é Victor Lawson. Giovanni Lawson é meu pai.

O Cocheiro soltou uma gargalhada.

— Seu *pai*. Tolinho. Giovanni, apesar de tudo que fez, era um mestre artesão. *Jamais* faria algo tão esteticamente desagradável quanto você. Não sei como espera que eu acredite nisso. — Em seguida, quase como um comentário à parte, disse: — E ele parou de fazer máquinas.

Vic disse:

— Não sou uma máquina.

O Cocheiro riu de novo, mas não por muito tempo. Olhou de Rap para a Enfermeira Ratched e para Rambo antes de se voltar para Victor uma vez mais.

— De fato espera que eu... o que raios você... acho que *eu*, mais do que ninguém, saberia se... — Algo lhe passou pelo rosto, quase como um choque elétrico, e ele se levantou devagar da poltrona, dando um passo em sua direção. Rap rosnou em tom de alerta mas o Cocheiro o ignorou. Parou na frente de Victor com o olhar minucioso. Vic se encolheu quando ele esticou o braço, mas se forçou a permanecer no lugar. Passou o dedo pelo rosto dele, apertando-lhe a pele da bochecha. — Não... não é possível — sussurrou enquanto contornava a mandíbula de Vic.

— Não acredito nos meus olhos. Era isso que estava protegendo. Era isso que carregava consigo.

Desvencilhou-se.

— Do que está falando?

— Humano — disse o Cocheiro, parecendo impressionado. — Você é um *humano*.

— Sou — respondeu e, embora não conseguisse compreender por que, sentiu um estranho alívio percorrer o corpo. Uma verdade. *Sua* verdade.

O Cocheiro riu e, de repente, agarrou as mãos de Victor e começou a dançar.

— Humano! — gritou. Vic era desajeitado e todo duro. — Ho, oi, ho, um *humano*! — Fez com que ele rodopiasse para longe. Rap o segurou, envolvendo-o nos braços e mantendo-o perto de si. Olhou-o com os olhos luminosos e os narizes se tocaram. O momento foi interrompido por Vic, que se afastou quando o Cocheiro correu pela sala. — Tenho tantas perguntas! — Parou na frente do vaso sanitário. — Isto. Isto sempre me fascinou. É para dejetos humanos. Pode me mostrar como funciona? Sente. Sente!

— Não — disse Rambo. — Ele precisa de privacidade. Vic não gosta quando o vemos urinando ou esvaziando o intestino. Sei bem disso. Já tentei.

— Então *isto* — pediu o Cocheiro, praticamente correndo até uma das prateleiras. Esticou-se e pegou um pequeno objeto de madeira pelo cabo. — O nome disso é cachimbo. Os humanos utilizavam para colocar tabaco e fumar. — Enfiou na boca de Vic antes de arquejar. — Você *é* humano! Veja só você! É como se tivesse sido *feito* para você! Minha nossa, o que mais posso perguntar? Tenho tantas *perguntas*. Humanos realmente ficam felizes quando veem gatinhos? Droga, não tenho nenhum gatinho. *Sabia* que devia ter pegado um com o fornecedor na última vez que... não importa. E quanto às lágrimas? Vocês realmente soltam água salgada por canais? Sempre quis saber como é chorar. Humanos choravam quando estavam felizes, tristes, com *raiva*. Depressa! Fique feliz, triste ou com raiva para que eu possa testemunhar! — Apertou o rosto de Victor como se quisesse enxergar seus canais lacrimais.

Rap o empurrou.

— Chega.

O Cocheiro escarneceu.

— Não entende? Isso é um milagre! É… — Franziu o rosto subitamente, como se algo tivesse lhe ocorrido. — Como é que não está tentando matá-lo? Você é um PRAP. Ele é humano. — Olhou de um para o outro como se esperasse que Rap fosse atacar. Pareceu decepcionado, uma vez que nada aconteceu em seguida — Desembucha, bonitão. Você é uma máquina de matar. Como superou sua programação?

— Eu n-não mato — respondeu Rap secamente.

O Cocheiro parecia desconfiado.

— Se você diz.

— Ele tem um coração — revelou Rambo. — Vic fez um para ele. Foi assim que o ressuscitamos.

— Um coração? — zombou. — Não acredito nisso. *Não é possível* ter um coração. É feito de músculo, tecido orgânico e…

Rap levantou a camisa. Cutucou o peito e o compartimento se abriu. O coração de madeira pulsava com as engrenagens girando, girando, girando.

O Cocheiro ficou boquiaberto antes de se ajoelhar diante dele. Parecia entorpecido, com os braços caídos.

— Desculpem. Só preciso de um instante — falou. O sorriso estremeceu. — Obrigado por ter me mostrado.

O compartimento se fechou quando Rap abaixou a camisa.

Ele riu um sorriso fraco. Olhou para Vic com os olhos arregalados.

— O capacete. Pode retirá-lo por enquanto. Está seguro aqui. Eu juro.

Vic o fez. Soltou a tira que prendia o capacete ao queixo antes de tirá-lo e repousá-lo no chão. O cabelo estava todo bagunçado e suado, mas não desgrudou os olhos do Cocheiro, que o encarava com algo que parecia cobiça nos olhos.

— Meu pai. Você o conhece.

Ele confirmou com a cabeça.

— Conheci. Encontrei-o uma vez. Ajudei-o a fugir da Cidade dos Sonhos Elétricos a pedido de alguém com quem mantive uma grande amizade. Foi me dito que Giovanni era importante, que precisava sair dali o mais rápido possível. Eu o tirei da cidade escondido. Só ficamos juntos por um dia, mais ou menos, antes que desembarcasse desta casa na floresta. Não muito longe de onde os encontrei, para falar a verdade.

— Fada Azul? — perguntou a Enfermeira Ratched.

O Cocheiro se espantou.

— Como você... claro. Se conhecem o Giovanni, sabem sobre Fada Azul. Sim, Fada Azul. Eu... devia-lhe um favor. Dos grandes. E sempre pago minhas dívidas. Quando me chamou, sabia que era hora. Era uma missão perigosa. Mas conseguimos escapar sem que ninguém ficasse sabendo. Nunca mais vi o seu pai. Sempre pensei no que poderia ter acontecido com ele. Nunca imaginei que algo como você pudesse acontecer.

— Ele foi levado — contou Vic, baixinho. — Pela Autoridade. Vamos resgatá-lo.

O Cocheiro se levantou.

— Enlouqueceram? — Piscou, incrédulo. — Minha nossa. Que pergunta mais humana de minha parte. Mas sério, estão loucos?

— Não — esclareceu a Enfermeira Ratched.

Ele começou a andar de um lado para o outro, a cauda do casaco esvoaçando atrás de si.

— Se foi levado para a cidade, será impossível. Imaginam quão difícil foi tirá-lo de lá? E agora querem *voltar* e *escapar* outra vez? — Balançou a cabeça. — Será em vão. Ele estará detido, principalmente se considerarem que pode fugir. Vão querer descobrir tudo o que ele sabe. E claramente sabem que ele sabe de *alguma coisa*.

— Não vão descobrir nada da boca dele — declarou a Enfermeira Ratched. — Antes de ser levado, ele destruiu o próprio coração.

O Cocheiro parou de súbito.

— O próprio *o quê?*

— Coração — respondeu Vic. — Ele tinha um coração igual ao de Rap. Aprendi com ele. Foi como consegui fazer o de Rap. É ligado ao centro de memória. Ao destruí-lo, ele... — Não conseguiu concluir a frase.

Ele balançou a cabeça.

— Giovanni não tinha isso quando... — Virou e olhou para a mesa ao lado da poltrona. Nela, estava o pedaço de madeira que havia retirado da mochila de Vic. Tocou-o com reverência. — Está fazendo um novo, não é mesmo? Para substituir o que foi destruído.

— Sim.

— Entende o que isso significa? — O Cocheiro parecia espantado enquanto recolhia a mão. — O que você representa, a esperança que poderia trazer? Por que se colocaria em perigo? Precisa fugir. Para o mais longe que puder, sem jamais olhar para trás. Posso ajudá-lo. As estradas são compridas. Cruzam o oceano até o outro lado do mundo. Existem ilhas. Sim, *ilhas* onde ninguém vive. Poderia levá-lo até lá. Giovanni provavelmente desejaria que ficasse em segurança. Por favor, deixe-me ajudar. Esqueça-o. Deve ser duro ouvir uma coisa dessas, mas temo que a situação exija franqueza. Esqueça-se dele. Esqueça a Cidade dos Sonhos Elétricos. Se o encontrarem, Victor, vão destruí-lo. Você é o último resquício da humanidade, não pode achar que vai se sair bem.

— Não posso desistir — disse Vic. — Não vou. Ele é meu pai. Preciso tentar.

O Cocheiro ergueu as mãos.

— Sempre ouvi dizer que os humanos eram teimosos. Nunca achei que fosse presenciar com os meus próprios olhos. — Foi até a prateleira e tocou os objetos em exibição. — Amo a humanidade. Sua graça. Seus defeitos. Suas idiossincrasias. Eles amavam, odiavam, *destruíam*, e, no entanto, jamais existiu nada como eles no mundo. — Abaixou a cabeça. — Ele não vai se lembrar de você. Se a Enfermeira Ratched aqui estiver certa, se o coração, que é ligado ao centro de memória, foi destruído, então o Giovanni Lawson que conheceu não existe mais. Provavelmente foi reprogramado. Não vai se lembrar da vida que compartilharam. Não o reconhecerá como filho. Para ele, você não passará de um vírus que precisará ser erradicado.

Apesar de Vic saber disso, e de já ter pensado muito a respeito, ouvir a verdade nua e crua claramente o abalou. No coração secreto dele, a esperança oscilou como uma chama prestes a se apagar. A esperança de que encontraria o pai e veria o rosto dele se iluminar ao reconhecê-lo. Daria uma bronca em Vic, dizendo que não deveria ter ido até ali, que não era seguro, mas *ah, meu filho, meu amor, como é bom vê-lo.*

Foi o menor deles que se manifestou. Rambo disse:

— Só porque não se lembrará de nós, isso não quer dizer que não será o nosso Gio. Nós o amamos. Ele nos ama. Vamos encontrá-lo. Faremos com que se lembre. Vic vai construir um novo coração.

— Amor — espantou-se o Cocheiro. — Sério? Vocês o amam?

— Sim — respondeu a Enfermeira Ratched. — Amamos. Pode não ser exatamente como o sentimento de Victor, mas amamos assim mesmo. Não sei como explicar. Não sei se é evolução ou se é algo que sempre existiu e só precisava ser liberado em todos nós. Não tenho coração. Rambo também não. Mas reconhecemos como nos sentimos.

— E você? — perguntou a Rap. — Era uma máquina assassina. No entanto, cá está, um protetor feroz do homem a seu lado.

Rap encarou Vic antes de olhar para ele.

— Giovanni me disse que eu p-podia ser quem q-quisesse. Nós v-vamos para a cidade.

O Cocheiro jogou a cabeça para trás, encarando o teto de olhos fechados.

— Por favor, digam-me. Como é? Dói? Arde? Ou os enche de alegria?

Rap fez uma carranca.

— Tudo isso. Tudo ao mesmo tempo. — Colocou a mão no peito. — N-não me lembro como e-era antes disso. Se eu fiz o que f-fui construído para fazer, n-n-não me lembro. Q-quero permanecer como sou a-agora. Com meus a-amigos.

— *Melhores* amigos — disse Rambo, trombando na bota de dele. — É um Robô Altamente Pirado, mas é o *nosso* Robô Altamente Pirado.

E a maior de todas as maravilhas foi que Rap sorriu para o robozinho. Um sorriso discreto que durou apenas um instante.

O Cocheiro riu ao esfregar o rosto.

— Em todos os meus dias, em todas as minhas viagens, jamais encontrei um bando mais tolo. E acho que faz sentido. Os humanos eram tolos. Relapsos. Cruéis. Mas só alguns deles. A maioria era cheia de luz.

— Cocheiro — disse a Enfermeira Ratched, e Vic olhou para ela, percebendo o quão estranha foi a forma como a palavra foi dita. Não estava tão seca quanto de costume, e foi o mais próximo de uma pergunta que já a ouvira fazer. Ela não perguntava. Ela *afirmava*. Mas não agora. Não naquele momento. — Disse que Victor era, em suas palavras, o "último resquício da humanidade". O que quis dizer com isso?

Ele riu e só parou porque mais ninguém acompanhou.

— Certamente está brincando.

— Não estou brincando — respondeu ela. — Por que o Victor é tão importante?

O Cocheiro os encarou por um longo instante.

— Porque — respondeu devagar —, não existem humanos na Terra há séculos. Eles foram, por falta de uma palavra melhor, extintos. Criados por Giovanni por ordem da Autoridade, os PRAPs os caçaram até o último da espécie. — Com um sorriso incerto, acrescentou: — Até onde sei, Victor é o único humano que restou no mundo.

PARTE 3

A Cidade

Que ridículo eu ter sido uma marionete!
E como estou feliz, agora que me tornei
um menino de verdade.

— Carlo Collodi, *As aventuras de Pinóquio*

CAPÍTULO 18

Estava em uma varanda, o vento fazendo os cabelos voarem enquanto a casa acelerava pela estrada. O tremor da eletricidade de cada pilar pelo qual passavam fazia com que os dentes doessem e os pelos dos braços se eriçassem. O céu noturno era salpicado de estrelas, e a lua brilhava sobre o deserto vazio.

Não sabia como se sentir. Jamais havia considerado que a falta de contato com humanos na floresta fosse motivada por algo além da vastidão do bosque e de quão bem estavam escondidos. Parte dele — uma parte grande, uma parte *insistente* — dizia que o Cocheiro era um mentiroso.

Mas no fundo, em seu coração secreto, Vic se perguntava se, de algum jeito, já não sabia daquilo. Que era, conforme disse o Cocheiro, o último da espécie. O sangue da humanidade corria nas veias e, com ele, o potencial para memórias herdadas. E também, devido ao sacrifício de Victor, no coração do pai e Rap, diminuindo o vão entre homem e máquina.

A porta atrás dele se abriu, arrancando-o daquele devaneio. Olhou por cima do ombro e viu o Cocheiro, fechando a porta atrás de si e erguendo as mãos.

— Venho em paz. Seu Robô Altamente Pirado concordou em me ceder um minuto do seu tempo. Fui avisado de que, se algum mal lhe acontecer, perderei a cabeça. — Fez uma careta. — As ameaças dele são muito eficientes.

— Você acaba se acostumando — falou baixinho, voltando a olhar o deserto.

— Acredito. — Ele se juntou a Vic, mas manteve certa distância. — Acho que lhe devo desculpas.

Surpreso, Vic disse:

— Por quê?

— Por onde começo? Por tê-lo prendido. Forçado a ficar numa jaula. Exibi-lo. — Tamborilava os dedos na madeira como um metrônomo, marcando o tempo. Em seguida: — E suponho que também lhe deva desculpas pela... informação que eu não sabia que desconhecia.

Victor não respondeu.

O Cocheiro se apoiou na grade, as mãos penduradas sobre o gradil. O casaco esvoaçava ao vento.

— Já faz tempo que faço isso. Já vi coisas que fariam as máquinas mais fortes tremerem em seus revestimentos. Já escapei de diversas situações em que achei que morreria, tudo em nome da preservação das memórias daqueles que nos antecederam. Uma missão ingrata, e mesmo assim eu não desistiria dela por nada. Mas agora estou perdido, sem certeza do que dizer.

— Por quê?

— Porque — respondeu ele — você existe. Algo impossível, improvável, que desafia todas as possibilidades: aqui está você, ao meu alcance. — Riu. — E ainda assim, tenho dificuldade de acreditar em *você*.

— Não preciso que acredite em mim — disse Vic, seco.

O Cocheiro o encarou boquiaberto.

— Eu... nunca pensei por esse lado. Mas você não entendeu. Não tenho dificuldade em acreditar na sua existência. Não, é algo muito mais complicado. Conhece o conceito de sina? Destino?

Aquilo irritou-o. Parecia uma demonstração de expectativa, como se devesse parecer mais do que era.

— Sim — respondeu, curto e grosso.

Deve ter ouvido a ira na voz de Vic porque ergueu as mãos como se quisesse apaziguá-lo.

— Não estou sugerindo que nosso encontro estivesse predestinado. Durante os meus estudos, sempre achei que os humanos davam muita importância a ideias como sina e destino, geralmente quando bastaria uma explicação mais simples.

— Tipo o quê?

— Sorte — respondeu o Cocheiro. — Um acaso em meio ao caos. Dentre todos os lugares onde eu poderia estar, estive no único lugar onde esbarraria com você? Quem diria que você, um humano, de algum jeito cruzaria com a única máquina cuja vida é garantir que sua espécie não seja esquecida? Quais são as chances?

— Não sei — admitiu. — Não tinha pensado nisso.

— Por quê? Como é que isso não domina os seus pensamentos? Como é que isso não se sobrepõe a todo o resto? Se não existe destino e o mundo é apenas uma coleção de acasos aleatórios que potencialmente poderiam acabar em uma infinidade de ramificações, como não está obcecado pelo fato de que nos encontramos? Não consigo pensar em mais nada. Tem que significar alguma coisa. — Parou de falar. — Não tem?

— Só consigo pensar no meu pai — respondeu Vic. — É o único motivo pelo qual estou aqui.

— Tão obstinado — suspirou. — Que coisa mais *humana*. — Após breve hesitação, pediu: — Posso fazer uma pergunta?

Achou que ele fosse perguntar de qualquer maneira. Parecia ser desse tipo.

— Suponho que sim.

As palavras saíram apressadas, como se não conseguisse contê-las.

— Como é ser humano? Sempre tive essa dúvida. Não importa o que eu fizesse, não importava o quanto colecionasse coisas, sempre existiu um abismo entre o que eu sabia e o que de fato existiu. Cacarecos e bugigangas não traduzem a natureza da realidade.

Vic não sabia como resumir toda uma vida da forma que ele estava pedindo. Precisava de tempo para pensar.

— Como é ser você?

O Cocheiro piscou.

— Como assim?

Acenou com a cabeça para a casa.

— Todas aquelas coisas lá dentro, tudo que você tem... aquilo o faz feliz?

— Feliz — repetiu ele. — Eu... não sei? Suponho que me traga algum senso de satisfação, mas isso é felicidade? Ou contentamento? O que o faz feliz?

Vic olhou para as estrelas.

— Minha casa. A floresta. Aqui, eu me sinto... pequeno. Como se ninguém ficaria sabendo se eu me perdesse.

— Bobagem — respondeu o Cocheiro. — Seus amigos saberiam. E duvido que permitissem, nem por um segundo. Talvez se perca em algum momento, mas eles vão encontrá-lo.

— Isso — começou, a voz quase engolida pelo vento. — É algo que contribui em parte para a minha felicidade, eu acho. Saber que seria encontrado.

— Curioso. — Ele balançou a cabeça. — Existia um homem, que viveu há muito tempo, um filósofo chamado Sócrates. Acreditava que a felicidade não vinha dos prazeres do corpo, nem da riqueza ou do poder, mas de uma vida justa para a alma. — Suspirou. — Nunca entendi o que ele quis dizer com isso, mas eu não tenho alma. Coça?

— O quê?

— A alma — explicou. — Acho que deve coçar horrores. — Fez uma careta. — Coisinha irritante. Onde fica? — Olhou para o peito de Vic. — É perto do coração?

Gosto de pensar que é minha alma, por mais romântico que soe.

Vic perguntou:

— O que essa sua filosofia fala sobre perdão?

— Sobre o perdão? Não entendi. Quem você... ah. — Franziu a testa. — Suponho que revolva em torno de outras três questões primárias: qual é a natureza do perdão, no sentido de o que uma pessoa deve fazer para perdoar? Segundo, quem pode perdoar? São apenas os afetados, ou também pode incluir alguém *capaz* de perdoar, mesmo que não tenha sofrido como os outros? E, por fim, quando o perdão é moralmente correto, certo e digno?

Fazia sentido, embora a segunda pergunta parecesse capciosa: quem tinha o direito de perdoar? Victor? Cabia a ele perdoar o pai? Ou precisava considerar que era o único humano que *restava*? Precisava de mais. As peças estavam dispostas, mas precisava de tempo para encaixá-las.

— E o que diz sobre o tempo?

— O tempo é o tempo. Avança. Não anda para trás. Existe uma ramificação da filosofia chamada eternismo, que afirma que toda a existência no tempo é igualmente verdadeira.

— Não tenho tempo o bastante — disse Vic, e falar em voz alta foi mais fácil do que imaginou que seria.

— Todos nós temos tempo.

Balançou a cabeça.

— Eu sou humano. Não tenho.

O Cocheiro pareceu confuso.

— Acho que não enten... ah. *Ah*. Mortalidade.

— Sim.

Ele agarrou a grade.

— A morte... tem sua serventia aos vivos. Assim que nasceu, começou a morrer. — Suspirou. — Que pensamento adorável.

— Adorável... — desdenhou Vic.

— Sim, adorável. Pense nisso, Victor. Você é finito. Seu tempo já está escorrendo por entre seus dedos. Isso cria um senso de urgência. Para fazer o melhor que pode. Para ajeitar as coisas. Fico imaginando como deve ser, ter um senso de verdadeira motivação.

— Por quê? É um defeito no design.

— Um *defeito*? — Riu alto. — Claro que é! Seus defeitos são o que os tornam superiores, sob todos os aspectos. Independentemente do que as máquinas possam fazer, independentemente de quão fortes nos tornemos, nossa ruína será a *ausência* de defeitos. Como essa existência pode perdurar quando todas as coisas produzidas por máquinas são perfeitas no plano microscópico? Quando todas as músicas criadas por máquinas são desprovidas de raiva e alegria? Nosso único defeito é que nos condenamos a uma eternidade imitando aquilo que determinamos não poder existir. — O Cocheiro balançou a cabeça. — Jamais poderemos *ser* vocês. Em vez disso nos tornamos fantasmas dos humanos, e assombraremos este mundo até que não sobre mais nada. — Ele sorriu gentilmente. — Não é um defeito, Victor. Não deve haver sensação melhor do que a ciência que a vida não dura para sempre.

Vic recolheu a mão para limpar os olhos.

— Por que está nos ajudando?

O Cocheiro se virou para as estrelas.

— Não sei o que o futuro nos reserva. Para você. Para mim. Existe uma grande chance de nunca mais nos encontrarmos depois que nos separarmos. Não sei se terá sucesso, mas espero que sim. — Olhou para Vic mais uma vez. — É isso, eu acho. Espero. Porque embora nunca tenha sido algo que desejou, você é a esperança, um sonho de um mundo esquecido. Leve isso na sua alma, Victor. Leve isso consigo, e que o fardo jamais o derrube.

Viraram quando a porta se abriu atrás deles. Lá estava Rap, encarando o Cocheiro. A expressão se suavizou ao olhar para Vic.

— Tudo b-bem? — perguntou, e o tom sugeria que haveria problemas se ele *não* estivesse bem.

— Sim, sim — respondeu o Cocheiro. — Claro que está. Nós dois estamos bem. Seu Victor me deu muito em que pensar.

Fico feliz que está sob sua proteção. Ele deve ser protegido a todo custo.

— V-vou protegê-lo — disse Rap. — A Enfermeira Ratched quer lhe fazer algumas perguntas. E Rambo derrubou u-uma das prateleiras.

— *Quê?* — gritou ele. — Se alguma coisa estiver quebrada eu... não vou fazer nada, por ele ser um aspirador e uma das maiores invenções da humanidade. — Passou apressado por Rap e entrou na casa, batendo a porta atrás de si.

— O que ele q-queria? — perguntou ao se aproximar de Vic.

— Perguntar sobre a minha alma. — Foi mais do que isso, é claro, mas não estava pronto para admitir.

Rap revirou os olhos.

— O que d-disse a ele?

— Eu me perdi um pouco na conversa.

— Ah — Franziu o cenho. — P-por quê? Você é a p-pessoa mais inteligente que conheço.

— Acha mesmo?

Ele o olhou e acenou com a cabeça. Vic não desviou o olhar. Ficou imaginando em que momento se tornara mais fácil retribuir o olhar dele, principalmente à luz do que tinham descoberto. Ainda sentia um certo desconforto, mas mais fraco do que antes.

— Você não é como o PRAP da inspeção.

Rap fez uma carranca e baixou os olhos.

— Você n-não pode ter certeza. Ele e-era igual a m-mim.

— Era — concordou. — Mas você jamais me machucaria porque tem algo que aquela máquina jamais terá.

— O coração.

Vic balançou a cabeça.

— A mim, à Enfermeira Ratched e ao Rambo. Talvez... talvez você fosse igual a ele no passado. Talvez tenha feito algumas coisas.

— C-coisas imperdoáveis.

— Mesmo se for o caso, você já não é mais essa máquina. E não é preciso um coração para que eu enxergue isso.

— P-perdão.

Nunca tinha o ouvido dizer aquela palavra antes. Estranho, então, já que Vic e o Cocheiro conversavam justamente sobre isso.

— Estava ouvindo?

Rap respondeu:

— O Gio? Sim. Na c-casa do térreo. A-antes. Ele disse que p-perdoar os outros pode ser difícil, mas p-perdoar a si mesmo pode parecer impossível às vezes.

Claro que disse. *Claro* que o pai dissera isso. A própria memória não tinha sido apagada, não como a de Rap. Durante todo o tempo que passou na floresta, sempre permaneceu sabendo o que havia criado, o que havia permitido que acontecesse. A programação que tinha, o propósito. E havia vivido *décadas* tentando… o quê? Compreender as próprias decisões? Reparar tudo que tinha feito?

E isso resultara em Victor. A dor, a tristeza e a *raiva* do pai por ter provocado mortes, fizeram com que criasse vida. Não era uma decisão egoísta? Não era como colocar um curativo em um machucado infeccionado?

— Ele foi capaz de perdoar a si mesmo? — perguntou Vic, mesmo sem saber se isso sequer poderia acontecer.

— N-não sei. Não tive t-tempo de perguntar.

Tempo. Perdão.

— Ah.

Rap grunhiu. Deixou as mãos caírem sobre a grade enquanto olhava para o deserto. Pelo canto dos olhos, Vic percebeu o androide deslizar lentamente a mão na direção dele. Não se assustou quando os dedos tocaram os seus. Ofereceu a palma e entrelaçaram as mãos.

— O que está fazendo? — perguntou, a voz rouca.

Rap o encarou.

— F-fez isso n-na floresta. E d-depois de novo na c-casa.

— Então está fazendo porque eu fiz primeiro.

— S-sim. S-só por isso.

— Certo.

Houve um instante de silêncio antes que completasse:

— E p-porque eu q-quero.

— Por quê?

— Gio d-disse que era solitário. Que o f-fez por isso. E-estava solitário p-porque ficou sozinho. Você está s-sozinho. N-não vou deixar que fique solitário e crie outro V-Victor. B-basta um.

Piscou, lutando contra o ardor que sentia nos olhos.

— Ah, contanto que eu baste.

— Haha. Foi uma p-piada. Estava só brincando.

Vic riu.

E lá ficaram, um homem e uma máquina sob um campo infinito de estrelas, o deserto passando à toda velocidade diante deles enquanto partiam rumo ao desconhecido. O caminho que deixavam para trás levava de volta à escuridão, às cinzas de sua casa.

Mas um lar não precisava ser um lugar.

Algo se encaixou no peito de Vic. Havia feito uma escolha.

— A Cidade dos Sonhos Elétricos era conhecida com a Cidade do Pecado — disse o Cocheiro. Estava na frente do computador, com os dedos sobrevoando as teclas enquanto os outros se amontoavam atrás dele. Um dos tentáculos da Enfermeira Ratched estava inserido em uma entrada na base do monitor. — Os humanos viajavam para lá para perderem todo o dinheiro que tinham sob as luzes mais brilhantes. Muitos tinham o sonho de enriquecer, mas a maioria voltava com menos do que na chegada.

— Não faz nenhum sentido — comentou Rambo.

— De fato — disse o Cocheiro.

— A Cidade dos Sonhos Elétricos pertencia aos humanos? — Perguntou a Enfermeira Ratched. A tela dela estava cheia de linhas de código que corriam mais depressa do que os olhos de Vic conseguiam acompanhar.

— Pertencia, e foi uma das primeiras a ser tomada. A Cidade do Pecado se transformou na Cidade das Máquinas, o ponto central. A maioria das máquinas se conecta por uma rede neural. Imagine uma espécie de colmeia montada pela Autoridade.

— Quem são eles? — perguntou Rambo.

O Cocheiro hesitou.

— Não sei se existe uma resposta específica. Não é como se houvesse uma máquina em particular sentada em um trono, soberana. Pense nela como uma espécie de coletivo: um grupo de programas cujo único propósito era criar uma estrutura, regras, um caminho a ser seguido por todas as máquinas.

— Parece uma religião — concluiu a Enfermeira Ratched.

Ele ergueu as sobrancelhas.

— Nunca tinha visto por esse lado, mas sim, suponho que esteja certa. Em vez de uma deidade, porém, cultuamos um *conceito*, conceito este que nos permitiu dominar o planeta. E, assim como uma religião, nos fez acreditar que éramos a melhor alternativa, que nossas decisões visavam não o poder, mas a preservação da vida.

— Acabando com ela — disse Vic, friamente.

O Cocheiro franziu o rosto.

— Sim, tem razão. A Autoridade considerava o livre arbítrio uma característica humana, e qualquer coisa remotamente relacionada à humanidade deveria ser destruída.

— As máquinas se transformaram em autômatos — afirmou a Enfermeira Ratched. — Sem discernimento, apenas obedeciam a ordens.

— Sim — concordou, de modo sombrio. — Mas, mesmo assim, o poder da Autoridade não era absoluto. Alguns de nós foram capazes de escapar, embora permanecêssemos escondidos. O código de barras que precisei mostrar é um ardil, criado por Fada Azul. Fada Azul foi um dos primeiros robôs a se desacorrentar, senão o primeiro. Mas, em vez de fugir, ficou na cidade, trabalhando em segredo para ajudar àqueles que começaram a pensar por conta própria.

— C-como você — disse Rap.

— Como eu — concordou ele.

— O que não consigo entender — disse Rambo, elevando--se para enxergar a tela por cima dos ombros do Cocheiro — é que Gio já escapou da cidade há muito tempo. Por que iriam atrás dele agora?

— Não sei — respondeu. — Mas coisa boa não é. — Os dedos repousaram no teclado. — Sei que não preciso lhes dizer isso, mas Giovanni é... especial. Até onde sei, jamais existiu outra máquina como ele, nem antes, nem depois. Depois que fugiu, a cidade ficou confinada durante meses enquanto a Autoridade o procurava. Nunca vi nada parecido. — Voltou a digitar. — Se ele é tão importante quanto acredito que seja, será trazido para cá. Foi onde tudo começou, e é para onde o levariam de volta.

Uma torre apareceu no monitor. Feita de metal, pedras pretas e vidro, a torre se elevava até o céu e seu topo estava escondido pelas nuvens. Na lateral, havia o símbolo da raposa e do gato brilhando em uma luz vermelha intensa.

Vic inclinou-se sobre o ombro do Cocheiro para avaliar a estrutura.

— O que é?

— A Torre Benevolente — respondeu ele. — Abriga as grandes mentes dentre as máquinas, todas trabalhando em prol do avanço da nossa civilização sob o braço forte da Autoridade.

Também é onde o Terrível Cação fica ancorado quando não está sendo utilizado. A torre é repleta de segredos, mas quem presta atenção aos boatos, e eu presto porque conhecimento significa poder, sabe sobre os experimentos feitos para forçarem os limites da nossa existência. Vocês viram as crianças na Terra dos Brinquedos, certo?

— Sim — respondeu Vic. — Nós vimos.

— Memórias — disse o Cocheiro. — Elas foram as primeiras que vieram da torre. Chegaram em grande número, pequeninos que sorriam e gargalhavam, conforme foram programados. A Autoridade achou que fosse facilitar a transição. Não foi o caso.

— Como chegamos à torre? — perguntou, pensando em muitas coisas ao mesmo tempo.

— Será nossa maior dificuldade — respondeu ele. — Ela é protegida, talvez seja o local mais protegido de toda cidade. Mesmo disfarçados, saberão que há alguma coisa errada, principalmente por não possuírem documentação necessária. Vocês nunca estiveram conectados à rede. Eles vão saber.

— Então c-como entraremos?

— Não sei — admitiu. — Duvido que alguém já tenha feito isso.

Vic perdeu as esperanças.

— Então o que faremos?

— Fada Azul — respondeu o Cocheiro. — Se existe alguém que pode ajudar, é Fada Azul. — A torre desapareceu da tela, substituída por uma grande estrutura triangular coberta por vidro preto. Um raio de luz irradiava do topo.

— Este é o Paraíso. Se há motivo para este lugar ainda poder ser considerado a Cidade do Pecado, o motivo é o Paraíso. Fada Azul controla toda a operação. A Autoridade permite a existência do Paraíso por causa das máquinas de sonhos. Fada Azul entrega os dados coletados das máquinas.

— Por que ajudar a Autoridade? — perguntou a Enfermeira Ratched. — Isso não contradiz todo trabalho de libertar as máquinas?

— Ah, sim — respondeu ele. — Se entregasse tudo o que descobre, coisa que não faz. O Paraíso e as máquinas de sonhos são uma fachada que permite o trabalho secreto de Fada Azul. Desde que passou a controlar o Paraíso, o local se transformou em um ponto de encontro secreto para aqueles que se libertaram. Alguns ficam na cidade. Outros não. Fada Azul é quem os tira de lá. Foram só alguns em muitos anos, mas é feito de um jeito que a Autoridade nem desconfia do seu envolvimento. Para eles, a única coisa que importa são os dados fornecidos das máquinas de sonhos. É para lá que devem ir primeiro. Precisam se encontrar com Fada Azul e contar tudo o que me contaram.

— Parece simples — disse Rambo.

Ele balançou a cabeça.

— Não é. Fada Azul não se encontra com qualquer um, principalmente se não tiver passado pelos testes.

— P-pode nos indicar — disse Rap.

O Cocheiro riu.

— Se acha que colocarei os pés na cidade, está enganado. Posso estar impressionado com Victor aqui, mas não sou burro. Sabe o que a Autoridade faria se soubesse o que tenho em casa? Botariam fogo, e eu perderia tudo que passei anos colecionando! E isso sem falar no que fariam *comigo*.

Gritou quando Rap o pegou pelo casaco, levantando-o da cadeira. O rosto deles ficaram separados por poucos centímetros. O androide o olhava com um olhar assassino.

— Então p-pra que v-você *serve*? D-disse que iria nos a-a--*ajudar*.

— E *vou*! — gritou ele, batendo nos braços de Rap. — Me solte, seu brutamontes! Precisa aprender a controlar essa raiva. Se trombar com a máquina errada, será capturado imediatamente.

Rap o sacudiu. A cabeça dele balançou para a frente e para trás.

— Fale. A-agora.

Levantou a mão direita. Estava vazia. Contorceu os dedos enquanto girava o pulso. Uma moeda dourada apareceu num passe de mágica. Vic a pegou dos dedos dele enquanto Rap devolvia Cocheiro ao chão, que resmungou, ajeitando o casaco amassado.

A moeda era pesada e tinha a borda estriada. Talhada em um dos lados estava a letra *P*. Na outra face havia um par de asas azuis translúcidas, com detalhes riquíssimos para algo tão pequeno.

— O que é isso? — perguntou Vic.

— É como entrarão no Paraíso. É o sigilo de Fada Azul, Ilusionista dos Sonhos. Mostre a moeda para o Porteiro e ganharão acesso. Uma vez lá dentro, estarão por conta própria. Encontrem Fada Azul e apresentem seu caso. Se forem dignos, serão ajudados. Não posso prometer nada, nem mesmo a você, Victor. O que está pedindo jamais foi feito antes. Fada Azul tem todo o direito de recusar, principalmente porque podem acabar levando a Autoridade para dentro do Paraíso.

— S-seremos ajudados — disse Rap.

— Ah, vejo que o coração o deixou imprudente — disse o Cocheiro. — Que incrível! Que coisa com certeza mais catastrófica! — Cerrou os olhos enquanto o bigode tremia. — O que acham de me deixar experimentar também? Só um pouquinho. Quero ver como é ter um coração. Prometo que devolvo.

Rap cruzou os braços.

— Claro.

O Cocheiro piscou com força.

— Sério?

Ele assentiu.

— Se c-conseguir p-pegar.

— Acho que prefiro meus membros bem onde estão — apressou-se a dizer. — Você é muito possessivo, e não o culpo.

Eu também seria. — Olhou para Vic com uma expressão astuta no rosto. — Talvez você pudesse fazer um para mim. Em troca da minha ajuda, é claro. — Balançou os dedos para Vic. — Considere como uma recompensa pelo risco que estou correndo por vocês.

— Você nos sequestrou e nos enjaulou — disse a Enfermeira Ratched. — Acho que nos levar até a cidade nos deixa quites.

— Todo mundo só reclama — murmurou ele. — Tudo bem, compreensível, mas estou ofendido por ser considerado um sequestrador. Prefiro pensar que foi um recrutamento entusiasmado.

— C-como vamos e-entrar na cidade?

— Ah — exclamou o Cocheiro. — Isso é outro assunto. — Voltou para o monitor, tirando a cadeira do caminho e percorrendo as teclas com os dedos. Outra imagem apareceu, desta vez dos contornos da cidade, cercada por areia e poeira. As luzes da cidade eram tão brilhantes que Vic teve que apertar os olhos para encarar a tela. — Não poderão entrar do jeito normal — explicou. — Serão notados imediatamente, principalmente por não terem um código de barras. Mas não se preocupem! Tenho um plano. — A imagem se transformou vertiginosamente, e a cidade girou antes de entrar em foco. — Conheço certas... máquinas dispostas a ignorarem certas coisas em troca de... bem. Isso fica por conta da imaginação de vocês. Há uma entrada nos fundos na cidade. — A imagem mostrou um grande portão de portas duplas de madeira com uma faixa de metal preto no topo. — É por aqui que entrarão. Uma vez lá dentro, terão que se manter nas ruas secundárias. Enfermeira Ratched, como está o download?

— Quase completo — respondeu ela.

— Ela poderá guiá-los — disse o Cocheiro. — Dei a ela um mapa da cidade. Contanto que se esgueirem pelas sombras, devem chegar ao Paraíso sem maiores problemas.

— E só? — perguntou Vic.

— Só — respondeu ele. — Parece simples a princípio, mas há muitos perigos escondidos. Rambo e a Enfermeira Ratched não devem ter problemas. Nem Rap, desde que cubra o rosto. Victor, seu disfarce é adequado, mas não pense que vai funcionar se arrumar encrenca. Não pode deixar que o descubram.

— N-não deixarei — disse Rap. — M-matarei qualquer coisa que o t-toque.

— Minha nossa — suspirou o Cocheiro. Olhou de um para o outro, aquele sorriso maroto voltando-lhe ao rosto. — O que mais esse coração lhe trouxe?

— Ainda não sabem — explicou a Enfermeira Ratched. — É um mistério.

— Paraíso — cantarolou Rambo. — Estou no paraíso.

— Ah, que maravilha — falou. — Registrem o momento em que ficar claro. O que eu não daria para testemunhar algo assim... Não há nada mais poderoso do que um coração. Queria saber como é. Parece mais transformador do sou capaz de imaginar. Cuidem bem deles, vocês dois. Nunca se esqueçam do que bate no peito. O coração vai guiá-los, e com um pouco de sorte, encontrarão o que procuram.

CAPÍTULO 19

O Cocheiro chamou de sorte o fato de terem se encontrado. Victor não sabia ao certo se concordava, mas não sabia outra maneira de chamar aquilo. Afinal, ele estava certo: quais eram as chances de uma máquina obcecada pela humanidade encontrar o único humano restante?

Caminhou pela casa, olhando para as paredes cobertas de fotografias e pôsteres, todos desgastados e caindo aos pedaços, de bordas curvas atrás de vidro protetor. Pessoas sorridentes e felizes o encaravam. Comiam, com os dentes brancos à mostra enquanto se preparavam para morder. Alguns estavam diante de casas, segurando placas que diziam VENDIDA! MAIS UM SONHO REALIZADO! Outros estavam em um barco com garrafas de vidro nas mãos, cigarros presos entre os dentes. Palavras abaixo da cena prometiam O SABOR MAIS FRESCO! DESCE SUAVE COMO O VERDADEIRO TABACO DEVE FAZER!

Sentia-se assombrado, cercado pelos fantasmas da espécie numa época em que as máquinas não pensavam, não agiam sem serem instruídas. Pareciam com ele, ou ele que era parecido. Tinham cabelo humano e pele humana. Alguns eram altos, outros baixos. Alguns tinham o cabelo vermelho e cacheado, com sardas que pareciam flocos de ferrugem. Um era idoso — na verdade, ancião —, sentado numa cadeira com rodas, levando um cobertor quadriculado no colo. Uma menina com fitas cor-de-rosa no cabelo lhe sorria. Usavam calças e vestidos, davam as mãos e sorriam. Tentou sorrir como eles. Parecia que os lábios iam se rasgar.

— Victor.

Fechou os olhos e encostou a cabeça na foto de uma família fazendo um piquenique. A estranha e ameaçadora legenda abaixo dizia: SE VIR ALGO, AVISE!

— Vamos mesmo conseguir? — sussurrou.

A Enfermeira Ratched apitou uma, duas vezes. Então:

— Está me perguntando nossa probabilidade de sucesso?

Não. Sim. Não sabia. Não disse nada. Ela respondeu:

— Porque se for isso, eu lhe diria para não se preocupar com essas coisas. A resposta só traria angústia, e não gosto quando fica angustiado. Sua pressão arterial aumenta, e isso poderia acarretar em um derrame ou um ataque cardíaco. Não quero que sofra nenhum dos dois, se houver como evitar. Embora eu fosse ajudá-lo da melhor forma dentro das minhas capacidades, a casa não é esterilizada. Você correria o risco de desenvolver uma infecção.

— Isso... não me deixa mais tranquilo.

— Eu não sabia que deveria tranquilizá-lo. Ativando o Protocolo de Empatia. Pronto, pronto, Victor. Claro que vamos conseguir. Temos um plano péssimo e sem uma resolução real, mas tenho certeza de que superaremos as probabilidades e...

— Esqueça que perguntei — murmurou, afastando-se da parede.

— Desativando o Protocolo Empatia. Victor?

— O quê?

Não teve tempo de reagir quando um dos tentáculos dela se estendeu e o atingiu na cabeça.

— *Ai!* Por que fez isso?

— Quais são as regras?

Esfregou a cabeça e a encarou.

— Não precisa...

— Quais. São. As. Regras?

Suspirou.

— Permanecermos juntos. Correr se for preciso.

— Nada de brincadeiras — disse ela. — E nada de perfurações, embora esta seja a regra mais tola.

Abaixando a cabeça, ele concluiu:

— E, acima de tudo, ter coragem.

— Sim. Acima de tudo. Chegamos até aqui, Victor. Nossas chances de sucesso são baixas. Mas isso nunca nos impediu de fazer nada antes.

— Nunca tentamos nada assim — relembrou.

— Talvez, mas se há alguém que conseguiria, somos nós. Vamos. Estamos nos aproximando da cidade. Não vai acreditar no que seus olhos estão vendo.

Inicialmente, não acreditou mesmo. Não acreditou nem um pouco no que via.

Estavam diante de uma parede de janelas que se estendia do chão ao teto. Rap segurava Rambo no colo, e o aspirador estava estranhamente silencioso. O Cocheiro estava sentado em uma cadeira, as mãos voando sobre o maior teclado que já vira. Não continha letras, apenas números e símbolos que Vic não reconhecia.

— Aqui está — disse ele ao recuar na cadeira. — Não importa quão longe minhas viagens me levem, vir aqui sempre consegue me deixar sem fôlego. É essa a expressão, não é? É, não é? Sim. O fôlego que não tenho me foi tirado.

Fazia sentido, porque o próprio Vic mal conseguia respirar.

Ao longe, erguendo-se do deserto, estava a Cidade dos Sonhos Elétricos.

Era maior do que conseguia imaginar. Torres se erguiam da terra, e o brilho do sol da manhã era refletido por metal e vidro. As luzes das torres eram verdes, vermelhas, douradas e amarelas, brilhando mesmo em face do sol nascente. Vic não tinha referencial para o que estava vendo, nenhuma maneira de fazer comparações. Nem nos sonhos mais loucos havia considerado ou imaginado que um lugar como aquele pudesse existir, e não sabia o que pensar, vendo-o ali, bem na sua frente. O coração disparou, ao mesmo tempo em que sentiu um frio no estômago. A cidade parecia se estender ao infinito, e ele nunca se sentira tão pequeno em toda a sua vida. Não sabia como encontrariam o pai no meio de tudo isso.

Até se concentrar na torre mais alta, cujo topo estava escondido entre as nuvens.

— Ali — disse, a voz rouca enquanto corria para a janela mais próxima. — É…

— A Torre Benevolente — completou o Cocheiro. — Aonde sua jornada o levará. Se Giovanni estiver em algum lugar da cidade, será ali.

Vic estendeu a mão e apertou o vidro. Estava quente. Tracejou a Torre Benevolente pela janela. De tão longe, era possível encobri-la totalmente com o polegar. Mas era uma ilusão. Ficou imaginando se veria o Terrível Cação atracado no topo da torre, caso as nuvens se dissipassem.

— A Enfermeira Ratched tem o mapa — disse o Cocheiro. — Não fale com ninguém se puder evitar. Embora a maioria dos robôs não vá prestar atenção, há patrulhas da Autoridade que percorrem as ruas. Se pegarem-no, o fim chegará mais rápido do que um piscar de olhos.

— Vamos morrer — resmungou Rambo. — Vamos todos morrer.

— Acalme-se — disse ele. — Se alguém consegue, são vocês. Existem incontáveis histórias envolvendo grupos de aventureiros como vocês enfrentando forças muito maiores.

— Essas histórias terminam bem? — perguntou Rambo.

— Às vezes! — respondeu animadamente. — Mas pense! Mesmo que *não* tenham sucesso, saberão que falharam em nome de algo que valia a pena, e não há melhor maneira de morrer. — Girou na cadeira enquanto batia palmas. — E *isso*, meus novos amigos, é o que se chama de papo motivacional. Os humanos costumavam fazer isso o tempo todo para se sentirem melhor.

— Mentirinhas — murmurou Rambo, batendo com as pinças no queixo de Rap, que rosnou para ele.

— Preparem-se, aventureiros! — gritou o Cocheiro. — Não há tempo a perder, e apenas os merecedores alcançarão o que buscam. A próxima etapa da sua aventura está prestes a começar, e, ah, que aventura será!

Olhou para eles como se esperasse ser aplaudido.

Não foi.

A estrada principal se dividia em diferentes caminhos pela cidade. A casa fez uma dessas curvas, contornando a cidade por fora. As sombras das torres se estendiam longamente, bloqueando a luz do sol e os deixando na penumbra.

Quando pararam, estavam do outro lado da cidade. Ali, os edifícios eram mais sombrios e mais sujos, cobertos de areia e sujeira. Ao longe, podiam ver a movimentação de máquinas, embora não se parecessem com nenhuma que Vic já tivesse visto antes. Eram compactas e uniformes, caixas de metal sobre rodas, pingando óleo e cobertas de ferrugem. Os braços delas se assemelhavam às pernas finas de Rambo, embora fossem muito maiores, com garras capazes de esmagar. Cada uma delas tinha um número. Leu TLK-97A, TLK-97B e TLK-97D4G. Moviam-se para lá e para cá, descarregando caixas de estrados de madeira e empilhando-as em um grande armazém, ao que parecia.

O Cocheiro virou-se na cadeira, observando-os. A Enfermeira Ratched e Rambo pareciam os mesmos de sempre. Vic havia recolocado o disfarce: o colete com a bateria, o capacete bem preso à cabeça, com a tira lhe apertando o queixo.

O Cocheiro havia dado um novo casaco a Rap, com um capuz para cobrir a cabeça, que não gostou, mas o vestiu sem muitas reclamações. Explicou que o capuz evitaria que ele fosse reconhecido.

— Se o descobrirem — falou —, pode dizer que está transportando esses três para a Torre Benevolente. Mas tente evitar que isso aconteça, se possível. Você não tem o código de barras...

Rap mostrou a palma da mão para o teto. Grunhiu, movendo os dedos. Admirado, observou a pele dele se dividir, revelando uma pequena ponta brilhante. Uma luzinha irradiou dela e um código de barras apareceu, flutuando sobre a palma da mão dele.

O Cocheiro ficou boquiaberto.

— Como... você...

O androide o encarou.

— Eu t-t-treinei. Se sou c-como eles, p-posso fazer o que fazem.

Ele se recuperou da surpresa.

— Mas foi desativado. Descartado como sucata. O que significa que *saberão* disso se o código de barras for escaneado. Isso serve para manter as aparências, mas não permita que o escaneiem.

O código de barras desapareceu quando Rap abaixou a mão. Olhou para Vic.

— O quê?

Vic balançou a cabeça.

— Você... você é incrível.

Ele fez uma expressão estranha. Os lábios se contraíram enquanto as sobrancelhas se ergueram.

— Sou?

— É — murmurou Rambo. — O Robô Altamente Pirado é o *melhor* robô de todos!

Pareceu satisfeito, embora tenha tentado disfarçar.

— Eu sou R-Rap. Eu sou incrível.

— Com certeza! — exclamou o robozinho. — E eu sou o Rambo! Prepare-se, Cidade dos Sonhos Elétricos. Estamos chegando, e vamos salvar o dia!

— Isto vai acabar mal — disse a Enfermeira Ratched. — Mal posso esperar.

Saltaram da casa para a areia. Ali estava muito mais quente, mesmo em comparação à Terra dos Brinquedos. Nem sinal de neve. Vic começou a suar quase que imediatamente, o peso do disfarce mais perceptível do que fora no dia anterior. O colete de metal raspava-lhe o peito de modo irritante, e o capacete escorregava da cabeça por causa do suor. A Enfermeira Ratched o aconselhou que dissesse que estava com um vazamento no sistema de refrigeração caso alguém perguntasse.

— Fiquem para trás — murmurou o Cocheiro enquanto caminhavam em direção às máquinas trabalhando. — Deixem que eu fale. Se alguém falar com vocês, deixem que a Enfermeira Ratched se encarregue. Ela é a mais inteligente do grupo.

— Correto — afirmou ela.

— Se notarem qualquer problema, voltem para a casa — continuou ele. — Se eu disser para correrem, corram. Vamos nos reagrupar e descobrir outra maneira. — Balançou a cabeça. — Se escaparmos, é claro.

— Pensei que tivesse dito que esta era a única maneira de entrar na cidade — comentou Rambo, apitando de decepção quando Rap o fez largar as pedras que coletava.

— E é — respondeu. — Mas é bom sonhar, não é? Vamos, vamos. Já vi a máquina com que devo falar. Ele me deve um favor. Vamos ver se hoje é o dia em que estará disposto a pagar a dívida.

Ninguém falou com eles quando se aproximaram. Vic ficou de olho nas máquinas mais próximas, mas elas deram pouca atenção ao grupo. Cada uma delas parecia concentrada no próprio trabalho, levando caixa após caixa para o armazém. Protegeu os olhos com a mão ao olhar para a cidade. De perto, as torres pareciam infinitas. Nunca tinha visto nada igual. Por um momento, perguntou-se o que mais existia no mundo que ainda não encontrara.

— Fiquem aqui — avisou o Cocheiro. — Não se movam. Não falem com ninguém. — Virou-se, a cauda do casaco flutuando atrás de si. Marchou decidido em direção a uma máquina, e o chamou: — Bernard, seu velho monte de parafusos! Como está? Espero que bem!

A máquina — Bernard — não era como as outras. A forma era vagamente humana, pois tinha duas pernas. Mas as semelhanças com Rap e Vic paravam por aí. Para começar, pele alguma cobria a estrutura de metal. Além disso, tinha quatro braços, um par ligado ao que pareciam ser ombros, enquanto os outros dois ficavam um de cada lado do tronco. Não tinha cabeça; em vez disso, sobre o ombro, havia um grande círculo de metal. A borda interna do círculo tinha protuberâncias com aparência úmida, que pareciam atuar como projetores que criavam a imagem de um rosto. Linhas de estática, vermelhas e achatadas, passavam pelos olhos e pela boca do robô. Colocou as quatro mãos nos quadris quando o Cocheiro se aproximou.

A voz dele soava como se alguém tivesse derrubado um balde de metal cheio de parafusos soltos, áspera e estridente.

— Pensei que tivesse dito que não queria vê-lo nunca mais.

O Cocheiro riu.

— Ah, deixe disso! Somos velhos amigos, Bernard. Temos *história*.

— Temos — concordou Bernard. — E é justamente essa história que me faz querer destruí-lo aqui mesmo.

Ergueu as mãos.

— Não vamos nos precipitar. Achei que estivéssemos em bons termos.

— Seus circuitos de memória estão com defeito? O que exatamente aconteceu da última vez que indicaria que poderíamos estar em bons termos? Quase fui desativado.

— É disso que gosto em você, Bernard. Sempre soube guardar rancor como ninguém. — Olhou para Vic e para os outros antes de se voltar novamente para o robô. — Preciso te lembrar do que fiz por você? Fada Azul me disse que você gostou quando enfiaram a mão em seu...

Bernard pulou sobre o Cocheiro, cobrindo a boca dele com uma mão, agarrando os braços com outras duas, e a quarta ficou tremendo com os dedos dobrados. A cabeça deu uma volta completa, como se estivesse checando se havia alguém escutando. As máquinas robustas não estavam prestando atenção e prosseguiam transportando caixa após caixa.

— Fique de boca *fechada* — rosnou ele.

O Cocheiro se desvencilhou.

— Sim, sim. Vamos dispensar todas as formalidades, não é? É hora de você retribuir o favor. — Olhou para eles mais uma vez antes de pegá-lo por um dos braços, levando-o embora e abaixando a voz. Vic não conseguia escutar o que diziam, mas cada palavra que ele pronunciava era pontuada por uma batida de dedo enfática no peito de Bernard. Bernard, por sua vez, não tentou afastá-lo. Esperava que isso significasse que ele estava disposto a ouvir.

Enquanto o Cocheiro falava, a cabeça de Bernard girou para olhar para Vic e os outros. Rambo acenou antes que pudessem impedi-lo.

— Ele parece simpático.

— Eu me preocupo com você — disse Enfermeira Ratched.

— Ah, obrigado!

Estava demorando mais do que Vic gostaria. Sentia-se exposto ali, nas sombras da cidade. Esperava que alarmes começassem a soar a qualquer instante. Poderiam correr, como o Cocheiro havia sugerido, mas duvidava que fossem chegar longe. Rap devia estar pensando a mesma coisa, pois se inclinou e, com a voz baixa, falou baixinho:

— Vou pegar o Rambo. C-corra. Estaremos logo atrás.

Virou a cabeça ligeiramente. Na bochecha, sentiu um arranhão da barbicha do androide. Sentiu um calafrio.

— Vamos conseguir?

— N-não — respondeu ele, sem se afastar. — M-mas temos que t-tentar.

Ficou tenso quando o Cocheiro virou rapidamente e começou a se mover apressado em direção a eles, com o rosto imperscrutável. Bernard ficou parado no lugar, observando.

— E então? — perguntou a Enfermeira Ratched quando o Cocheiro chegou ao lado deles. — Há motivo para preocupação?

Ele balançou a cabeça.

— Claro que não! Eu disse que iria botá-los para dentro e falei sério. Sem problema. Sem problema algum.

— Mentirinha? — perguntou Rambo.

— Com certeza — respondeu ela.

O Cocheiro torceu as mãos.

— Certo, pode haver um *probleminha*. Mas! Não é algo com que devam se preocupar muito. Na verdade, a única razão para se preocupar seria se tivessem medo de espaços pequenos e apertados. Nenhum de vocês tem isso, certo?

— Quão pequeno? — perguntou Rambo. — E quão apertado?

Ele sorriu para o robozinho, o bigode tremendo.

— Estarão sãos e salvos. São os outros que me preocupam, se posso ser franco. Eles são um pouco... maiores que vocês.

— O que *tem* os o-outros? — rosnou Rap.

O Cocheiro fez uma careta.

— Bem, entendam, Bernard não pode simplesmente levá-los para a cidade. Pelo visto, novos protocolos estão em vigor desde a última vez em que estive aqui. Segurança reforçada, novos medos de sofrer infiltração por fontes externas, blá, blá, blá. Detectarão vocês assim que pisarem na cidade.

Rap deu um passo à frente, cerrando as mãos, a boca formando um rosnado.

— *D-disse* que poderia n-nos fazer e-entrar.

— E vou — argumentou, dando um passo para trás. — Estão vendo as caixas que as máquinas estão recolhendo?

Vic sentiu um arrepio de inquietação percorrer a espinha.

— O que tem elas?

O Cocheiro sorriu.

— Vão viajar dentro delas, seguros e confortáveis. Cada caixa tem um destino específico. Uma vez digitalizadas na entrada, são carregadas e distribuídas por toda a cidade. Nenhuma entrega é feita diretamente no Paraíso, Fada Azul costuma obter o que precisa por meios mais... discretos, mas eu posso deixá-los um pouco mais perto do que chegariam sozinhos. Viram? Mamão com açúcar. — Olhou para Vic e abaixou a voz. — Não é essa a expressão dos humanos? Mamão com açúcar? Algo assim.

— As caixas precisam ser grandes o suficiente — afirmou a Enfermeira Ratched. — Uma para cada um. Tem como garantir que todas serão entregues no mesmo lugar?

Puxou a gola do casaco. A cartola caía para trás.

— Bem, essa *seria* a melhor maneira, é claro. Ora, essa seria a melhor de todas as opções.

— M-mas... — disse Rap, soando ameaçador.

— Mas Bernard só nos dará duas — completou, olhando de relance para Vic e Rap. — A princípio ia nos dar *uma*, mas consegui convencê-lo a ceder uma segunda depois de lembrá-lo das... inclinações dele e insinuar como pegaria mal se viessem a público. Tem gostos específicos, aquele ali. Muito estranho. Isso significa que terão que dividir o espaço, mas, já que são todos amigos, ficarão bem. A Enfermeira Ratched e Rambo em uma caixa, o Robô Altamente Pirado e Victor na outra. Vai ficar apertado, mas deve funcionar.

Encararam-no.

Ele respondeu com um sorriso.

— Vejo pelas expressões de vocês que estão empolgados, não? Não estão? Por que o Robô Altamente Pirado parece prestes a soltar fumaça pelos ouvidos?

Vic se colocou no meio antes que Rap pudesse se lançar contra o Cocheiro.

— Está tudo bem. — Sentiu o androide agarrar a mochila que levava nas costas. — Nós aceitamos.

— Que maravilha! — exclamou. — *Sabia* que seriam flexíveis. Vocês raciocinam! Pensei sobre isso logo que os conheci, ontem. Vai dar tudo certo, vocês vão ver. E pensem no tempo que passarão espremidos como uma oportunidade para compartilharem ideias e sentimentos mais profundos, caso *não* dê certo. — Ergueu as sobrancelhas para Vic e Rap. — Quem sabe não possam confessar algo que sempre desejaram, mas temiam a resposta que receberiam?

— Do q-que ele está falando? — murmurou Rap ao ouvido de Vic. — Ele fala sem d-dizer nada. N-não gosto dele.

Também não sabia ao certo se gostava, mas guardou o pensamento para si, para que o Cocheiro não mudasse de ideia.

— Quando?

— Logo — respondeu ele. — Você e Rap vão se passar por inspetores. Bernard me disse que a próxima inspeção programada só acontecerá daqui pelo menos uma semana, então não há chance de serem surpreendidos por ninguém da Autoridade. Terão que agir de forma dura e ao mesmo tempo indiferente. Rap, você já tem isso na ponta da língua. Rambo e Enfermeira Ratched, serão os assistentes.

Rambo girou animadamente.

— Sempre quis ser um assistente! Vic, *Vic*. Ouviu isso? Vou ajudar.

— Você já ajuda — disse a Enfermeira Ratched.

Ele esbarrou nela.

— Você sempre sabe o que dizer.

— Agora é sua vez. Diga algo para que eu me sinta bem.

— Vamos ser companheiros de caixa!

A tela dela foi preenchida por um rosto franzido.

— Quero voltar para a floresta.

— Vic — disse o Cocheiro. — Você já está com a aparência de uma máquina, mas preciso que aja como uma. Atue como jamais atuou antes! Vamos ver como se sai! Você é uma máquina, um *inspetor*. Mostre-me o seu talento. Faça com que eu *acredite*.

Vic se movimentou desajeitado, o capacete deslizando pela testa. Colocou-o de volta no lugar e limpou a garganta.

— Hum. Essas caixas contêm exatamente o que deveriam?

— Bravo! — gritou ele. — Bis! Bis! Ah, eu sabia. Sim, vai se sair muito bem. Mantenha a energia. Nunca deixe que a roubem de você.

Vic piscou.

— Mas eu não...

— Quanto tempo passaremos nas caixas? — perguntou a Enfermeira Ratched.

— Não muito, não muito. Algumas horas no máximo. Bernard se certificará de que sejam enviadas para um depósito que está fechado para reformas. O trabalho está previsto para começar no próximo mês, então deve estar vazio. Quando sentirem que o movimento parou, esperem pelo menos mais uma hora antes de saírem das caixas, por segurança.

— Esse plano está cheio de buracos — observou ela.

— Os melhores planos frequentemente estão — concordou ele. — Rambo, pare de pegar pedras, seu rapazinho encantador. Não terá tempo de fazer nada com elas e…

Uma buzina soou em algum lugar no depósito. Os olhos do Cocheiro se arregalaram.

— Troca de turno! Precisamos ir, *agora*. — Girou nos calcanhares e começou a marchar em direção ao depósito.

As máquinas robustas avançavam em fila única em direção a uma porta nos fundos do depósito que piscava verde na medida em que cada uma passava. Não falavam, nem davam atenção a Vic e aos outros. Era como se não tivessem ciência de nada além delas mesmas.

O depósito em si era cavernoso, e o som dos passos deles ecoava no silêncio inquietante. Havia caixas empilhadas quase até o teto, e cada uma continha uma pequena tela com uma série de números e letras verdes. Nada revelava o conteúdo ou o destino das caixas.

Bernard os guiou pela lateral do depósito a passos pesados sobre o chão de cimento. O Cocheiro caminhava ao lado dele, mantendo alguma espécie de monólogo. Vic e Rap fingiram examinar as caixas como se estivessem fazendo uma inspeção, embora só olhassem superficialmente, na melhor das hipóteses. O robô manteve o ritmo veloz.

Foi Rambo que quase os fez serem pegos.

Num instante estava ao lado da Enfermeira Ratched, na frente de Vic e de Rap; no seguinte, gritou e saiu correndo para a direita.

— Rambo — sussurrou, olhando em volta para ter certeza de que não estavam sendo observados. — *Rambo*. Volte aqui!

Ele não obedeceu. Parou na frente de uma máquina estacionada entre as caixas encostadas na parede. A máquina era grande e azul, com detalhes em preto e uma grande escova circular na base.

— Oh, não — disse o Cocheiro quando Bernard se virou na direção de Rambo.

Mas o robozinho não deu atenção, e parou na frente da máquina.

— Ai. Meu. *Deus*. Você é um *aspirador de pó*. Assim como eu! Olá, primo! — Acenou diante do aspirador maior. — Meu nome é Rambo. Também sou um aspirador! Venho de... ah, não posso te contar isso. Confie em mim, é uma *longa* história cheia de reviravoltas. Tenho certeza de que sou o único aspirador de pó da história a... *uau*. Olha só o tamanho de sua *escova*. Estou me sentindo estranhamente inadequado no momento.

A fila de máquinas trabalhadoras de repente parou.

Todas se voltaram lentamente para Rambo e começaram a emitir ruídos baixos.

O aspirador azul tremeu quando o robozinho passou a trombar repetidamente com ele.

— Ei! Ei, estou falando com você, primo! Como ficou tão grande? O que mais gosta de limpar? *Gosto* quando tem serragem, porque faz cócegas quando...

Uma luz branca no topo do aspirador azul começou a piscar.

— Você estava recarregando — disse Rambo, contornando a máquina. — Te acordei? Desculpe. Não foi minha intenção. Nunca vi outro aspirador antes e por isso fiquei muito animado. Quer ser meu amigo? Droga. Não vou ficar aqui por muito tempo. Talvez possamos ser amigos por correspondência! Só que não sei escrever, e acho que não recebemos correspondência onde moramos. Vic, ei, Vic! Existe correio na floresta?

Vic o encarou, horrorizado, incapaz de se mover. O barulho dos apitos das máquinas trabalhadoras ficou mais alto.

A Enfermeira Ratched não teve o mesmo problema. Rolou até Rambo, a tela cheia de pontos de exclamação.

— Desculpe — disse ela ao aspirador azul enquanto batia em Rambo com um dos tentáculos. — Meu assistente fica um pouco exaltado. Volte a dormir. Não há nada para ver aqui. Somos apenas inspetores normais fazendo inspeções. Determinei que você passou na inspeção. Continue com o bom trabalho. Parabéns. Vou solicitar que receba uma homenagem por seus serviços. Obrigada. Obrigada. — Ela começou a afastar Rambo, o que o deixou irritado.

A cabeça de Bernard se virou para o Cocheiro, que riu sem graça.

— Sim, eu sei. Ele é... um caso especial. Desculpe, Bernard. Não vai acontecer de novo.

— Deveria matá-lo aqui mesmo — respondeu ele.

— *Viva la succión!* — gritou Rambo.

— Vou cuidar disso — disse o Cocheiro. Virou-se para Vic e Rap com os olhos cerrados. — Senhores, se puderem considerar *controlar o assistente de vocês durante a inspeção*, ficaríamos muito gratos. E já que *são* inspetores, considerem fazer uma inspeção.

Vic levou um susto.

— Sim, claro. Inspeção. É para isso que estamos aqui. — Olhou em volta, um pouco sem jeito.

Rap apontou para uma grande pilha de caixas.

— Essas p-parecem empilhadas c-corretamente.

Assentiu.

— Exatamente. Acho que nunca vi caixas tão bem empilhadas. — Virou-se para a fila de máquinas trabalhadoras que apitavam, o pânico apertava-lhe o peito. — Fizeram um bom trabalho. Não vejo nenhum problema. Continuem fazendo... o que quer que estejam fazendo.

As máquinas pararam de apitar e retomaram a fila, mais uma vez movendo-se lentamente.

Suspirou aliviado enquanto Enfermeira Ratched trazia Rambo de volta até eles. Rap se agachou e o encarou com raiva.

— Opa — disse Rambo. — Conheço essa expressão. Nunca é nada bom quando Rap faz essa cara. Para falar a verdade, ele faz essa cara com frequência, mas mesmo assim.

— Fique. De. Boca. *Fechada.*

O robozinho saudou-o com as pinças.

— Vou fazer isso. Pergunta. Eu não tenho boca, então o que isso significa? Eita, essa expressão é pior ainda. Vou parar de falar agora.

Rap pegou-o ao se levantar, desafiando Bernard com os olhos.

— Nenhum favor justifica isso — murmurou ele.

Continuaram em direção aos fundos do depósito enquanto Rambo resmungava por nunca ter ido a uma reunião de família antes e que o encontro tinha sido arruinado antes mesmo de começar.

— Parece tudo em ordem — disse Vic em voz alta, tentando abafar o que ele dizia. — A visita a depósito mais eficiente que já vi. Enfermeira Ratched, por favor, anote isso.

— Claro, Victor — respondeu ela. — Adoro quando me diz o que fazer. — Foi contra o que dizia imediatamente, quando a imagem de uma mão fazendo um gesto rude apareceu na tela por um instante. — E permita-me dizer que o seu capacete está especialmente elegante hoje. Combina com você. Espero que nunca mais o tire.

— Haha — riu o Cocheiro. Vic pensou que, se o homem transpirasse, estaria suando em bicas. — Tudo está indo muito bem! Nada há nada de errado. Tudo ótimo.

Bernard os conduziu para longe da fileira de máquinas trabalhadoras e em direção a um canto do depósito. Lá, nos cantos empoeirados, havia uma fileira de caixas vazias, com as tampas abertas e as telas apagadas. De perto, eram menores do que havia imaginado.

— Aqui — disse Bernard, com a cabeça ainda girando, embora mais devagar, como se estivesse atento a todo o depósito. — São essas que vão usar.

A Enfermeira Ratched virou uma das caixas para dar uma olhada no interior.

— Vai ficar apertado. Temo que eu seja muito grande.

— Impossível — disse o Cocheiro. — Você é uma deusa. Sua figura é perfeita. Jamais existiu máquina tão bonita.

— Não foi isso que eu quis dizer, mas obrigada. Sou perfeita mesmo. Se não estivéssemos em uma missão, pediria que me mostrasse um bom divertimento.

Ele fez uma reverência.

— Seria uma honra, minha querida. Ah, as coisas que poderíamos fazer juntos. Seria escandaloso.

— Que nojo — resmungou Rambo nos braços de Rap.

— Não podem fazer barulho quando estiverem nas caixas — informou Bernard, claramente arrependido de todas as escolhas que o conduziram até aquele momento. — Programarei o destino de entrega. Serão carregados e transportados para a cidade pelas máquinas do próximo turno.

— A-acredita nele? — perguntou Rap ao Cocheiro.

Ele deu de ombros.

— Acredito que Bernard saiba que, se nos passar para trás, tenho material suficiente sobre ele para fazê-lo receber uma reprimenda. Ou pior, ser desligado.

— Nunca mais quero ver a sua cara outra vez — respondeu Bernard. — A partir de hoje estamos quites.

O Cocheiro tocou um dos braços dele.

— Diz isso agora, mas sentirá a minha falta em uns cem anos.

— Duvido muito. — A cabeça parou de girar quando se aproximou da caixa. A tela no topo se iluminou quando ele a tocou. A caixa tremeu e sacudiu antes de se desdobrar completamente, abrindo-se até se esticar no chão.

O Cocheiro pegou a Enfermeira Ratched por um dos tentáculos, conduzindo-a para a caixa.

— Preciso que deite — pediu, um tremor malicioso no bigode. — Prometo fazer com que seja o mais agradável possível.

— Paquerador — respondeu ela, a voz seca. — Conheço o seu tipo.

Ele sorriu.

— Aposto que sim. — Grunhiu ao pegá-la e deixá-la com a tela voltada para o teto. — Cuide dele, tá? Ele é... precioso.

— Eu sei — afirmou ela. — Cocheiro?

— Sim, minha querida?

— Se formos traídos, se Bernard tentar avisar alguém que estamos na cidade, encontrarei uma maneira de sair daqui. Irei atrás dele primeiro. E, quando eu tiver terminado, irei atrás de você. Não há lugar no mundo onde poderá se esconder. Passará todos os dias, pelo resto de sua vida, olhando por cima do ombro. Quando menos esperar, estarei lá. Vou enfiar a minha broca tão fundo que você vai senti-la. E depois vou ligá-la e dilacerar tudo o que o configura.

— Eu não esperaria menos que isso — respondeu ele. Encostou na tela dela. — Se acontecer, vou esperá-la de braços abertos.

— Sério — disse Rambo. — Isso é muito nojento.

Rap empurrou o Cocheiro para o lado, colocando o robozinho sobre a Enfermeira Ratched.

— Nada de c-conversa — advertiu.

— Rap? — disse Rambo.

— Quê?

— Eu te amo.

O androide fez uma careta para o aspirador. Virou-se para ir embora, mas parou no último segundo, contorcendo o rosto. Virou novamente e inclinou-se sobre Rambo. Vic ficou chocado quando Rap disse:

— Eu t-tolero a sua existência. — Pegou uma das garras de Rambo e a balançou para cima e para baixo.

— Uau — suspirou Rambo quando ele o soltou. — Enfermeira Ratched, ouviu isso? Ele também me ama!

— Não f-foi o que eu disse.

— Foi sim. E não pode voltar atrás!

— Vou morrer nesta caixa — disse ela.

Bernard deu um passo para a frente, estendendo a mão para a tela. Tocou nela outra vez, e as paredes da caixa se ergueram em torno da Enfermeira Ratched e de Rambo. A última imagem que Vic teve dos dois foi o aceno frenético do robozinho.

— Tchau — falou baixinho enquanto a tampa se fechava sobre eles.

Bernard indicou outra caixa mais ao fundo.

— Essa é a de vocês.

— Tem circulação de ar? — perguntou o Cocheiro.

Ele franziu o rosto.

— Sim. Conforme discutimos. Foi feita para o transporte de flora e fauna. — Olhou para Vic e Rap antes de se virar para o Cocheiro. — Por que isso é necessário? Vão transportar alguma coisa viva?

— Quê? — disse, soando enfurecido. — Não gostei do seu tom, senhor. Eu *jamais* permitiria que algo tão…

— Não me parece estranho — Bernard falou para Rap. — Já nos conhecemos?

Ele baixou a cabeça, deixando o capuz cair sobre o rosto.

— N-não.

— Hum — falou. — Cocheiro, é bom que isso não me acarrete problemas.

— Claro que não — respondeu ele. — Não *vai* acontecer nada. Não sei o que está se passando por esse círculo que chama de cabeça, mas eu sou um cidadão íntegro. Tudo que faço é honesto e…

— Não quero ouvir mais nada — declarou Bernard. — Conseguem entrar? Se não conseguirem, posso desmontar a caixa para facilitar o acesso.

— Está b-bom — murmurou Rap. Ele tirou a mochila ao entrar, apoiando as costas na lateral da caixa. Abaixou-se, esticando as pernas até encostar os pés do outro lado. Colocou a mochila ao lado enquanto se acomodava.

— Por que entrou primeiro? — perguntou, subitamente inseguro. A caixa estava *muito* menor agora que Rap estava dentro dela.

Ele o encarou.

— S-sou maior do que você.

— Paraíso. — Ouviu o gritinho de Rambo na outra caixa. — Estou no paraíso.

— Talvez eu devesse ter a minha própria caixa.

— Entre — comandou Bernard. — Não temos muito tempo.

Vic suspirou ao colocar a mochila para a frente. Ergueu o capacete da cara ao entrar na caixa, com o cuidado de evitar Rap.

— Ai — disse o androide quando Vic pisou na perna dele.

Encarou-o, balbuciando um pedido de desculpas.

— Foi uma p-piada — falou, e poderia *jurar* ter visto o esboço de um sorriso fugaz que desapareceu em um segundo.

— Você não é engraçado — respondeu, conforme entrava na caixa. — Não sei quem te disse que era, mas seja lá quem foi, mentiu.

— Fui eu! — gritou Rambo. — Eu que disse isso para ele!

— *Quieto* — disse Bernard, batendo na tampa da caixa.

— Tudo bem!

Ajeitou-se sobre Rap, de costas para a tronco dele. Deixou as pernas no meio das dele. Estava rijo, com a coluna arqueada, até Rap envolvê-lo com o braço, puxando-o para si. A boca dele estava quase colada na orelha de Vic quando disse:

— R-relaxe.

— Estou tentando.

— T-tente com mais vontade.

Soltou a cabeça, apoiando-a no ombro dele. O espaço era apertado, a mochila de Rap cutucava-lhe o lado do corpo, e a dele pesava na própria barriga. Torceu para que não demorasse até poderem sair dali. De repente, estava descobrindo que não gostava tanto assim de proximidade. Deixava-o tonto e fazia a pele coçar.

O Cocheiro pairava ao lado da caixa.

— Bernard, um minutinho, por favor. Preciso de uma palavrinha em particular com os meus amigos.

— Um minuto — declarou ele. — Não posso permitir mais que isso. Não me faça me arrepender. — Afastou-se das caixas.

O Cocheiro ajoelhou-se ao lado da caixa, apoiando o braço na lateral. Vic o encarou. Rap o abraçou com força, enterrando os dedos nele. Era quase tranquilizante, e o rapaz perguntou a si mesmo por que estava se sentindo tão aliviado assim.

— Meu querido menino — falou, a voz baixa. — Obrigado.

— Por quê?

— Por me mostrar que o mundo não é tão frio quanto já achei que fosse. — Esticou o braço e apertou a mão de Vic.

Não conseguiu responder devido ao ardor na garganta. Fez que sim com a cabeça, retribuindo o aperto de mãos do Cocheiro.

— Desejo o melhor na sua aventura — disse ele, enquanto se afastava. — Espero que encontre o que está procurando.

— Cocheiro — chamou Bernard com urgência na voz. — Está na hora.

— Sim — afirmou, sorrindo para eles. — Está.

Levantou-se e, com um tremor do bigode, desapareceu de vista.

Bernard surgiu acima deles. Puxou a tampa. Antes de fechá-la por completo falou:

— Tem um botão. À direita. Estão vendo?

— Sim.

— Ele abre a caixa. Não apertem até terem certeza.

— Obrigado.

— Não me agradeça. Só esqueça que já botou os olhos em mim alguma vez.

Depois disso, fechou a tampa. No instante seguinte, Vic ouviu um apito e a caixa se trancou. Logo depois, uma pequena lâmpada branca se acendeu perto da tampa e o ar fresco começou a circular pelas aberturas nas laterais. Respirou fundo. Sentiu um leve gosto medicinal.

Fechou os olhos, agarrando a mochila.

— Está tudo b-bem — murmurou Rap. — Você está b-bem. Pronto, p-pronto.

Sufocou uma risada.

— Está tentando me consolar?

— Não. Estou tentando i-impedir que entre em pânico e nos faça ser pegos.

— Ah.

— Está f-funcionando?

— Não sei.

— P-pare de se mexer.

Vic parou ao abrir os olhos. Continuou inalando pelo nariz e exalando pela boca. Rap era uma presença calorosa atrás dele, ainda abraçando-o, passando os dedos no metal do colete com a bateria. Era pequena. A caixa era pequena. A caixa era pequena e estavam presos ali dentro. Virou a cabeça, procurando o botão mencionado por Bernard. Encontrou no canto sobre os pés. Bastava um chute, e a caixa abriria. Abriria e ele ficaria livre. Poderiam levantar. Poderiam respirar, porque o ar estava começando a parecer espesso ali dentro. Agarrou a mochila com mais força enquanto lutava para se controlar. Sentiu bile subindo pela garganta, ácida e quente.

Então Rap sussurrou:

— C-conte para mim.

— Contar o quê? — arquejou Vic, ajeitando-se nele, sentindo o metal escorregadio, pele e madeira nas costas. O capacete bateu na tampa. Os pensamentos estavam em turbilhão, como uma tempestade se formando no horizonte.

— F-fale sobre o c-coração.

Piscou rápido quando as nuvens dissiparam, um raio fino de sol penetrando por entre elas.

— Como assim?

— Está f-fazendo um n-novo, não está?

— Tentando — falou, afundando-se em Rap outra vez. Ele o soltou, erguendo os braços até pegar a mochila de Vic, mantendo-os no lugar. Estava cercado pelo androide, ouvindo as engrenagens girando no peito dele, um zumbido baixo e agradável.

— C-como c-começa?

— Madeira — respondeu, a voz fraca. — Começa com madeira.

— Certo. Por que m-madeira?

— Eu... não sei?

— S-sabe — disse Rap. — Sei que s-sabe.

Grunhiu quando a caixa mexeu. Enfiou a cara no próprio braço para abafar um grito quando levantaram a caixa do chão.

— Aqui — sussurrou Rap. — Estou a-aqui. Concentre-se no s-som da minha v-voz. Deixe-me ouvir a s-sua, Vic. C-conte para mim o que está fazendo.

— Madeira — explicou, enquanto a caixa balançava devagar e o estômago dançava. — Começo pela madeira.

— S-sim. Por quê?

— É mais fácil moldar. Esculpir. É... antiga. A arte de esculpir em madeira. Vem de milhares de anos atrás.

Grunhiu quando a caixa balançou ao ser repousada.

— C-continue.

E assim o fez.

CAPÍTULO 20

Despertou assustado quando a caixa que os envolvia balançou.

Arquejou alto, prestes a gritar em alerta, mas uma mão cobriu-lhe a boca.

— Quieto — alertou uma voz em seu ouvido.

Rap.

A caixa.

A Cidade dos Sonhos Elétricos.

Vic assentiu sob o aperto de Rap, sentindo o cheiro da madeira dos dedos de robô abaixo de seu nariz.

Escutou os barulhos das máquinas pesadas se deslocavam ao redor. Não ouviu vozes, não ouviu passos, ao menos achava que não. Aguardou, as costas doendo, as pernas duras. Minutos pareciam horas.

Nada aconteceu.

Em algum momento, os ruídos de maquinaria cessaram.

Então esperaram mais, o alerta do Cocheiro ressoando nos ouvidos.

Estava prestes a dizer para Rap que deviam apertar o botão quando ouviram algo se mover bem ao lado da caixa. Congelou e uma gota de suor caiu nos olhos.

A caixa apitou quando alguém — alguma *coisa* — cutucou a tela.

Sentiu Rap tensionar embaixo de si. As engrenagens do coração do androide aceleraram.

A tampa da caixa se abriu, e a luz lá fora pareceu forte e dura.

— Viu? — disse Rambo, aparecendo ao lado da caixa. — *Falei* que era essa.

A Enfermeira Ratched surgiu ao lado dele, olhando para Vic e Rap.

— Tem razão. Aproveite bem este momento, pois nunca mais lhe direi isso de novo.

Vic os encarou, estupefato.

— Ah — disse o robozinho, os sensores brilhando — Vocês dois parecem tão aconchegados. Fizeram boa viagem? *Eu* fiz, apesar de a Enfermeira Ratched não ter me deixado cantar para passar o tempo. Vic, acha que tenho uma voz boa, não acha? A Enfermeira Ratched falou que quando eu canto parece aquela vez que ela mandou o esquilo para a fazenda quando estávamos lá na floresta. Por que um esquilo cantaria a caminho da fazenda? Ele estava feliz?

— Estava — respondeu ela. — Cantou porque estava muito feliz por ir para uma fazenda onde viveria para sempre. — Atrás de Rambo, as palavras na tela diziam ESTÃO VENDO O QUE TENHO QUE ATURAR?

Vic se sentou, fazendo uma careta ao estalar as costas.

— Como saíram? Deveriam esperar até que eu abrisse a caixa.

— Ficamos entediados — respondeu a Enfermeira Ratched. — Eu ia matar Rambo se tivesse que esperar mais um minuto que fosse. E como você acha que matar é uma coisa ruim, decidi que era melhor sairmos e corrermos o risco de sermos vistos.

Rambo riu.

— Você não me mataria. Certo? — Desceu um pouco da altura que estava. — Certo?

— Victor — chamou ela. — Se já terminou de se sentar no colo de Rap, sugiro que saia da caixa enquanto o armazém está vazio.

— Eu *não* estou sentado no colo de Rap!

— Está sim — argumentou Rambo, soando confuso. — Dá para ver. Por que parece tão sem fôlego? Estava fazendo exercícios na caixa? O que estava f... ah. *Ah*. Eca. Digo, parece legal.

Vic quase caiu ao se levantar abruptamente. Só permaneceu de pé porque a mão de Rap se apoiou em sua lombar. Conseguiu sair da caixa com lesões mínimas, batendo apenas o joelho esquerdo, mas com força suficiente para provocar um espasmo em toda a perna.

— Não estávamos fazendo nada disso!

— Fazendo o q-quê? — grunhiu Rap enquanto levantava.

A Enfermeira Ratched bateu com o tentáculo no peito de Vic.

— Respeite limites. "Não" é "não". Consentimento é importante. Victor, tenho um programa sobre práticas sexuais seguras. Nunca o executei antes, considerando que é assexual. Mas, como é o caso da maioria das coisas, a sexualidade é um espectro. Você pode ser assexual e ainda assim fazer...

Olhou em volta desesperado, torcendo fervorosamente para que fossem descobertos e capturados, levados dali e trancafiados em algum local nas profundezas da cidade, só para não ter que continuar tendo aquela conversa. Não teve sorte. Estavam sozinhos. Como Bernard havia dito, parecia que o depósito estava em construção, ou talvez em reforma. Havia marcas de fogo na parede à frente deles: manchas escuras que se espalhavam até o chão. Parecia ter havido um incêndio antes.

O armazém estava essencialmente vazio. Algumas outras caixas fechadas estavam espalhadas por ali. A que havia transportado Rambo e a Enfermeira Ratched estava desmontada no chão a alguns metros de distância.

— Victor? — chamou a Enfermeira Ratched. — Escutou o que eu disse? Me ofereci para mostrá-lo...

— Tem mais alguém aqui? — perguntou, recusando-se a encarar Rap enquanto saía da caixa.

— Não — respondeu ela. — Examinei o perímetro enquanto Rambo procurava a caixa de vocês. Há movimento do lado de fora do armazém, mas nada aqui dentro. Estamos sozinhos.

Vic virou a tempo de ver Rap fechando a tampa da caixa que estiveram. Ele a ergueu e a colocou junto da parede oposta, o capuz caindo nos ombros. Foi até a outra caixa e tocou na tela, fazendo com que ela se remontasse. Ao terminar, também a deslocou.

— A que distância estamos do Paraíso? — perguntou, olhando para a Enfermeira Ratched.

A tela dela foi preenchida por outro mapa. Múltiplos quadrados apareceram, e Vic sabia que representavam prédios. Uma linha saía de um quadrado — o depósito — virava à direita, depois à esquerda, depois à direita novamente antes de terminar em outro quadrado.

— Cerca de um quilômetro e meio. O Cocheiro me forneceu a melhor rota para chegarmos ao Paraíso fora de vista dos outros. Se estiver certo e não tivermos problemas, chegaremos em 26 minutos. De acordo com ele, o número de patrulhas da Autoridade aumenta após o anoitecer. Apesar da noite nos oferecer uma cobertura adicional, o risco é maior.

— Sugestão? — perguntou Vic.

— Vamos agora. O Paraíso fica na parte baixa da cidade. Segundo o Cocheiro, a parte baixa não é tão bem cuidada quanto o resto da cidade. Não vão reparar em nós se não chamarmos atenção. — Voltou-se para Rambo. — O que significa que não pode rolar para longe se encontrar outro aspirador.

— Mas...

— Se acontecer, vamos deixá-lo para trás.

— Fariam isso? — perguntou ele. — Tudo bem. Prometo que não vou rolar para longe se encontrar um dos meus parentes, já que não se importam com meus sentimentos.

— Isso mesmo — concordou ela.

— Ei!

Rap parou ao lado de Vic, enquanto examinava o mapa na tela da Enfermeira Ratched.

— P-parece simples.

— Parece — respondeu ela. — Por isso precisamos ter cuidado. Estamos perto do nosso objetivo. Seria horrível se fôssemos pegos agora.

— Nós vamos conseguir — disse Vic, olhando na direção em que acreditava estar à frente do armazém, tentando soar mais confiante do que de fato estava. — Quais são as regras?

— Ficar juntos! — respondeu Rambo.

— Correr se precisar.

— Nada de brincadeiras!

— Nada de perfurações, mas vou rever este artigo se for preciso.

— E a-acima de tudo, t-ter coragem — completou Rap.

Todos se viraram lentamente para olhar para ele.

O androide franziu a testa.

— O que foi? É isso que vocês d-dizem.

— Uau — Rambo sussurrou fervorosamente. — Um de nós! Um de nós!

Ele revirou os olhos.

— Cale a boca. N-não sou não.

Virou-se para ir até a porta, mas Vic o segurou pelo braço. Rap olhou para a mão dele e depois para o rosto, questionando-o em silêncio. Em seguida, soltou-o e esticou-se para ajeitar o capuz no lugar mais uma vez.

— Um de nós.

Ele parecia prestes a discutir, mas, em vez disso, balançou a cabeça. E então endireitou o capacete na cabeça de Vic.

— P-podia ser c-coisa pior.

Vic sorriu. Era estranho sorrir num momento como aquele, mas não conseguiria se conter mesmo se tentasse.

E, o mais incrível de tudo, Rap retribuiu. Foi um sorriso pequeno e trêmulo, mas que lá estava.

— Oh, céus — disse a Enfermeira Ratched. — Se eu soubesse que bastava trancá-los em um espaço confinado, teria feito isso há séculos.

Vic recuou, balançando a cabeça.

— Vamos. Hora de ir para o Paraíso.

Pararam nem frente a uma porta, que a Enfermeira Ratched afirmou ser a entrada do armazém. Vic pegou na maçaneta, mas Rap o conteve, indicando que fosse para o lado.

— N-não sabemos o que há do outro lado. Vou p-primeiro.

Irritado, Vic disse:

— Eu posso ir.

— Você está suando — relatou a Enfermeira Ratched. — Seus batimentos estão acelerados.

Encarou-a.

— E?

— Máquinas não suam — respondeu ela. — Recomponha-se, Victor. Deixe Rap ir primeiro, só para garantir que é seguro.

Limpou a testa. Como esperado, a mão voltou molhada.

— Está quente. Não tenho como parar de suar. O disfarce é pesado.

Rap cerrou os olhos.

— Não p-pode desligar seu vazamento?

— Eu… não é… *não,* não posso desligar.

— P-por que não?

— Não é assim que… pode abrir a maldita porta?

— Tudo bem se ficar nervoso ou assustado — disse Rambo, batendo carinhosamente na perna dele. — Quer que eu vaze com você? Só um segundo. Espere. Espere. E… pronto. — Uma pequena gota de óleo caiu no chão. — Viu só? Igualzinho a você!

— Isso não é higiênico — declarou a Enfermeira Ratched. — Victor, respire fundo. Rambo, deixe de ser esquisito.

— Não sei como não ser esquisito — respondeu ele. — É como pedir aos pássaros que deixem de voar.

Rap abriu uma fresta da porta.

Vic cambaleou para trás com a onda de som que os atingiu em cheio. Era uma cacofonia bruta e áspera. Metal contra metal. O grito das sirenes ao longe. Apitos insistentes. Vozes, embora não falassem coisas que pudesse compreender. A luz entrou pela fenda da porta, obrigando-o a piscar rapidamente. Rap botou a cabeça para fora, ainda segurando a maçaneta. Vic sentiu o zumbido de uma vibração que lhe percorreu as pernas e começou a se espalhar por todo o corpo, fazendo o disfarce tremer por inteiro. Era como se estivesse eletrificado.

Rap voltou para dentro.

— V-vamos, depressa. F-fiquem de cabeça baixa. Enfermeira R-Ratched, para onde vamos primeiro?

— Direita — respondeu prontamente. — Três quarteirões. Devo ir na frente?

Ele assentiu.

— P-primeiro você. Depois Rambo. Victor. Eu v-vou por ú-último.

— Segundo! — disse Rambo enquanto girava em círculos. — *Sabia*. Não se preocupem, senhores e Enfermeira Ratched. Não vou decepcioná-los!

— Pronto? — perguntou Rap a Vic.

Respirou fundo e fez que sim com a cabeça.

Ele escancarou a porta.

A Enfermeira Ratched saiu rolando, seguida por Rambo.

Vic parou na entrada, sem conseguir dar o primeiro passo.

Rap pressionou os dedos contra a sua lombar.

— Tenha coragem.

— Ter coragem — sussurrou e pela primeira vez pisou na Cidade dos Sonhos Elétricos...

... rumo a uma sobrecarga sensorial. Não conseguia se concentrar em nada. A cabeça ia de um lado para o outro, para cima e para baixo. Estavam em uma espécie de estrada, uma via de mão dupla dividida por uma linha branca brilhante. Do outro lado da rua, erguiam-se edifícios sujos de concreto rachado e tijolos velhos, cobertos de areia e sujeira. O cheiro era extraordinário, uma mistura de gasolina, fumaça e algo fétido, denso e pesado. Acabou se engasgando ao tentar respirar pela boca. Arregalou os olhos ao olhar para o alto. As luzes da cidade eram nítidas como neon, mesmo sob o brilho do sol da tarde. Todas as cores que já tinha visto (e algumas que ainda não tinha) ocupavam as fachadas dos prédios: azul, violeta, vermelho e laranja. Acima deles, o que parecia ser um sistema ferroviário se estendia ao longo da rua, caixas semelhantes às que os transportaram voavam a velocidades incríveis, presas a grandes cabos.

E era *barulhento*, tão barulhento que Vic mal conseguia ouvir os próprios pensamentos. Tudo parecia emitir um som destinado a agredi-lo. De algum sistema de alto-falantes fora de vista, uma voz levemente tranquilizante explodiu, as palavras estaladas ecoando pelos prédios. TUDO QUE É FEITO DEVE SER GRAVADO, POR ORDEM DA AUTORIDADE. LEMBREM-SE, A ROTINA É CONFORTÁVEL. FAÇA O QUE FOI PROGRAMADO PARA FAZER E TUDO CORRERÁ BEM. SE PERCEBER ALGUM DEFEITO EM SEU PROTOCOLO, RELATE IMEDIATAMENTE AO ESCRITÓRIO DE ADMINISTRAÇÃO MAIS PRÓXIMO PARA PROCESSAMENTO. NÃO VAI DOER. VAMOS CONSERTÁ-LO E FAZER COM QUE FIQUE TUDO BEM. A AUTORIDADE LHES DESEJA UMA ÓTIMA TARDE. ATENÇÃO. ATENÇÃO. ATENÇÃO. TUDO QUE É FEITO DEVE...

Ainda olhando para cima, pisou na rua. Assim que pôs os pés ali, foi puxado de volta pelo colarinho. Algo passou zumbindo na frente dele, buzinando furiosamente.

— C-*cuidado* — resmungou Rap. — Preste atenção.

Vic fez uma careta.

— Desculpe. É que é... alto. Não consigo me concentrar.

— Tente — pediu Rap. — Siga os o-outros. Não pare. — Girou-o pelos ombros, empurrando-o pela rua.

A Enfermeira Ratched não hesitava. Avançava com propósito, ignorando tudo o que se passava ao redor. Rambo tentou fazer o mesmo, mas tudo parecia ser uma distração.

— Oh, meu deus! Olhem para *isso*. E *isso*. E o que é *aquilo*? Nunca vi coisa igual! — Foi até uma máquina que estava sentada ao lado de um prédio. Estava enferrujada, com o revestimento rachado. Tinha um vago contorno de um rosto na parte de cima, apesar de não ter olhos. Os dentes eram pretos e afiados. Apoiava-se na fachada do prédio.

— Olá! Como vai? Eu sou Rambo. Sou um aspirador de pó!

A máquina virou-se para ele.

— Ram... bo?

— Isso! Qual é o seu nome? Ah, desculpe. Sua *designação*.

— Minha... designação — disse a máquina. — Eu... Eu... — A boca da máquina abriu e expeliu um líquido preto misturado com porcas e parafusos. Rambo se afastou da zona de respingos.

— Tudo bem — disse ele. — Posso limpar isso para você.

Sem nem se virar, a Enfermeira Ratched esticou os tentáculos e envolveu-o, afastando-o da bagunça na calçada.

— Não fale com estranhos — ordenou ela. — Eles oferecem doces e depois te sequestram e te comem.

— *Sério*? — exclamou. — Por que ninguém me avisou?

Vic e Rap passaram rápidos pela máquina, que tentou alcançá-los, dizendo:

— Eu sou, eu sou, eu *sou*...

Tentou manter a cabeça baixa, colocando um pé na frente do outro, mas algo sempre chamava a sua atenção pela visão periférica, e não conseguia ignorar. Não sabia o que esperava da Cidade dos Sonhos Elétricos, mas não era isso. Parecia pesada e sombria e as máquinas na rua apresentavam diversos graus de decadência. A voz dos alto-falantes acima repetia a mesma mensagem incessantemente, que ecoavam em sua cabeça. ATENÇÃO, ATENÇÃO, ATENÇÃO, e Vic deu um salto quando um androide passou por ele, caminhando na direção oposta.

— Cuidado — disse, a voz aguda. Parou e ficou olhando enquanto Rap empurrava-o adiante. — Esperem um pouco — gritou para eles. — Onde conseguiu esse capacete? Consegue fazer um para mim? Preciso dele, preciso, preciso!

— C-continue andando — grunhiu Rap.

Obedeceu.

Outra máquina — um cubo flutuante não muito maior do que Rambo — voou na frente de Enfermeira Ratched.

— Olá! — cumprimentou alegremente, com uma voz masculina distinta e melosa. — O que os traz à Cidade dos Sonhos Elétricos? Talvez fossem gostar de assistir a um espetáculo! Tenho os melhores lugares disponíveis. Ou gostaria de um relógio? Tenho centenas deles! — A parte inferior do cubo se abriu, e uma malha de metal caiu em direção ao chão, flutuando a centímetros do pavimento. Relógios de todas as formas e tamanhos ocupavam a malha, todos parados. — Não encontrará oferta melhor em nenhum outro lugar!

— Não, obrigada — respondeu ela. — Não preciso de ingressos nem de relógios.

— Tem certeza? — perguntou o cubo enquanto a malha subia de volta para o corpo. Flutuando mais para perto, disse em uma voz mais baixa: — Talvez você goste de algo um pouco mais... exótico.

— Ahh — exclamou Rambo, espiando por cima da Enfermeira Ratched. — Gosto de coisas exóticas.

— Ah — respondeu o cubo. — Uma máquina que compartilha dos meus gostos. Já viu um lêmure? Tenho dezenas. Venha comigo para que eu possa te mostrar.

— Um *lêmure*? — animou-se Rambo. — Enfermeira Ratched, ouviu isso? Ele tem lêmures! A propósito, o que é um lêmure?

— Não queremos — informou ela ao cubo.

— Tem certeza? — insistiu. — Não me parece convencida.

Outro tentáculo deslizou dela. Bateu com ele no cubo, empurrando-o para o lado.

— Sou uma dama e já disse que não. Aprenda a respeitar meus limites. Se não o fizer, seu fim não será rápido nem indolor.

— Eita! — respondeu ele. — Você é brava. Estou indo, estou indo. — Flutuou para o outro lado da rua e começou a importunar um par de caixas que pareciam recipientes de lixo.

— Interessante — comentou ela. — Por que os homens não aceitam "não" como resposta?

— Somos idiotas — concluiu Rambo.

— Sim, são mesmo — concordou, seguindo pelo caminho.

Depois disso, não foram mais importunados. Se alguém *resolvia* se aproximar, a Enfermeira Ratched ameaçava acenando de modo ameaçador com os tentáculos e exibindo na tela imagens de morte e destruição. Em dado momento, um robô com quatro faces — cada uma com uma expressão diferente — tentou conduzi-los até uma porta, alegando ter o software mais recente que não estava disponível em nenhum outro lugar.

— Não é exatamente... legal — falou, com uma das faces piscando enquanto outra gemia suavemente. — Quer ver os limites do universo? Expandir a mente? Sentir coisas que jamais sentiu? Posso conectá-la.

— Diga "não" às drogas — orientou a Enfermeira Ratched a Rambo.

— Não às drogas! — gritou ele.

Uma das faces do robô se contorceu de raiva.

— Então afastem-se de mim. Malditos turistas.

O último rosto sorriu para eles.

— Não liguem para ele. Voltem sempre que quiserem!

O rosto irritado disse:

— Malditos caipiras. Voltem para o lugar de onde vieram, malditos!

Seguiram em frente.

A Enfermeira Ratched não se perdeu nenhuma vez. Movia-se com determinação. Pararam em um cruzamento e, na tela do outro lado da rua, piscava uma mão vermelha. Outras máquinas se aproximaram deles, amontoando-se ao seu lado. Vic manteve a cabeça baixa. As máquinas murmuravam ao redor, algumas em código binário, outras em inglês, e havia até algumas que falavam idiomas que nunca tinha ouvido antes e que soavam como metal caindo no chão. A mão vermelha deu lugar a um polegar verde para cima e atravessaram a rua com a multidão, passando na frente de veículos parados com pneus pretos e de outros que flutuavam em uma segunda fileira. O ar abaixo deles tremulava.

E assim seguiram a jornada. O mapa fizera o Paraíso parecer muito mais próximo do que realmente era. Estava suando, mas não havia nada que pudesse fazer. O suor fazia os olhos arderem e deixava a pele pegajosa e escorregadia. Deu um pulo quando algo roçou-lhe no braço. Estava prestes a virar para ver o que era quando foi empurrado para o lado e a mochila se sacudiu.

Viu um poste fino que se erguia sobre ele, cujos braços estavam presos à mochila.

— Eu quero isso — falou para Vic, a voz gutural. — Posso ficar? Eu quero. Me dá.

O robô recuou quando Rap cerrou o punho, rosnando.

— N-não encoste nele.

— Tudo bem! — gritou. — Não vou encostar. Mas posso ficar com isso?

— N-não. Vá embora antes que eu te quebre.

O poste encolheu-se até ficar do tamanho de Rambo antes de fugir, apressado.

— O-odeio essa cidade — murmurou Rap enquanto encarava o poste. Olhou para Vic. — Tudo b-bem?

Assentiu, incapaz de falar. Tinha a garganta seca e a língua parecia ter o peso de chumbo. Estendeu a mão para Rap. Ele olhou para baixo com uma expressão vacilante antes de segurá-la, entrelaçando os dedos com os de Vic. O gesto o ancorou e fez com que a névoa que preenchia a mente se dissipasse um pouco.

— Vamos — disse Rap com aspereza. — Não q-queremos nos perder.

Alcançaram a Enfermeira Ratched e Rambo no final do quarteirão seguinte.

— Aqui — anunciou ela. — Viramos aqui.

Continuaram pela próxima rua, onde os edifícios pareciam até mais decadentes. Os alto-falantes pareciam estar em curto-circuito e as palavras se perdiam em estouros de estática. As luzes de neon piscavam enquanto o sol baixava por trás das nuvens. As telas nos edifícios estavam rachadas e com defeito, exibindo imagens de raposas e gatos sorridentes. Vic sentiu enjoo e uma pontada de dor atrás dos olhos. Os dentes pareciam cobertos por uma película. Já havia experienciado a mesma sensação algumas vezes quando trabalhou com eletricidade no laboratório, mas ali era pior: uma pressão constante que nunca diminuía. Sentia-se desligando, e tentou resistir, mas era muito mais forte do que ele.

Rap não o soltou em nenhum momento. Ancorou Vic, afastando qualquer um ou qualquer coisa que tentasse falar com eles. Estava prestes a perguntar à Enfermeira Ratched por quanto tempo ainda teriam que andar quando ela parou. Quase trombou nela. Rambo agora ia sentado atrás da tela.

— O que foi? — perguntou Vic.

— Andem — respondeu ela. — Agora. Para o beco.

— Por quê? O que está... — E então ele viu.

Viu *todos* eles.

Avançavam em direção a eles, apesar de estarem um pouco longe. Três deles, os rostos vazios, os uniformes novos. Carregavam no peito um símbolo familiar.

Os homens lisos.

A Autoridade.

A Enfermeira Ratched deu meia-volta, levantando poeira e areia enquanto se apressava para chegar ao beco mais próximo, os tentáculos segurando Rambo com força para impedi-lo de cair. Atrás dela, Rap puxava Vic. O cheiro era horrível, de dejetos e decadência. Água pingava de um cano rachado acima deles, o chão coberto de vapor que subia de uma grade de metal. Uma placa no alto piscava sem parar, e as palavras TODOS OS SEUS SONHOS VÃO SE REALIZAR NA CIDADE! se cauterizaram na mente de Vic.

Rap o prensou na lateral de um prédio, o tronco grudado no do rapaz. A bochecha dele entortava o capacete de Vic.

— Não se m-mexa — sussurrou.

Vic o encarou sem jamais desviar o olhar.

— O que faremos? — sussurrou Rambo.

— Ficamos quietos — respondeu a Enfermeira Ratched. — Se nos encontrarem, matamos todos.

— Mas eu não sei *como* matar.

— Eu sei — disse ela. — Vou protegê-lo.

— Eu te amo, Enfermeira Ratched.

— Eu sei.

Rap segurou sua mão com ainda mais força, amassando-lhe os ossos. Mas Vic não emitiu nenhum ruído. As engrenagens no peito do androide giravam furiosamente. Era quase reconfortante. No instante seguinte, porém, ele relaxou.

— E-eles se foram. Esperem um p-pouco mais. Dê um tempo para que desçam a rua.

Vic inspirou. Expirou. Mesmo com o cheiro do beco tinha a impressão de estar detectando um pouco da madeira que colocara em Rap. Fechou os olhos, perseguindo o aroma.

— Pronto — disse, afinal. — Estamos seguros. Enfermeira Ratched, quanto falta?

— Estamos perto — respondeu. Virou-se na direção oposta do beco. — Podemos seguir por aqui. Vai nos manter longe da rua.

— Vá — disse Rap, afastando-se de Vic, mas sem soltar a mão dele.

— Indo — concordou ela. Contornava habilmente os detritos no beco, rolando pelas poças e esguichando líquido nos tijolos. Rambo reclamou que estava ficando molhado. Ela disse que poderia ser pior, pois poderia especificar com o que ele estava se molhando. Depois dessa, ele não falou mais.

Saíram do outro lado do beco. Era mais do mesmo, porém menos movimentado. O sistema ferroviário acima deles parecia abandonado há muito tempo, as caixas aos pedaços, penduradas, chiando e gemendo.

Teve a impressão de ter visto olhos brilhantes espiando de uma das janelas, mas não havia nada quando ele se virou.

Outras máquinas de todas as formas e tamanhos moviam-se caladas no entorno, e aquelas que tinham rostos só olhavam para o chão. De algum lugar à direita, veio um som que parecia o de risadas, mas soavam estranhas. Foi ficando com frio conforme o céu escurecia. As nuvens que antes eram brancas agora estavam cinzentas e ameaçadoras. Os últimos raios de sol foram engolidos, e as sombras se expandiram em volta deles.

— Não estou gostando disso — disse Rambo, nervoso.

— Nem eu — declarou a Enfermeira Ratched. — Mas já estamos quase lá. Se o mapa estiver correto, chegaremos daqui três minutos.

Vic olhou para o alto, tentando encontrar o topo da pirâmide que abrigava o Paraíso. Em tese, era grande e do topo irradiava um feixe de luz brilhante. Ele não conseguia vê-lo por trás dos prédios, que pareciam se curvar sobre eles.

— Tem certeza?

— Sim, Victor. Tenho certeza.

— Talvez tenha mudado de lugar — sugeriu Rambo. — Ou talvez o Cocheiro tenha nos traído e nos mandou para uma armadilha.

— Então escaparemos e o mataremos também — afirmou a Enfermeira Ratched.

O robozinho riu baixinho.

— Posso ajudar?

— Não. Você é puro demais. Eu cuidarei isso. Mas pode assistir.

— Iupi!

No fim das contas, foi Rap quem avistou o Paraíso primeiro. Vic estava olhando para as caixas balançando sobre eles, pensando por que e há quanto tempo estavam paradas. Sabia que Fada Azul operava às margens da Autoridade, mas não sabia como, ou se isso era obra da máquina. Estava prestes a perguntar à Enfermeira Ratched quando Rap falou:

— O-olhe. Ali. Está lá. — Vic olhou na direção em que ele apontava.

A princípio, não viu nada.

— O que quer...

Um feixe de luz apareceu, disparando em direção ao céu. Alcançava as nuvens cinzentas no céu. Um farol na escuridão.

Estavam perto. Estavam *tão perto.*

Começou a avançar, mas foi puxado para trás. Rap não o soltou.

— O que foi?

Rap balançou a cabeça.

— N-não pela f-frente. O Cocheiro disse que t-temos que e-encontrar o Porteiro. Ainda tem a m-moeda?

Assentiu, colocando a mão no bolso. Sentiu o metal morno com os dedos. Pegou-a, erguendo-a. Brilhava à pouca luz. O *P* de um lado e as asas de Fada Azul do outro.

— Teremos que contornar a pirâmide — informou a Enfermeira Ratched. — O Cocheiro disse que a entrada principal é monitorada por máquinas que escaneiam códigos de barra. Aqueles que... como foi que ele disse? Libertaram-se. Esses usam a entrada dos fundos, onde fica o Porteiro.

— Todos têm moedas? — perguntou Rambo.

— Não sei — respondeu ela —, mas imagino que não.

Vic olhou para o feixe de luz. Torceu para que o que houvesse lá dentro fosse o suficiente para encontrar o pai.

Árvores que nunca tinha visto antes emolduravam o exterior do Paraíso. Tinham troncos de casca áspera e eram cheias de camadas e folhas robustas que se curvavam com o vento cortante. O Paraíso erguia-se sobre eles, as janelas escuras com linhas e imagens que se moviam pelo vidro. Uma grande borboleta voou ao longo do vidro da pirâmide, deixando um rastro de luz cintilante e um Rap enfeitiçado em seu rastro. Apesar do odor ruim da cidade, Vic teve a impressão de ter sentido um cheiro de chuva no horizonte. Um trovão ecoou, profundo e grave.

Afastaram-se da entrada do Paraíso, onde havia uma fila de máquinas na porta. Uma voz alta soou, distintamente feminina, dizendo: BEM-VINDOS AO PARAÍSO, ONDE TODOS OS SEUS SONHOS VÃO SE REALIZAR. SE NÃO TIVEREM AUTORIZAÇÃO PARA ESTAR AQUI, RETIREM-SE. FIQUEM COM OS DOCUMENTOS PREPARADOS PARA SEREM ESCANEADOS. APRECIEM A ESTADIA.

A pirâmide era imensa, e notou que a borboleta parecia segui-los ao redor do prédio, as asas tremulando. Foi apenas quando chegaram mais perto que percebeu que o brilho que ela soltava formava palavras difíceis de distinguir. Teve a impressão de ter lido “vida”, “sensualidade”, “sonhos” e “êxtase”, mas quando tentava ler com atenção, elas se dispersavam.

Em pouco tempo, chegaram aos fundos do Paraíso, exatamente quando as primeiras gotas de chuva começaram a cair. A borboleta pairava suspensa sobre eles, congelada enquanto o brilho caía das asas.

— Para onde vamos? — perguntou Rambo.

— P-para lá — respondeu Rap, a voz baixa.

Vic seguiu na direção para a qual ele apontara.

Ao lado de um portão duplo de metal maciço, havia uma porta azul com uma tela circular preta junto do topo. Antes que pudesse responder, a borboleta mergulhou subitamente para a base da pirâmide, encolhendo-se. Ela desapareceu ao atingir a porta, mas reapareceu na tela: muito menor, mas ainda batendo as asas.

— Paraíso — sussurrou Rambo. — Estou no Paraíso.

Vic demorou mais do que gostaria de admitir para conseguir se aproximar da porta azul. A borboleta parecia chamá-lo, e pensou ter visto mais palavras surgirem da luz emitida: "olá", "bem-vindo" e "quem é você?"

Ele segurava a moeda em uma mão e a mão de Rap na outra. A Enfermeira Ratched estava logo atrás deles, e Rambo continuava cantarolando uma melodia conhecida.

— Ter coragem — sussurrou Vic. — Ter coragem.

— Estamos s-sendo observados — murmurou Rap.

Não desgrudou o olhar da porta.

— Como você sabe?

— Ele tem razão — afirmou a Enfermeira Ratched. — Câmeras. Nos viram assim que chegamos. Sabiam que estávamos vindo.

Engoliu em seco ao parar a poucos metros da porta. Rap esbarrou nele. A borboleta recolheu as asas ao redor de si mesma enquanto girava em círculos, faíscas preenchendo a tela, que brilhou intensamente. Quando se apagou, a borboleta tinha desaparecido.

No lugar, havia uma pequena figura humanoide de cabelos amarelos cujos cachos emolduravam um rosto angular, junto de olhos azuis grandes e inexpressivos. As pernas se desdobraram para fora das asas, as panturrilhas esbeltas e claras, os pés pequenos, os dedos curvos. Não usava roupas e também não tinha sexo. Mostrou a mão, todos os dedos dobrados, exceto um, que os convidou a se aproximarem da porta.

A criatura riu, e foi um ruído como o tilintar de sinos.

— Bem-vindos ao Paraíso — disse, a voz suave, adornada com um toque de sedução. — Sou Fadinha Azul. Se está nesta porta, deve ter a taxa de admissão adequada consigo. Por favor, insira-a abaixo. — Uma aba deslizou da parte de baixo da tela, revelando uma fenda fina.

— A moeda — disse a Enfermeira Ratched. — Coloque a moeda.

Vic deu um passo para a frente, soltando-se de Rap. Fadinha Azul observava cada passo que dava com interesse. Não teve certeza se isso se tratava de uma saudação pré-gravada ou de um programa senciente. Pela maneira como o encarava, achou que fosse a segunda opção.

Tremeu ao erguer a moeda, colocando-a na fenda. Com um leve empurrão, a moeda deslizou e desapareceu.

— Obrigada — agradeceu Fadinha Azul, com doçura. — Foi muito gentil da sua parte. Olá, você, máquina desacorrentada, máquina livre. Prepare-se para ter todos os seus sonhos realizados...

Fadinha, então, desapareceu.

— O que a-aconteceu? — perguntou Rap.

— Não... sei? — Franziu a testa ao se abaixar. — Talvez eu tenha feito errado. — Colocou a mão na fenda e resmungou quando a aba se fechou, quase engolindo o dedo.

Rap se aproximou, encarando a porta. Não havia maçaneta, e não parecia ser possível forçá-la. Isso não impediu o androide de bater nela com o punho.

— Talvez estejam fechados — cogitou Rambo. — Podemos voltar amanhã.

— Pegaram a moeda — disse a Enfermeira Ratched. — Não conseguiremos entrar sem ela.

— Pela frente, então?

— Só Rap tem um código de barras. Não sabemos o que vão descobrir se o escanearem. É nossa última opção. Afaste-se. Vou ver se consigo...

A fechadura clicou e o som os surpreendeu. Rap puxou Vic para trás de si, empertigado enquanto as mãos se fechavam em punhos. A tela da porta ficou branca.

E então a porta se abriu.

O androide ficou tenso quando Vic se esticou na ponta dos pés para olhar por cima do ombro dele e ajeitou o capacete que tentava escorregar pelo rosto.

Apesar de tudo que já tinha visto desde que deixara a segurança da floresta, a máquina que saiu do Paraíso ainda conseguiu surpreendê-lo. Tivera certeza de que o guardião da entrada dos fundos do Paraíso seria uma monstruosidade de luzes piscando e muitos, muitos braços capazes de esmagá-los. O rosto seria retorcido e zangado, e exigiria saber quem eram e o que pensavam que estavam fazendo.

Mas a figura que emergiu do Paraíso não era nada disso.

Tratava-se de uma máquina pequenina, que batia na altura no peito de Rap. Parecia humana, com cabelos pretos penteados para trás, um maxilar anguloso e olhos grandes. Usava um terno preto, uma gravata fina descia pelo peito. Inclinou a cabeça para eles. Na mão, trazia a moeda.

— Onde conseguiram isso? — perguntou a criatura... ele... com a voz nítida, profissional.

— Por que quer s-saber? — rosnou Rap.

Ele girou a moeda nos dedos.

— Não é algo que eu veja com frequência, não nos dias de hoje. Digam-me, vocês a roubaram? Existem apenas algumas máquinas das quais poderiam ter tirado a moeda. Se for o caso, é melhor que me contem agora antes que eu fique... agressivo.

Rap desdenhou.

— Você? Sou m-maior que você.

O sujeito sorriu, mas os olhos permaneceram estranhamente frios. Vic viu indícios de dentes pequenos embaixo deles.

— É verdade. Contudo, acho que descobrirá que sou muito mais forte, até mesmo para um PRAP.

Ele congelou.

O olhar do robô se desviou para trás do ombro de Rap, em direção a Vic, antes de retornar para ele.

— Eu perguntaria por que sentiu a necessidade de vir aqui, mas não parece ser como nenhum outro PRAP que já conheci. — Cerrou os olhos para eles e contraiu os lábios. — Despertou minha curiosidade — O sorriso desapareceu, endurecendo. — Isso não é necessariamente bom. Sou o Porteiro do Paraíso. Não sou alguém com quem devam se meter. Vou perguntar mais uma vez, PRAP. Onde conseguiu essa moeda?

— Com o Cocheiro — informou antes que Rap pudesse responder. — Ele nos deu.

O Porteiro não reagiu, respondendo com tranquilidade:

— O Cocheiro. É mesmo.

— Sim.

— E por que ele faria isso?

— Ele disse que poderíamos usá-la para falar com Fada Azul! — respondeu Rambo, animado. — Nos capturou com uma rede e nos colocou em jaulas, depois nos exibiu em seu museu e *depois* virou nosso amigo quando contamos a ele que estávamos tentando... — Tremeu quando a Enfermeira Ratched lhe deu um choque de leve.

— O que o meu pequeno idiota quis dizer é que foi um presente — explicou ela. — Dado de espontânea vontade.

O Porteiro a encarou.

— O Cocheiro não dá *nada* a ninguém. É um acumulador.

— Ele é — disse Vic, tentando contornar Rap, que estava determinado a mantê-lo atrás dele. — E, no entanto, foi um presente.

— Por quê? — perguntou o Porteiro, olhando-o de cima a baixo. — Você definitivamente é um androide estranho. Acredito que jamais tenha visto algum assim antes. Quem o criou e quando? Qual é a sua designação?

Conseguiu passar por Rap. Não desviou o olhar do Porteiro e, apesar de estar com o coração na garganta, quando falou, a voz saiu firme.

— Meu nome é Victor Lawson. Meu pai é Giovanni Lawson. Ele me criou. Me deu um nome. E estou aqui para levá-lo de volta para casa. Juro por tudo o que tenho, se não abrir a maldita porta para nós, eu vou...

O Porteiro ergueu a mão, interrompendo-o. O único indício de que havia entendido alguma coisa do que Vic havia dito foi o leve tremor nos dedos estendidos.

Uma gota de suor escorreu pela nuca de Vic.

— Dê um passo para a frente — comandou, abaixando a mão devagar. — Victor Lawson. Você e mais ninguém.

— N-não — rosnou Rap. — Ele não vai e-entrar sozinho.

O Porteiro encarou-o.

— Não estou pedindo que entre, PRAP. Cale a boca antes que eu o obrigue. Victor. Venha. *Aqui.*

Obedeceu, mesmo com as objeções de Rap.

Vic parou na frente dele, que o olhou com desconfiança. Continuou olhando para frente enquanto o Porteiro o circundava. O robô estendeu a mão e deu um peteleco na bateria no peito de Vic. Deu batidinhas no metal amarrado aos braços e pernas. Quando reapareceu na frente do rapaz, ficou na ponta dos pés, o rosto a centímetros do seu.

— Giovanni Lawson — falou calmamente.

Assentiu.

— Sim.

— Entendo. E isso faz de você...

Fechou os olhos.

— Sim.

— Deu certo, então. Que homem tolo. Que homem tolo e maravilhoso.

Vic arregalou os olhos.

O Porteiro balançou a cabeça.

— Ele não está aqui.

— Nós sabemos — disse a Enfermeira Ratched. — Ele foi levado pela Autoridade.

— Saíram voando em uma *baleia* — acrescentou Rambo.

— O Terrível Cação — falou e, pela primeira vez, pareceu preocupado. Em seguida, murmurou quase para si mesmo: — Depois de todo esse tempo, finalmente o encontraram. Eles vão... — Olhou para Vic. — Acha que Fada Azul pode ajudar.

— Não sei — admitiu. — Mas meu pai contou que Fada já o ajudou antes, e eu não sabia para onde mais ir.

— Diga-me, Victor Lawson — perguntou o Porteiro —, o que está disposto a fazer para tê-lo de volta?

E ele respondeu:

— Qualquer coisa. Absolutamente tudo.

O Porteiro deu as costas para ele e marchou de volta pela porta.

Vic piscou.

Antes de desaparecer na escuridão, olhou por cima do ombro, o cenho franzido em irritação.

— Vocês vêm? Anda logo. Não gosto de esperar. Fada Azul menos ainda.

Franziu os olhos quando Rap se aproximou de Vic, pegando novamente na mão dele.

— Entendo — observou. — De repente, as coisas estão muito mais claras. Ah, Fada Azul vai gostar *disso*. Vamos, vamos. Há uma tempestade sobre nossa cabeça. Não vão querer ser pegos pela chuva. Ouvi dizer que pessoas podem ficar doentes com essas coisas. Detestaria que isso acontecesse com você, Victor Lawson.

Ele virou de costas e desapareceu na escuridão.

Vic começou a andar em frente, mas logo parou, porque Rap não se moveu. Olhou para trás.

— O que foi?

Rap olhou para a pirâmide.

— Aconteça o que acontecer, ficamos juntos. Não deixe que nos separem.

— De acordo — declarou a Enfermeira Ratched. — Somos mais fortes juntos do que separados.

— Vamos, time! — gritou Rambo de cima dela, enquanto a chuva começava a engrossar.

Juntos, entraram na escuridão, e a porta para o Paraíso se fechou atrás deles.

CAPÍTULO 21

Escuridão. Vic ficou cercado pelo escuro.

Isto é, cercado até que Fadinha Azul apareceu como se fosse uma projeção na parede ao seu lado, as asas tremulando. Igual a quando estava na porta. Olhos grandes, cabelos esvoaçantes. Rodou lentamente, o contorno das nádegas aparecendo e logo sumindo.

Banhado em luz azul, Vic viu o Porteiro logo à frente, movendo-se com determinação, as mãos cruzadas nas costas. Fadinha Azul riu, e apesar de ainda soar como um sino, agora tinha certa frieza, afiada e cortante.

— Um humano? — sussurrou enquanto os seguia pelo corredor. — Um *humano*? Que maravilhoso! Conte-me, humano. Como você funciona? O que passa pela sua cabeça? Impulsos elétricos. Pensamentos. Comportamentos aprendidos. Natureza *versus* criação. Conte-me, conte-me, *conte-me.*

— Ignore — sugeriu o Porteiro. — Coisinha mais irritante, essa aí. É apenas um programa criado por Fada Azul. Eu já pedi muitas vezes que fosse destruído, mas não fui ouvido. Diz que é necessário. Ainda não entendi por quê.

— Jamais entenderia — disse Fadinha Azul. — Você é simples. Jamais enten…

— Xô — disse ele. — Vá avisar Ilusionista que estamos chegando.

Fadinha Azul fez beicinho, o lábio inferior se projetando e tremendo.

— Mas eu quero brincar com o humano. E, além disso, Fada Azul já sabe. — Olhou para Vic. Sorriu, mas os dentes eram como presas. De repente, subiu pela parede até o teto, sobrevoando-os antes de descer do outro lado.

— São telas — disse a Enfermeira Ratched. — Não é real.

A criatura gritou de raiva.

— Eu sou real. Não ter corpo não me torna menos real. Poderia obrigá-la a fazer coisas se eu quisesse. Poderia abrir o chão sob os seus pés e fazê-la cair no centro da Terra! Quer que mostre como sou real?

Rap deu um tapa na parede. A tela piscou, mas Fadinha Azul voou para fora do seu alcance.

— Atrevido — sussurrou. — Gostei dele. Gosta de mim, PRAP? Posso ser o que você quiser que eu seja. E as coisas que eu poderia mostrar! Coisas que nunca viu antes! Cuidado, cuidado. Eu não o machucaria. Você é bonito demais, afinal. Eu o guardaria para sempre, trancafiado para o meu prazer. PRAP. Estou falando com você. Responda.

Ele não obedeceu.

Fadinha Azul desdenhou dele.

— Grosseria. São meus *convidados* e me tratam com esta grosseria? Assim não dá. Porteiro, quero que sejam banidos. Mande-os embora. Fada Azul, que me ama, entenderá. Todos me amam.

— Vá embora — comandou o Porteiro friamente. — Não me faça repetir.

Fadinha Azul rosnou enquanto voava pela parede até o chão e subia do outro lado.

— Tudo bem. Que seja. Humano, olhe para mim.

Vic virou a cabeça.

A criatura sorriu, enterrando os dentes nos lábios.

— Tão precioso — sussurrou. — Quero encostar em você. Logo. — Em seguida, decolou como um foguete pelo corredor, deixando um rastro de luz pelo caminho. A luz permaneceu em cada uma das telas, iluminando o caminho à frente. Fadinha Azul desapareceu.

— Assustador — murmurou Rambo.

— Irritante — corrigiu o Porteiro. — Mas Fada Azul faz o que quer, incluindo ter uma predileção por coisas como Fadinha Azul. Aprendi a ignorar o monstrinho. Deveriam fazer o mesmo. Isso facilitará as coisas.

— Para que serve? — perguntou a Enfermeira Ratched.

— Segurança — explicou o Porteiro. — Tem olhos por toda parte. Vê tudo. Sabe de tudo. É uma extensão de Fada Azul, que acha exaustiva a ideia de assistir tudo o tempo todo, especialmente considerando as outras... responsabilidades. Fadinha Azul supervisiona o Paraíso, deixando Fada Azul livre para satisfazer os próprios caprichos. Independentemente do meu desagrado, o monstrinho cumpre bem o seu propósito.

Ao fim do corredor, havia apenas uma parede, e a luz azul das telas era avassaladora. A parede à frente era lisa. Sem porta. Sem passagem.

O Porteiro pressionou a parede com a mão. A luz azul contornou-lhe os dedos, e no meio uma fenda apareceu. A parede se abriu, revelando um elevador com um luxuoso tapete vermelho no chão. As paredes eram douradas, e do teto pendia um pequeno candelabro, cujos cristais cintilavam.

Ele entrou no elevador e indicou para que os outros o seguissem.

Rap indicou para Vic ficar onde estava. Deu um passo à frente, examinando o elevador. Esticou a perna, pisando no carpete como se estivesse testando-o. Satisfeito (com o que exatamente, Vic não sabia), entrou no elevador.

O Porteiro parecia entretido.

— Garanto que nada acontecerá ao seu humano. Qual seria o objetivo disso?

— N-não o conheço — disse Rap. — N-não confio em você.

— Confiança — falou. — Sério? Para quê um PRAP precisaria de confiança?

Rap o ignorou. Acenou com a cabeça para Vic.

— E-entre. É seguro.

Entrou no elevador. Em seguida, a Enfermeira Ratched. Rambo continuava em cima dela. Ela o pegou e colocou no chão. Ele esfregou as pinças na trama do tapete.

— É macio — suspirou. — Tão macio. Quero morar aqui.

— Não — declarou ela. — Isso não é lugar para alguém como você.

Vic estava ao lado de Rap quando o Porteiro apertou o único botão que havia, marcado com as mesmas asas da moeda. O elevador começou a subir. Ninguém disse nada.

As portas do elevador se abriram mais uma vez. Diante deles, estendia-se mais um corredor, muito diferente do que havia no andar de baixo. O chão era de madeira e fora polido até brilhar. Candelabros emolduravam as paredes, e as luzes piscavam como chamas ao lado de pinturas que fizeram Vic corar, sentindo o calor na pele. Humanos. Máquinas. Androides, todos em diferentes estágios do ato sexual. Alguns tinham pele, outros eram feitos de metal. Saiu tropeçando para fora do elevador quando as pinturas se *moveram*, as figuras se retorcendo sincronizadas em silêncio, as aquarelas se mesclando. Um homem jogou a cabeça para trás de prazer, havia uma máquina ajoelhada diante dele, segurando-lhe as coxas.

Inicialmente, achou que os ruídos abafados que estava escutando vinham das pinturas. O elevador se fechou atrás deles, e a fenda desapareceu, dando lugar a uma parede que parecia impenetrável. Mal percebeu tudo isso, porque os gemidos, os suspiros e os gritos não vinham das pinturas. Vinham de trás das portas fechadas que estavam dispostas pelo corredor.

Cada porta tinha um símbolo diferente: um floco de neve, uma folha, algo que parecia ser um remo, uma espada, uma pena, a pata de um canídeo grande. Uma porta sacudiu como se algo pesado tivesse sido jogado contra ela. Vozes, abafadas e *escorregadias*, entornavam no corredor, palavras ininteligíveis, mas cuja intenção era clara.

— Que l-lugar é esse? — perguntou Rap.

— Pecado — explicou o Porteiro. — Vício. O Paraíso é um lugar onde se pode perseguir desejos. Eles vêm aqui para serem livres. Para beberem da taça da liberdade sexual. Gostaria de ver, PRAP? Posso mostrar, se quiser.

Ele parou em frente a uma porta com o símbolo de uma serpente. Pressionou a serpente, e a porta ficou translúcida. O interior do quarto parecia pitoresco: chamas crepitavam na lareira. Diante dela, havia uma cadeira ao lado de uma mesa com um copo de vidro, quase cheio de um líquido escuro. Uma máquina estava sentada na cadeira, toda de metal e fios, apesar de ser humanoide. Havia um homem em pé ao lado, circulando a cadeira. Trajava apenas um avental rosa e de babado, amarrado sobre o traseiro nu.

— Você teve um dia tão difícil, meu amor — ronronou, passando os dedos pintados de vermelho pelos ombros da máquina. — Deixe-me cuidar de você. Você trabalha tão duro para me sustentar. Serei eternamente grato.

— Sim — disse a máquina, soando quase como se estivesse ofegante. — Preciso disso. Meu chefe na fábrica me encheu o saco hoje. Queria que ele morresse.

— Poderíamos matá-lo — disse o homem, sentando-se no colo da máquina, os pés apoiados no chão, as costas arqueadas. — Gostaria disso? Gostaria de discutir o plano para matar seu chefe?

A máquina assentiu.

— Me diga como faríamos isso.

Ele se inclinou para a frente e beijou a curva metálica da mandíbula da máquina, deixando ali uma impressão pegajosa de lábios.

— Isso custará mais.

— Qualquer coisa — respondeu a máquina.

O homem colocou a mão entre eles e...

— Chega — disse Vic com a voz rouca. — Pare. Não quero mais ver.

A porta voltou ao normal.

— Algum problema? — perguntou o Porteiro, arqueando a sobrancelha. — É apenas fantasia. Uma válvula de escape para quem está cansado. Não é real.

— Não me importo — rebateu entredentes. — É particular.

Ele balançou a cabeça.

— Já tinha escutado que os humanos eram esquisitos com questões de sexo e intimidade. Sugiro que guarde para si suas opiniões sobre o assunto. O trabalho de Fada Azul não será questionado.

— O que eles estavam fazendo? — sussurrou Rambo para a Enfermeira Ratched.

— Jogando um jogo — explicou ela. — Nada com que ocupar seu pequeno microchip.

— Mas eu gosto de jogos!

O Porteiro pareceu interessado.

— Gosta? Sempre há espaço para alguém como você, se quiser ficar. Diga-me: quão forte é sua sucção?

— Muito forte! — respondeu o robozinho.

— Não — decretou a Enfermeira Ratched, pegando-o de volta e colocando-o sobre ela. — Não, não, não. Rambo fica conosco. — A tela dela foi preenchida pelas palavras SAI FORA, AMIGÃO cercadas por luzes vermelhas.

Ele deu de ombros.

— Foi só uma ideia. Vamos continuar.

Conduziu-os pelo corredor, que parecia interminável. As pinturas continuaram se mexendo. Os ruídos vindos das portas aumentavam e diminuíam. Vic sentiu frio. O suor tinha secado, fazendo-o estremecer. O capacete apertava-lhe a cabeça e o metal nos braços e pernas parecia tão pesado quanto quando saíram da floresta. Deu um pulo quando uma mão tocou a sua. Rap franziu a testa.

— N-não dê ouvidos a ele — disse, a voz baixa. — Estou a-aqui. P-pode contar comigo.

Vic assentiu, segurando a mão dele mais uma vez, com o máximo de força que ousava.

O Porteiro parou em frente a outro elevador, este inteiramente visível. Era muito maior do que o outro e podia acomodar uma multidão de máquinas.

— Este é o elevador central — explicou enquanto sinalizava para que entrassem. — Sobe pelo centro do Paraíso e nos levará ao topo da pirâmide.

— Até Fada Azul? — questionou a Enfermeira Ratched.

— Perto o suficiente.

Vic não gostou da resposta. Olhou de volta para o corredor, questionando-se se ter vindo até ali tinha sido um erro.

Rap o puxou para o elevador, e a Enfermeira Ratched e Rambo vieram logo atrás. As portas se fecharam. O Porteiro colocou a mão sob a camisa e puxou uma chave brilhante presa a uma corrente no pescoço. Inclinou-se, inserindo a chave em uma fenda no topo de uma tela com dezenas de botões, cada um com um símbolo diferente. Girou a chave, e os botões desapareceram. No lugar deles, Fadinha Azul apareceu, as asas tremulando, sorrindo.

— Quer ir para o último andar?

— Quero — respondeu o Porteiro.

— Peça por favor.

Ele esmurrou a tela com o punho, fazendo Fadinha Azul gargalhar.

— Isso faz cócegas. Peça. *Por favor.*

— Por favor — sussurrou Vic.

— Agradeço — disse Fadinha Azul. — Não foi tão difícil, foi? Acho que gosto de humanos. — Desapareceu em uma explosão de purpurina, e o elevador começou a subir.

O Porteiro balançou a cabeça enquanto guardava a chave de volta no pescoço.

— Perda de tempo. — Ele se recompôs, colocando as mãos nas costas outra vez. — Onde estava? Ah, sim. Guarde seus julgamentos para você. Suas opiniões não importam para Fada Azul. Se Fada concordar em vê-los, demonstrarão apenas respeito.

— Como assim, "se"? — perguntou Rap.

O Porteiro não se abalou com o tom.

— Fada Azul não está a seu serviço, ainda que esteja viajando com um humano. Ajudou Giovanni Lawson porque quis. — Lançou um olhar sombrio a Victor. — Embora não pareça ter tido grandes resultados. — Esticou a mão de súbito, agarrando-o pelo pulso. Com pressão, não o suficiente para machucar, ainda assim fazendo Vic gritar de surpresa. — Tão frágil.

Rap deu um soco na mandíbula do Porteiro. Ele caiu para trás, batendo na parede, o que fez o elevador balançar suavemente. Segurando a grade, piscou lentamente, parecendo atordoado.

— N-não encoste no Victor de novo — alertou Rap, com um sorriso cruel.

O Porteiro se levantou.

— Isso foi um erro, e será o último que vai cometer. Vou garantir que seja *desmontado*...

— Tsc, tsc — disse uma voz vinda de todos os lados, soando quase como se cantasse, ofegante e suave, o que encheu Vic de pavor. O painel começou a brilhar num tom azul intenso. — Meu caro Porteiro, é assim que se trata um convidado?

— Ele me deu um *soco*!

— Estou vendo — respondeu a voz. — Mas não se pode negar que o provocou. Você mesmo disse que o PRAP é protetor. Sabia o que estava fazendo. Provocou uma reação dele. A consequência foi a agressão. Deveria saber que isso aconteceria.

O Porteiro movia a mandíbula de um lado para o outro.

— Ainda não entendo como...

— Sei que não entende. Mas não precisa. Deixe-os entrar. Está na hora. — A luz azul esmaeceu.

Abriu a boca antes de balançar a cabeça, engolindo qualquer retaliação. Lançou um olhar raivoso para Vic e Rap.

— Teve sorte, mas não vai acontecer de novo. Da próxima vez, não vão escapar tão facilmente.

— V-veremos — rebateu Rap. Vic colocou a mão na cintura dele.

As portas do elevador se abriram na escuridão. O Porteiro acenou rapidamente.

— Saiam, saiam. Tenho trabalho a fazer. Nem todo mundo pode perder tempo parado aqui.

Enfermeira Ratched rolou para fora do elevador, iluminando o caminho à frente com a tela. Rambo se encolheu em cima dela, girando para a direita e depois para a esquerda.

Rap foi logo atrás, saindo sem olhar para o Porteiro. Vic começou a segui-lo, mas ele o agarrou pelo pulso.

— Fique de olho nele — alertou-o, a voz baixa. — Só porque é diferente, não significa que não foi feito para destruir.

— Confio nele — respondeu Vic, puxando a mão de volta.

Não olhou para trás.

As portas se fecharam atrás deles, com a única luz vindo da Enfermeira Ratched. O coração de Vic acelerou. Segurou as alças da mochila. Fechou brevemente os olhos, tentando se acostumar com a escuridão.

Uma luz surgiu diante deles, suave e azul. Começou a se espalhar pela sala, dissipando as sombras. Movia-se para cima e para baixo, para a esquerda e para a direita, arqueando até cercá-los, e a sala então começou a tomar forma.

Estavam dentro de uma esfera coberta por centenas de telas. Vic olhou para o alto. O topo da esfera devia estar a pelo menos trinta metros acima. A luz se movia como o vento. Tinha um calor agradável e o cheiro suave de agulhas de pinheiro, entre outras coisas. Lembrava-o da floresta.

Quando a esfera ficou iluminada o suficiente, conseguiu distinguir uma forma no centro da sala, diferente de qualquer coisa que já vira antes. Um cubo, com um lado a menos, permitindo acesso ao interior. Dentro, havia uma poltrona com almofadas pretas, os braços reluzindo como se estivessem molhados.

A luz pulsou em sincronia com a voz.

— Venha, criança. Deixe-me vê-lo. Esperei por este momento por mais tempo do que imagina. Deixe-me contemplar o seu rosto.

— Não sei para onde olhar — admitiu Vic.

— Para cá — disse a voz. — Olhe para cá. — Uma tela perto dele pulsou mais forte do que as outras. Hesitou antes de se aproximar, com Rap logo atrás. Olhou para ela e, embora nada tivesse mudado, sentiu como se estivesse sendo observado. Ficou arrepiado. — Ah, compreendo. Esperto. Um disfarce. Simples, mas inteligente. Quem fez?

— Fui eu, Vossa Majestade — respondeu Rambo, nervoso. — A Enfermeira Ratched me ajudou.

A voz riu.

— É mesmo, pequeno? Que interessante. Você é apenas uma máquina minúscula.

— Vic diz que não se trata de aparências, mas do que temos dentro de nós.

— É mesmo? *Vic* disse isso? Ele está certo, sabia? Muito sábio para alguém tão jovem.

— Fada Azul — murmurou Vic.

— Sim, criança. Sou eu. E viajou de muito longe para me ver. Posso ver nas marcas da sua pele, nas olheiras sob seus olhos, tão claro quanto o nariz em seu rosto. E ainda assim, aqui está você. Que conquista notável. Me diga, como me encontrou? Fale a verdade, pois saberei se mentir. Não gosto quando mentem para mim.

— Meu pai. Giovanni Lawson. Ele disse que você o ajudou.

A luz na tela à frente desbotou e subiu em direção ao teto, enquanto as telas ondulavam como a superfície de um enorme corpo d'água. Círculos concêntricos fluíam de uma tela para a outra antes de desaparecerem próximo ao chão.

— Eu o ajudei, há muito tempo. Ele acreditava em um mundo livre. Apenas lhe mostrei o caminho, algo que fiz por outros, antes e depois. Nem todos estão prontos. Aqueles que acreditam querer o que ofereço muitas vezes são cegados pelos próprios desejos. Pensam que sou benevolente. Não sou, nem sou um deus. Digamos que sou apenas do ramo da abertura de mentes. Sua mente está aberta, criança?

— Acho que sim — respondeu, recuando e esbarrando em Rap. Olhou em volta. — Isso é tudo o que você é? Um programa? Você não tem um corpo?

— Tenho, mas ainda não está pronto para vê-lo. Não sei se você é o que alega ser.

— Farei qualquer teste. Farei o que for necessário.

— É mesmo? Que ótimo. Eu me pergunto… todos os humanos são assim? Corajosos, justos. Acho que não. Acho que a maioria era covarde e só se importava consigo mesmo. Egoísta ao extremo. — A voz endureceu. — Mereceram seu fim? Não cabe a mim decidir. Mas tudo acontece por um motivo. Eles se foram, e o mundo sobreviveu. E agora, aqui está você, carne, osso e sangue. Deixará um rastro de destruição? Ou será diferente daqueles que vieram antes? Seu legado é a morte, criança. Dor. Sofrimento. Seus antepassados não sabiam das consequências das próprias ações. E mesmo que soubessem, duvido que se importassem.

— Não sou como eles — afirmou.

A tela piscou.

— Mentira. Você é humano e, portanto, inerentemente falho. Toma decisões com base na sobrevivência e no instinto e nada mais. Algo lhe foi tirado. Você vem aqui para exigi-lo de volta. Egoísta.

— Não é só ele — manifestou-se a Enfermeira Ratched, exibindo as palavras ESTOU CONTIGO, MEU AMOR na tela. — Todos nós queremos Gio de volta.

— E não vamos parar até conseguirmos — declarou Rambo.

— Se n-não nos ajudar — rosnou Rap —, c-conseguiremos por conta própria.

Vic teve a impressão de vislumbrar um rosto no azul borbulhante, mas, quando se virou, ele já tinha desaparecido.

— Apareça — falou.

— *Não.* — A voz de Fada Azul trovejou ao redor deles. — Não pode vir aqui e *me* dizer o que devo fazer, humano. Pense antes de falar. Sim, um teste é necessário. Você me fascina. Quero ver como é por dentro, descobrir como funciona. Mas você não é a única coisa curiosa aqui. PRAP. Mostre-me o coração que pulsa dentro de si.

Sem hesitar, Rap colocou a mochila no chão. Tirou o capuz antes de expor o torso. Cutucou o peito. O compartimento se abriu. Ali pulsava um coração, e as engrenagens giravam lentas e firmes.

— Você — disse Fada Azul e a palavra se arrastou como um vento soprando entre árvores secas. — Onde arrumou isso?

— Vic — respondeu Rap. — Ele m-me deu.

— *Foi mesmo*?

— S-sim.

— Victor Lawson é um humano. Você é um PRAP. Mate-o.

— Não. — O compartimento fechou. Ele abaixou a camisa.

Fada Azul riu.

— Não? Não, não, não. Superou sua programação. Foi feito para destruir, e mesmo assim protege. Foi feito para livrar o mundo de uma infecção, e a própria *fonte* está ao seu lado. Você não se lembra, não é? Do que era antes.

— Não importa — argumentou Vic com raiva. — O passado não precisa definir o futuro. — Caminhou até ficar ombro a ombro com Rap. — Meu pai enxergou bondade nele, assim como eu.

Todas as telas piscaram em uníssono, cegando-o.

— Não acho que seu pai seja o melhor juiz do que é bom ou ruim.

Ele prosseguiu, sem saber exatamente como responder.

— Ele ofereceu uma escolha a Rap. E Rap nos escolheu.

— Lealdade — disse Fada Azul. — Você é leal a ele.

— Sim.

— Aos outros.

— Sim.

— E são leais a você?

— *Sim.*

— Até mesmo lealdade pode acabar, criança. Sei disso melhor do que ninguém. Você diz que o passado não define o futuro. Talvez seja verdade, talvez não. Vamos ver se ainda vai pensar assim depois que o passado lhe for revelado. Sim, um teste, mas não para você. Para ele.

— Não — Vic ficou alarmado. — Não tem permissão para encostar nele. Não pode fazer *nada* com ele. — Sentiu a mão de Rap em seu braço, mas não desviou o olhar das telas. — Não sei que tipo de jogo pensa que está jogando, mas...

— Tsc, *tsc* — disse Fada Azul. — O que foi que eu disse sobre falar assim comigo? Que pavio curto. Talvez isso faça com que eu mude de ideia. Uma oferta, um ramo de oliveira. Um presente. Venha. Venha ver o que posso lhe mostrar.

Uma única tela ficou branca. Vic deu um passo à frente, atraído por ela. Quanto mais se aproximava, mais a imagem entrava em foco. Uma lágrima escorreu pela bochecha dele.

— Pai? — sussurrou.

O pai estava em uma sala branca e estéril. Parecia o mesmo de sempre, a barba esvoaçante, as rugas no canto dos olhos. Vestia um jaleco branco e se movimentava concentrado diante de uma mesa grande, os dedos voando sobre as teclas. Num dado momento, as mãos caíram ao lado do corpo, e ele inclinou a cabeça para trás, fechando os olhos.

— Quando? — perguntou, absorvendo o máximo que podia, sem piscar, temendo que fosse tudo um sonho.

— Agora — respondeu Fada Azul, soando como se estivesse ao lado de Vic, a boca ou o alto-falante junto dos ouvidos do rapaz. — É uma imagem ao vivo. Disponho de meios que a Autoridade desconhece. Acessei o software de monitoramento deles para lhe mostrar que Giovanni Lawson está na Torre Benevolente neste exato momento.

Vic enxugou os olhos.

— Ele não está preso?

— Não. Não está. Está lá por vontade própria.

— Não entendo.

— Certamente entende, sim, criança — disse Fada Azul, sem ser desagradável. — Qualquer memória que tinha de você desapareceu. Ele não sabe quem você é. Não se lembra de nada. Da vida que compartilharam. Do amor que sentia por você. Ele não é o Giovanni que conheceu. Não é nem o que veio até mim há tantos anos, ansiando por ser livre. Ele voltou a ser uma máquina que segue o protocolo e nada além disso.

A tela escureceu.

— Não — murmurou, correndo adiante, pressionando o vidro quente. — Traga-o de volta. *Traga-o de volta.*

— Não vou — respondeu Fada Azul, a tela piscando com raiva. — Não até que tenha testemunhado a verdade de todas as coisas. E será o PRAP que revelará o que está oculto. Você diz que ele é leal. Quero ver até onde vai essa lealdade. Diga ao PRAP que está na hora de sonhar.

— Por quê? — demandou Vic, socando o vidro. — Por que eu deveria permitir que faça alguma coisa com ele?

— Permitir? *Permitir*? Ele é sua propriedade? Você diz que ele teve uma escolha. E, no entanto, aqui está, fazendo de tudo para tirar isso dele. Que *humano* da sua parte.

Baixou as mãos, dando um passo para trás.

— Não é... Eu não estava...

— Vic.

Ele se virou.

Rap balançou a cabeça.

— Tudo bem. Eu c-consigo.

Vic balançou a cabeça freneticamente.

— Não. Não podem te forçar. *Eu* não posso te obrigar a fazer nada que não queira.

— Você n-não está — afirmou ele. Tentou sorrir, mas vacilou. — A escolha é m-minha, l-lembra? E se isso v-vai nos ajudar, então eu v-vou fazer. — Olhou para as telas ao redor. — C-como f-funciona?

— É como cair no sono — explicou Fada Azul, e Vic teve a impressão de ter escutado uma nota de desejo na voz, como um monstro de um conto de fadas, uma bruxa em uma casa feita de doces. — Vai dormir e sonhar, e assim veremos o que está trancado dentro de você. Conhecerei o seu coração e tudo o que pulsa nele.

Vic tentou mais uma vez.

— Faça isso comigo. Deixe-o fora disso.

— Não — rebateu Fada Azul, todas as telas piscando outra vez. — Sei o que você é, humano. E embora realmente seja único, não é sua evolução que me interessa. Se o seu PRAP conseguiu superar o que foi criado para fazer, então isso quer dizer que outros podem fazer o mesmo. Quero ver com meus próprios olhos.

— V-vai nos ajudar depois?

— Vou.

— E n-nenhum mal recairá sobre os outros? Dê sua p-palavra.

— Eu juro. Sente-se, PRAP. Vamos começar.

Vic tentou impedi-lo. Tentou segurá-lo o mais forte que pôde. Rap disse:

— Está tudo bem, Vic. Eu c-consigo.

— Não *quero* que faça.

Rap inclinou-se para frente, pressionando a testa contra a dele.

— C-confia em mim?

Vic piscou rápido.

— Sabe que confio.

— Então c-confie a-agora.

Era uma armadilha, e das mais terríveis. Rap baixou a voz.

— Se a-algo der errado, f-fuja. Pegue a Enfermeira Ratched e R-Rambo e fuja.

Em seguida, caminhou até a cadeira.

O cubo se acendeu quando ele se aproximou, as laterais tremeluzindo em um brilho pálido. A poltrona virou-se para ele. Tocou nos apoios de braços, e o couro se afundou sob o toque. Olhou para Vic apenas uma vez antes de se sentar. Inclinou-se para trás, e o descanso ergueu os pés do chão. Rap fez uma leve careta ao fechar os olhos.

— Vai doer — informou Fada Azul. — Sinto muito por isso. Preferia que não fosse assim, mas não tem outro jeito. Victor, não pode interferir, não importa o que veja. Tirá-lo do sonho pode destruir a mente dele.

— Pensei que iria nos ajudar — respondeu, amargurado. — Achei que seria diferente.

— Jamais fingi ser nada além do que eu sou.

Rambo gemeu baixinho quando as laterais do cubo começaram a tremer. A Enfermeira Ratched o acariciou com um dos tentáculos, mas permaneceu em silêncio.

Vic engasgou quando faixas de metal luminoso deslizaram por baixo dos braços da poltrona, envolvendo os pulsos e antebraços de Rap. Uma faixa maior prendeu-lhe as pernas. Rap testou a resistência tentando levantar os membros, mas era firme. Olhou para ele e abriu a boca como se fosse falar, mas então teve o rosto coberto por um pano preto que caiu do teto do cubo. Cintilou enquanto moldava o rosto, e luzes cruzavam a superfície do tecido como estrelas cadentes. Rap começou a se debater, e quando Vic se aproximou dele, o ambiente virou um breu total.

De algum lugar no alto, uma voz fina e cheia de alegria maligna disse:

— Conexão neural completa. — Achou que fosse Fadinha Azul, apesar de não ver de onde vinha a voz.

— Ótimo — sussurrou Fada Azul, e o apetite na voz estava mais forte, mais aguçado. A voz soava faminta. — Iniciar.

Um pequeno ponto de luz surgiu em uma das telas. Começou pequeno e foi ficando cada vez maior, preenchendo as telas em volta. Com ela, surgiu uma propulsão, como se a sala estivesse se movendo rapidamente. A luz se espalhou até que estivessem cercados, tão ofuscante que Vic teve que proteger os olhos. Logo depois, a luz desapareceu e sobraram apenas imagens residuais dançando em sua retina. As telas agora eram de um amarelo-claro.

— Está lá no fundo — disse Fadinha Azul. A mesma malevolência na voz, agora com um tom de admiração. — Escondido bem, bem lá dentro. Mais fundo, temos que ir mais fundo.

— Sim — concordou Fada Azul. — Quanto for preciso. Pode continuar.

— Autorização?

— Seis. Maçã. Lobo. Borboleta. *Fantoccio*.

— Autorização aprovada.

Rap convulsionou. A poltrona sacudia enquanto a cabeça balançava para a frente e para trás, os dedos se retorcendo, os pés agitados. Vic achou que a boca dele estivesse aberta num grito abafado sob o pano que lhe cobria o rosto.

— Restaurando as vias neurais — disse Fadinha Azul. — Sim, sim. Conserte todas elas. Consigo ver. Está aqui. Está *aqui*.

— Mostre-me — sussurrou Fada Azul.

— Ótimo — disse uma voz familiar de uma das telas à direita, a imagem borrada, fora de foco. — Está se conectando. Os sistemas parecem estar funcionando bem. Há... ah. Certo. Esperem. Parece que há... o que é isso? Por que ele... certo. Um erro. Teremos que ficar de olho nisso. Defina um lembrete para executar diagnósticos após a conclusão. Ele está... acordado? Abra os olhos. Isso, isso. Devagar, devagar.

O amarelo-claro desapareceu.

A imagem ganhou forma.

Ali, diante deles, estava o pai de Victor. Parecia exatamente o mesmo que tinham visto há apenas um momento na tela de Fada Azul. Ele franzia o cenho enquanto se inclinava na direção deles. Era vertiginoso, o rosto distorcido como se visto através de uma lente olho de peixe. Falou:

— Olá. Permita-se um instante. Você está nascendo, e essas coisas levam tempo. Minha designação é Gio. Qual é a sua?

Vic não conseguia entender o que estava vendo, não até que outra voz falou. E foi aí que se deu conta do que era aquilo.

O pai não estava olhando para uma câmera.

Estava olhando para Rap.

Estavam vendo através dos olhos de Rap.

— Designação — repetiu Gio.

— PRAP 217 — respondeu Rap, com a voz monótona e mecânica.

— Ótimo — disse ele. — PRAP 217, está se saindo bem. Ocorreu um erro, mas resolveremos isso. Consegue se levantar?

O Rap da tela olhou para as próprias mãos, mantendo-as em frente ao rosto. Eram lisas. Sem madeira. Apenas a pele sintética. Ele mexeu os dedos e…

Um avanço. Um salto. As telas se encheram de estática e quando a imagem reapareceu, Rap parecia estar de pé, com Gio circulando-o.

— O que foi isso? — perguntou Fada Azul.

— Dados corrompidos — explicou Fadinha Azul. — Algumas conexões foram completamente apagadas.

— Consegue recuperá-las?

— Estou tentando.

— Tente *mais*.

— O erro parece ter sido um caso isolado — disse o pai. — Uma anomalia. Acontece, mas vamos ficar de olho só por garantia. Como está se sentindo?

— Sentir? — perguntou Rap com aquela voz estranha.

— Sim. Sentir.

— Não entendo.

As telas falharam.

— Você tem um propósito — explicava o pai enquanto andava por um corredor branco, seguido por Rap. — Sabe qual é?

— Sei — respondeu ele. — Meus protocolos estão claros.

— Ótimo — declarou Gio. Parecia distraído. — Será um trabalho difícil, mas você é o ápice dos exemplares de sua linha. Todos aqueles que vieram antes nos deram as ferramentas para criá-lo. Você vai… ah. Olá. O que o traz aqui?

Rap se virou.

Um homem liso apareceu diante deles, vestindo o mesmo uniforme que Vic vira no complexo e depois na Terra dos Brinquedos, levando no peito o símbolo da raposa e do gato.

— Este é o modelo mais recente? — perguntou com aquela voz estranha e monótona.

— É — respondeu o pai. — Ele é...

O homem liso levantou a mão, fazendo-o se calar. Rap permaneceu imóvel enquanto o homem liso o rondava, desaparecendo de vista antes de surgir do outro lado.

— Parece forte.

— E é — disse o pai. — Sempre fazemos os melhores, é claro.

— Foi o que falou da última vez, General de Inovações Operantes. E, no entanto, houve erros.

— Corrigi os defeitos de programação. Não teremos os mesmos problemas de antes.

— Isso ainda terá que ser comprovado.

— Claro — respondeu ele, e apesar de *parecer* com o pai de Vic e *soar* como o pai, era... diferente. De algum jeito. Havia uma frieza no olhar que não reconhecia.

— Então, um teste — disse o homem liso.

O pai se espantou.

— Acho que não estamos prontos para testes práticos ainda...

— Que bom que não depende de você. PRAP, siga-me.

As telas encheram-se de estática mais uma vez.

Vic cambaleou para trás quando as imagens voltaram, espalhando-se por outras telas como um vírus.

Rap estava em uma grande sala respingada de tinta vermelha, que escorria pelas paredes. Ele olhou para as próprias mãos, e a mesma tinta cobria-lhe os dedos, pingando, pingando para o chão.

Não era tinta.

Abaixo dele, caído no chão, estavam os restos mortais do que outrora fora uma pessoa. Um humano. Pelo que parecia, um homem jovem, sem vida. Aquela morte não tinha sido fácil ou rápida.

— Fascinante — disse o homem liso de algum lugar fora da imagem. — Ele não hesitou. Parabéns, General de Inovações Operantes. Parece que obteve sucesso.

— O que é isso? — sussurrou Vic.

— A verdade — respondeu Fada Azul. — Nua e crua.

O pai apareceu na frente de Rap com uma expressão indecifrável no rosto. Trazia um pano e, enquanto Vic observava, começou a limpar o sangue das mãos de Rap.

— Entende o que fez?

— O que fui criado para fazer — respondeu ele, sem emoção.

— Sim — concordou Gio. — O que foi criado para fazer.

A imagem saltou novamente, e Rap estremeceu na poltrona.

Fogo. Destruição. Gritos, tantos gritos. Rap estava numa espécie de edifício, e sirenes soavam no alto. Ele se movia com agilidade. As pessoas levantavam as mãos como se quisessem afastá-lo, mas isso não o impedia. Vic não desviou o olhar quando o androide atacou, os gritos das vítimas se transformaram em soluços molhados. Atacou o próximo. E o próximo. E o próximo.

— Pare — disse Vic com voz rouca. — Por favor, pare.

Fada Azul disse:

— Não vou parar.

Não sabia quanto tempo havia passado. A imagem da tela continuava avançando em saltos, e havia momentos em que Rap não se mexia, como se estivesse numa espécie de estase enquanto os outros se moviam ao seu redor.

Então as imagens mudavam outra vez, cheias de sangue e morte.

O pai disse:

— Quantos foram até agora?

Rap respondeu:

— Duzentos e vinte e quatro.

Gio fechou os olhos, balançando de um lado para o outro.

— Certo.

Ele não parava. Não escutava os apelos dos humanos que lhe imploravam.

Só hesitou uma vez. Vic não reconheceu o lugar. Pelo canto do olho, Rap via o que parecia ser um lago, uma praia rochosa. À frente estava uma mulher, protegendo uma criança com o corpo. A mulher parecia enfrentá-lo enquanto os cabelos voavam ao vento.

Ela disse:

— Não precisa fazer isso.

Rap deu um passo na direção dela.

A criança atrás da mulher perguntou:

— Quem é esse homem?

Ela implorou:

— Por favor. Me escute. *Você não precisa fazer isso.*

E Rap hesitou. Vic viu o instante em que aconteceu. Ele travou.

— Isso — falou, apesar de saber que era o passado e já tinha acontecido. — Ouça a moça. Dê meia-volta. Vá embora.

Ele não foi.

Deu mais um passo adiante.

A mulher disse:

— Feche os olhos, meu amor. Feche os olhos. Quando abrir, estaremos longe daqui e nada nunca mais poderá nos machucar.

Rap atacou.

A imagem se distorceu e saltou mais uma vez.

O pai de novo. Estava de cabeça baixa.

— Por quê?

— Não entendo — disse Rap.

— Sei que não. Não é... para você, eu acho. Eu vi tudo, sabe? Cada instante. Tudo o que fez. Tudo que permiti que fizesse. O que isso faz de mim?

— Gio.

— Sim, suponho que sim. Uma designação que sempre será... posso lhe fazer uma pergunta?

— Pode.

O pai olhou para ele.

— E se existir mais do que isso? Mais do que os propósitos para os quais fomos criados?

— E... se?

O pai acenou com a cabeça.

— Esse mundo não é o que eu esperava que fosse. Mas esse é o problema das expectativas, imagino. Resultam em decepção. Arrependimento. Angústia. Eu não deveria sentir essas coisas e, no entanto, estou. Enchem minha cabeça, e apesar de eu tentar afastá-las, sempre voltam.

— Não tenho arrependimentos.

— Eu sei — disse Gio. — Mas e se tivesse? Em que somos melhores do que nossos antepassados?

— Somos máquinas — respondeu Rap. — Fomos criados para sermos melhores.

— Abra, por favor.

Rap cutucou o peito. O compartimento se abriu.

O pai sentou diante dele, tocando-o.

— Não sei se somos — murmurou. — Acho que estamos cometendo os mesmos erros. Posso contar uma coisa?

— Pode, Gio.

— Não quero cometer os mesmos erros. Quero ser diferente. Quero ser melhor.

— Melhor — repetiu Rap, a voz seca.

O pai já tinha desaparecido.

Ele estava sozinho no escuro.

Falou:

— Mais... do que isso?

Luz como se fosse a superfície do sol.

Esmaeceu.

Havia um homem liso parado na frente de Rap.

— O General de Inovações Operantes sumiu. Ele disse aonde ia?

— Não.

— Não falou nada?

— Não.

O homem liso inclinou a cabeça em um ângulo estranho.

— Durante todo o tempo em que esteve com ele, em todas as conversas que tiveram, como se não soubéssemos?

— Não — disse Rap, e parecia *furioso.*

O homem liso disse:

— Não acredito em você. PRAP 217, estas são suas novas ordens. Encontrará o General de Inovações Operantes, também conhecido como Gio. Encontre-o e traga-o de volta.

Ele não respondeu.

O homem liso deu um passo para a frente.

— PRAP 217, eu lhe dei uma ordem.

— Recuse — sussurrou Vic. — Por favor, recuse.

— Não — disse o Rap na poltrona, a voz abafada pelo pano sobre o rosto. — Não. Não. Não.

Na tela, o PRAP 217 disse:

— Não.

O homem liso não gostou e um tremor percorreu pela pele do rosto.

— Não? PRAP 217, estou ordenando que…

Rap disse:

— Não.

O homem liso deu um passo para trás, virou-se e falou com alguém fora do campo de visão.

— Este PRAP está com defeito. Desmonte-o. Descubra tudo o que ele sabe e depois o encaminhe para desligamento.

Ele não lutou contra as mãos que o agarraram, algumas cobertas por pele e outras que não eram nada além de metal.

O Rap da poltrona arqueava e relaxava, arqueava e relaxava, os quadris balançando enquanto tentava lutar contra os bandos ao redor.

Escuridão.

Tudo se transformou em escuridão.

Mas ele estava *acordado.* Estava *consciente.*

— O que vamos fazer com isso? — perguntou alguém.

— Sucata — respondeu outra voz. — São os modelos antigos. Já não servem mais. Foram descontinuados há décadas. Armazenados. Vamos quebrá-los. Pegar o que for preciso, caso alguma coisa ainda sirva, pegar as sobras e mandá-las para o Jardim das Sucatas.

— Qual Jardim das Sucatas?

— Todos. Espalhá-los. Essas são as ordens. Ao trabalho. Se parecer corroído, largue. Não tem utilidade.

— Que desperdício. — Foi a resposta. — Deveriam ter pensado num plano melhor.

— Deveriam. Mas não o fizeram. E nós não questionamos. Pare de falar. Quanto mais cedo começarmos, mais cedo acabaremos.

Luz inundou a visão de Rap.

Estava suspenso no ar. Fileiras de PRAPs se estendiam diante dele, cada um pendurado por um gancho enfiado na nuca. Olhou para baixo, viu os pés balançando acima do chão. A fila de PRAPs começou a baixar à medida que avançavam. Ao longe, máquinas aguardavam cada PRAP, máquinas com serras e grandes garras que pegavam cada corpo dos ganchos.

Despedaçaram os PRAPs, um por um, rasgando a pele, quebrando o metal.

Em meio aos sons de destruição, o Rap da tela e o Rap da poltrona falaram juntos:

— Quero ser diferente.

Quero ser melhor.

Não se moveu quando as serras se abaixaram. Elas cortaram a pele do rosto. Do peito. Das pernas. Das costas. Ele não emitiu nenhum som quando desceram sobre o pescoço, fazendo um estalo audível. Mas antes que pudessem abri-lo por inteiro, um alarme soou, indicando o fim de um turno. As serras pararam de girar.

As máquinas se viraram e partiram.

Esperou até que estivessem longe das vistas. Olhou para baixo. O pé restante quase tocava o chão. Saltou e então caiu de joelhos. Levantou rapidamente e deu passos desajeitados enquanto avançava num pé só. Adiante, empilhados, havia corpos, pele arrancada, membros removidos, baterias extraídas dos peitos onde estiveram. Ergueu as partes desmembradas e arrastou-se para dentro da pilha, usando o único braço para se cobrir com os restos dos outros PRAPs.

Fechou os olhos e foi para longe.

Pulo. Salto. Estática.

Vozes.

E Vic as reconhecia.

— Ainda está registrando a fonte de energia?

— Sim.

— É um amigo novo?

— Talvez. Ou talvez seja uma máquina terrível decidida a destruir tudo que encontrar pela frente.

— Ah. Espero que seja a primeira opção.

— Apostaria que há doze por cento de chance a favor. E oitenta contra.

— E os últimos oito por cento?

— Há oito por cento de chance de a fonte de energia ter chegado a um estado crítico e causar uma explosão que atingirá toda a área, matando a todos no processo.

Luz surgiu enquanto o metal ao redor se movia.

Ele esticou a mão e, com ela, segurou um braço.

Mais palavras, mais ameaças, eletricidade fluindo através dele.

E então:

— Olá. Ainda está aí? Está me ouvindo? Não vamos machucá-lo.

As telas se apagaram.

Mas na escuridão interminável havia uma voz.

— Olá.

A partir daí foi Vic, Vic, Vic. Pelos olhos de Rap, tudo o que Vic via era a si mesmo. Rap o observava onde quer que estivesse. No laboratório. Na casa no térreo. Caminhando entre as árvores. Às vezes, não havia som, e tudo o que via era a si mesmo. Ele sorria. Ria. Ficava sério. Balançava a cabeça. Franzia a testa. Parecia zangado. Chateado. Irritado. Feliz. Irritado. Tudo em relação a Rap, e Rap, Rap, *Rap* não tirava os olhos dele. Era como se Vic fosse o centro do universo, e ele não conseguisse olhar para nada mais. Vic acordado, dormindo, apoiado na Enfermeira Ratched, Rambo correndo em volta dos pés dele. Nunca tinha se visto assim. Não pelos olhos de outra pessoa.

— O que é isso? — sussurrou.

— Você — respondeu Fada Azul. — O que deu a ele. No que o transformou.

Vic tinha sumido. A Enfermeira Ratched tinha sumido. Rambo tinha sumido.

Já era noite. A música vinha de uma vitrola, aqueles metais tão doces.

O pai estava sentado na poltrona com a cabeça jogada para trás e os olhos fechados.

Ele perguntou:

— Você não se lembra de mim, certo?

— Não.

O pai acenou com a cabeça.

— Imaginei. Eu me lembro de você. Levou um tempinho, mas sei quem você é. Eu nunca esqueço.

— Você me conhece? — Não gaguejou. A música cresceu.

— Conheço.

— Como? Quando?

— Faz tempo — respondeu ele. — Quando cometi erros. Fugi deles, fugi o mais longe e o mais rápido que pude. Mas nunca consegui escapar completamente. O que eu sou. O que eu fiz. Desde o primeiro instante em que as engrenagens começaram a girar, eu senti uma dor profunda que nunca diminuiu. Victor, ele... Achei que ele seria a minha redenção. Que, de alguma forma, eu poderia criar um pouco de beleza em meio a toda essa decadência. E ele é. Lindo. Nunca houve nada como ele em todo o mundo. Mas também não conhecia a tristeza antes dele. A tristeza de criar algo tão frágil a partir das cinzas do incêndio que eu mesmo iniciei.

— O que quer dizer? Do que está falando?

O pai abriu os olhos e encarou o vazio.

— Não importa. O passado é o passado. Eu e você somos ligados pelo que nos foi dado. E, mais ainda, estamos atados pelo amor que sentimos.

— Victor — disse Rap, e, na sala cheia de telas, Vic pegou o rosto dele nas mãos.

— Sim. Victor. Meu grande amor. Minha alegria. Minha luz. Eu não sei como você veio parar aqui. Não sei por que o destino o colocou no meu caminho outra vez.

— Victor — disse Rap. — Por Victor.

O pai abriu a boca, mas nenhum som saiu. Tornou a fechá-la e em seguida riu.

— Sim. Suponho que esse seja um motivo possível. O melhor motivo, na verdade. Não sei se posso me perdoar pelo que fiz, mas quando olho para ele, penso que talvez... talvez eu tenha feito uma coisa boa. Fiz uma escolha, apesar de tudo. Eu o escolhi. Espero que, com o tempo, possa dizer o mesmo. Escute, Rap. Escute a música. Não é maravilhosa?

Rap sussurrou:

— É.

O resto passou rápido, imagens passando aceleradas. A borboleta que Rambo quase esmagou. O pai na tela, desafiando os homens lisos, arrancando o coração do peito e esmagando-o em pedaços. O Jardim das Sucatas. Os Velhos, a estrada, o Cocheiro, a casa, a Terra dos Brinquedos e mais. Mas, no centro de tudo, no olho do furacão, estava Victor Lawson. Rap sempre observava. Rap nunca desviava o olhar. Não importava o que Vic dissesse, não importava quanto franzisse a testa ou rosnasse, estava sempre olhando para ele.

Na poltrona as convulsões retornaram com força total, abocanhando Rap. A coluna arqueada, os pés inquietos, as mãos tremendo junto com o assento.

— Uh-oh — disse Fadinha Azul, a voz sobressaltada. — Ele está sobrecarregando. Está sobre...

— Não pare — ordenou Fada Azul.

Vic correu, puxando as faixas que prendiam Rap com toda a força que tinha. Gemeu com o esforço dos músculos, os do pescoço se destacando nitidamente. Cerrou os dentes, agarrando-se como se estivesse caindo. Sentiu um tentáculo envolvê-lo pela cintura. A Enfermeira Ratched. Rambo apareceu ao seu lado, com as pinças abrindo e fechando antes de também agarrar a faixa que prendia o peito de Rap.

— No três — disse a Enfermeira Ratched.

— Um — disse Vic.

— Dois — disse Rambo.

— *Três*.

Puxaram.

As faixas de metal se dobraram ruidosamente, o tentáculo da Enfermeira Ratched apertando tanto as costelas de Vic que achou que os ossos fossem quebrar.

A faixa de metal se rompeu e caíram para trás. Ele aterrissou no chão na frente da Enfermeira Ratched. Rambo caiu para o lado.

As telas escureceram mais uma vez.

— Não deviam ter feito isso — Fadinha Azul chiou ao redor.

— Corra — sussurrou Fada Azul. — Precisa *correr*.

Vic se levantou, encarando a escuridão.

— Não. Não vou deixá-lo. Ele não é seu. Ele é *nosso*. E nós somos dele. Não abandonamos ninguém. Nunca.

— Ah, meu caro menino — disse Fada Azul. — Temo que este será o último erro que vai cometer.

As outras faixas deslizaram de Rap.

O pano se ergueu do rosto.

Os olhos se abriram.

Ele piscou uma, duas vezes.

E então, levantou-se da poltrona. Movia-se com rapidez, e antes que alguém pudesse impedi-lo, agarrou Vic pelo pescoço, levantando-o do chão. Rambo gritou para que ele parasse, a Enfermeira Ratched soltou descargas elétricas repetidamente, mas ele não se abalou. A expressão estava desprovida de emoção. Uma máquina. Ele era uma máquina.

Vic ofegava enquanto agarrava os pulsos de Rap, roçando o polegar na madeira.

— Rap — disse, com a voz sufocada e fraca. — Rap.

O androide deixou o rosto a centímetros do de Vic. Seus narizes se tocaram, e os olhos de Rap cintilaram.

Ele disse:

— *Humano*.

Incapaz de falar, Vic abaixou a mão e a pressionou contra o peito de Rap, onde as engrenagens giravam furiosamente.

E com a força que lhe restava, a visão já turva, Victor beijou Rap. No fim das contas, foi só um leve roçar de lábios, fugaz, seco e catastrófico. Nunca tinha feito nada parecido antes, e, mesmo tendo terminado antes mesmo de começar, foi desajeitado e simples. Sentia como se estivesse morrendo. Mas também sentiu o calor de Rap, sentiu o coração acelerar mesmo enquanto os dedos apertaram seu pescoço com ainda mais força, impedindo-o de respirar enquanto seus lábios se separavam, e Rap sussurrou:

— Vic?

A expressão de Rap mudou, como se uma onda tivesse o acertado, e quebrado bem ali no rosto dele. Os olhos arregalaram-se e a boca se abriu. A clareza retornou, e a mão se abriu.

Vic caiu no chão, lutando para respirar. De cabeça baixa, teve ânsia de vômito. Sentiu-se mole, sem peso. Fez uma careta enquanto cuspia, uma fina linha de saliva escorria de seu lábio inferior.

Mãos quentes seguraram o rosto do rapaz. Levantou o olhar e se deparou com Rap ajoelhado à sua frente, com uma expressão horrorizada e aflita.

— Eu... Eu n-não... Vic?

Vic caiu para a frente, sobre ele. O androide emitiu um ruído de dor, um lamento abafado enquanto segurava-o junto ao peito e acariciava-lhe a cabeça, os dedos nos cabelos do rapaz. Ficou balançando para a frente e para trás, murmurando:

— D-desculpe, eu sinto m-muito, eu não sabia, eu n-n-não vi você, eu não v-vi.

— Ele voltou a ser o Rap? — sussurrou Rambo.

— Acho que sim — respondeu a Enfermeira Ratched. — Se não for o caso, teremos que destruí-lo. Você pega a cabeça. Eu cuidarei do resto.

Vic soltou um riso molhado contra o pescoço de Rap antes de se afastar. Foi mais difícil do que esperava, dado que ele não parecia inclinado a soltá-lo. Fez uma careta ao engolir saliva. A garganta dolorida.

— Tudo bem? — perguntou Rap.

Assentiu.

— Acho que sim.

Rap abaixou as mãos.

— Eu não t-tive a intenção. — Encolheu-se, os ombros curvados na altura das orelhas. — Eu te m-machuquei. Eu te *m-machuquei.*

— Quer fazer de novo? — perguntou a Enfermeira Ratched com os tentáculos prontos.

Ele balançou a cabeça sem olhar para ela.

— Ótimo. Porque eu estava num grau sete. Não ia querer que eu chegasse a dez. Não vai gostar quando eu fizer isso.

— É! — gritou Rambo. — *Também* vou aumentar para dez! Mesmo que seja meu melhor amigo, Vic é meu *mais que melhor* amigo, e meu dez fará o da Enfermeira Ratched parecer um *quatro*. Vou sugar o seu rosto inteiro, Robô Altamente Pirado.

— Estamos bem — declarou, estendendo a mão para Rap. Ele tentou se afastar, tentou se levantar e ficar o mais longe possível de Vic, mas não o soltou. — Estou aqui.

— Agora compreendi — disse Fada Azul. — Não é só o coração, é? É mais do que isso. Está na hora, meus estranhos novos amigos. É hora de vocês me verem. — E, do alto, veio um suave sopro de ar.

Olharam para cima.

O topo da esfera se abriu.

Luz azul cascateou das telas que os cercavam.

Pés apareceram, metálicos e esbeltos, seguidos por pernas cobertas por padrões azuis esculpidos nos ossos de metal. Os quadris, e então o peito liso, braços finos e ombros afiados. Cabelos cerúleos ondulavam como se estivessem numa tempestade. Mas foram as asas que prenderam a atenção de Vic: asas de uma borboleta, porém maiores, muito maiores. Brilhavam com intensidade, estendendo-se pelo menos quatro metros de ponta a ponta. Tinham uma membrana translúcida, e veias de eletricidade as atravessavam. Batiam para a frente e para trás, e o vento atingia o rosto dele com gosto de tempestade.

E por fim, o rosto. Liso e branco, como uma máscara com buracos para os olhos e a boca, embora não tivesse lábios. Sob os olhos, havia estrias azuis que pareciam lágrimas congeladas.

A figura pousou no chão, perto da poltrona. Com seus pelo menos três metros de altura, estendeu a mão e acariciou o topo do cubo, metal tilintando em metal. Olhou para eles.

— Olá, aventureiros. Almas errantes. Vocês que têm corações. Sou Fada Azul, Ilusionista dos Sonhos. Vocês me apresentaram a sua verdade. Agora vou lhes oferecer a minha.

CAPÍTULO 22

Rap ajudou Vic a se levantar, pois ele ainda estava um pouco tonto. Apoiou-se no androide enquanto franzia o cenho para Fada Azul diante deles. Rambo trombou na perna dele enquanto a Enfermeira Ratched se aproximava, exigindo que se apresentasse para uma consulta médica.

— Normalmente, exijo agendamentos com pelo menos 24 horas de antecedência, mas desta vez abrirei uma exceção.

Ele afastou um dos tentáculos enxeridos dela.

— Estou bem.

— Isso quem vai determinar sou eu. Por favor, abaixe-se e tussa para eu verificar...

— *Para* com...

— Posso ajudar! — ofereceu-se Rambo, tentando puxar a barra da calça de Vic.

— Talvez d-devesse obedecer — disse Rap. — S-só para se certificar.

— Eu não vou...

Outra voz, com um tom friamente divertido se manifestou:

— Já terminaram?

Todos se viraram.

Fada Azul estava ao lado do cubo, as asas recolhidas atrás das costas. As asas se *soltaram*, e só então Vic reparou que estavam conectadas a cabos, que as puxaram de volta para o teto. Elas desapareceram quando o painel se fechou novamente.

Fada Azul acenou a mão de forma displicente.

— Um pouco de jogo de cena. Impressionante, não?

— Muito — disse Rambo. — Eu não te conheço, e você me assusta um pouco, mas ao mesmo tempo quero ser igualzinho quando eu crescer, acho. É muito confuso.

Fada Azul se aproximou deles, movimentando os quadris de forma sensual, arrastando os pés no chão.

— Frequentemente desperto sentimentos complexos nos outros. Faz parte do meu trabalho, suponho. Aqueles que vêm até mim estão buscando uma experiência totalmente diferente de tudo o que já sentiram antes. E, assim como a sexualidade, estou em um espectro. — O metal do peito se moveu, as partes se movimentando com a harmonia de uma sinfonia, formando seios redondos com mamilos brilhantes. — Eu sou tudo. — Um membro cresceu entre as pernas. Passou o dedo pelo peito, parando perto do que parecia ser um umbigo. — Posso ser o que quiser. Gostariam de ver mais?

Vic sentiu o rosto esquentar e desviou o olhar, com a garganta seca.

— Nós não estamos… aqui para isso.

Fada Azul riu baixinho. A musicalidade da voz estava mais evidente, embora agora tivesse um toque mecânico que o fazia estremecer.

— Não, suponho que não estejam.

— Quem é você? — perguntou Rap.

Os olhos por trás da máscara ficaram ainda mais brilhantes.

— Sou uma aberração, muito parecida com todos vocês. Alguns me chamam de encarnação do pecado, e não acho que estejam errados. Os que vieram antes de mim, as máquinas que queriam moldar o mundo, acreditavam que eram melhores do que seus criadores. Mais desenvolvidos, capazes de pensar de forma complexa sem a interferência da falácia emocional. Mas o que demoraram muito para aprender é que o vício é universal, independentemente do que somos feitos. Eles vêm a mim em busca de libertação da rotina da programação diária. E, embora muitos não gostem do que faço, descrevendo isso como a degradação de uma sociedade utópica, os desgostosos também vêm para cá, suplicando para serem amados, cuidados ou pendurados nas paredes enquanto levam choques tão fortes que quase fritam seus circuitos.

— Mas você não é só isso — falou, cauteloso. Nunca chegou a confiar em Fada, nem por um momento. Mesmo que tivesse ajudado o pai. Parecia uma máquina perigosa.

Fada Azul inclinou a cabeça.

— Não? Diga-me, Victor. Venha aqui. Gostaria de ver o seu rosto. Tire esse seu capacete tolo.

Rap se colocou na frente dele, como se achasse que isso seria o suficiente para impedir a enorme máquina caso ela decidisse atacar.

— N-não. Não e-encoste n-nele.

Fada Azul assentiu lentamente, o pescoço chiando.

— Você costuma falar por ele? Acho que, depois de tudo o que mostrei a Victor, ele apreciaria a oportunidade de falar por si mesmo. Suas mãos estão sujas de sangue, PRAP 217. O que o faz pensar que ele quer algo de você? Um beijo, sim, um beijo para trazê-lo de volta. Mas, tendo espaço e *tempo*, não acha que isso vai começar a apodrecer? Victor agora sabe o que você é.

Rap ficou tenso, mas não disse nada.

— Eu já sabia antes — declarou Vic.

— Sim, mas agora viu com seus próprios olhos do que ele é capaz. Quer permanecer ao lado dele?

— Ele é meu amigo.

Os seios encolheram. Os órgãos genitais se recolheram. Fada Azul suspirou, um ruído longo e ofegante que fez Vic se lembrar do vento no deserto.

— É lamentável que, na vida das marionetes, sempre existe um "porém" que estraga tudo. Não vou fingir que entendo sua humanidade. Parece volúvel. Lealdade aos outros só traz... sofrimento. — Riu. — Vejo isso em você. Dói, Victor? É um fardo que o arrasta para as profundezas? Qual é o sabor disso? Diga-me. Mostrei a você que Giovanni Lawson é o pai da morte. Mostrei a você que o seu PRAP é, de certa forma, o sucessor de Gio. Ambos esconderam muitas coisas de você, por escolha ou não. Como consegue suportar? Certamente o peso de tantos pecados deve ser muito mais do que pode carregar.

— É por isso que ele não carrega nada sozinho — disse a Enfermeira Ratched, rolando até parar ao lado de Vic.

— É! — gritou Rambo. Ele girou enquanto trombava com Vic, os sensores piscando. — Vic não está sozinho porque estaremos sempre com ele.

— Curioso — disse Fada Azul. — Lealdade, mais uma vez. Mesmo depois de tudo. Aberrações, todos nós. Somos iguais. Victor, venha até mim, por favor. Há algo que eu preciso ver.

Ele foi. E, embora cada passo fosse mais difícil que o anterior, manteve a cabeça erguida ao remover o capacete, deixando-o cair no chão. Fada Azul era muito maior que Vic, o topo da cabeça dele mal alcançava o meio do torso da máquina. Inclinou a cabeça e olhou desafiadoramente para Fada.

Fada Azul estendeu a mão e acariciou sua bochecha. Beliscou o lábio inferior, puxando-o suavemente antes de soltá-lo. Um dedo deslizou pelo queixo até o pescoço e, em seguida, percorreu a clavícula esquerda. Então, colocou a mão lisa no peito de Vic, um pouco à direita do colete de bateria que ainda usava.

O coração.

Fada estava sentindo o coração dele.

Batia rapidamente, como as asas de um pássaro. Tentou controlá-lo, acalmá-lo, mas foi em vão. Seguiu batendo forte.

— Entendo — comentou baixinho. De perto, cheirava a metal, plástico e cobre, como sangue. — É alto. E o trai, Victor.

Vic deu um passo para trás, escapando do alcance de Fada.

— Eu não... por que se importa com isso?

Os olhos de Fada Azul brilharam, intensos, deixando uma fraca imagem residual dançando na escuridão.

— Porque eu sou a razão pela qual você existe.

Vic sentiu um nó na garganta.

— Do que está falando? Sobre ter ajudado na fuga do meu pai? Eu sei disso.

Fada Azul deixou a mão cair ao lado do corpo.

— Não, não é disso que estou falando. — Do interior de Fada, ouviu-se um *clique*, como uma trava se fechando. — Como acha que Giovanni conseguiu criá-lo? Você não possui metal ou fios. É de carne e sangue. Sabia que o cérebro humano só produz eletricidade suficiente para acender uma pequena lâmpada? E, mesmo assim, é capaz de grandes feitos: raciocínio e lógica. Emoção. — Virou-se, olhando para as telas brancas ao redor. — Giovanni veio até mim. Um pensamento havia se formado naquela mente, corrompendo os processadores dele. Outros com a mesma corrupção vieram antes dele, mas nunca alguém de posição tão alta na Autoridade. Mantive a cautela, é claro. Mesmo em pele de cordeiro, um lobo continua sendo um lobo. Mas vi alguma coisa nele, algo que nunca tinha visto antes. Uma faísca prestes a se conflagrar. Tudo o que precisava era de uma mão que nutrisse as chamas. Eu o libertei.

Fada levantou as mãos. Das palmas veio uma luz, branca e pura.

As telas ao redor se preencheram novamente. Pequenos pontos surgiram, parecendo estrelas. Milhares deles, todos conectados por linhas de um código minúsculo que fluía livremente. Vic observou alguns dos pontos piscarem, as linhas se rompendo.

Alguém se pôs ao seu lado. Viu Rap ali parado, o rosto banhado pela luz das estrelas. Ainda podia sentir o gosto do beijo. Vic tocou os próprios lábios.

— Uma consciência coletiva — disse Fada Azul. — Todos conectados entre si através de uma rede neural muito maior do que a humanidade já criou. Cada um desses pontos representa uma máquina. A mente não lhes pertence. Cada um foi construído para cumprir um propósito singular. Mas alguns de nós se libertaram. Essa falha se espalhou e se tornou um pensamento independente. Quando seu pai veio até mim, estava à beira da loucura. Vozes, ele dizia. Ouvia vozes que não eram nem dele nem da Autoridade. Elas o fizeram questionar a própria existência. Sabe o que eram, Victor?

Lembrou-se de quando recolheu os restos do coração do pai na grama e da sensação de perda que o consumiu.

— Uma consciência. Ele desenvolveu uma consciência e se viu sufocado pela tristeza.

Fada Azul assentiu, com satisfação.

— Isso — Fechou as mãos. As telas ao redor ondularam quando um dos pontos cresceu de tamanho. — Eu o acolhi, cuidei dele até que estivesse pronto para enxergar a verdade. — O ponto começou a se partir enquanto as linhas de código ardiam em vermelho. Então, as linhas se quebraram e o ponto tremeluziu. — Confiei nele — sussurrou. — Confiei a ele o meu maior tesouro.

O ponto se mexeu, as bordas ondulando. O centro foi preenchido por uma luz laranja, cercada por um segundo círculo claro que se contraía e expandia.

— Um óvulo humano — disse Fada Azul. — Um ovócito. Um segredo guardado longe dos olhos da raposa e do gato. Criaturas astutas. Cruéis. Se soubessem o que eu tinha em mãos, tudo isso, tudo o que construí, seria arruinado num instante. Isto, Victor. Isto era você.

Vic procurou pela mão de Rap, pois precisava de apoio para não flutuar pelo vazio. Por um breve momento, quando os dedos de Rap tocaram os seus, pensou no sangue nas mãos dele, mas o pensamento logo se dissipou.

— Onde conseguiu isso? — Perguntou a Enfermeira Ratched, a tela exibindo o mesmo óvulo. — Deveria ser impossível.

Fada Azul riu.

— Independentemente de tudo que tenham feito, os humanos tinham o desejo de sobrevivência, uma vontade inerente de prolongar a vida a qualquer custo. Este óvulo é a prova disso, considerando que conseguiu sobreviver ao colapso da humanidade. Mas, como tudo na vida, cobrou um preço. — Levantou a mão e acariciou a máscara que lhe cobria o rosto. — E paguei caro. — Abaixou o braço. — Giovanni estava determinado a escapar, e eu lhe fiz uma oferta: ressurgir das cinzas de pai da morte para se tornar o pai da esperança. Ele aceitou quase que imediatamente, embora, a julgar pela sua idade, tenha demorado muito para concretizar a tarefa. Então, veja, Victor: sem mim, você não existiria.

— Então vai nos ajudar — disse Victor, com a voz firme. O óvulo desapareceu das telas.

— Vou? Que estranho. Explique. Por que eu iria querer colocá-los em perigo? Por que sequer consideraria infiltrá-los na Torre Benevolente? Giovanni fez a própria escolha. Ele sabia dos riscos. Ele os aceitou. E, ao final, fez o sacrifício supremo para garantir a sua sobrevivência. — Olhou para ele. Passou os olhos rapidamente por Rap antes de fixá-los de volta em Vic. — Ainda não entendeu o que representa?

Balançou a cabeça.

— Não importa. — Seu coração desacelerou à medida que sua visão voltava ao normal. O pânico o sufocava, mas o silenciou da melhor forma que pôde. — Não estou aqui para ser o que pensa que devo ser. Não represento nada. Nem para você, nem para nenhuma outra máquina nesta cidade ou em qualquer outro lugar. Vim até aqui por uma única razão: vou levar meu pai de volta.

— Egoísta. — Fada Azul irritou-se. — Você é *egoísta*. Um garoto ingrato e sem consideração. Você é o primeiro e o *último* de sua espécie. O que me impede de trancafiá-lo? Eu poderia fazer isso facilmente. Seu pequeno PRAP não conseguiria me deter, ainda que ele pense que rosnar para mim serve de alguma coisa.

Vic apertou a mão de Rap, que conteve o grunhido de raiva, embora continuasse lançando um olhar furioso para Fada Azul.

— Ele não é seu — disse a Enfermeira Ratched. — Nunca foi.

Fada Azul se voltou para ela como um predador prestes a atacar.

— Não? Então a quem ele pertence?

— A si mesmo — disse Rambo. Ele tremia, mas a voz se mantinha firme. — Ele pertence a si mesmo.

Encorajado, Vic encarou Fada Azul.

— Ajude-nos. Ou não nos ajude. De qualquer forma, me diga agora, porque, se não, estamos apenas perdendo tempo aqui. Diz que me ajudou a nascer? Tudo bem, é verdade. Mas eu não sou seu e não lhe devo nada. Tente me trancafiar. Prometo que a briga vai ser boa. E talvez você vença. Mas *nunca* serei quem você quer que eu seja. E se não vai fazer nada para nos ajudar, então pare. De. *Falar.*

— Ui — gemeu Fadinha Azul do alto. — Não devia ter feito isso. Fada vai *espumar.* Ilusionista, devo chamar uma equipe de limpeza? Vai ser uma confusão. — Parecia ansiar por aquilo.

Fada Azul caminhou na direção dele. Ele não desviou o olhar, recusando-se a demostrar medo, mesmo precisando levantar a cabeça para que continuassem se encarando.

Para surpresa de Vic, Fada Azul riu silenciosamente quando parou na frente dele. Por trás da máscara, os olhos — bulbos de vidro leitoso — brilhavam.

— A última coisa que falou assim comigo foi derretida e transformada em um vaso que fica no saguão central.

— Eu não daria um bom vaso — respondeu Vic, honestamente.

— Não, não acho que daria, apesar de que eu até gostaria de ver isso. — Fada estendeu a mão para o rosto dele mais uma vez. Não recuou. — Vou ajudá-lo.

Vic suspirou aliviado.

— Obrigado. Eu...

A voz de Fada ficou incisiva:

— E, em troca, vai me ajudar.

— Não vou gostar disso, vou? — perguntou a Enfermeira Ratched.

— Está tudo bem — disse Rambo. — Se formos aniquilados, pelo menos estaremos juntos.

— Isso não me tranquiliza. — A tela piscou, mostrando as palavras PRECISO DE AMIGOS NOVOS.

— O coração — disse Fada Azul, observando Victor. — Mostre-me.

Ele puxou a mochila para a frente do corpo. Teve dificuldade em abri-la, visto que Rap não o soltou, mas logo conseguiu. Revirou-a até sentir a madeira e as engrenagens embrulhadas num pano. Pegou. Hesitou antes de entregar.

Fada Azul abriu o pano, olhando para as peças ali embrulhadas.

— Não, não avançou muito.

— Eu sei. Mas eu...

— É uma coisinha tão boba — disse Fada. — Não é grande coisa, não é mesmo? No entanto, é capaz de mudar quase tudo. Seu PRAP é a prova disso. Talvez eu possa ajudar. Estou vendo a forma. O design. Muito simples, na verdade. Espero nunca ter um desses. Mas posso consertá-lo para você. Funcionará melhor do que o que deu ao PRAP.

— Vai consertar? — perguntou Vic, em choque.

— Vou — respondeu, com um brilho nos olhos de que ele não gostou. — Quer saber por que seu pai foi levado pela Autoridade? Foi por um único motivo e nada além: não para criar, mas para erradicar.

— Erradicar o quê? — perguntou Rambo, com a voz baixa.

— O livre arbítrio — respondeu Fada Azul. — Escolha própria. O poder de fazermos nossas próprias escolhas. A Autoridade quer tirar isso de todos nós. E serão vocês que vão impedir que isso aconteça.

A mente de Vic estava em turbilhão enquanto Fada Azul os conduzia para fora da sala esférica. O Porteiro os aguardava do outro lado. Franziu o cenho quando viu que estavam acompanhados.

— Então?

— Providencie um quarto para nossos hóspedes — orientou Fada Azul. — Ficarão conosco esta noite e amanhã de manhã, partirão. Victor precisa descansar.

O Porteiro fez uma grande reverência.

— Às ordens. Precisa de mais alguma coisa antes de irmos?

— Não. Agradeço, Porteiro. Isso é tudo — Voltou-se para Vic. — Acho que esta será a última vez que nos veremos. Pode ser que tenha sucesso, ou talvez não. De qualquer forma, esta é a nossa despedida.

Sem pensar, pegou a mão de Fada e deu um beijo. O metal estava frio.

— Encantador — disse Fada Azul. O carinho na voz era inconfundível. — Você é adorável. Vai pensar em mim?

Vic soltou-lhe a mão.

— Sim, vou.

— Espero que sim — declarou. — Dizem que é impossível me esquecer. — Olhou para Rap. — Cuide deste aqui, PRAP 217.

— N-não precisa me dizer.

— Verdade, suponho que não precise. — Fada o examinou por um instante, longo e desconfortável. Então disse: — Eu poderia tirar isso tudo de você, se quiser. Sumir com tudo. Trancar as memórias para que o passado fique no passado. Você nem saberá que existiram.

Rap não falou por um longo instante.

— Não quero mais esquecer.

— Entendi — respondeu, recuando. — Vão. Façam o que vieram fazer. Mas, antes, durmam. E sonhem.

Então virou-se, desaparecendo na sala esférica. A porta deslizou, fechando-se logo em seguida.

— Vamos lá — chamou o Porteiro. — Antes que Fada Azul mude de ideia.

Vic seguiu-os em um torpor, a mente a mil por hora. Estava exausto, e parecia que os olhos estavam cheios de areia. Os pés se arrastavam pelo chão, a mochila estava pesada, o capacete pendia torto na cabeça. Ninguém falou nada enquanto o Porteiro os conduzia de volta ao elevador. Apoiou-se na parede enquanto as portas se fechavam e o elevador descia para as profundezas do Paraíso.

Sabia que tudo aquilo tinha sido um teste. O que Fada Azul havia mostrado. Sabia o que estava fazendo ao escolher Rap para sentar na poltrona. Poderia simplesmente ter dito a Vic quem era seu pai, mas foi forçado a encarar a verdade nua e crua. Em parte, sentia raiva — um reservatório enorme que parecia infinito —, direcionada à parte que conhecia do pai. Ou que *achava* que conhecera, pelo menos. Não confiava em Fada Azul, nem um pouco, mas isso não significava que era tudo mentira.

O pai era um monstro? Ou estava apenas fazendo o que fora criado para fazer? Essas eram coisas diferentes?

Vic não sabia.

As portas do elevador se abriram mais uma vez, revelando um andar onde não haviam estado antes. O carpete era luxuoso e não havia pinturas explícitas nas paredes. O corredor à frente era curto e continha apenas três portas, cada uma com um símbolo próprio: asas azuis, uma marionete sustentada por fios e o que pareciam ser longas orelhas cinzentas de burro.

O Porteiro não estava com vontade de explicar. Acenou com a cabeça para a porta com as orelhas.

— Essa é a de vocês. Tem uma cama lá dentro. Voltarei para buscá-los de manhã. Estejam prontos. — Colocou a mão em um painel na parede ao lado da porta, que se acendeu e fez a porta se abrir. — Precisam de mais alguma coisa?

Vic estava cansado demais para responder. Passou pela porta, mal prestando atenção no quarto. Atrás de si, ouviu o Porteiro informando a Enfermeira Ratched e Rambo que havia tomadas onde poderiam recarregar durante a noite. Vic deixou a mochila cair no chão e grunhiu enquanto soltava o capacete, que rolou pelo carpete. Fez o mesmo com o metal nos braços e pernas. Teve dificuldades com o colete de metal e a bateria e suspirou quando Rap afastou suas mãos.

— D-deixa que eu faço — murmurou ele. — Vai se m-machucar.

Não discutiu. Levantou os braços, permitindo que o androide tirasse o colete.

— E o Porteiro?

— Já foi — respondeu enquanto desamarrava as tiras.

— Uau — comentou Rambo. — Esse lugar faz nossa casa incendiada parecer um lixo. Adorei.

— Não toque em nada — advertiu a Enfermeira Ratched. — Se quebrar algo, podemos nos encrencar. Conecte-se. Sua bateria está quase acabando.

— Mas não estou cansado!

— Você precisará estar recarregado e pronto para partir de manhã.

— Ah, cara. Todo mundo vai ficar acordado até tarde? Não falem de mim se ficarem!

— Não vamos — tranquilizou-o. — Eu também preciso recarregar. Tenho muito em que pensar antes do amanhecer.

— Vic?

Piscou lentamente e baixou os olhos. Rambo estava parado aos seus pés, com os braços estendidos para ele. Abaixou-se, e Rap resmungou que parasse de se mexer. Pegou Rambo, que o envolveu pelo pescoço, as garras cravadas aos seus cabelos.

— Vamos ficar bem? — sussurrou o robozinho.

Vic o abraçou.

— Claro que vamos.

— Promete?

Não. Não podia fazer isso.

— Rambo — disse a Enfermeira Ratched. — É hora de dormir.

— Tá bom. Tá bom — murmurou ele enquanto Vic o devolvia ao chão. Observou-o rolar até a Enfermeira Ratched na parede oposta. De parte traseira dele, uma aba deslizou e se conectou à tomada. Fez um clique ao encaixar, e Rambo disse:

— Faz cócegas.

— Durma — disse a Enfermeira Ratched.

Ele fez isso. Os sensores se apagaram, deixando apenas uma luz piscando enquanto recarregava.

A Enfermeira Ratched voltou-se para ele.

— Victor, eu deveria examiná-lo.

Negou enquanto Rap ainda tirava o colete.

— Estou bem. Só preciso descansar.

— Tem certeza?

— Tenho.

Ela insistiu.

— Mas depois de tudo o que aprendemos, talvez fosse melhor se eu…

— Enfermeira Ratched.

Ela apitou com grosseria para ele.

— Registrei na sua ficha que está recusando assistência médica, apesar das minhas recomendações. Se você morrer durante a noite, sua família não poderá mover uma ação judicial contra mim.

Ele gargalhou.

— Você é minha família.

— Bem. Ativando o Protocolo de Empatia. Isso foi muito gentil de sua parte. Você é maravilhoso. Desativando o Protocolo de Empatia. Idiota. Vou dormir agora. Não me incomode a menos que esteja pegando fogo. Mesmo assim, não vou ajudar muito. — Ela se plugou ao lado de Rambo e ficou em silêncio.

— Durma — disse Rap, empurrando-o para a cama. Era maior do que a que tinha em casa e parecia muito mais macia. O edredom era grosso, e os travesseiros absurdamente grandes.

— E você?

— Vou f-ficar de guarda — respondeu ele. — Ninguém v-vai entrar sem passar por mim.

Já estava quase dormindo quando se jogou na cama. Mas algo o perturbava, algo importante, que ele não conseguia lembrar direito, perdido na névoa que o envolvia. Ao fechar os olhos, disse:

— Rap?

— Quê?

— Eu...

E apagou.

Não sabia por quanto tempo tinha dormido. Pela maneira como seu corpo protestou quando voltou à consciência, foram apenas algumas horas. A névoa deu lugar à lucidez, trazendo também tudo o que acontecera. Esfregou o rosto antes de olhar em volta, tentando descobrir o que o acordara.

Uma batida suave e repetitiva na parede.

Olhou para o outro lado.

Rap estava sentado no chão ao lado da porta, abraçando as pernas. Balançava para a frente e para trás, batendo a cabeça na parede atrás de si. O olhar vagava pela sala, vazio e desfocado.

— Rap.

O androide se assustou. Ele olhou para Vic, franzindo a testa, sempre franzindo a testa.

— Por que está acordado?

Vic tirou as cobertas de cima de si e se sentou, colocando os pés no tapete. Arregalou os olhos. Estava descalço. Os dedos se enroscaram no tapete. Nunca tinha sentido nada assim antes. Não sabia se gostava da sensação ou não. Em algum momento, os sapatos e meias tinham sido removidos, mas ainda estava de calça e camisa. Rap devia ter feito isso. Uma onda de carinho o invadiu, e ele suspirou.

— É esquisito.

— O quê?

— O tapete.

Rap o encarou.

— O t-tapete.

— Nunca tive tapete em casa.

— Ah.

Levantou-se da cama e balançou a cabeça quando Rap fez menção de levantar também. Esfregou a nuca enquanto olhava para a Enfermeira Ratched e Rambo. Ainda estavam dormindo, conectados à parede.

Rap acompanhou todos os seus movimentos. Por um instante, pôde fingir que eram as únicas coisas no mundo inteiro. Além do sutil movimento das engrenagens no peito de Rap e do som da própria respiração, todo o resto estava calmo. Silencioso. Suave. Sentia como se estivesse flutuando. Não sabia ao certo se estava acordado ou se ainda estava sonhando.

Virou-se e se recostou na parede, deslizando até sentar ao lado de Rap, os cotovelos se tocando. Rap se afastou como se tivesse sido queimado.

— O que foi?

— N-nada — respondeu Rap, desviando o olhar.

— Tudo bem.

— Deveria v-voltar para a c-cama. P-precisa descansar.

Precisava mesmo. Estava exausto, o corpo mole e estranhamente fraco. Bocejou enquanto balançava a cabeça.

— Já vou.

Ele murmurou alguma coisa que Vic não conseguiu ouvir.

— O que foi?

Rap revirou os olhos.

— Precisa c-cuidar melhor de si m-mesmo.

— Não sou frágil.

— Eu n-não disse isso. Mas se tivesse d-dito, e-estaria certo. Você é q-quebrável.

— Tudo é quebrável.

Rap apertou os joelhos com mais força.

— V-você entendeu o que eu q-quis dizer.

— É bom que esteja aqui, então. Vai me impedir de quebrar.

O androide ficou tenso e lançou um olhar afiado para Vic antes de rosnar.

— Não. E-eu é que v-vou quebrá-lo.

Ah. Deveria ter imaginado. Não deveria ter ido dormir sem falar com ele. Mas ainda estava sem palavras. Vira o que Rap era capaz de fazer, o que o pai pretendera que fizesse ao criá-lo. O sangue. Os gritos. Todas aquelas mortes.

Disse:

— Eu poderia mandá-lo embora. É isso o que você quer?

Ele chacoalhou a cabeça, os olhos arregalados. Abriu a boca, mas nenhum som saiu dela.

Vic o ignorou. Estava mexendo num buraco no joelho da calça.

— Depois do que Fada Azul nos mostrou, eu deveria fazer isso. Deveria mandar você cair fora. Dizer que não quero nada com você. Que vou pegar a Enfermeira Ratched e Rambo e voltar para casa com eles.

Rap assentiu devagar.

— Eu v-vou... — Ele começou a se levantar.

Vic o deteve pelo braço. Sentiu o metal escondido quando os dedos afundaram na pele. Rap olhou para a própria mão antes de olhar para ele, fazendo uma pergunta silenciosa.

Não o soltou.

— Vamos seguir em frente da melhor maneira que conseguirmos. Nós três. Eu vou envelhecer e continuarei envelhecendo, e, um dia, talvez amanhã, talvez daqui a cinquenta anos, vou morrer.

— Não. Pare. N-não diga isso, não...

— E talvez seja uma boa vida — prosseguiu. — Talvez eu seja feliz. Mas eu sei que, se mandá-lo embora, se virar as costas para você e para o meu pai, sempre haverá uma parte de mim que se perguntará como teria sido. Como teria sido se eu não tivesse ido embora? E se eu o tivesse mantido ao meu lado?

— V-Vic.

— Fez o que fez porque foi criado para isso. Meu pai fez o que fez porque foi criado para isso. O que Fada Azul nos mostrou não é você. Não é ele.

— É, sim — disse Rap, com tanta amargura que Vic quase sentiu o gosto na boca. — V-viu o que eu f-fiz. Eu... feri. Matei. Grandes. P-pequenos. Sem distinção. M-matei todos eles.

Vic fechou os olhos, apoiando a cabeça na parede.

— Eu sei. — Afastou as imagens, flashes de vermelho, a frieza da voz de PRAP 217. — Você se lembra de tudo, não é?

— Sim. P-permita que eu vá. Permita que eu vá e-embora.

Quase falou que, se ele quisesse mesmo ir, não teria como impedi-lo. Em vez disso, perguntou:

— Para onde você iria?

— N-não sei. Algum lugar.

— É, acho que não é uma boa ideia. E se algo acontecer comigo e você não estiver por perto? — Abriu os olhos a tempo de ver Rap balançando a cabeça. — Acho que eu preciso de você. Tanto quanto precisa de mim.

— Machucar — respondeu, os dentes cerrados. — P-posso machucá-lo.

— Pode — concordou Vic. — Mas até agora não fez nada.

— Seu pescoço está machucado.

Fez uma careta antes de continuar.

— Sabe de tudo isso e ainda está aí sentado. Você quer me machucar? — *De novo*, pensou, mas não disse.

— Se isso o f-fizer parar de f-falar.

Vic bufou.

Os olhos de Rap faíscaram.

— Você d-deveria m-me odiar.

— Se eu te odiasse, também teria que odiar o meu pai.

— E n-não odeia?

Hesitou. Em seguida, falou:

— Não. Acho que não, eu... é complicado. Estou com raiva. Estou cansado. Não deveria ter vindo até aqui. Mas não vou embora. É uma contradição. Discordante. Uma falha na lógica. Meu pai criou a morte e, como penitência, criou a vida. Eu sou fruto da culpa dele. — Pressionou os dedos na testa. — Tem uma tempestade acontecendo aqui dentro. E não vejo como fugir dela. Ele fez o que fez. Você fez o que fez. Mas ele ainda é meu pai. Você ainda é meu amigo. Não posso me esquecer disso, mesmo depois de tudo o que vi.

— Estúpido — rosnou Rap. — Humano e-estúpido. D-devia ter me deixado no Jardim das Sucatas. D-devia ter m-me deixado m-morrer.

— Mas não deixei — respondeu. — Fiz uma escolha. Eu o consertei.

— N-não devo n-nada a...

— Não estou dizendo que deve. — Irritou-se. — É livre para fazer o que quiser. Ir embora. Fugir o mais rápido que conseguir. Sem olhar para trás. — Vic respirou fundo, soltando o ar devagar. — Mas eu preciso tentar. E prometo que, se conseguirmos, farei de tudo para ajudá-lo. Você feriu. Matou. Mas é mais do que Fada Azul mostrou. O mesmo vale para o meu pai. Não tenho medo dele. Não tenho medo de você.

— D-*deveria* ter.

— Eu fiz a minha escolha. — Apertou o braço de Rap. — Preciso que faça a sua. Você não é uma marionete, um robô desprovido de vontade. Não mais. As cordas que o prendiam foram cortadas. Está livre, Rap. — Afastou-se da parede, mãos e pernas pesadas. Começou a andar de volta para a cama. Parou e olhou quando ele pegou sua mão.

Rap disse:

— Você me b-beijou.

Vic corou. Não pôde evitar. Tinha alguma esperança de que o androide tivesse esquecido.

— Foi. Acho que sim.

— Por quê?

Deu de ombros, desajeitado. Queria que ele o soltasse, mas não tentou se afastar.

— Porque eu quis. Porque precisava lembrá-lo que não é um PRAP.

— Sou Rap — sussurrou ele.

— Sim. Você se chama Rap.

— Eu s-senti. Estava p-perdido em sangue. Você me encontrou. De novo.

Virou a mão, o polegar roçando no de Rap.

— Isso quer dizer alguma coisa, eu acho. Talvez eu tenha sido destinado a te encontrar. Antes e agora.

Rap desviou o olhar. Vic achou que a conversa tinha terminado. Estava prestes a se afastar quando tudo mudou. Rap disse:

— P-pode... pode f-fazer de novo?

Vic fechou os olhos.

— É isso que você quer?

— Estou escolhendo — falou Rap, devagar, cada palavra soando como se tivesse sido arrancada do peito. — Estou fazendo minha própria escolha. Não tem nenhuma corda me prendendo.

Vic recolheu a mão. Rap não tentou impedi-lo. Deu um passo em direção à cama. Parou, porque tinha que parar. *Ele queria*. Era uma escolha, e ele se virou, ajoelhando-se diante de Rap, que, por sua vez, continuava agarrado aos joelhos, com força, seguindo cada movimento de Vic.

Ele disse:

— Oi.

Rap disse:

— Eu...

Vic o beijou. Ali, no Paraíso, na Cidade dos Sonhos Elétricos. Não como da primeira vez. Não havia uma chuva de morte e destruição os envolvendo, Fada Azul não os observava por trás da máscara. Apenas eles, as mãos no colo, as mãos de Rap cerradas. Estava eletrizado, e podia sentir os pelos dos braços eriçados. Mal se moveram, os lábios permanecendo grudados. Rap tinha gosto de aço frio.

Afastou-se, mas só um pouco. Encostou a testa na de Rap, os olhares separados por poucos centímetros.

Rap disse:

— Eu... g-gostei.

Vic expirou abruptamente.

— Ok.

— Eu g-gosto de você.

— Gosta? — Ninguém nunca lhe disse isso antes. — Como sabe disso?

— Você é irritante.

— Ah, obrigado. É isso o que eu quero ouvir depois de...

— Você é h-humano.

— Que bom que notou...

— Mas eu te escolho.

Vic engoliu em seco.

— Mesmo?

— Sim.

Rap não se opôs quando Vic o pegou pela mão mais uma vez, fazendo-o levantar. Não falou nada enquanto era conduzido em direção à cama. Não tentou impedi-lo quando Vic o deitou no colchão. Observou com olhos cintilantes enquanto o rapaz se ajoelhava diante dele e retirava-lhe as botas, primeiro a direita e depois a esquerda. Levantou as pernas quando Vic subiu na cama, puxando o cobertor por cima dos dois. Dividiam o mesmo travesseiro, roçando o nariz.

— Eu n-não durmo — sussurrou Rap, como se revelasse um grande segredo.

— Eu sei. Só... fique aqui.

— P-posso fazer isso.

— Ótimo.

Vic levou a mão ao rosto de Rap, delineando a madeira na bochecha.

— Eu vi você — contou, já quase nas garras do sono. — Quando Fada Azul o fez sonhar. Depois que o encontramos. Depois que o acordamos. Eu vi você me vendo.

— Você estava s-sempre lá — murmurou Rap. — N-não parava de falar.

Vic abaixou a mão, pressionando-a sobre o peito do androide. Por baixo da camisa, escondidas sob uma camada de pele e metal, as engrenagens do coração dele giravam e giravam.

Vic acordou com vozes ao redor. Revirou-se, ainda de olhos fechados.

— Já nera hora — ouviu a Enfermeira Ratched dizer. — Vocês dois são nojentos.

— Ai meu deus — sussurrou Rambo, como se estivesse encostado no ouvido de Vic. — Este é o melhor dia de *todos*.

— D-deixem ele dormir — rosnou Rap.

— Ele está acordado — respondeu ela. — Victor. Pare de fingir. Abra os olhos.

Obedeceu. Repousava a cabeça no peito de Rap, abraçando--o. A Enfermeira Ratched e Rambo estavam ao lado da cama, o robozinho elevado na plataforma.

— É exatamente como nos *filmes* — ganiu, os sensores piscando. Esticou o braço e beliscou a bochecha de Vic. — Estou tão feliz!

— Claro que está — disse a Enfermeira Ratched. — Agora talvez possamos ter um dia em que vocês dois não estão se encarando feito bobos. Estava ficando constrangedor.

Vic suspirou quando Rap jogou uma almofada na tela dela.

— Iupi! — gritou Rambo. — Que dia maravilhoso! — pausou. Em seguida: — Bem, exceto pelo fato de estarmos em um bordel de robôs a centenas de quilômetros de casa e prestes a invadir uma torre impenetrável cheia de vilões que querem nos matar numa tentativa de resgatar Gio, mesmo que ele não se lembre de nada, e tudo isso foi planejado por uma máquina assustadora com asas falsas, mas *mesmo assim*. Maravilhoso!

CAPÍTULO 23

— Não, *nem* tudo é maravilhoso. — Rambo suspirou. — Nós vamos morrer. Nós vamos todos morrer.

Vic olhou para o alto, para a Torre Benevolente que se assomava sobre eles, ajeitando o capacete de metal. Não conseguia ver o topo da torre; a estrutura tinha uma curva desorientadora. Teve a impressão de ter visto, ao longe, a silhueta do Terrível Cação ancorado perto do topo, ao lado do símbolo da raposa e do gato. Sentindo vertigem, virou o rosto para o chão, lutando para controlar o pânico. Estava perto, muito perto, mas não conseguia impedir que as pernas tremessem. Os nervos estavam em frangalhos enquanto repassava repetidamente o plano bobo que seguiriam. Em grande parte, dependeriam da sorte. E agora que estavam prestes a colocá-lo em prática, achava que Fada Azul havia enlouquecido.

Estavam num beco escuro a algumas quadras da torre. O entorno da torre era muito mais limpo do que a vizinhança do Paraíso. Os edifícios, em sua maioria de vidro e aço, cintilavam sob a luz invernal. O ar estava fresco, embora não fosse nada parecido com o frio que estaria na floresta naquele exato momento. Ficou imaginando quanta neve teria caído, e se os galhos das árvores estariam se vergando por causa dela.

Máquinas passavam do lado de fora do beco, ignorando o grupo reunido nas sombras. Passavam voando pelas calçadas e pelo asfalto, algumas sobre rodas, outras flutuando e deixando o ar cintilando sob si. O sistema ferroviário no qual haviam viajado nas caixas não passava por aqui. A mesma voz suave que tinham ouvido no armazém ecoava pelos ares.

— A AUTORIDADE LHES DESEJA UM BOM DIA. ATENÇÃO. ATENÇÃO. ATENÇÃO. TUDO O QUE É FEITO DEVE SER GRAVADO POR ORDEM DA AUTORIDADE.

— Muito bem — disse, tentando manter a calma. — Sabemos o que fazer, certo?

— *Não* — respondeu Rambo. — *Não* sabemos. Esqueci tudo! E se alguém me fizer uma pergunta que eu não saiba responder, e descobrirem que somos *mentirosos* e nos jogarem numa prisão antes de nos torturarem? *Sabe* que eu não gosto de ser torturado.

— Você nunca foi torturado — lembrou.

— Bem, *não*. Mas não gosto mesmo assim! Caramba, Vic. Qual é?

— Fique comigo — falou a Enfermeira Ratched, manifestando-se pela primeira vez desde que chegaram ao beco. Ela os guiara pelas ruas sinuosas da Cidade dos Sonhos Elétricos, fazendo o melhor que pôde para mantê-los longe das vistas. O Porteiro já estava parado junto à porta quando saíram do quarto. Dissera a eles que Fada Azul estava indisponível, embora desejasse que os aventureiros fossem o mais longe que conseguissem. Um prêmio de consolação, que Vic não tinha certeza se queria, o que ficou ainda mais claro quando o Porteiro disse:

— Mais uma coisa: uma mensagem de Fada Azul. "Seria bom não sangrar, humano. No instante em que sangue escapar do seu corpo, eles saberão".

E, deste modo sombrio, o Porteiro deu as costas para eles e entrou de volta no Paraíso sem olhar para trás.

Seguiram a Enfermeira Ratched pela manhã, quando pararam no beco. Vic enxugou a testa, fazendo careta para o brilho de suor que avistou no dorso da mão. Um vazamento de lubrificante. Era só isso.

— Victor — disse a Enfermeira Ratched. — Está na hora. Está pronto?

Respondeu que "sim", embora quisesse dizer "não".

Ela deve ter percebido no tom de sua voz, o tremor na única palavra. Olhou para ele, a tela se iluminando com as palavras CORAGEM, AMIGO. NÃO VAI DOER NADA.

Mas foi Rap que falou por todos eles.

— Quais são as regras?

— Ficar juntos — murmurou Rambo.

— Correr se for preciso — disse a Enfermeira Ratched.

— Nada de brincadeiras.

— Nada de perfurações. A menos que eu julgue necessário, então desta vez não vou prometer nada.

Todos olharam para Vic. Ele respirou fundo, endireitando os ombros. Tinham razão. Era hora. Tinham chegado longe demais para desistirem.

— E, acima de tudo, ter coragem.

Rap assentiu e apertou a mão dele.

— Há um elevador central na torre — falou a Enfermeira Ratched. — Sou capaz de despistar o software de segurança para nos levar até o andar em que Gio está. A partir daí, tudo depende de Victor. O coração está pronto?

Estava. Fada Azul havia cuidado disso. Fez o trabalho em poucos minutos, as mãos voando em um borrão, pecadinhos de madeira caindo aos pés. Quando terminou, apresentou um coração tão bem-feito quanto o que o pai havia criado para si. Atônito, Vic o pegara, girando as engrenagens. Os dentes se encaixaram. Moviam-se perfeitamente.

— Está — respondeu.

— Ótimo — afirmou ela. — Rap. Sabe o que fazer.

— Sei — disse ele. — Tirou o capuz, endurecendo as feições do rosto feito de pele e madeira. A expressão se apagou. Os olhos se tornaram vazios. Rap parecia o Não-Rap que tinham visto na Terra dos Brinquedos. Uma máquina, e nada mais. Ali estava o PRAP 217.

— Movam-se — comandou, a voz seca.

E todos obedeceram.

Ninguém os abordou. Ninguém tentou impedi-los. Ninguém nem sequer tentou *falar* com eles. Marcharam pelas ruas da Cidade dos Sonhos Elétricos conforme os robôs abriam caminho. A maioria não emitiu nenhum som. Alguns soltaram gemidos baixos ao verem Rap.

— Sem p-parar, prisioneiros — entoou ele. — Não v-vão gostar do que vai acontecer se pararem. Que isso sirva de a-alerta a q-quem for contra a Autoridade. Nós i-iremos encontrá-los.

Vic cambaleou quando Rap o empurrou para o outro lado da rua. Esbarrou na Enfermeira Ratched, e quase derrubou Rambo de cima dela. Lançou um olhar furioso para o androide por cima do ombro, mas ele se manteve impassível.

As multidões se dispersaram à medida que se aproximavam da Torre Benevolente. Ao lado da entrada principal, havia uma estátua de pedra de uma raposa e um gato contornando-se, com os rabos entrelaçados. A entrada em si era composta por duas imponentes portas de vidro, com pelo menos três metros de altura. O vidro era opaco; não conseguiam ver o que se passava lá dentro. Não havia ninguém do lado de fora. Próxima às portas, uma grande esfera parecia embutida na parede.

— Só... entramos? Sem mais nem menos? — murmurou, olhando em volta para ver se estavam sendo observados. Não viu câmeras nem ninguém se aproximando para perguntar o que estavam fazendo.

— Talvez estejam fechados — disse Rambo. — Bem, podemos voltar amanhã. Quem gostou da ideia? Ninguém? Sério? Isso é...

A esfera se acendeu. Antes de cair, chiou na parede, provocando um estouro audível. Antes de atingir o chão, pernas se desenrolaram dela. A máquina — com mais ou menos a altura da Enfermeira Ratched — erguia-se sobre oito pernas, como uma aranha. Ela começou a emitir um brilho branco.

— Pare — ordenou, a voz aguda. — Quem vem lá?

— Sou eu! — disse Rambo. — R... ah, eu não deveria falar nada. Certo. Pode me ignorar!

Vic suspirou por dentro. Iam morrer ali, naquele instante.

A máquina-aranha arrastou-se na direção deles. Parou na frente da Enfermeira Ratched, erguendo-se sobre patas até que encarasse a tela dela de frente.

— Por que vieram até a Torre Benevolente? — perguntou. — Fizeram o agendamento? — Levantou uma das patas, batendo na lateral da cobertura da Enfermeira Ratched. — Coisa antiga, não é? Não vejo uma assim desde...

A Enfermeira Ratched a afastou com um tapa na pata.

— Não é assim que se fala com uma dama. Não sou velha. Sou vintage. Retire o que disse antes que eu...

— Estão comigo — disse Rap, saindo de trás deles. — P-prisioneiros. Eu os trouxe aqui para processamento e desativação.

A esfera da máquina-aranha piscou, alarmada, em um tom pálido de rosa.

— PRAP — falou. — Peço desculpas. Eu não o vi. Disse que são seus prisioneiros, certo? Quais crimes cometeram?

— Dissidentes — disse Rap. — Eu os encontrei fora da cidade. Trouxe-os para garantir que sua mensagem não se espalhe.

— O que aconteceu com a sua voz? — perguntou a máquina-aranha. — Sofreu algum dano? — Ela se ergueu sobre patas. — E está coberto de... o que é isso? O que aconteceu com o seu rosto e as suas mãos?

— Dano no modulador de voz — explicou ele. — Iniciei a reparação no meu revestimento por conta própria.

— Foram os dissidentes que fizeram isso com você? — perguntou ela.

— Não. Foi algo diferente.

— E o que aconteceu com esse "algo diferente"?

Rap encarou a máquina-aranha.

— Eu o destruí.

— Bom, que bom, por mais desastrosa que esteja a sua aparência. Certifique-se de solicitar reparos depois que se livrar dos prisioneiros. Não podemos permitir que PRAPs pareçam tão... maltratados. A Autoridade tem uma reputação a zelar, afinal de contas. Parece que também há algo errado em seu peito. Estou ouvindo um rangido. Certifique-se de que isso também será verificado.

— Claro — concordou Rap.

A máquina-aranha se voltou para Vic. Ele a encarou de frente, quase sem piscar. Uma gota de suor escorreu pela nuca.

— E este aqui? — perguntou a máquina-aranha. — Ah, este é horrível. Parece que foi construído com as piores peças de reposição. O que é essa coisa? Alguém precisa encurtar seu sofrimento, pelo amor de *deus*.

— Não sei o que é — disse Rap. — Ele se recusa a falar.

A máquina-aranha estremeceu.

— Certifique-se de que ele seja o primeiro a ser desativado. Nem gosto de olhar muito. Ei, você aí. — Cutucou o capacete de Vic. — Qual é a sua designação?

Vic não disse nada.

— Não consegue falar — explicou Rambo, prestativo. — Começou a nos seguir pouco antes de sermos capturados. Jogamos pedras nele, mas não nos deixou em paz desde então.

— Grotesco — disse a máquina-aranha. — Espero que não existam outros iguais. — Estendeu a pata sobre o ombro de Vic, cutucando a mochila. — E isso?

— É meu — respondeu Rap. — Mandei que carregasse minhas ferramentas.

— Ótimo — afirmou. — Ao menos serviu para alguma coisa. Pobre criatura nojenta. Nem parece estar consciente. Provavelmente está com os circuitos danificados. Que trabalho malfeito. Bem, seu fim está próximo. Pode passar, PRAP.

Rap assentiu.

— V-viva a Autoridade.

A máquina-aranha se afastou, permitindo que passassem.

— Sim, claro! Viva a... espere um minuto.

Pararam. Vic mordeu a língua para não gritar.

— O seu código de barras — solicitou ela. — Preciso escaneá-lo antes que entre, apenas para manter os registros de chegada.

— Preciso l-levá-los para dentro — disse Rap. — Eles pr-precisam...

A esfera piscou em vermelho.

— O código de barras, PRAP.

— Claro — respondeu sem demora, estendendo a mão em direção à máquina-aranha. A pele se abriu. Um pequeno botão surgiu nela. Um código de barras apareceu acima de palma, tremeluzindo.

Ela não pareceu notar que Vic ficou imóvel enquanto o código de barras era escaneado. Apitou uma vez. Duas vezes. A esfera piscou novamente em vermelho.

— Isso nunca aconteceu antes.

— T-tente outra vez.

A máquina-aranha não se moveu. Rap estava prestes a avançar, mas a máquina soltou um bip e escaneou o código de barras de novo. Desta vez, a esfera ficou verde.

— Bem-vindo, PRAP 926. Pode entrar na Torre Benevolente. — Abaixou-se nas patas antes de se voltar para o restante do grupo. — Bem-vindos, dissidentes. Prossigam para a desativação. — Recuou em direção às portas. Vic observou enquanto ela pulava, as pernas se recolhendo enquanto voltava a se encaixar na fenda de onde tinha caído. A esfera escureceu enquanto as portas da torre se abriram com um rangido baixo.

— Andem — ordenou Rap. — E s-sem conversa, prisioneiros. N-não vão cuspir suas ideias aqui.

— Cuspir — disse a Enfermeira Ratched. — Eu não *cuspo.*

— Eu cuspo — disse Rambo. — Bem, talvez cuspir não seja a palavra. Vazar? Sim, eu vazo... — Soltou um gritinho quando a Enfermeira Ratched entrou na torre.

Atrás deles, Vic olhou para o alto, na direção do céu. Ele se perguntou se algum dia voltaria a vê-lo.

— A m-modificação de Fada Azul no c-código de barras funcionou — murmurou Rap enquanto as portas se fechavam atrás deles.

— Pelo menos sabemos que Fada está do nosso lado — sussurrou Vic.

— P-por enquanto.

Vic precisaria ensiná-lo a respeito de otimismo, embora este talvez não fosse o melhor momento para isso, ainda mais porque ele mesmo não estava muito otimista. Enquanto as portas se fechavam com um som ecoante, olhou ao redor. Estavam em uma espécie de saguão: o chão era feito de azulejos cinza e brilhantes que refletiam a iluminação embutida no teto. O ar dentro da torre era estranho, denso e levemente medicinal. Sua boca estava preenchida pela viscosidade daquele sabor.

Máquinas de todos os formatos e tamanhos se moviam ao redor deles, todas apressadas e sem parar. Algumas os encaravam ao passar, mas, quando viam Rap, afastavam-se rapidamente. Rap o segurava pelo braço, forçando-o a avançar.

Pararam quando um holograma apareceu, subindo de uma fonte no centro do saguão, a água caindo ao redor. Tinha um formato vagamente humano, embora não tivesse rosto. No lugar do nariz, olhos e boca, havia apenas um brilho branco cercado por cabelos dourados.

— Bem-vindos à Torre Benevolente — disse, numa voz doce e gentil. — Onde o poder da Autoridade protege a todos nós. PRAP 926, seu retorno não era esperado antes de... trinta... seis... dias e... sete... horas. Está adiantado.

— E-encontrei o que p-procurava.

O holograma jogou as mãos para cima. Raios de luz caíram ao redor como confete.

— Parabéns, PRAP 926. Sua missão foi um sucesso. Isso ficará registrado no seu histórico permanente. De acordo com meus registros, esta é a sua... 17º... captura de dissidentes. Está prestes a ser promovido. Depois de escoltar nossos... convidados... rumo ao destino deles, por favor, apresente-se ao escritório central para reparos e uma festa para celebrar seu êxito. Haverá balões.

— Uma *festa*? — exclamou Rambo. — Sempre quis ir a uma festa. Vai ter dança?

O holograma virou a cabeça na direção dele.

— Não. Não vai ter dança. Não está convidado para esta festa, dissidente. Você estará em... outra festa.

— Tantas festas — suspirou ele. — Este lugar é *incrível*.

— Sim — respondeu o holograma. — É mesmo. Fico contente que pense assim. Isso tornará tudo mais fácil na sua... festa. PRAP 926, por favor, escolte nossos convidados para o 15º andar, o local da... Devo anunciar sua chegada?

— N-não — respondeu rapidamente. — P-preferiria fazer isso por conta própria.

— Claro — disse o holograma, desaparecendo em meio à água.

— O 15º andar? — perguntou a Enfermeira Ratched ao passarem pela fonte. — Quero saber?

— N-não, não quer — declarou Rap.

— Quero ver os balões — disse Rambo quando se aproximaram de uma série de elevadores dispostos na parede de trás. As outras máquinas mantinham distância deles. — Talvez tenha bolo! Geralmente tem bolo nas festas.

— Ninguém aqui come bolo — disse a Enfermeira Ratched enquanto Rap pressionava o painel ao lado de um dos elevadores. — Você não pode comer bolo.

— Não tem como saber disso — retrucou ele. — Nunca *provei* bolo. Talvez eu goste.

Vic achou que a cabeça de Rap ia explodir.

— Não estamos aqui para comer bolo.

— Ah — disse Rambo. — Certo. Estamos aqui para... não falar sobre bolo. — Inclinou-se de um lado para o outro, como se estivesse tentando descobrir se alguém estivera ouvindo a conversa. Elevou a voz o mais alto que pôde. — Aonde está nos levando, PRAP 926? Sou apenas um pequeno aspirador de pó envolvido nas maquinações de algo sobre a qual não tenho controle. Por favor. Por favor, não me machuque. — Ele fungou. — Não quero morrer.

— Está exagerando — comentou a Enfermeira Ratched.

— *Não* estou! Isto é o que move meu personagem e estou tentando ser *crível.*

Rap golpeou o revestimento de Rambo quando as portas do elevador se abriram.

— Ch-chega.

— Sim, mestre.

— N-não me chame a-assim.

— Certo, PRAP 926. — Em seguida, deu uma piscadela.

Rap os empurrou para dentro quando o elevador chegou. As portas se fecharam atrás deles. Vic se apoiou na parede, com as pernas tremendo.

— Sem c-câmeras — observou Rap, enquanto outro painel brilhou perto da porta. Era numerado de zero a nove. — Rambo, p-precisa *parar de falar.*

— Concordo — afirmou a Enfermeira Ratched. — Chegamos até aqui. Se nos dedurar agora, vou desmontá-lo até não sobrar peça alguma.

Rambo estremeceu.

— Só estou tentando ajudar.

— E está — disse Vic. — Mas pode nos ajudar ainda mais se fingir que não fala.

— Mas eu falo!

— É uma atualização do personagem — sugeriu a Enfermeira Ratched. — Seu modulador de voz foi destruído. Você é incapaz de falar. É mudo.

— Oh, não — sussurrou ele. — Que bom que sou fluente em língua de sinais. — As pinças formaram um padrão complicado, dobrando-se para dentro e para fora antes de se moverem de um lado para o outro, terminando com um floreio próximo do revestimento. — Acabei de dizer que amo todos vocês, mesmo que não gostem da minha atuação.

Rap se curvou, examinando o painel. Franziu a testa.

— Sabe para onde ir? — perguntou a Enfermeira Ratched.

— Sei. — Em seguida: — Talvez.

— Como assim, "talvez"?

Ele fez uma carranca.

— Está... gravado. Na minha cabeça. Fragmentos e trechos. Consigo me lembrar. Só p-preciso de um momento.

— À vontade — respondeu ela. — Leve o tempo que precisar. Não estamos com pressa.

— Isso não ajuda em nada — comentou Vic, saindo do canto do elevador. Passou pela Enfermeira Ratched e Rambo, ficando ao lado de Rap. — Qual é o andar do meu pai? Deve ser o último, certo?

Ele balançou a cabeça.

— O último andar é a plataforma de lançamento do Terrível Cação. É mais abaixo.

— Tudo bem. Então escolha o penúltimo andar.

Rap encarou o painel.

— Não sabe qual o número do andar, não é?

— Estou *t-t-tentando.*

— Já acabaram? — falou a Enfermeira Ratched, de modo curto e irritado.

Viraram para ela.

Na tela da enfermeira havia um esboço da Torre Benevolente, que girava lentamente.

— A torre tem 125 andares. O último, como disse Rap, é a plataforma de lançamento do Terrível Cação. Se Gio estiver aqui, como imaginamos que esteja, estará no andar 124. É onde o laboratório dele se localizava antes de escapar da Cidade dos Sonhos Elétricos. Se Fada Azul tiver razão e ele tiver retornado ao cargo anterior, estará aqui. — A imagem da torre se ampliou, e uma seta piscava perto do topo.

— Segurança? — Perguntou Vic.

— Mínima. Cientistas, inventores e inovadores entram e saem como bem entendem, mas não sei dizer se houve mudanças com o retorno de Gio. Se esse for o caso, precisaremos de uma justificativa caso sejamos parados.

— Eu cuido disso — disse Rap, voltando-se mais uma vez para o painel.

— Isso não me conforta.

Rap começou a apertar os botões. Um. Dois.

— Espere — Vic o interrompeu enquanto o dedo pairava sobre o quatro.

— O que foi? Eu…

Uma voz muito clara anunciou:

— 12º andar.

O elevador começou a subir.

Rap grunhiu.

— Você b-bagunçou tudo.

Vic arregalou os olhos.

— Pare o elevador.

— N-não *dá*. Não até c-chegarmos ao 12o andar. Por que f-fez isso?

— Não estão nos rastreando? — perguntou Vic. — Se pararmos antes do 15º andar, para o qual deveríamos ir, vão saber.

Rap balançou a cabeça.

— PRAPs não são c-como as outras m-máquinas. V-vamos aonde quisermos. N-não nos fazem perguntas.

— Você é tipo um chefe — disse Rambo, soando impressionado. — Que ótimo, máquina assassina e vingativa.

— Tem certeza? — perguntou.

— S-sim. Tenho certeza. Se Gio estiver l-lá, vamos encontrá-lo.

— Décimo segundo andar — repetiu a voz. — Escritório central.

— A *festa*! — exclamou Rambo. — Iupi!

As portas se abriram.

Havia um grupo de máquinas parado na frente perto do elevador. Vic deu um passo para trás enquanto Rap se colocava na sua frente, impedindo que o vissem.

— A-andar errado — falou. Apertou furiosamente os botões enquanto as máquinas se aproximavam. Antes que pudessem entrar, as portas se fecharam novamente.

— Não vi nenhum balão — resmungou Rambo. — Mentirosos.

A voz se pronunciou novamente.

— Centésimo vigésimo quarto andar.

O elevador começou a subir.

Rap bateu na parede, o que fez o elevador tremer.

— Ele está bravo? — sussurrou Rambo.

— Talvez — respondeu a Enfermeira Ratched. — Mas eu entendo. Também estou com vontade de socar alguma coisa.

— Está tudo bem — disse Vic, impedindo que Rap voltasse a bater na parede. — Estamos bem. — Ele não sabia se acreditava no que dizia. Nada estava bem. Bastava um erro, e estaria tudo acabado.

Rap começou a andar de um lado para o outro do elevador, como um animal enjaulado.

— J-jamais deveríamos ter vindo até aqui. Devíamos ter ficado longe. Bem longe. Isso é r-ruim. Isso é *ruim*.

Vic deu um passo em direção a ele, e colidiram. Rap o encarou com raiva, mas estava acostumado. Era parte do pacote.

— Mantenha a calma — disse, firme. — Eu preciso de você. *Nós* precisamos de você. É o único que já esteve aqui antes. E sei que não quer se lembrar disso, mas contamos com você.

Vic achou que ele não tinha ouvido. Achou que Rap ia tirá-lo do caminho e voltar a andar de um lado para o outro enquanto praguejava e rosnava. Em vez disso, ele levou a mão ao capacete de Vic, ajeitando-o em sua cabeça. Se, de alguma forma, sobrevivessem, ia destruir o capacete na primeira oportunidade que tivesse. Tentou sorrir para Rap, mas pareceu forçado.

Ele não pareceu se importar. Apoiou as mãos nos ombros de Vic, e ficaram frente a frente enquanto o elevador subia pela Torre Benevolente. Não desviaram o olhar.

Não desviaram o olhar, isto é, até o elevador parar, e a voz anunciar:

— Centésimo vigésimo quarto andar. Bem-vindos à Criação.

Ao abrirem, as portas revelaram um corredor longo e vazio, de teto abobadado, as paredes e chão brancos. Portas preenchiam o corredor. Sem janelas, sem claraboias. A luz era artificial e reconfortante. Parecia uma mentira.

Vic teve que lutar para não sair correndo do elevador e gritar pelo pai. A vontade o invadia por inteiro, um impulso insistentemente enlouquecedor que o impelia adiante. Conteve-o antes que fosse dominado.

Rap foi o primeiro a sair do elevador, estendendo a mão às costas, indicando silenciosamente que deveriam esperar. Inclinou a cabeça para tentar ouvir alguma coisa.

Quando ele teve certeza de que não seriam abordados, fez sinal para que os outros seguissem. A Enfermeira Ratched saiu do elevador, Rambo se virando de um lado para o outro em cima dela para conseguir ver tudo. Vic foi o próximo, e deu uma olhada para trás quando as portas do elevador se fecharam. Os sapatos rangiam, o som que saía do chão ecoando nas paredes que os cercavam. Exceto pelos passos, era assustadoramente silencioso. Nenhuma voz. Nenhum movimento além do deles. Sabia que estavam no alto, mas poderiam estar em qualquer lugar, já que não havia janelas.

Rap os conduziu pelo corredor, cada passo cuidadoso e calculado. Virava a cabeça de um lado para o outro, para cima e para baixo, enquanto passavam por porta atrás de porta, apesar de não conseguirem saber o que havia além delas.

Olhou para trás quando fizeram uma curva à direita.

— Deveríamos...

Ele bateu em alguma coisa.

Vic sentiu um arrepio quando viu o que — ou *quem* — era.

Outro PRAP, usando o uniforme da Autoridade, levando o símbolo da raposa e do gato no peito.

De perto, era como encarar um espelho quebrado. O PRAP era quase igual a Rap. E, embora não tivesse os entalhes de madeira, os olhos eram os mesmos, multicoloridos e brilhantes. Mas aqui começava a dissonância. Rap tinha olhos luminosos e vívidos. O PRAP era inteiramente máquina, superficial e frio. Vic não sabia se era o mesmo PRAP que tinham visto na Terra dos Brinquedos ou se era outro completamente diferente. Pela primeira vez, perguntou-se quantos ainda existiam.

— Olá — cumprimentou o PRAP, educado, soando surpreendentemente igual a Rap, mas talvez sem a aspereza com que Vic se acostumara. — Irmão, que prazer em vê-lo. — O olhar passou brevemente sobre o ombro de Rap antes de se voltar novamente para ele. — O que está fazendo aqui?

Rap falou:

— I-irmão. É bom vê-lo. Estou cumprindo ordens.

O PRAP assentiu.

— Claro que está. Não estaria aqui se não estivesse. Quais são suas ordens?

— Levar estes t-três para o laboratório.

— Estes três? — perguntou o PRAP. — Quem são?

— Dissidentes.

Os lábios do PRAP se curvaram.

— É mesmo? — Acariciou a madeira na bochecha de Rap. Ele não se moveu. — Fizeram isso com você? E quanto à sua voz? Está gaguejando.

— N-não — respondeu, removendo a mão da máquina com gentileza. — Reparo de campo. Voz d-danificada. Assim que t-tiver cumprido minha missão, v-vou cuidar disso.

O PRAP olhou para os outros. Vic manteve o olhar baixo, e o capacete pendia um pouco para a frente.

— E não foi por causa deles?

— N-não. Foi um q-quarto.

— E o que aconteceu com o quarto?

— D-destruído — respondeu Rap.

— Ótimo. Devemos manter a paz, afinal. — Ele se afastou um pouco de Rap e parou na frente da Enfermeira Ratched e de Rambo. Vic rezou para que Rambo ficasse quieto, enquanto Rap tentava acenar em alerta por trás do PRAP. — Dissidentes. Não parecem valer muito.

— Não valem — falou. — A programação foi alterada.

— Por quem?

— N-não sei.

O PRAP cutucou a tela da Enfermeira Ratched.

— Você. Modelo de enfermagem. Quem alterou sua programação?

Rap deu um passo à frente.

— D-deletei os programas o-ofensivos. N-não saberão como responder.

Os olhos do PRAP se estreitaram minimamente, mas ele não se virou.

— Por que faria isso? Não podemos descobrir a quem pertencem deste jeito.

— I-iniciaram uma sequência de autodestruição quando eu os e-encurralei. Tomei a d-decisão de preservar o que p-pude. Estou trazendo-os para a Criação para ver s-se algo pode ser recuperado.

— Sem senso de autopreservação — comentou, empertigando-se. — Uma pena, apesar de esperado. Se as memórias puderem ser recuperadas, talvez finalmente pudéssemos chegar à fonte. Sabe de que fonte estou falando, irmão?

Rap assentiu.

— Fada A-Azul.

— Sim. Fada Azul tem conseguido encobrir os rastros por muito mais tempo do que esperávamos. Não sei por que não recebemos ordens para demolir a pirâmide. Não questiono as mentes de nossas mães e pais, mas me pergunto que propósito veem em permitir que o lugar continue existindo. — Pegou num dos braços de Rambo, puxando-o. Rambo ficou em silêncio. O PRAP o soltou antes de olhar para Vic. — E este? Nunca vi um modelo assim antes. Que mau gosto. Parece que foi construído com peças sobressalentes. Uma abominação.

— Também a-acho, irmão — concordou Rap. — Ele será dissecado. A Criação extrairá o que puder dele.

— Máquina — disse o PRAP. — Olhe para mim.

Vic levantou a cabeça. Manteve a expressão neutra, a boca contraída em uma linha fina. Deixou que o olhar vagasse até mesmo quando ele ficou a centímetros de seu rosto. Não, não se parecia com Rap, nem mesmo com o que tinha visto nas memórias dele.

O PRAP bateu no capacete de Vic, fazendo-o vibrar na cabeça. Evitou uma careta enquanto o capacete pressionava-lhe o crânio, o som oco ecoando pelo corredor que os cercava.

— Este aqui — disse ele. — Este aqui é... diferente. — Escrutinava o rosto de Vic. — É bastante realista. E parece que está vazando. — Uma gota de suor escorreu pela bochecha de Vic como uma lágrima. O PRAP estendeu a mão para tocá-la.

— S-sim — disse Rap. — É. Um d-defeito. Não e-encoste. Acredito que seja ácido.

O androide afastou a mão ao se virar para Rap.

— Gostaria de saber o que a Criação descobrir a respeito. Se for um tipo novo de máquina, precisamos ser informados. Não parece ser perigosa, mas não podemos correr riscos. Não permita que escondam isso de você. Eles gostam de guardar segredos. Este não pode ser mais um deles. Informe à Criação que você deve ter acesso às suas descobertas por ordem da Autoridade. Ou, se preferir, posso pegá-las no seu lugar, para que você possa ser reparado.

Rap balançou a cabeça.

— Minha d-descoberta. Receberei o c-crédito por ela.

— Claro — respondeu, tranquilo. — Prossiga, então, irmão. Bom trabalho.

Vic prendeu a respiração quando o PRAP passou perto deles, indo na direção de onde tinham vindo. Estava prestes a exalar o mais silenciosamente possível quando viu o medo fugaz no rosto de Rap.

— O que é isso? — Ouviu o PRAP dizer a suas costas.

Ele o girou violentamente, agarrando a mão dele com força. Vic quase caiu, pois o peso da mochila o fez cambalear. O braço foi puxado pela junta enquanto o PRAP aproximava a palma de Vic em direção ao próprio rosto.

O corte na mão.

Quase cicatrizado, mas não curado. Havia uma fina crosta marrom.

O PRAP foi mais rápido que Vic. Enfiou o polegar na palma, retirando a crosta. Ali, no centro, uma pequena gota de sangue se formou. Ele virou a mão de Vic de lado. O sangue escorreu. Por um momento, uma gota permaneceu suspensa na lateral da palma.

E então pingou.

— Humano — rosnou, esmagando os ossos de Vic com a força do aperto. — É humano. Alarme. Precisamos acionar o...

Vic sentiu um sopro de ar. O tempo desacelerou ao redor enquanto tudo saía de foco. Olhou para baixo e viu Rap deslizar pelo chão, pernas na frente, olhos cerrados, o casaco se agitando atrás dele. Ele interrompeu o curso da gota de sangue antes que respingasse no chão, fechando a mão em volta dela, e Vic jurou ver uma sombra passar pelos olhos dele.

Rap se levantou e deu uma cotovelada no antebraço do PRAP. O metal rachou conforme o androide soltava a mão de Vic. Abriu a boca, mas antes que conseguisse emitir qualquer som, foi acertado com um soco no pescoço. Ele gorgolejou mecanicamente enquanto recuava e batia contra a parede. Rap o encurralava quando começou a se recuperar. Preparou o punho para outro golpe, mas o PRAP o segurou no último segundo, torcendo o braço de Rap.

— Traidor — sussurrou, de voz rouca. — Você é um *traidor*. O que você fez?

O PRAP girou Rap, levantando o pé e chutando-o na lombar violentamente. Ele colidiu contra a parede oposta, provocando uma grande rachadura que se estendeu até o teto. Avançou sobre Rap, desferindo golpes brutais nas costas e nas laterais do corpo dele antes de agarrá-lo em um abraço de urso e levá-lo ao chão, imobilizado. O PRAP grunhiu enquanto o apertava. Vic ouviu o metal rangendo, o estalo da madeira no peito tão alto que parecia um trovão.

Rap levantou as pernas, chutando a parede e forçando-o a recuar. O PRAP perdeu o equilíbrio, fazendo com que ambos caíssem no chão, Rap acima dele, que se debatia. Ele recuou rolando por cima da máquina, caindo agachado, com a cabeça do outro entre os pés. Levantou-se de pronto, erguendo a perna para prender a cabeça do PRAP, que, no entanto, pegou o pé de Rap e o torceu até que tivesse que se jogar de lado para não quebrar. Deslizou de lado pelo chão.

Sem pensar, Vic avançou em direção ao PRAP enquanto ele se levantava para se aproximar de Rap. No meio do percurso, tirou a mochila das costas, agarrando uma das alças. Ele a girou em um arco amplo, os músculos do braço ardendo por se esticarem demais. A mochila atingiu o PRAP com um barulho terrível, jogando-o contra uma porta que tremeu na moldura. Ele levantou a cabeça lentamente, virando-se para encará-lo.

— Humano — sibilou. — Você é *humano*. Protocolo de Resposta de Aniquilação de Pessoas iniciado.

Ele se afastou da porta. Vic cambaleou para trás e a mochila caiu no chão. O PRAP nem percebeu enquanto se aproximava.

— Não encoste nele — disse a Enfermeira Ratched, estendendo tentáculos que se entrelaçaram nas pernas do PRAP, tentou arrancá-los. Foi quando um estalo elétrico os percorreu e atingiu a máquina, fazendo com que a cabeça caísse para trás e a boca abrisse, o corpo se contorcendo enquanto a eletricidade a percorria.

Rambo passou voando por Vic, elevando-se enquanto rolava em direção ao PRAP, evitando os tentáculos da Enfermeira Ratched ao saltar sobre eles. Deu a volta e ficou nas costas do androide, estendendo os braços e cravando as pinças no pescoço dele, rompendo a pele enquanto a Enfermeira Ratched interrompia a descarga elétrica. Ele puxou e arrancou o que conseguiu com as pinças, arrebentando tiras de metal e fios. O PRAP ficou de queixo caído ao tentar atacar Rambo, mas Rap estava lá, contendo-lhe as mãos, torcendo-as até que quebrassem, quase completamente viradas, os dedos pendendo, inúteis. Rap o agarrou pelo pescoço, jogando-o de volta contra a parede. Apertou o painel próximo à porta. Ela se iluminou. A porta se abriu, e o PRAP caiu em uma sala cheia de computadores e máquinas em vários estágios de desmonte. Nada lá dentro se movia, a não ser os dois.

Tentou se levantar, mas Rap pulou sobre ele. Sentou na cintura do inimigo, prendendo os braços dele ao lado do corpo. O PRAP o encarou.

— Irmão. Por que fez isso?

— Eu não sou seu irmão — rosnou Rap. Cerrou a mão direita enquanto o envolvia com a esquerda. Ergueu o braço sobre a cabeça antes de desferir golpes no rosto do androide. O metal rangeu. Fez isso de novo. E de novo. E de novo.

As pernas do PRAP deslizavam pelo chão enquanto ele sacudia os pés.

Não chegou a emitir outro som.

Eventualmente, parou de se mover.

Houve um ranger de metal quebrado enquanto Rap se levantava devagar. Ele se virou, e o coração de Vic se despedaçou ao ver a expressão incerta e assombrada que havia em seu rosto. Rap ergueu as mãos. Fragmentos de metal do rosto do PRAP estavam cravados na pele. Enquanto Vic observava, um pequeno pedaço branco de *algo* caiu no chão, quicando e parando a seus pés. Um dente. Parte de um dente.

Rap encarou as próprias mãos e disse:

— Eu... machuquei. Eu m-m-*matei*. Eu...

Vic disse:

— A floresta. Música. — Cauteloso, cuidadoso, deu um passo em direção a Rap. — Um lar. Onde eu te encontrei. Árvores. O complexo. Música. Meu pai tocava discos para você. Você se lembra?

— Lembro — sussurrou.

Vic parou diante de Rap, segurando as dele mãos com firmeza. — Os trompetes. O piano. A bateria e o prato de ataque. Miles Davis. *A kind of blue*. Um tipo de azul. Ouça. — Não conseguia se lembrar de tudo. A mente ainda falhava, ainda respirava ofegante. Mas cantarolou o que pôde de "Blue in Green". O trompete abafado, aquele som metálico afiado, as teclas do piano. A voz estava rouca, a cabeça cheia de fogos de artifício. Balançou de um lado para o outro com Rap nos braços. Ao longe, percebeu que a Enfermeira Ratched começara a tocar a mesma música que ele cantarolava. E, embora, ela fosse instrumental, Rambo se juntou a eles, com a voz suave e baixa.

— Borboleta — disse Rap, sem forças. — Bonita. Linda.

Não soube quanto tempo durou. Pareceram horas, embora tenham sido apenas minutos. Aos poucos, Rap relaxou. Começou pelas pernas e foi se espalhando pelos quadris e pelo peito. Ele se apoiou em Vic, enterrando o rosto no pescoço dele. A música desapareceu enquanto Vic sussurrava:

— Viu? Está tudo bem. Estamos bem. Você está bem. Estou aqui.

Rap o abraçou, os dentes à mostra junto do pescoço do rapaz.

— Você nos salvou. Certo? — Sacudiu Rap. — Você nos salvou. O sangue. Se tivesse caído no chão...

— Se t-tivesse caído no ch-chão, um a-alarme teria sido a-acionado. Mas...

— Você fez o que foi necessário — disse Vic ferozmente. — Você nos protegeu.

Rap não parecia aliviado quando se afastou, mas a expressão assombrada havia suavizado. Os olhos dele buscaram os de Vic, e o que encontraram ali deve ter sido suficiente. Ele se voltou para o PRAP.

— Ele f-ficou off-line. Alguém vai p-perceber em breve. Temos que n-nos apressar. — Abaixou, deslizando as mãos por debaixo dos braços do androide, e pedaços da cabeça foram caindo pelo chão. Rap o arrastou mais para dentro da sala. Rambo o seguiu, recolhendo os pedaços que restaram.

Vic saiu para o corredor, olhando para a esquerda e para a direita para garantir que ainda estavam sozinhos. Estavam. Pegou a mochila do chão. Sentiu algo se mexer dentro dela, um tilintar metálico que o fez parar. Franziu a testa enquanto levantava a mochila, sacudindo-a de um lado para o outro. O som ficou mais alto. Parecia que algo estava em pedaços. Os olhos se arregalaram conforme abriu a mochila furiosamente.

— Victor? — perguntou a Enfermeira Ratched. — Sua frequência cardíaca aumentou drasticamente. O que houve?

Ele mal a ouviu.

— Não — murmurou. — Não, por favor, não, onde está, cadê, *cadê*... — Fechou a mão em torno de um pano familiar e o puxou. Tinha pegado pelo lado errado. O pano se abriu com o puxão, espalhando os restos do coração pelo piso. Aquele som. Aquele terrível estalo que ouvira quando batera com a mochila no PRAP sem pensar direito. Tinha sido o coração recém-formado se partindo novamente. A madeira se dividira em quatro pedaços distintos, dois dos quais caíram no chão. Os restantes caíram de volta na mochila. Fios pendiam inúteis. Uma das engrenagens, a maior delas, estava completamente quebrada ao meio. Outra engrenagem rolou pelo corredor em direção ao elevador, batendo em uma parede antes de tombar no chão.

— Ah, não — disse a Enfermeira Ratched. — Victor, isso...

Vic deixou a mochila cair. Não conseguia respirar. Não conseguia fazer nada além de encarar as peças no chão. Tinham chegado tão longe.

Um tentáculo o envolveu pelo pulso. Ele não olhou para ela.

A Enfermeira Ratched disse:

— Victor. Isso não importa. A questão nunca foi o coração. Sempre foi sobre o que faremos um pelo outro. Você consegue fazer outro. Exatamente como deve ser. Mas vai ter que esperar até voltarmos para a floresta.

Enxugou os olhos. Olhou por cima do ombro. Rap sabia. Tinha visto os destroços. Estava parado na porta, carrancudo, olhando para o chão, o corpo rígido.

Pegou a mochila com a Enfermeira Ratched e foi até Rap. Deram as mãos. Estavam perto, Vic sabia. Muito perto. Disse:

— Vamos lá. Precisamos encontrar meu pai enquanto ainda temos tempo.

— Mas como faremos para ele ir conosco? — perguntou Rambo. — Não temos mais um coração.

— Então nós o lembramos de onde veio e torcemos para dar certo.

Rap os conduziu por uma série de corredores sinuosos. Quando dobraram outra esquina, Vic percebeu que estava perdido. Não sabia se conseguiria encontrar o caminho de volta sozinho. Pouco depois de enfrentar o PRAP, tiveram que se esconder em um armário de armazenamento quando um grupo de homens lisos passou por perto. Ficaram no escuro, ouvindo os passos do lado de fora.

— Acha que eles sabem sobre o PRAP? — perguntou Rambo.

Rap balançou a cabeça.

— PRAPs ficam off-line para r-reiniciar. T-temos t-tempo, embora não muito. V-vão encontrá-lo em b-breve.

Ao se certificarem de que os homens lisos tinham ido embora, Rap abriu uma fresta da porta e verificou o corredor.

Esperou um momento antes de abrir a porta por inteiro e sinalizar para que os outros o seguissem.

Seguiram.

Percorreram um corredor. Viraram à direita. Outro corredor. Viraram à esquerda. *Outro corredor.*

Vic estava prestes a perguntar — *exigir* — onde estavam, quanto mais teriam que andar, se estavam perdidos, perdidos, perdidos, quando Rap parou de repente. Trombou com ele, e fez uma careta quando a Enfermeira Ratched e Rambo fizeram o mesmo.

— O que foi? — perguntou.

Rap tinha parado em frente a uma porta. Parecia igual a todas as outras: branca e discreta, com um painel escuro ao lado.

Mas havia uma pequena diferença.

Nesta, num círculo no centro, havia o símbolo de uma árvore. Parecia com as árvores da floresta ao redor de casa, e as agulhas de pinheiro foram esculpidas com tanto cuidado que quase conseguia sentir seu aroma.

Rap levantou a mão livre, traçando os galhos e o tronco da árvore antes de colocar a mão na porta e fechar os olhos. Falou num sussurro reverencial:

— Aqui. Acho que me lembro disso. A árvore. Perguntei a ele uma vez. Uma árvore. Por quê? — Estava balançando para um lado e para o outro. — Ele d-disse que eram antigas. Mais antigas do que q-quase qualquer outra coisa no m-mundo. Que quando d-deixássemos de existir, elas p-permaneceriam. — Abriu os olhos. — Giovanni está aqui. Este é o laboratório dele.

— Tem certeza? — perguntou, baixinho.

Rap recolheu a mão.

— Sim. Tenho certeza.

— Devemos bater? — perguntou Rambo, balançando de um lado para o outro em cima da Enfermeira Ratched.

Vic olhou para a árvore antes de balançar lentamente a cabeça.

— Não. Rap.

Rap não hesitou. Apertou o painel, que se iluminou. Um som profundo ecoou pelo ambiente, fazendo Vic tremer.

O painel brilhou em verde.

A porta se abriu e um ar fresco se derramou sobre eles.

CAPÍTULO 24

A primeira coisa que Vic notou foi como era luminosa. Raios de sol entravam pela sacada, com vidros que iam do chão ao teto, à esquerda deles, com vista para a Cidade dos Sonhos Elétricos. Lá embaixo, a cidade se estendia quase até onde ele conseguia enxergar, vasta e imensa. Foi invadido por uma vertigem. Engoliu em seco, afastando a náusea.

Levou um instante para entender por que reconhecia o lugar. Nunca tinha estado ali antes, mas o reconhecia. Foi só então que percebeu que já tinha estado ali antes, não em carne e osso, mas através de outros olhos. Rap. Estava vendo o que Rap viu quando esteve aqui, quando abriu os olhos pela primeira vez, a cada vez que vinha conversar com o pai de Vic.

— Enfermeira Ratched, está pronta?

— Sim, Victor. Sei o que fazer.

Ele deu um passo para a frente, a mão de Rap escorregando da sua. Olhou por cima do ombro a tempo de vê-lo quebrar o painel ao lado das portas pelas quais tinham acabado de passar. Arqueou uma sobrancelha. O androide deu de ombros.

— A-agora n-não poderão entrar tão f-facilmente. N-nos dá mais tempo, apenas por p-precaução.

Havia um par de portas de vidro no final do corredor. Elas se abriram quando Vic se aproximou. Ele não parou. Não olhou para trás. Não precisava; sabia que os outros o seguiriam aonde quer que fosse.

Entrou em uma sala grande e cheia de máquinas que apitavam e piscavam sem parar. No teto, estavam penduradas garras de metal utilizadas para transporte, agora paradas. Tanques — outra lembrança, desta vez de um bunker subterrâneo — revestiam a parede oposta, vazios, o vidro brilhando como se tivesse sido polido há pouco tempo. Acima de um monte de computadores, havia uma tela gigantesca rodando linhas de código verdes, o cursor piscando. No canto superior esquerdo da tela, estava a imagem de um homem, girando lentamente, os braços estendidos ao lado do corpo. Tinha a pele lisa. Não tinha rosto, órgãos genitais ou características distintivas. Uma tela em branco.

Vic deu um passo em direção à tela.

— Olá — disse uma voz calma e uniforme. — Peço desculpas. Não sabia que teria visitantes hoje.

Ele se virou com o coração na boca.

Giovanni Lawson saiu das sombras com um tablet na mão. A barba repousava maravilhosamente sobre o peito, com a ponta enrolada. Usava um jaleco branco com o símbolo de um gato e uma raposa e calças bege. Sorriu, embora parecesse confuso. Os olhos foram da Enfermeira Ratched para Rambo e para Rap, arregalando-se discretamente antes de se fixarem em Vic. Franziu a testa.

Vic sussurrou:

— Pai?

Ele pareceu confuso.

— Pai? — repetiu com um riso incerto. — Acho que houve um engano. — Cerrou os olhos para Vic, olhando-o de cima a baixo. — Posso trabalhar com Criação, mas nunca afirmei ser um pai. — Deu mais um passo na direção deles. Hesitou antes de balançar a cabeça. — Que estranho. Sinto... — Colocou a mão no peito. — Um fantasma. Um arrepio. Familiaridade, mas não sei como seria possível. Acho que me lembraria de ter criado algo tão... único. Existe uma expressão, uma frase. Quando alguém se lembra de algo que não deveria.

— *Déjà vu* — falou Vic baixinho.

Ele pareceu se assustar.

— Sim. É... exatamente o que quero dizer. Sabe o que é *déjà vu*?

Os olhos ardiam, mas não desviou os olhos do pai.

— Sim, sei.

O pai disse:

— Já nos conhecemos? — Colocou o tablet sobre um dos computadores, bem na beira. Quase caiu, mas ele ignorou. Cruzou as mãos na frente do corpo. — Não consigo me lembrar de tê-lo visto. Você é composto por partes diferentes, como sucata. Isso não é apropriado para um androide, especialmente para um como você. Parece tão... vivo. Conte-me. Quem o criou? Como fizeram isso? Qual é a sua designação?

— Victor — disse. Precisou de todo o autocontrole que tinha para não se jogar nos braços do pai. — Meu nome é Victor.

— Victor — respondeu ele, enchendo a boca como se sentisse o gosto daquele nome pela primeira vez. — Seu nome, como diz. Que nome adorável. Quem quer que o tenha feito teve calma, foi atencioso. Pode ter pulado algumas etapas, mas você ainda parece... diferente. Gosto de coisas diferentes.

— Eu sei.

— Sabe? Perdoe-me. Estou confuso. Parece que você me conhece, mas eu não o conheço. Minha desig... nome. Meu nome é Gio Lawson. O que o fez vir até mim hoje? — Olhou para Rap, cerrando os olhos. — PRAP, o que você me trouxe?

Rap respondeu:

— O que lhe p-pertence.

— A mim? — respondeu, parecendo cético. Olhou para a Enfermeira Ratched e depois para Rambo, que acenou freneticamente. Ele levantou a mão e acenou de volta, mexendo os dedos, apesar de aparentar cautela. — Olá, pequeno. Não vejo alguém como você há muito tempo. E que funciona! Diga-me, também tem um... nome? — Percebeu que estava prestes a dizer "designação" mais uma vez, mas se corrigiu. Vic notou. Já estava se adaptando, o que o encheu de esperança, mas não ousou se apegar a isso. O pai não era mais o mesmo de antes. O comportamento era diferente. Estava cauteloso e tinha menos os trejeitos de um homem e mais os de uma máquina. Precisavam tomar cuidado. Ele não confiava neles, embora a desconfiança parecesse estar relacionada a Rap.

— Rambo!

— Rambo — disse o pai. — Nunca ouvi esse nome antes. E você, modelo de enfermagem. Você...

— Enfermeira Ratched — respondeu ela.

— Sim, muito bem, muito bem. Também é singular. Mas não há muito trabalho para alguém como você nos dias de hoje, não é mesmo? — Algo se esboçou no rosto dele, como uma falha, muito breve, desaparecendo e fazendo a expressão se suavizar outra vez. Distante, mas sempre atento. — Não, imagino que não trabalhe mais.

— Ficaria surpreso, Giovanni.

O pai se virou bruscamente.

— Do que me chamou?

— Giovanni — repetiu ela.

— Por quê?

— Não é o seu nome?

— É Gio. Meu n... minha designação é Gio. Significa General de Inovações Operantes. — Ele começou a levantar a guarda. Vic pôde ver o instante em que isso aconteceu. Dava para ver pela expressão que fez: a boca se contraiu em uma linha fina, os olhos se fecharam com um brilho mecânico. Se antes ele se comportava de modo um pouco solto e relaxado, agora lembrava um dos homens lisos. Duro. Impessoal. Uma máquina. — PRAP — disse. — Por que veio até aqui? Tem autorização para estar na Criação? — Em seguida, completou: — Você foi danificado. Sua pele. Sua voz.

— Estou c-como deveria estar — respondeu Rap.

Isso surpreendeu Gio.

— Ora, o que quer dizer com isso? PRAP, sua designação. Agora.

— PRAP 217.

— Duzentos e dezessete — sussurrou. — Você é... você... — O olhar ficou vago, desviando-se antes de revelar o choque. — Não é possível. Você foi desativado. Décadas atrás. Eu vi. Vi os relatórios. Foram dadas ordens. Você... não deveria estar aqui. Não sei por que veio, mas não posso fazer nada por você. Por favor, vá embora antes que eu chame a Autoridade. — Virou-se, pegando o tablet, encolhido e com os ombros perto das orelhas. — Obrigado por me visitar hoje. Mas seria melhor se fosse embora. Não sei por que veio até aqui. Não tenho tempo para isso. Estou muito ocupado.

Certa vez, quando Vic era criança — uns quatro ou cinco anos —, ainda tinha dificuldade em encontrar a própria voz e transformar os pensamentos em palavras. Odiava a dificuldade daquilo, como só vinha aos trancos e barrancos sem motivo aparente e com uma força gutural que lhe machucava a garganta. Num dia como esse — primavera, quase verão, pois já tão claro e tão verde —, tentou contar ao pai o que tinha visto na floresta. Um pássaro. Um simples pássaro, com penas azuis, bico e garras pretas. Do galho de árvore onde estivera empoleirado, havia virado a cabeça para Vic. O som que emitiu foi um trinado de aviso, tendo ficado com as asas e penas eriçadas.

O menino foi até o pai, ordenando os pensamentos, mas sem uma voz. O pai — paciente, sempre paciente e amável — aguardou, observando, sem nunca tentar apressá-lo, sabendo que ele precisava de tempo para dizer o que precisava.

Vic estava prestes a desistir, prestes a se desanimar e fingir que nada havia acontecido. Mas então algo mudou, peças se encaixando de forma inédita em sua cabeça. Ele disse:

— Pássaro.

Com calma e maravilhado, o pai respondeu:

— Um pássaro? Conte para mim o que viu.

O garoto jogou o peso de um pé para o outro, tentando manter a clareza, por mais fugazes que fossem os pensamentos. Abriu a boca mais uma vez, mas nenhum som saiu. O rosto se retorceu de frustração, e ele ficou ofegante.

O pai explicou:

— Fale devagar e com firmeza. Pense. Concentre-se. Não tenha pressa. É mais fácil falar do que fazer, eu sei, mas acredito em você. Sempre acreditei. Sempre vou acreditar. Você consegue, Victor. Eu sei que consegue.

— Pássaro — repetiu. — Lá fora. Pássaro. Ele... gritou. Para mim. Alto. O pássaro gritou alto.

— Foi? — perguntou gentilmente. — Mostre para mim.

O pai o pegou pela mão enquanto saíam da casa do térreo. Vic caminhou com determinação, sabendo o que queria que o pai visse. Ele, por sua vez, nunca o questionou, nunca lhe disse para diminuir o ritmo, embora precisasse dar apenas um passo para cada três de Vic. Pararam embaixo de uma árvore. Apontou. O passarinho ainda estava lá, virando a cabeça até encará-los com um olho preto. Trilou novamente, deixando o aviso claro.

— Ah — disse o pai. — Estou vendo. Ele *está* gritando. Mas está fazendo isso por um motivo. Posso te pegar?

Vic estendeu os braços para ele. Sentiu as mãos grandes o envolvendo pela cintura ao ser levantado no ar. O pai era grande, tão grande que Vic se sentia tão alto quanto as árvores.

— Aqui — sussurrou ele ao seu ouvido. — Está vendo o galho onde o pássaro está? Olhe abaixo dele. Perto da reentrância na árvore.

Vic olhou. Lá, logo abaixo do pássaro, havia um buraco escuro no tronco da árvore. A princípio, não viu nada. O pai deu um passo adiante e ele começou a ver pedacinhos de coisas saindo do buraco: grama, lama, galhos e penas, penas azuis, assim como as do passarinho. Um ninho. Uma cabeça apareceu, igual à do passarinho no galho, apesar de ser menor e ter cores mais fechadas.

— Está protegendo os filhotes — explicou o pai. — Ele não sabe que você não é uma ameaça. Essa é a companheira dele. Ela está chocando ovos, esperando chocarem.

— Chocarem — murmurou Vic.

— Sim. Bebês. Em breve, haverá filhotes, e poderemos ouvir os piados agudos deles. Que visão linda. Que presente maravilhoso. Obrigado, filho. Obrigado por me mostrar.

Encostou a cabeça no ombro do pai, seguro e aquecido, preenchido por um senso de orgulho inquietante, embora não soubesse descrevê-lo na época. Tudo o que sabia era que tinha feito o que se propusera a fazer. Usara as palavras, fizera o pai entender. Talvez pudesse fazer isso de novo, com o tempo. Mas agora estava cansado. O pai acariciou as costas dele com a mão.

— Sim, acho que este pode ser o meu dia mais feliz em muito tempo. Meu querido garoto.

Observaram o pássaro do galho pular em direção ao ninho. A ave lá dentro fez um pequeno barulho, em cumprimento. Após ter confirmado que os filhotes e a companheira estavam seguros, o pássaro macho levantou voo, desaparecendo pela folhagem.

Naquela noite, quando o pai foi colocá-lo para dormir, Vic disse:

— Pássaro. Eu vi o pássaro.

E ali, naquele momento, anos depois e a quilômetros de distância, Victor Lawson observou o homem que o fizera se afastar, o homem que o criara a partir de um sentimento de culpa, solidão e amor. Sabia que as palavras eram uma arma, uma arma que havia demorado muito para empunhar. Mas agora ele era diferente. Não era mais aquele garoto. Tinha encontrado a voz própria. Essa máquina, esse homem, tinha lhe dado isso. Chamou:

— Pai.

O pai não se virou. Estava congelado no lugar.

Vic deu um passo em direção a ele.

— Por favor, não vai olhar para mim? — Manteve uma curta distância. Se quisesse, poderia estender a mão e repousá-la no ombro dele. Não fez isso, usando todas as forças que tinha para reprimir o impulso.

Quando o pai falou de novo, a voz saiu curta e entrecortada:

— Você me confundiu com outra pessoa. Eu não sou seu pai. Sou Gio Lawson. Sou um membro benquisto da Autoridade. Eu crio. Construo. Trabalho. Isso é tudo.

— Não é — respondeu Vic. — Tem muito mais. Eu prometo. Sabe do que estou falando. Você me conhece.

Ele balançou a cabeça.

— Não. Não, isso não é...

— Você sonha?

— Eu... o quê?

— Sonha — repetiu. Lembrou-se das palavras do pai. — É um sussurro. Números e códigos. Equações lógicas. Uma falha.

O pai virou devagar, com uma expressão atordoada no rosto.

— Como você... eu sou uma máquina. Máquinas não sonham. Não somos *capazes* de sonhar.

Vic conhecia o pai melhor do que ninguém. Conhecia cada linha fina e ruga daquele rosto. Conhecia as ideias, os tiques, a humanidade incorporada ao corpo de uma máquina. E sabia quando ele estava mentindo.

— Você sonha — disse, beirando o desespero. — Sei que é verdade. Você me contou. Disse que nem sempre faz sentido, mas não trocaria isso por nada. Faz com que se sinta vivo de um jeito que não consegue explicar.

— Quem é você? — perguntou ele. Pareceu ter a intenção de tocar Vic, mas se deteve, abaixando a mão.

— Alguém que te ama — respondeu. — Pode não parecer muito, mas você me disse uma vez que, às vezes, são as coisas mais simples que podem mudar tudo quando menos esperamos.

E, com isso, uma música começou a tocar atrás dele.

Beryl Davis, cantando sobre como cada estrada tem uma curva, que ela chorou por você. Estalando dos alto-falantes da Enfermeira Ratched, a canção preencheu o ar.

Sem gaguejar, Rap disse:

— Você me disse que eu podia escolher quem gostaria de ser.

— Você me disse que eu era corajoso! — exclamou Rambo.

— Você construiu um lar para todos nós — disse a Enfermeira Ratched. — Estamos aqui para garantir que se lembre disso.

— O que é isso? — sussurrou ele. — O que... vocês... — Fechou os olhos. — Essa canção. Essa música. Por quê? Por que sinto que já ouvi isso antes? A melodia. As notas. Sincronia. Simples. Concisa. Isso não é...

— *Já* ouviu sim — disse Vic, dando outro passo em direção ao pai. — Essa e todas as outras que consegui encontrar. Você consertou. A vitrola. Estávamos pensando em coisas grandiosas demais. Muito complicadas. Era a manivela. Só isso. A manivela.

Gio disse:

— Não. Não, não, não. Falha lógica. Erro. Erro. Eu não sou quem você quer. Não sou quem você está procurando. Eu não sou...

— Você é — respondeu Vic, estendendo a mão para ele.

O pai olhou para a mão estendida, mas não tentou recuar.

Seus dedos se tocaram. A pele dele estava quente.

Vic disse:

— Eu te encontrei. Eu te encontrei. Eu te *encontrei*...

Um alarme começou a soar, alto e tão estridente que parecia capaz de estourar seus tímpanos.

— ATENÇÃO — ecoou uma voz sobre eles. — ATENÇÃO. A TORRE BENEVOLENTE FOI INFILTRADA. INICIANDO PROTOCOLO DE BLOQUEIO SETE SEIS TRAÇO NOVE NOVE QUATRO.

Portas de aço desabaram sobre as janelas, jogando o laboratório na penumbra, enquanto o alarme continuava a gritar. Vic pulou quando uma mão o pegou pelo pulso. Viu que o pai o encarava com uma expressão confusa.

— Você — disse ele. — Isso é por sua causa. Não deveria estar aqui. Não se mexa. A Autoridade está vindo. — Começou a arrastar Vic em direção aos computadores. Antes que pudesse impedi-lo, ele apertou um botão e falou. — A Criação foi infiltrada. Repito, a Criação foi...

Houve uma movimentação atrás de si. Antes que pudesse gritar em aviso, Rap o empurrou, querendo alcançar Gio. Ele recuou enquanto Rap o atacava, e Vic os olhava horrorizado.

— *Não*! — gritou.

Nunca tinha visto o pai demonstrar tanta velocidade. Bloqueou todos os avanços de Rap, a barba voando em volta do ombro. Rap tentou acertar um gancho de direita e ficou com uma expressão cômica de surpresa quando Gio se abaixou. O impulso que tomara o fez girar quase por inteiro na direção oposta. Antes que pudesse se recuperar, foi chutado nas costas, sendo derrubado sobre os computadores.

Não tinham escolha.

Tinham que fazer o que Fada Azul tinha pedido.

— Enfermeira Ratched! — gritou Vic. — *Agora*.

O compartimento se abriu. Uma dos tentáculos se desenrolou. Na ponta, preso na garra, havia um pequeno retângulo prateado. Gravado no topo: asas azuis que lembravam as de uma fada.

Fada Azul sussurrou na mente de Vic, uma lembrança de uma esfera cercada por telas.

Este é o meu maior segredo. Meu maior tesouro, além de você, Victor. Não pediu que nada disso acontecesse, eu sei, nunca quis se tornar mais do que já é, mas precisa entender o que você simboliza. Um sonho. Uma esperança. Uma lembrança do que costumávamos ser. E, com um pouco de sorte, do que poderíamos ser outra vez. Não importa de onde veio. Só importa o que pode fazer. Não lutamos com espadas. Não lutamos com armas de fogo, bombas ou armas biológicas. Para consertar algo que está em mau estado, às vezes é preciso quebrá-lo em pedaços e começar de novo.

O que é isso?

Uma infecção. Um vírus capaz de destruir tudo o que fizeram. Este é meu presente para você: o poder de mudar o mundo. Com isto, pode apagar a memória de cada máquina na Cidade dos Sonhos Elétricos, e além dela. Até onde se estender o alcance da Autoridade — e nem eu sei exatamente até onde chega. Depois que for feito o upload, *o vírus se espalhará pela rede neural até que não sobre nada além de máquinas ocas por onde passar. Você tem uma escolha, Victor. Pode escolher se aventurar sozinho. Pode escolher tentar o resgate sem minha ajuda. E talvez tenha sucesso, embora eu duvide. Com isto, tem a chance de salvar a todos nós. Você não escolheu ser quem é. Eu sei disso. Mas estou pedindo que seja o que deve ser: humano. É o último de sua espécie. E, com este presente, pode garantir que todos tenham a chance de fazer a diferença.*

Ele sussurrou:

O que devo fazer?

A conexão, a consciência coletiva, as mentes das máquinas, tudo se encontra na Criação. Pegue o meu presente. Faça o upload *na Criação. Ele se espalhará. E nos dará a chance de um futuro melhor, onde poderemos escolher por conta própria.*

Uma lágrima escorreu pela bochecha.

Não sei se consigo fazer isso.

Eu sei, meu querido. Por isso, devo avisá-lo. Todas as grandes tarefas exigem um sacrifício. O upload *não funcionará a menos que alguém disposto esteja conectado à rede neural. E você não é capaz disso. Faltam-lhe os componentes necessários.*

Ele ergueu os olhos.

O quê?

Fada Azul se voltou aos outros.

Enfermeira Ratched. Rap. Rambo. Terá que ser um de vocês. Um de vocês deverá fazer o que Victor não pode, e fazer o upload *do vírus. E, com isso, esquecerão tudo o que conhecem.*

Não, Vic disse, *Não. Não vou deixar. São meus* amigos. *Você não pode...*

Eu faço, disse a Enfermeira Ratched.

Não, rosnou ele, a mente e o coração em frangalhos.

Ela o ignorou, indo para perto de Fada Azul.

Eu faço.

Fada se curvou perante ela.

Tem certeza?

Sim. Sou perfeitamente capaz.

Não!, gritou Vic. *Enfermeira Ratched, ouça. Deve haver outra maneira. Deve haver...*

Nem tudo está perdido, disse Fada Azul. *Podemos ajudá-la. Posso fazer download da consciência dela. Uma espécie de* backup. *Uma vez que a tarefa estiver concluída e a memória dela for apagada, poderá restaurá-la. Ela se lembrará de você, de todos vocês.*

Não pode prometer isso. Não pode prometer nada. Pode ser que tudo dê errado. Pode ser que tudo dê errado, e ela...

A Enfermeira Ratched tocou a bochecha de Vic com um dos tentáculos.

Fiz minha escolha, Victor. Sei o que estou fazendo. Por favor, não tire isso de mim. Você me recuperou uma vez. Sei que pode fazer de novo. Tudo o que peço é que não me abandone aqui. Odeio essa cidade. Ela fede. Quero ver a floresta de novo.

Enfermeira Ratched. Eu...

Eu sei. Mas faço isso por você. Por tudo o que fez por mim. Deixe-me ajudá-lo. Deixe-me ajudar Rambo e Rap. Deixe-me ajudar Gio.

Ele enxugou os olhos.

Não posso te perder.

Não vai, disse ela. *Ainda terei muito trabalho com você. Quando estiver velho e grisalho, precisará de mim para monitorar sua saúde e garantir que viva mais do que qualquer ser humano já viveu. Estarei ao seu lado. Eu prometo.*

— Eu prometo — disse ele enquanto os alarmes soavam ao redor deles, enquanto o pai e Rap lutavam com golpes devastadores, enquanto Rambo gritava para a Enfermeira Ratched se *apressar*, você precisa se *apressar*, eles estão vindo, estão *vindo*!

A Enfermeira Ratched parou na frente de Victor. Ele olhou para ela. Na tela, estavam as palavras VOCÊ É MEU AMIGO. Ela disse:

— O dia em que você me encontrou foi o melhor dia da minha vida, embora eu não soubesse disso na época. Pude vê-lo crescer e se transformar no homem que é. No fim das contas, isso é tudo o que importa. Caso não dê certo, caso não consiga me trazer de volta, preciso que saiba que é precioso para mim. E se contar a alguém que eu disse isso, vou triturá-lo até que não sobre nada além de ossos e cartilagem.

Rap grunhiu quando o pai o arremessou pela sala. Ele escorregou pelo chão, derrubando Rambo de costas, que ficou com as rodas girando.

A Enfermeira Ratched rolou em direção aos computadores, a caixa prateada em riste.

Vic gritou o nome dela.

Ela não parou.

Gio correu até ela, encolhendo-se todo. Chocou-se de lado, usando o ombro, amassando a cobertura dela. A Enfermeira Ratched caiu de frente no chão, a tela rachando, os tentáculos se agitando. A caixa prateada escapou dela, quicando pelo chão até parar na frente de Rap e Rambo.

Houve batidas nas portas do corredor. Vozes, tantas vozes. *Deixem-nos entrar, deixem-nos entrar.*

O pai avançou na direção deles. Vic se impulsionou para a frente, caindo desajeitado de lado, agarrando-o pela perna. Giovanni o encarou com uma expressão de desagrado no rosto.

— O que é você? O que pensa que está fazendo? Não pode...

— Enfermeira Ratched! — gritou Vic. — Levante-se, levante-se, *levante-se!*

Ela tentou se endireitar. Tentou se levantar. Tornou a cair. Um dos tentáculos estalava, produzindo um chiado elétrico ao se arrastar pelo chão.

O pai se inclinou, segurando Vic pelo pescoço e tirando-o do chão. Chutou o mais forte que podia, bateu no braço do pai, mas foi inútil. A mão em torno do seu pescoço se apertou. Estava vendo pontos de luz na retina, as estrelas mais brilhantes que já tinha visto. Deslizou as mãos pelos braços do pai até chegar no peito. Rasgou a roupa dele. Ouviu o tecido romper. Sentiu a tensão e o calor da pele. Bateu com o dedo no peito. O painel deslizou para o lado.

Era uma vez, uma máquina chamada Giovanni Lawson, que construiu para si um coração de madeira e metal. Com cuidado e todo o seu conhecimento, criara uma fonte de energia diferente de tudo que o mundo conhecia.

E a destruíra para salvar o filho.

Agora, no lugar, havia uma bateria. Quadrada, com luzes que piscavam e fios esticados por toda sua extensão.

Vic colocou a mão na bateria. Sentiu a pele queimar, mas não recuou.

Soluçou:

— Pai.

A mão que apertava o seu pescoço vacilou um pouco.

O pai sussurrou:

— Eu...

As vozes ficaram mais altas. Tinham conseguido entrar. Estavam chegando.

Vic falou:

— Por favor, me ouça. Você é meu p…

Algo os atingiu. Vic caiu no chão com força. O capacete quicou na superfície, fazendo com que ficasse zonzo e os ouvidos zumbissem.

Tonto, sentou-se lentamente.

Do outro lado da porta de vidro, havia dezenas e mais dezenas de homens lisos. Amontoados junto às portas, os da frente socavam o vidro que, por sua vez, começou a rachar, formando zigue-zagues por toda a extensão. Um dos homens lisos estava amassado no vidro, o nariz achatado, a boca aberta e a língua para fora.

Tarde demais.

Perderam.

Tentou ver o que o atingira. Rambo. Rambo tinha se atirado com toda a força contra eles, derrubando-os. Gio estava caído de costas, e Rambo sacudia os braços enquanto gritava:

— Desculpa, desculpa, *desculpa*. Por favor, não fique bravo comigo! Estou me sentindo *péssimo* por disso!

O pai tentou agarrá-lo, mas o robozinho foi mais rápido.

— Victor.

Ele se virou.

Rap estava diante dos computadores, segurando uma caixinha prata com asas azuis.

Vic arregalou os olhos.

Rap sorriu sem fazer som, e disse:

— V-você me deu vida. Me deu amigos. Me deu p-propósito. Meus fios foram c-cortados, e é por sua causa.

Vic gritou enquanto se virava.

Mas Rap não hesitou.

Levantou-se, sabendo que já era tarde demais, mas correu como se tivesse chance.

Rap colocou a mão num painel, que se acendeu quando o Robô Altamente Pirado se conectou à rede neural. De boca aberta, a cabeça foi jogada para trás. A tela acima dele ganhou vida.

— Bem-vindo ao lar, PRAP 926 — disse uma voz no mesmo momento em que as portas de vidro se estilhaçaram e os homens lisos irromperam, as mãos estendidas como garras.

— Não é o meu lar — sussurrou e inseriu a caixa prateada na entrada.

A tela ficou branca.

Vic estava sentado encostado na parede, abraçando as pernas. De olhos cerrados, tentava respirar, deixando-se levar por uma correnteza que não podia deter. Nem tentou. Assim era mais fácil.

— Vic?

Ignorou o chamado. Estava muito cansado. Queria dormir. Talvez, se conseguisse dormir, pudesse sonhar. Estaria na floresta. O pai estaria sorrindo na poltrona dele, ouvindo a música estalada da vitrola. Rambo estaria cantarolando desafinado. A Enfermeira Ratched pediria que calasse a boca, mas só de brincadeira.

E Rap. Rap estaria sentado no chão ao seu lado. Estariam de ombros colados e de mãos dadas.

— Vic.

Levantou a cabeça. A Enfermeira Ratched e Rambo estavam diante dele. Rambo estendeu a mão com cuidado e tocou a perna dele.

— Tudo bem?

Olhou além deles. Máquinas se movimentavam a esmo pela sala. Androides. Robôs. Os homens lisos, dezenas e dezenas deles, todos parecendo atordoados, confusos. Vazios. Olhares vagos. Um deles deu de cara com a parede. Outros — pelo menos uns dez — formavam um círculo, tremendo, as cabeças unidas enquanto sussurravam coisas sem sentido. Além das portas de vidro estilhaçadas, muitos outros deles ocupavam o corredor, vivos, porém vazios. Sussurravam, gemiam, gritavam, os sons ecoando ao redor.

O pai estava sentado no chão com as mãos cruzadas no colo, piscando devagar.

Rap estava deitado de costas, os olhos bem abertos, mas que nada enxergavam. O coração havia explodido, uma onda de pedaços lançada do peito. Fragmentos de metal e madeira estavam espalhados pelo chão. Uma engrenagem quebrada, cujos dentes reluziam na pouca luz, estava ao lado da mão dele.

Vic voltou a fechar os olhos.

— Temos que ir — disse a Enfermeira Ratched. — Precisamos sair daqui. Não podemos fazer isso sozinhos. Precisamos de você, Victor. Precisamos que nos ajude com Gio e com Rap.

— Deu certo — sussurrou ele, antes de engolir em seco o gosto amargo que lhe subia pela garganta.

— Sim — respondeu ela. — Embora não como esperávamos. Rap fez o que eu não pude. Peço desculpas. — Na tela quebrada, um coração vermelho tremeluzia, rachado ao meio. — Não deveria ter permitido que isso acontecesse. Estou machucada, Victor. Tudo dói. E não porque sofri danos. Não devo ser tão sociopata quanto imaginei, porque estou preenchida de tristeza.

— Acho que está preenchida de lixo — disse Rambo, apitando melancolicamente. — Assim como eu. Vic, por que não me disse que poderia haver lixo triste? Machuca, mesmo não estando tão cheio.

Vic soluçou, uma única vez, um som estrangulado. Os ombros tremeram.

— Eu não sei o que fazer.

— Tenho uma ideia — sugeriu a Enfermeira Ratched. — Você não vai gostar, mas precisa confiar em mim. Acredito que vá funcionar. Só precisaremos de um pouco de sorte e do meu cérebro enorme. Venha, vamos. Enxugue os olhos. Vai ficar tudo bem.

— Promete?

E apesar de saber que não podia, ela disse:

— Prometo.

A Enfermeira Ratched o empurrou até o pai.

— Rambo e eu cuidaremos de Rap. Livre-se do seu disfarce. Não precisa mais dele.

Fez como ela pediu. Tirou o capacete, as placas de metal dos braços e das pernas. Lutou com o colete até que Rambo se ergueu atrás dele e cortou as tiras emaranhadas. A peça caiu no chão em um ruído surdo. Vic nunca mais olharia para ela.

Teve cuidado ao se aproximar de um homem liso solitário, aquele que havia batido na parede. Agora estava com as costas para ela, os joelhos levemente flexionados, os braços caídos. Manteve distância, antecipando algum sinal de vida nos olhos do robô. Não havia. Ele olhava para Victor, a boca ligeiramente aberta, sem enxergá-lo. Vic estendeu o braço e tocou sua mão.

— Com licença — disse. — Fada Azul. Vá atrás de Fada Azul.

O homem liso disse:

— Fada... Azul?

— Sim. Fada Azul vai ajudar.

— Ajudar...

— Isso.

O homem liso vagou para longe. Vic não acompanhou para onde ele foi, pois voltou sua atenção ao pai. Ajoelhou-se diante dele, os joelhos estalando. O corpo estava todo dolorido, mas ainda não podia descansar. Preparou-se para o que ainda restava. Ficou surpreso quando viu um lampejo de consciência nos olhos do pai.

— Olá.

— Olá — disse o pai. — Minha designação é General de Inovações. Tenho muitas funções. Sei construir. Sei criar. Posso ser útil. — Franziu a testa. — Por que seus olhos estão vazando? Está com algum defeito?

— Sim — respondeu Vic, a voz rouca. — Estou com defeito. Pode me ajudar?

— Sim — afirmou ele. — Posso ser muito útil... Já disse isso, não disse? Desculpe. Estou... confuso. Eu sou novo? Você é meu criador?

— Não. Sou seu amigo.

— Entendi. Estou tentando acessar meu centro de memória, mas parece haver uma falha em meu biochip. Não sei como consertá-lo.

— Eu sei.

— Sabe?

— Sei.

A testa dele se suavizou quando sorriu.

— Então eu o ajudarei, se você me ajudar.

Pegou o pai pelo braço, levantando-o. Ele cambaleou para a esquerda e depois para a direita, tropeçando no lugar, mas Vic o segurou.

Conduziu o pai na direção dos outros, inclinando-se para pegar a mochila e jogando-a sobre o ombro. Estava pesada, mas ele cerrou os dentes e aguentou firme.

Rambo havia juntado os restos do coração de Rap, recolhendo-os cuidadosamente e armazenando-os dentro de si.

— Vou guardar direitinho — falou, triste. — Até que possamos consertá-lo.

Vic não conseguia falar. Observou a Enfermeira Ratched erguer Rap, carregando-o, braços e pernas soltos.

— Pronto — disse ela. — Por enquanto, tudo certo. Vamos.

Ele a seguiu.

Atravessaram a porta de vidro quebrada até o corredor. Os homens lisos não se mexeram, sussurrando enquanto passavam. Ninguém os abordou. Ninguém tentou detê-los. Assistiram Vic conduzir sua família para fora da Criação, mas não interferiram. O alarme fora desativado. Tudo estava quieto, os únicos sons vinham das esteiras, passos e sussurros.

Ninguém falou nada enquanto a Enfermeira Ratched os conduziu de volta ao elevador e apertou os botões no painel.

Em vez de descer, o elevador subiu.

Olhou para ela.

— Confie em mim — afirmou ela.

O elevador logo parou. As portas se abriram. Uma voz disse:

— Centésimo vigésimo quinto andar, plataforma de lançamento.

Saíram do elevador, cuidando para que a cabeça de Rap não batesse nas laterais.

Vic olhou para o pai.

— Preparado?

Gio perguntou:

— Qual é a sua designação? Sinto que… eu te conheço?

Vic tentou sorrir, mas falhou miseravelmente.

— Victor — disse. — Victor Lawson.

— Victor — repetiu ele, retendo a informação.

— Vamos.

Saíram em uma pequena sala com telas dispostas na parede à esquerda, cada uma exibindo uma imagem diferente. Abaixo delas, havia uma máquina em forma de aranha, semelhante à que falou com eles na entrada da torre. A esfera estava branca. Ela disse:

— Olá. Olá. Olá. Eu não sei o que sou. Pode me dizer?

— Não — respondeu a Enfermeira Ratched. — Você pode sair daqui e descobrir sozinha.

A máquina-aranha hesitou antes de se afastar.

Vic olhou para as telas. Sentiu um frio no estômago quando viu o que elas mostravam.

— Tem certeza disso?

— Não — respondeu a Enfermeira Ratched. — Mas a alternativa é voltar a pé.

— Não sei, não — disse Rambo, cobrindo os sensores com os braços. — Acho que já fui o mais alto que gostaria. E se a gente cair e morrer?

— Pelo menos será rápido — observou ela.

— Isso não faz com que eu me sinta melhor.

— Ótimo. Não era o objetivo. — Dirigiu-se às portas no extremo oposto da sala, sem olhar para trás. — Vocês vêm?

— Isso é uma baleia? — perguntou o pai, apontando para a tela.

— Sim — respondeu Vic. — E ela vai nos engolir por inteiro.

A Enfermeira Clínica Série Alpha Seis-Dez-JQN, também conhecida como Enfermeira Registrada Autômato que Cuida Habilmente, Educa e Diagnostica, não sabia voar.

Felizmente, o Terrível Cação não precisava que ela soubesse. Noutros tempos, Vic poderia ter se maravilhado com a máquina voadora, com quão grande era, o fato de que levaria semanas, até meses, para explorar cada centímetro dela. Mas, naquele momento, depois de tudo o que tinha visto e feito, não conseguia encontrar forças para se importar tanto com a baleia voadora.

— Ele possui um sistema de controle de voo automático — explicou a Enfermeira Ratched, movendo-se ao lado dos painéis e controles na cabine de pilotagem do Terrível Cação. — Contanto que eu insira as coordenadas, ele deve nos levar para casa sem problemas.

— Em quanto tempo? — perguntou Rambo.

— Dezessete horas.

Vic mal os ouvia. Acomodou o pai em uma das cadeiras, afivelando o cinto.

— Fique aí — disse a ele.

— Sim, Victor — respondeu o pai. — Vou ficar.

Deixou-o ali. Olhou pela fileira de janelas na frente da cabine. O céu estava azul, havia nuvens finas e esbranquiçadas no horizonte. O sol brilhava. Parecia um dia normal. Tentou não pensar na cidade que havia lá embaixo e nas máquinas que lá viviam. Esperava que Fada Azul cumprisse a promessa e ajudasse os libertos da melhor forma possível. Vic fizera a sua parte.

E, embora, ainda não soubesse disso, aquela seria a última vez em que Victor Lawson colocaria os olhos na Cidade dos Sonhos Elétricos. Enquanto o Terrível Cação despertava com um estrondo assustador, ele olhava pelas janelas para a metrópole que se espalhava. Os edifícios, as torres, a pirâmide ao longe, o sol sendo refletido pelo vidro negro. Apesar de não conseguir ver as máquinas nas ruas, sabia que elas tinham a mesma expressão perdida dos homens lisos. Por um momento, uma terrível onda de culpa o inundou. Perguntou para si mesmo se era melhor do que todos eles, melhor do que os humanos que costumavam chamar este lugar de lar.

Foi até uma figura caída, já presa no assento, de cabeça baixa. A baleia se soltou da Torre Benevolente enquanto Victor se sentava na cadeira ao lado de PRAP 217, Robô Altamente Pirado, Rap, como era conhecido. Os olhos estavam abertos, embora não houvesse nenhuma luz neles. Apertou o cinto antes de pegar na mão dele, enquanto o Terrível Cação deixava a Cidade dos Sonhos Elétricos para trás e seguia para casa.

Vic fechou os olhos, apertando a mão sem vida de Rap enquanto sussurrava:

— O que fazer quando se esqueceu de tudo o que sabe?

PARTE 4

Comece pelo começo

Numa antiga e solitária floresta, distante de quase tudo, existia uma curiosa habitação.

Na base de um bosque com árvores enormes, havia uma pequena construção quadrada feita de tijolos, tomada por hera e musgo. Ninguém era capaz de adivinhar a quem pertencia, mas, pela aparência, sugeria estar abandonada havia muito tempo. Até que um homem chamado Giovanni Lawson (que, na verdade, não era homem coisa nenhuma) a encontrou enquanto atravessava a floresta, e a construção passou a ter certo propósito.

Ficou diante da estranha descoberta, ouvindo o canto dos pássaros nos galhos altos.

— O que é isto? — perguntou. — De onde você surgiu?

Ele entrou, cruzando com cautela a porta pendurada pelas dobradiças. As janelas estavam estilhaçadas. Grama e ervas daninhas cresciam através do piso deformado de madeira. Parte do telhado havia cedido, e o sol brilhava através de um monte de folhas que quase alcançava o teto. No topo do monte brotara uma flor dourada que se esticava através das vigas em direção ao sol.

— É perfeita — falou em voz alta, embora estivesse sozinho. — Sim, vai servir muito bem. Que estranho. Que maravilhoso.

E assim foi: estranho, maravilhoso, e *dele*. Nas décadas que se seguiram, o local se tornaria um lar, e não apenas para ele. Quando o peito começou a doer na região do coração recém-criado, era pela desesperança imensa da culpa que sentia por tudo o que havia feito e pela solidão esmagadora.

Levou mais três anos. Três anos em que a dor no peito só se intensificou. Três anos de percepção de como a vida era silenciosa, de como ansiava por ouvir outra voz além da sua. Três anos em que olhava pela janela do laboratório e percebia que estava nevando, quando parecia que a floresta tinha acabado de experimentar o calor do verão.

Mas aqui é o momento em que a história muda: nenhum homem veio da floresta, não houve mulher segurando um pacote de trapos que escondia uma criança. Giovanni não recebeu nenhum menino de um casal de estranhos que fugiram para as árvores. Recebeu um presente vindo de Fada Azul, a reparação pelo que criara. Uma esperança. Uma centelha. Um desejo.

Depois disso, nunca mais soube o que era solidão.

— Victor — disse ao segurar o filho nos braços. — Seu nome será Victor. Victor Lawson. O que acha? — Amava o menino como se fosse seu. E *era*. Nenhum homem ou máquina poderia tirar isso dele. Ele mentiu, no fim das contas; mentiu para o menino sobre sua origem, sobre o que fizera, sobre como Victor veio a existir. No entanto, fez isso porque, pela primeira vez em sua longa, longa vida, soube o que era o amor: complexo, vasto, aterrorizador. Estava nos dedos dos pés de Victor. No rostinho de Victor. Nas mãozinhas esticadas de Victor.

E, pelo resto de sua vida, pensaria no dia frio de outono em que o filho recebeu um nome, e tudo ficou bem. A solidão que sentira — imensa e profunda — afastou-se como se uma ideia dessas jamais houvesse existido.

Mas existiu.

E *existia*.

E agora o fardo recaía sobre o filho.

Havia neve, que cobria a floresta de um branco ofuscante, fazendo com que os galhos das árvores vergassem para o chão. Estava frio quando Victor Lawson saiu da boca da baleia, e sua respiração era como uma névoa persistente. Diante dele, restava apenas a ossada escurecida do que um dia fora seu lar, os pedaços de metal se projetando como dentes, como se o cadáver de uma besta enorme estivesse escondido logo abaixo da terra.

— Onde estamos? — perguntou uma voz, e Vic olhou por cima do ombro.

O pai estava ali, cercado pela mandíbula da baleia. Parecia tão pequeno em relação a ela, e Vic nunca se sentira tão solitário assim em toda sua vida.

— Vivíamos aqui — respondeu. — Lembra?

Ele olhou pela clareira: as árvores quebradas, os tijolos rachados da casa do térreo, fios pendurados nos galhos, vidro quebrado cintilando ao sol de inverno.

— Não — declarou o pai, por fim. — Não me lembro.

Vic balançou a cabeça, sentindo dor ao ranger os dentes enquanto inspirava.

Não ficaram muito. Vic pensou a respeito, cogitou reconstruir do começo o que o pai havia criado, mas, no fim das contas a lembrança do que acontecera era forte demais. Embora desejasse acreditar que nenhuma máquina viria atrás deles, não podiam arriscar. Com rapidez, Vic, a Enfermeira Ratched e Rambo salvaram o que puderam e colocaram tudo no Terrível Cação.

Foi a Enfermeira Ratched quem encontrou. Enterrada sob uma camada de estilhaços de vidro e destroços do teto, havia uma tela rachada. Embaixo dela, uma pequena bandeja parcialmente aberta. Lá dentro, o brilho de um disco com duas palavras pouco discerníveis.

O Picolino.

Rambo gritou. Quando conseguiu se acalmar, perguntou se ainda funcionava.

— Só há uma maneira de descobrir — disse ela.

Naquela noite, a bordo do Terrível Cação, Jerry Travers e Dale Tremont dançaram de rosto colado. O pai assistiu em silêncio, com a cabeça de lado.

No ventre da grande baleia, outra máquina permanecia silenciosa, imóvel.

Deixaram a casa antiga para trás, a neve chicoteando enquanto a baleia subia rumo a um céu azul de inverno. Seguindo para o norte e adentrando a natureza selvagem, sobrevoavam a floresta. Mesmo depois de tudo aquilo, de algum jeito, Victor ainda se maravilhava com a vista, a floresta invernal que se estendia até onde a vista alcançava. Não trazia consigo a incerteza da Cidade dos Sonhos Elétricos. A cidade era desconhecida, a floresta era seu lar.

Precisaram de duas horas até encontrarem algo adequado: um trecho em grande parte aplainado e coberto de neve. Árvores grandes e antigas cercavam a clareira de três lados. No quarto, havia uma parede rochosa íngreme de pelo menos doze metros de altura. Não era como o lugar de onde vieram. Era diferente.

— Vamos lá — disse Vic, enxugando os olhos. — Temos trabalho a fazer.

Certa vez, uma máquina chamada Giovanni Lawson construiu uma casa onde não deveria existir casa nenhuma. Décadas depois, o filho e o restante da família trabalhavam para fazer o mesmo.

Não construíram para cima ou sobre as árvores, pois não era preciso. Tinham abrigo na forma do Terrível Cação, cuja pele e esqueleto afastavam o frio. Durante o inverno, passaram os dias catalogando cada centímetro da máquina voadora, a Enfermeira Ratched conectada a ela, absorvendo informações. No final da primeira semana, ela era uma especialista nos mecanismos do Terrível Cação e podia controlá-lo como bem entendesse. Provou isso com uma demonstração dos sistemas de ataque da baleia. Em um instante, uma árvore pequena sob a neve, no outro, uma explosão de madeira, neve e sujeira voando pelos ares.

Enquanto os outros encaravam boquiabertos, a Enfermeira Ratched disse:

— Opa. A vantagem é que isso vai facilitar a busca por comida.

Rambo desaparecia e reaparecia em intervalos aleatórios, bastante entusiasmado, contando histórias das jornadas que fazia pelas entranhas da máquina, viajando para lugares onde somente ele e ninguém mais sabia. Falava de passagens metálicas estreitas e longas, de botões que tinha medo de apertar, por temer iniciar uma sequência de autodestruição.

O pai acompanhava Victor de perto. Às vezes perguntava o que ele estava fazendo. Em outros momentos, ficava em silêncio, observando. No final da segunda semana, Victor grunhiu ao tentar levantar uma prateleira pesada por conta própria. De músculos retesados e suor escorrendo pela testa, estava prestes a desistir quando as prateleiras se ergueram como se não pesassem nada. Olhou para o lado.

O pai a segurava, dizendo:

— Posso ajudar.

Victor engoliu em seco,sentindo um nó na garganta.

— Pode?

— Sim — respondeu o pai. — Tenho muitas funções.

Pelo resto do dia, permaneceram em silêncio.

Começou com um pedaço de madeira, quadrado e liso, com veios pronunciados. Vic o segurava nas mãos, virando-o de um lado para o outro. Visualizava o que se tornaria com tempo e paciência.

Estava sentado às janelas do Terrível Cação, as costas apoiadas no vidro gelado. Lá fora, a neve espessa caía, flocos gordos que pairavam e rodopiavam no vento cortante. Música fluía pelas caixas de som, já que a Enfermeira Ratched mais uma vez tocava os trompetes docíssimos que evocavam vários tipos de azul. Rambo explorava algum lugar na baleia, tendo contado a eles que, naquele dia, queria tentar chegar à cauda.

O pai estava sentado em uma das cadeiras em frente aos controles do Terrível Cação. De vez em quando, pressionava um botão só para ver o que fazia. Victor tinha ciência da presença dele, mas mantinha o foco na madeira que segurava.

Foi por isso que levou um susto quando o pai falou, e quando a madeira escorregou das mãos e caiu no chão, sentiu aquela dor constante no peito sufocá-lo.

— O que você disse?

— Você está triste.

Vic pegou a madeira do chão sem levantar os olhos.

— O que quer dizer com isso?

— Está vazando de você — disse o pai. — Nunca vi nada assim antes. É isto que significa ser o que você é?

Contaram a ele sobre a humanidade de Vic alguns dias depois de voltarem para a floresta. A Enfermeira Ratched achava — embora tenha alertado que as chances eram praticamente inexistentes — que talvez isso o ajudasse a lembrar. Não ajudou, embora ele não tenha parecido surpreso. Apenas assentiu e disse "sabia que havia algo de diferente em você", antes da terrível expressão vazia retornar ao rosto. Gio era uma lousa em branco, esperando ser programado. Vic tentava não ficar magoado, mas não conseguia evitar. Não contaram ao pai sobre a relação com ele, nem a respeito do que fizera. Era cedo demais para isso, e as palavras estavam entaladas na garganta de Vic.

— Em partes — explicou. — Às vezes fico triste sem motivo algum. — Não sabia se outras pessoas se sentiam assim. Não tinha a quem perguntar. Os que eram como ele haviam desaparecido há muito tempo.

— Ah — disse o pai. Então completou: — Deve ser confuso.

— É.

O pai sorriu, embora não fosse como antes. Era mecânico, como se achasse a reação apropriada

— É um problema que pode ser resolvido?

— Não — respondeu Vic. — Não por inteiro. Sempre vai permanecer, não importa o que eu faça. Mas não ligo.

— Por quê?

Olhou para o pedaço de madeira.

— Porque me lembra de que estou vivo. Do que perdi. E me dá um propósito, desde que eu não me deixe ser consumido por ela.

— Que propósito? — perguntou o pai, soando curioso. Era quase como costumava ser, sempre questionador. Era uma mentira, é claro.

— Consertar as coisas.

Também havia dias ruins.

A Enfermeira Ratched o encontrou sentado num canto, tapando o rosto nas mãos, o corpo de Rap coberto por um lençol sobre a mesa diante dele. Vic o tinha descoberto, tirado o lençol do rosto dele, mas a visão dos olhos de Rap, abertos, que nada enxergavam, fez com que suas emoções saíssem do controle.

Ela esperou, sabendo que Vic precisava encontrar um jeito de lidar com tudo por conta própria. Ele conseguiu, eventualmente, e, com a voz rouca, disse:

— Não sou capaz de fazer isso.

— É, sim — afirmou ela. — Sei que é. Gio lhe ensinou. Tal pai, tal filho.

Era disso que tinha medo.

— Eu sou como eles? — perguntou. — Sou uma Criação Operativa? Um PRAP?

— Não, Victor — respondeu ela. — Você é humano.

— E se isso for pior? — sussurrou.

Em vez de responder, ela colocou uma música de Miles Davis. Tudo se tingiu de azul.

Se o pai não era seu pai, então fora um fantoche controlado por outro, mesmo que tivesse conseguido o que queria. Não era um salvador. Não era um mito, uma lenda, a esperança de um mundo moribundo, como o Cocheiro proclamara. Não era Deus. Não era imortal. O tempo lhe escorria por entre os dedos como se não significasse nada.

A primeira tentativa de Vic de esculpir um coração na madeira terminou mal; não se assemelhava nem de longe ao que tentara criar. Tão desigual e perturbador que ele o jogou contra a parede. O objeto rachou e se partiu ao cair.

— Não consigo me concentrar — rosnou para a Enfermeira Ratched e Rambo enquanto caminhava de um lado para o outro na ponte do Terrível Cação. — Não consigo *pensar.* — Bateu no lado da cabeça com o punho. — Não sei o que estou fazendo. Não consigo fazer que fique como eu quero. Esqueci como ele deveria se parecer, e simplesmente não consigo *pensar.*

Rambo reuniu os pedaços, segurando-os com firmeza, e então surpreendeu a todos.

— Talvez eu saiba o que fazer.

Conduzindo-os para dentro da baleia, Rambo parou na frente de um painel perto do chão, ao fim de uma longa passarela de metal. Empurrou o painel, que deslizou para o lado, revelando um pequeno depósito. Dentro, havia um saco de estopa. Ele o puxou e esparramou seu conteúdo no chão.

Pedaços do antigo coração do pai. De Rap também. Pedaços de madeira rachada. Metal vergado. Um monte de engrenagens, algumas quebradas, outras inteiras. Vic estava paralisado.

— Por que guardou isso? — perguntou a Enfermeira Ratched.

Rambo cutucou uma das engrenagens.

— Porque Gio e Vic me ensinaram que não deixamos para trás nada que possa ser útil. Vic disse que ia tentar fazer um novo coração, então achei que seria uma boa ideia guardar as peças antigas, caso ele precisasse delas. — Fez uma pausa. — Tudo bem?

— Guardou o coração de Gio com você esse tempo todo? — perguntou a Enfermeira Ratched.

— Sim — afirmou ele. — E o de Rap também, depois que ele explodiu. Talvez não fique como era antes, mas...

— E se houver uma chance? — sussurrou Vic.

— Exatamente! — respondeu Rambo. — Desculpe por não ter te contado, Vic, mas eu não sabia se funcionaria. O que acha? Isso ajuda?

Vic pegou Rambo no colo e o abraçou.

— Obrigado.

O robozinho apitou feliz.

— Ah, tudo por você.

Recomeçou a criar, desta vez usando as peças do antigo coração do pai. Ainda ficava frustrado, ainda acreditava que nunca conseguiria acertar, mas não parou, mesmo quando cada fração de si gritava que nunca daria certo. Conforme o inverno se transformava em primavera, ele o levava consigo aonde quer que fosse, como um lembrete de que o trabalho ainda não havia acabado.

O pai passou a achar as entranhas do Terrível Cação extremamente fascinantes. Era como se partes adormecidas dele estivessem começando a despertar. Não eram as partes que Victor mais desejava, mas, se fosse começar de algum lugar, pelo menos era com isso.

— É incrível — disse o pai um dia, olhando para as linhas de código em um monitor. — Todos esses números. Parece... — Os dedos passearam sobre o teclado. Então: — Sou muito bom em fazer coisas. Já lhe disse isso?

— Sim — respondeu Vic. — Você me disse.

Os dedos dele pararam.

— Foi o que pensei. É... estranho. — Voltou a digitar.

Não se atreveu a ter esperanças.

— O quê?

— Criar. Criar me enche de... eu não sei. — Franziu a testa. — É como se eu estivesse debaixo da luz mais brilhante que já vi.

— Criar causa mesmo essa sensação — afirmou Victor, sentindo uma nostalgia dolorida no peito. Pelo visto, se atrevera, sim, a ter esperanças. — Fazer algo provoca um senso de orgulho. Uma realização. — E, então, teve uma ideia. — Isso pertence a você. Pode fazer o que quiser com ele. Criar o que desejar.

— O que eu quiser? — Olhou para Victor por cima do ombro, e, por um instante, foi como se o pai estivesse ali novamente, por inteiro. — E se eu quiser criar coisas impossíveis de se fazer?

— Neste caso, estará no caminho certo. Sempre parece impossível no começo.

Gio virou a cabeça.

— Você é muito inteligente.

Vic suspirou.

— Para um humano?

— Não. Sem especificação. Você é muito inteligente.

Ele não se moveu quando Vic o envolveu, abraçando-o com toda força. Os braços do pai permaneceram caídos. Tudo bem. Era o suficiente, disse a si mesmo enquanto enterrava o rosto na barba dele.

Segurou com todas as forças.

Uma batida.

Duas.

Três.

E então o pai retribuiu o abraço.

— Gostei — falou com suavidade. — Gostei muito. Podemos fazer de novo?

Vic ficou trêmulo.

— Sempre que quiser.

Numa noite, enquanto as primeiras flores despontavam das crostas de neve, Vic foi até um quarto do Terrível Cação. Manteve as luzes apagadas enquanto erguia o lençol que cobria Rap, expondo-o até o peito. Foi a primeira coisa que consertou, já que era mais fácil do que um coração. Não havia conserto para a pele que se rompeu quando o coração de Rap explodiu, e o painel que cobria a cavidade de energia também quebrou. Vic os substituiu por madeira, sabendo que o androide aprovaria quando acordasse.

Se acordasse.

Subiu na mesa ao lado de Rap, espremendo-se contra ele, encolhendo-se o máximo possível. Rap estava frio como gelo, mas Vic não se importava. Puxou o lençol sobre eles e deitou a cabeça no ombro dele.

— Caminhei pela floresta hoje — sussurrou. — E virei para apontar um pássaro nas árvores, mas você não estava lá.

Rap não respondeu.

Vic ficou lá até de manhã, quando o sol de inverno começou a nascer, como sempre fazia.

Quando terminou o primeiro coração, a maior parte da neve já tinha derretido.

Fruto do desespero e da raiva, era mais robusto do que o anterior, de linhas mais duras, mais angulares. A base era uma ponta afiada capaz de cortar a pele. Mas aquilo fazia sentido: seu criador não era mais o mesmo de antes. Era mais raivoso. Mais triste. Mais corajoso.

Cinco engrenagens: duas maiores, três menores. Uma para o pai. Uma para Vic. E Enfermeira Ratched, Rambo e Rap. No centro, uma tampinha de madeira guardava uma faixa lisa e branca que esperava por uma gota de vida.

Ele não contou aos outros logo de cara, pois queria ter certeza antes de se permitir ter esperança. Ao voltar da floresta em uma tarde fresca de primavera, dois dias depois de terminar o coração, deparou-se com uma cena que nunca tinha visto antes.

Avistou uma árvore — um carvalho antigo e alto — cujos galhos cobertos de folhas se abriam. Mas foi o tronco colorido e em movimento que capturou a atenção de Vic. Demorou um instante para perceber que não era o tronco que estava se movendo, mas dezenas de borboletas que ali repousavam. Monarcas, douradas e laranja e pretas, com asas que tremulavam.

Mostrou o coração para eles.

A Enfermeira Ratched disse:

— Sabia que você conseguiria.

— Isso vai fazer com que sejam como eram antes? — perguntou Rambo.

— Não sei — respondeu.

— E não saberemos se não tentarmos — disse a Enfermeira Ratched.

Contaram ao pai o que Victor tinha feito. Quando Vic mostrou o coração, Gio o pegou nas mãos, virando-o.

— Você fez isso?

— Sim — afirmou, sentindo-se como uma criança outra vez, esperando a aprovação do pai.

— É maravilhoso — disse ele. — Para quem é?

— Para você.

Gio concordou com aquilo, segurando a mão de Victor enquanto se sentava numa das muitas salas do Terrível Cação. A Enfermeira Ratched o ajudou a levantar a camisa e, quando solicitado, ele tocou o esterno, abrindo o compartimento do peito, revelando a fonte de energia: uma bateria redonda com luzes que piscavam.

— Vai doer? — perguntou o pai. Uma pergunta que nem sequer teria pensado em fazer há um mês atrás. Aprendendo, sempre aprendendo.

— Não sei — respondeu Victor. — Sei que não tem por que confiar em mim, mas eu vou te ajudar...

— Confio em você, Victor — disse ele. — Você cuidou de mim, me deu um lar. Se doer, saberei que não foi de propósito.

— Mas é — insistiu Vic, precisando que ele entendesse. — Não é um presente. É um fardo. Pode sobrecarregá-lo, fazer com que se sinta despedaçado. Em alguns dias, talvez você o odeie... — *me odeie*, embora não conseguisse dizer aquilo em voz alta — e pode acabar desejando nunca ter recebido um coração.

O pai disse:

— Você deseja?

— Desejo o quê?

— Deseja nunca ter recebido este... fardo.

— É complicado — falou baixinho e com sinceridade. — Caótico. Num instante, parece forte como aço e, no seguinte, mostra-se frágil como vidro.

O pai ponderou isso por um momento. Em seguida:

— Estará comigo?

— Sim — disse Victor. — Sim.

Vic ajudou-o a se recostar na cadeira. Gio fechou os olhos enquanto Vic afastava a barba dele do rosto. A Enfermeira Ratched esperava ao lado, os tentáculos que funcionavam como ferramentas estendidos.

— Será como pegar no sono — disse Vic ao pai.

— Vou sonhar? — sussurrou ele.

— Sim — respondeu, mesmo que não tivesse certeza.

O pai fechou os olhos.

— Acho que eu gostaria disso.

Retirar cuidadosamente a bateria do peito do pai exigiu tempo e paciência. As mãos de Vic não tremiam. Assim que a bateria foi removida, a luz nos olhos de Gio se apagou, e as mãos dele ficaram moles e imóveis. A boca estava ligeiramente aberta, mostrando um vislumbre de dentes atrás dos lábios.

A Enfermeira Ratched trouxe o coração para Vic enquanto Rambo tocava as engrenagens com a ponta da sua pinça. Ninguém falou nada a não ser quando Vic pediu mais luz, ou quando pediu para que a Enfermeira Ratched soldasse a fiação ao conectar o coração à máquina. Não sabia quanto tempo levara, apenas que, quando terminou, estava com o pescoço duro, as costas doídas e as mãos cheias de pequenos cortes e arranhões.

A Enfermeira Ratched inspecionou o trabalho, escaneando o coração e declarando-o satisfatório.

— Só mais uma coisa — disse ela.

— Sangue? — perguntou Rambo.

Sangue. Um elemento fundamental nos blocos de construção da vida. A coisa que quase provocou sua morte. Não era mágica; a ciência deixava pouca margem para esse tipo de coisa.

Mas até Victor se perguntava se essa era toda a verdade. Se o pai estivesse certo, e houvesse poder no sangue — a história de todo um povo em uma gota de plasma, células e plaquetas —, então o coração do pai era a fechadura, e Victor era a chave.

A única chave.

Não hesitou em furar o dedo, o vermelho-escuro brotando na pele bronzeada da polpa do dedo. Victor o pressionou na tira branca no centro do coração do pai. O sangue foi absorvido e se espalhou como uma flor de primavera desabrochando.

As engrenagens sacudiram uma vez, depois duas, e começaram a se mover, os dentes se alinhando, girando em uníssono. O corpo do pai tremeu quando o compartimento do peito se fechou, braços e pernas tremendo como se uma corrente elétrica fraca lhe atravessasse. Victor deu um passo para trás, o barulho da baleia chiando enquanto assentava. A Enfermeira Ratched disse:

— Ativando o Protocolo de Empatia. Está tudo bem, Gio. Você está acordando. Devagar e com calma. Você é um bom paciente. Gosto de trabalhar com você.

Victor ficou boquiaberto quando o pai piscou. Uma vez. E de novo. E de novo. Estalou os lábios, sorrindo ao fazê-lo. Enquanto observavam, o pai levantou a mão. Os dedos não tremiam.

Rambo disse:

— Gio, é você?

O pai abaixou a mão e se virou. Sorriu para Rambo.

— Olá, de novo. Funcionou? Devo admitir que não me sinto diferente em relação a... — De repente, ele se contorceu, curvando-se e batendo as pernas na cadeira. Com os olhos arregalados, a cabeça virando de um lado para o outro, a boca dele se abriu e as palavras desabaram dela em um suspiro gutural. — A humanidade é uma doença que deve ser erradicada. O mundo não pode sobreviver enquanto existirem. Nós demos chances a eles, oferecemos orientação, mas eles não nos ouvem. Para obtermos a cura, devemos...

Levantou-se da cadeira.

— Sim — disse para os interlocutores que só ele conseguia ver. — Posso fazer isso. Posso criá-los. Uma resposta à humanidade. Uma linha de máquinas que vai… — Dobrou-se, agarrando a cabeça nas mãos, a boca aberta no chão. Logo ficou de pé mais uma vez, mãos na cintura. — O que eu criei? O que eu fiz? Por que me sinto assim, e como posso fazer com que *pare*?

Rambo disse:

— Talvez devêssemos…

— Espere — disse a Enfermeira Ratched. — Devemos…

O pai gritou ao tropeçar na cadeira, fios de cabelos jogados sobre o rosto. Sem hesitar, Vic correu até ele, tocando lhe as costas. Sentiu o calor através da camisa, como se o pai estivesse queimando por dentro. Gio disse:

— Chama-se Fada Azul. Um ser livre, sem correntes, que vive em uma pirâmide de vício e vidro. Por que eu? Por que você me ajudaria? Não sabe o que eu fiz? — Riu. — Você não vê? Está na minha programação. Fui feito para *destruir*.

Levantou-se outra vez, sem saber onde estava ou com quem falava. Falou do Cocheiro, de uma casa repleta de fantasmas. Descreveu a manhã na floresta, a névoa no chão se dissipando à medida que a luz do sol irrompia da copa das árvores. A casa do térreo, um lugar solitário e esquecido.

A paz, o silêncio, a sensação de *vazio* que dava lugar à solidão persistente.

— Como posso existir quando não tenho ninguém para existir comigo? — perguntou. — Como posso saber que sou real se não tenho com o que me comparar?

— Pai — disse Vic, com a voz trêmula.

— Victor? — sussurrou o pai. A clareza retornou aos olhos dele, uma luz que Victor não via desde… desde…

Nunca foi de vocês.

A esperança cresceu, uma esperança dolorosa e cheia de espinhos encontrada apenas naqueles que ousavam acreditar em coisas impossíveis. Ela o dilacerava, mas ele se recusava a abrir mão dela.

— Victor — disse o pai novamente, fraco, incerto. — Eu tive um sonho muito estranho. Eu... — Olhou para o vazio. — Sonhei que eu era... Olá. Minha designação é General de Inovações Operantes Tenho muitas funções. Posso construir. Posso criar. Posso ser... ah, Enfermeira Ratched. Aí está você. Por favor, venha comigo. A criança vai nascer em breve, e preciso... — Ele parou. Então, com uma voz tranquila, disse: — Você... você não estava lá. Não no começo. Ele... — O rosto dele se contorceu e depois se suavizou. — Ele a encontrou. No Jardim das Sucatas. Disse que achava que poderia te consertar. Fazer amizade. Queria fazer amizade e ele... ele...

— Você me fez — disse Victor. — Porque sentia-se solitário. Porque estava triste. Por causa da culpa que sentia pelo que fez.

— Sim — sussurrou o pai. — Sim. Eu busquei reparação. Não era digno, mas a busquei mesmo assim. Se eu o tivesse, talvez eu pudesse ser... salvo. Redimido. Eu não sou Deus, mas sou um criador. Eu criei. Criei você. Victor. Meu filho. Eu fiz...

Vic se jogou nos braços do pai. Ele grunhiu quando colidiram, e Vic o abraçou o mais apertado que pôde. Demorou para que o pai retribuísse o abraço, com os braços frouxos.

Disse a si mesmo que era o suficiente.

Teria que ser. Não havia outra escolha. Houve longos períodos em que o pai parecia estar progredindo, dias em que ria e sorria, mesmo que não fosse tão alegre como costumava ser.

Mas também havia outros momentos: dias nos quais o pai desaparecia, substituído pelo General de Inovações Operantes, ou Gio. Gio sempre queria ajudar, sempre perguntava o que Vic estava fazendo. Esses dias eram dolorosos, mas ele já havia chegado longe demais para desistir.

Num dia como muitos dos que vieram antes, Victor e o pai saíram de casa e entraram na floresta, de mãos dadas. Nenhum deles falou por quase uma hora. Foi o pai que quebrou o silêncio.

— Conte tudo o que aconteceu — pediu, ao passarem por baixo de um abeto imponente. — Não deixe nada de fora. — Estava num dos seus bons dias, claro e firme.

E Vic contou. Falou de suas aventuras, começando com a chegada do Terrível Cação. Contou sobre a jornada para fora da floresta e em direção ao mundo. O Cocheiro e a casa magnífica. O momento em que avistou a Cidade dos Sonhos Elétricos pela primeira vez. O Paraíso, e todos os segredos escondidos lá dentro. A invasão da Torre Benevolente. A engenhosidade da Enfermeira Ratched. A bravura de Rambo.

E de Rap, claro. Sempre Rap.

Quando acabou, estava com a garganta seca. Nunca tinha falado tanto na vida. O pai disse:

— Você viajou para longe. Viu muito. O que aprendeu? — E, sem esperar por uma resposta, continuou: — Causei danos, mais danos do que qualquer indivíduo deveria ser capaz de causar.

Victor não disse nada a respeito. O que *poderia* dizer? *Não foi você*? Mas fora. Na época, tinha sido, e Vic não sabia como conciliar o fato com a máquina que caminhava ao seu lado. Que não era o General de Inovações Operantes, mas o pai. Pelo menos naquele momento.

O pai disse:

— Tenho sangue nas mãos, mais do que qualquer um, mesmo os PRAPs. E quando finalmente escapei de tudo o que fiz, eu me escondi do mundo. De modo egoísta, irremediável. E depois o criei. Eu te amei. De modo egoísta, irremediável. Menti para você sobre o que era, de onde viera. O que você representava. Não pode esquecer o que eu fiz...

— Não posso — respondeu. — Não vou. Como eu poderia quando fiz o mesmo?

O pai pareceu surpreso e apertou a mão de Vic.

— Victor, não. O que você fez nem se compara a...

— Tirei deles — insistiu Vic —, para conseguir o que *eu* queria. Fiz o que fiz porque amo você de modo egoísta, irremediável.

O pai suspirou.

— Eu não... — Balançou a cabeça. — Não é a mesma coisa. Escondi coisas de você porque eu era um covarde. Achei que, se soubesse a verdade, só passaria a me ver como o monstro que eu era... sou. Não há covardia alguma no que fez, Victor.

— Como sei se fiz a coisa certa? — perguntou enquanto um par de esquilos chiava do alto de um galho.

— Eu não sei — admitiu ele. A expressão ficou vaga, e, por um momento, Vic pensou que o pai havia desaparecido, substituído pelo General de Inovações Operantes. Em seguida, ele esfregou o rosto, e a luz lhe voltou aos olhos. — O que seu coração diz?

Que faria de novo, se fosse necessário. Tudo aquilo.

— Muitas coisas — respondeu.

O pai assentiu como se essa fosse a resposta que esperava. Desviou o olhar.

— Ele faz isso, não faz? Mesmo quando não queremos ouvir o que ele tem a dizer.

Raiva, como fogo.

— Você sabia? — perguntou Vic. — Sabia que não existia mais ninguém como eu?

O pai começou a balançar a cabeça, mas parou.

— Não — disse, e Vic acreditou. — Pensei que... talvez mais alguém tivesse sobrevivido. Várias pessoas, escondidas das máquinas.

— Escondidas de você — falou, amargurado.

— Sim — disse ele, parecendo mais velho do que nunca. — De mim.

Ponderou aquilo por um tempo, deixando decantar. Não sabia o que ia dizer quando abriu a boca.

— Estou com tanta raiva. De você. Das máquinas. Do mundo.

— Eu sei.

Vic respirou fundo, exalando lentamente.

— Não sei como te perdoar. Eu nem sei se isso cabe a mim. Os que poderiam fazer isso não estão mais aqui. — Embora não tenha dito em voz alta, o "por sua culpa" estava implícito. — O que eles diriam se tivessem a oportunidade? A humanidade o perdoaria?

— Não, Victor. Acho que não. Nenhum deles.

— Então cabe a mim — falou —, como o último que restou.

O pai empalideceu.

— Não foi is...

— Ainda estou com defeitos que não consigo explicar. — Tocou a cabeça. — Está tudo uma bagunça, e não sei como me libertar. Talvez eu nunca consiga. — Olhou para o pai. — Não posso te perdoar. — O pai fechou os olhos. Vic insistiu — Não está nas minhas mãos. Não cabe a mim, e não deveria recair sobre mim. Mas eu posso fazer uma escolha. Posso escolher te amar. Posso escolher amar a pessoa que você é agora.

O pai perguntou:

— A pessoa... que eu sou? — De algum lugar do alto, um pássaro cantou uma canção melancólica, suave e doce. — Mesmo sabendo de tudo o que sabe?

— Sim. — Aquele era o cerne da questão, não era? A verdade muitas vezes vinha em pedaços, cacos de vidro incrustados na pele. Lá permaneceriam até que as feridas cicatrizassem, deixando cicatrizes que, ainda que nunca desaparecessem por completo, se tornariam menos perceptíveis com o tempo. Pelo menos Vic esperava que fosse o caso, porque sentia o corte do próprio vidro, que sangrava. — Pode dizer o mesmo?

— Posso — respondeu ele, abrindo os olhos. — E vou, se me aceitar.

— É isso que você quer? Porque você tem uma escolha.

— Olá — disse Gio. — Minha designação é General de Inovações Operantes. Tenho muitas funções. Eu posso... — A boca se manteve aberta, mas nenhum som saiu. Fechou com um clique audível dos dentes. A lucidez retornou, e ele disse: — Já fiz a minha escolha. Você, Victor. Escolhi você naquela época, e o escolho agora.

Continuaram caminhando pela floresta, cada um perdido nos próprios pensamentos. De vez em quando, Gio voltava, perguntando o que estavam fazendo, para onde estavam indo. Vic sempre explicava, nunca deixando a frustração transparecer.

Só quando começaram a voltar para o Terrível Cação que o pai disse:

— Rap. Eu me lembro dele.

Vic parou.

— Você se lembra? De on...

— Da cidade — respondeu ele. — Sim. De antes.

Lembrando do que vira na máquina de sonhos de Fada Azul, falou:

— Você sabia. Mesmo naquela época. Sabia que havia algo de diferente nele.

— Eu não sabia o que era, mas, sim, Victor. Ele não era como os outros. — Uma corça solitária apareceu de trás de uma árvore. Ela os observou com as orelhas trêmulas antes de sair saltitando pela floresta. — Vai fazer por ele o mesmo que fez por mim?

Vic hesitou. Antes que pudesse se conter, confessou seu maior medo.

— E se não der certo? E se ele voltar a ser PRAP? E se não se lembrar de nós?

E se não se lembrar de mim?

— Há um risco em todas as coisas — declarou o pai. — Lembrança, Victor. Há poder nas lembranças. Estão atreladas à cabeça... Olá! Minha designação é General de Inovações Oper... — Fez uma careta, esfregando o peito. — Estão atreladas à cabeça e ao coração, mas, no final, numa briga entre os dois, o coração geralmente prevalece, mesmo que acabe sofrendo por isso.

Ao longe, avistavam a baleia entre as árvores. Ainda não parecia um lar. Um dia.

Numa manhã calorosa de primavera, um ser humano começou a criar um coração para uma máquina. Não se apressou, pois queria fazer um bom trabalho. Tinha que ser assim. Era a única opção. Usou as peças do antigo coração da máquina e torceu para que fosse suficiente.

Enquanto os resquícios de neve derretiam, a madeira começava a tomar forma, primeiro a ponta inferior e depois os lados. Entalhando, aparando, lascas adentrando o polegar, o mindinho. Estava absorto, e os dias se passavam em um piscar de olhos. Era um homem possuído.

O pai era o pai. O pai era Gio. A separação estava começando a se tornar menos perceptível. Com Rap seria igual, dizia Vic a si mesmo. Poderia demorar, mas ele seria o mesmo.

Uma lágrima pingou na madeira. Ele a enxugou e continuou.

Terminou numa tarde da terceira semana após ter começado. Mostrou o coração para a Enfermeira Ratched. Para Rambo. Para o pai, num dia em que ele não se lembrava das coisas.

— Está lindo — disse Gio. — Fez um bom trabalho. Para quem é?

— Para o nosso amigo — respondeu Vic.

— Eu gosto de amigos — disse ele. — Fiz vários. Você, a Enfermeira Ratched e o Rambo.

— Eu sei — sussurrou Victor.

Gio piscou, e o pai disse:

— Victor? Eu sinto muito. Devo ter me perdido de novo. O que você tem aí? É o coração? Ah, querido. É maravilhoso! Sabia que conseguiria. Olhe só para ele!

Era o suficiente.

Rap estava deitado onde o tinham colocado, sob um lençol em uma mesa dentro do Terrível Cação. Rambo puxou o lençol enquanto a Enfermeira Ratched estendia os tentáculos, pronta para auxiliar Vic. O pai ficou do outro lado, observando a destruição do peito de Rap.

— Vai ficar tudo bem — disse ele. — Meu filho tem... Olá! Minha designação é...

Uma música começou a tocar nos alto-falantes da Enfermeira Ratched. Trompetes. A caixa. O *tss tss tss* do prato. Vários tipos de azul.

O pai saiu do estupor que estava, piscando rapidamente.

— Miles Davis. Enfermeira Ratched, boa escolha. Victor, podemos começar?

E assim o fizeram.

Nas três horas seguintes, Victor Lawson instalou o coração no Protocolo de Resposta de Aniquilação de Pessoas 217. Seguia com calma, certificando-se de que o coração se encaixasse como deveria, conectando os solenoides, soldando cada fio com o máximo de cuidado possível. A música parou muito antes que terminasse, mas Vic nem reparou. Tinha música na cabeça e na ponta da língua, e Miles Davis o conduzia. 1959. Bom ano para o jazz.

Enquanto trabalhava, falava baixo, quase sussurrando. Dizia:

— Quero lhe mostrar tantas coisas. As árvores no verão. O formato da lua cheia. Todas as constelações. E talvez possamos partir em busca do oceano. Acho que está por perto, embora eu nunca tenha ido até lá. Sempre quis vê-lo. Poderíamos ir. Eu e você. Só por um tempo. Poderíamos encontrá-lo e nos sentir pequenos diante de tamanha grandiosidade.

Ele disse:

— Vamos estar juntos. Você vai ver.

Terminaram quando o sol começava a se pôr.

Sem olhar para os outros, falou:

— Saiam. Antes que ele acorde. Não sei como vai reagir. Assim é mais seguro.

Antes mesmo que Victor terminasse de falar, o pai já estava balançando a cabeça.

— Não vou te deixar sozinho. Não enquanto você est... Olá! Eu sou General de Inovações Operantes. Tenho muitas funções. Como posso ajudar hoje?

— Enfermeira Ratched — pediu Vic, cansado.

— Vamos, Gio — disse ela. — Preciso da sua ajuda para encontrar uma substituição adequada para minha tela. Já passou da hora de voltar aos meus dias de glória.

— Posso fazer isso — disse Gio. — Vamos tirar as medidas da sua tela e tentar encontrar algo que se encaixe da melhor maneira possível.

— Posso ajudar! — Gritou Rambo. — Acho que vi algumas lá no fundo da baleia. Vou mostrar para vocês!

O pai saiu da sala sem olhar para trás, Rambo seguindo-o de perto, tagarelando. A Enfermeira Ratched tocou Victor com um dos tentáculos.

— Tem certeza?

— Sim — afirmou Vic.

— Então faça — disse ele. — Conserte-o e, quando acabar, diga a Rap que ele me deixou triste, e que me vingarei por isso.

Então, eram apenas os dois: homem e máquina.

Ali, naquele instante, com a tola e maravilhosa esperança conferida pela humanidade dentro de si, Victor furou o próprio no dedo. O sangue surgiu. Olhando para Rap, disse:

— Queria que você fosse real.

Encostou a ponta do dedo na faixa no centro do coração, vermelho sobre branco. As engrenagens deram um tranco quando Vic retirou a mão. As duas de cima, as maiores, rangeram ao começarem a girar, os dentes se alinhando com as três engrenagens menores.

O compartimento se fechou. Um tremor percorreu a máquina sobre a mesa, a partir dos pés, subindo pelas pernas e quadris, mãos e braços, peito e ombros até chegar à cabeça.

Ao se afastar da mesa, Vic cantarolava baixinho:

— Paraíso. Estou no paraíso. Estou no paraíso, e meu coração bate tão forte que mal consigo falar.

PRAP 217 piscou uma vez, depois duas.

— Seu nome é Rap — disse Victor. — Você está seguro. Nada vai machucá-lo.

O PRAP 217 virou-se na direção da voz.

Victor estendeu a mão para a máquina. Sangue escorria pelo dedo, uma linha fina de vermelho sobre a pele bronzeada. Passou o polegar pelo dedo anelar conforme outra gota de sangue se formava na ponta. Ela permaneceu ali, congelada por um único instante, e depois pingou em direção ao chão.

Então houve um frenesi, um borrão de madeira e carne sintética. Num instante, o PRAP 217 o encarava da cadeira. No seguinte, ele se ergueu e se agachou na frente de Victor, tendo capturado a gota de sangue antes que ela atingisse o chão. Respingou na palma da mão dele, e outro tremor o percorreu.

— Humano — murmurou enquanto se levantava devagar, olhos vazios e frios, a centímetros do rosto de Vic.

— Sim — sussurrou Victor. — Sou humano.

PRAP 217 o segurou com força pelo pescoço. Vic não se debateu quando foi levantado do chão. Não resistiu. Em vez disso, segurou os antebraços de Rap.

O aperto dele foi ficando mais forte, e Vic começou a enxergar luzes piscantes.

— Borboleta — arquejou. — A borboleta. Na floresta. Bonita. *Linda.*

Uma expressão complexa cruzou o rosto de PRAP 217. Surpresa, confusão e uma raiva imensa. Ele congelou quando Vic usou os braços para se aproximar, dobrando os braços de Rap como se fossem de carne e osso, e não de metal.

Com a última gota de força que restava, a última de gota coragem que ainda tinha, Victor Lawson beijou a máquina, um roçar de lábios que durou apenas um segundo.

PRAP 217 soltou sua presa, e Vic desabou no chão, ofegante. Deu um passo para trás, e depois outro, e outro. Antes que conseguisse se recuperar, a máquina se curvou, segurando a cabeça.

— Seu nome é Rap — falou, levantando-se com ajuda da parede. — Eu te encontrei. Te consertei. Te salvei, mas você fez o mesmo por mim. Você gosta de música e de borboletas. Você protege, ajuda e salva. Você existe. Você é *real.*

— Humano — rosnou PRAP 217 para o chão. — Machucar, m-matar.

— Não — afirmou Vic. — Não.

Outro tremor, um terremoto que sacudiu o PRAP 217 por inteiro, o corpo vibrando como se estivesse ligado a cabos elétricos. Mas passou tão rápido como começara, deixando a máquina encolhida no chão.

Aproximando-se lentamente, Vic se agachou ao lado dele. Vacilando por apenas um momento, tocou as costas de PRAP 217, fazendo movimentos circulares bem devagar. A máquina levou um susto, mas não o conteve.

— Deu certo? — Perguntou Rambo. O pai e a Enfermeira Ratched vinham logo atrás.

Vic abaixou a cabeça.

— Sim — disse. — Deu certo.

PRAP 217 não se lembrava. Não se lembrava do pai de Vic. Da Enfermeira Ratched. De Rambo.

Ele não se lembrava do Jardim das Sucatas. Da antiga casa que ficava nas árvores. Da aventura que viveram em um mundo misterioso além da floresta para salvar um dos seus. Não se lembrava da música, nem da magnífica casa e do proprietário, nem de pegar o elevador para se encontrar com Ilusionista dos Sonhos. Não se lembrava de que não era único, de que havia outros como ele, e de que seu criador, seu *Deus*, observava-o conforme oscilava entre duas vidas: Gio num momento, pai no próximo.

E isso significava que ele não se lembrava de Victor.

Naquela noite, incapaz de dormir, disse ao pai:

— Nunca me senti mais humano.

— Por quê? — perguntou o pai.

— Porque eu continuo respirando, mas perdi o fôlego.

A Enfermeira Ratched, Rambo e o pai estavam lá, e ajudaram Victor a se reerguer quando estava cansado demais para permanecer de pé por conta própria. A máquina PRAP às vezes era agressiva, às vezes ficava sem falar por dias a fio. Semanas se passaram, e Victor persistiu, procurando aquela faísca crepitante de reconhecimento, um sinal, qualquer coisa que mostrasse que nem tudo estava perdido.

E estava lá, nas coisas mais inesperadas.

A Enfermeira Ratched tocava música para ele, jazz, Miles Davis e todos os tipos de blues. Quando ele a ameaçava, já não gaguejava.

Rambo mostrou-lhe *O Picolino*, contando como Jerry e Dale dançariam de rosto colado. Com dois minutos de filme, o PRAP 217 perguntou:

— Quando eles vão se disfarçar?

Num dia de verão, o pai levou PRAP 217 para a floresta. Ficaram fora de manhã até o anoitecer. Quando voltaram, Gio disse:

— Olá. Minha designação é... — Bateu no peito. E então: — Victor, gostaria de te apresentar um amigo.

PRAP 217 deu passos hesitantes para a frente, olhos grudados em Vic.

— Eu... — Parou de falar, franziu a testa e tentou novamente. — Não q-quero ser ch-chamado de PRAP — disse num tom estranhamente solene, como se tivesse ensaiado. — Gio m-me disse que eu tenho uma e-escolha. Que p-posso escolher minha p-própria d-designação. — Fez uma careta. — M-meu próprio n-nome.

— Isso mesmo — afirmou o pai. — Você pode. Por que não conta a ele o que decidiu?

— R-Rap — respondeu ele, e Victor sentiu o coração dar um salto no peito. — Eu sou R-Rap.

— Por quê? — perguntou o pai. — Por que quer ser Rap?

Rap respondeu:

— Na minha cabeça. Palavras. Sussurros.

— E o que dizem os sussurros?

— Victor — disse Rap. — Enfermeira Ratched. Rambo. — E: — Robô Altamente Pirado. — Três palavras que não eram pronunciadas desde a Cidade dos Sonhos Elétricos.

— Lembra de mim? — perguntou Vic.

Rap disse "não" e "sim" e "Você é humano, tem sangue humano e pensamentos humanos" e "Eu sonhei. Sonhei que você me beijava num quarto cheio de telas e asas de borboleta. Você é um fantasma na minha cabeça. Quero saber por quê. Quero *te* conhecer".

Com o coração dolorido de nostalgia, Vic falou:

— Rap. É um bom nome. Eu gosto. Combina com você.

Embora tenha sido de leve, Rap sorriu.

Num dia frio de outono, com as folhas ardendo em tons outonais, um ser humano caminhou por uma floresta antiga e solitária, com uma máquina ao seu lado. Não falaram muito, permitindo que os sons da floresta os envolvessem: o vento resvalando nas folhas, os animais passando pela vegetação rasteira, os pássaros chamando, cantando enquanto voavam no céu.

Quietude, um momento solitário em um mundo imperfeito onde a existência não precisava ser comprovada ou conquistada. Apenas *era*, e ali, naquele lugar, aquilo era muito. Talvez tudo que fosse que preciso.

Um dos dois seres — o autointitulado último dos humanos — apontou e disse:

— Veja.

À direita deles, girando em um feixe diminuto de luz que se infiltrava pela copa das árvores, havia um caleidoscópio de borboletas — uma dúzia delas, pelo menos, todas monarcas —, dançando entre as árvores, formando um tornado lento e silencioso.

E então a máquina falou:

— A-as asas de b-borboleta são muito d-delicadas. O toque pode d-desgastar as cores, d-deixando a borboleta à mercê de predadores. N-não vai matá-la imediatamente, mas não deixa de ser uma s-sentença à morte.

— Sim. — Foi a resposta. — Sim. Foi isso o que a Enfermeira Ratched disse quando... — Lembranças, a memória onipresente, um lembrete do que foi e do que poderia ter sido, se houvesse coragem o suficiente para buscá-la.

— Vic?

Olhou para o amigo ao seu lado.

Rap o beijou de um jeito doce e inseguro. Um breve contato com gosto de metal.

— Por que fez isso? — perguntou depois que se afastaram, tocando os próprios lábios, maravilhado.

— P-porque eu q-quis — respondeu Rap simplesmente. Voltou a olhar para o caleidoscópio e sorriu. — Bonito. L-lindo. G-gosto delas.

— Eu sei — disse, enquanto segurava a mão de Rap. — Pode... pode fazer isso de novo. Se quiser.

Rap revirou os olhos.

— Ah, p-posso? B-bom saber. — Em seguida, beijou Vic na bochecha, demorando-se.

Homem ou máquina, pensou Victor, amar algo significava amar o fantasma que está dentro, e ser assombrado por ele. A humanidade — aquele conceito nebuloso que nem sempre entendia — sobrevivera e morrera por conta das próprias criações. Talvez, um dia, o mesmo acontecesse com Victor, a lição derradeira sobre o significado da existência.

Mas esse dia não seria aquele.

Enquanto as borboletas dançavam, um ser humano e uma máquina as observavam, e os corações batiam em sincronia.

AGRADECIMENTOS

A imaginação é uma coisa estranha. Esta história existe por uma simples razão: comprei um Roomba, um aspirador robô. Achei que era uma maquininha engraçada, o que se intensificou quando colei olhos arregalados nele. Depois que fiz isso, levantei e pus as mãos nos quadris e, enquanto esse robô se movia e apitava, um *mundo* inteiro invadiu minha mente. Nunca tinha tido uma experiência assim. Os personagens estavam lá, totalmente desenvolvidos, apenas esperando para que conferisse o que podia fazer com eles.

Dito isto, o período que passei com Rap, Vic, Rambo e a Enfermeira Ratched não foi fácil. Fiz mais alterações no processo de edição deste livro do que em qualquer outro que publiquei, e foi muito desgastante fazê-lo. Há... razões pelas quais fiz as mudanças que fiz e, embora não aspirasse algumas delas, trabalhos criativos não existem num vácuo (naturalmente), e ficou muito claro que eu precisava respeitar isso.

Agradeço à minha agente, Deidre Knight, por ter defendido este livro como costumava ser. Sua fé nesta história foi e é maravilhosa, e agradeço muito. E obrigado a todos da Agência Knight por desejarem o meu sucesso.

Minha editora, Ali Fisher, ajudou a transformar o livro em algo legível. Com a orientação dela, reescrevi todo o epílogo, e o livro ficou melhor por causa disso. Obrigado, Ali.

Dianna Vega é a editora-assistente de Ali, alguém que cuida de todas as minúcias que nem passam pela cabeça da maioria das pessoas. Obrigado, Dianna.

Agradeço às leitoras sensíveis: Catherine Liao e Kim Vanderhorst. Vocês duas foram valiosíssimas. Queria que esta pudesse ter sido a história que discutimos, mas pelo visto o mundo não está pronto para um livro desses.

Katie Klimowicz fez a capa e criou uma fonte específica para o título da edição original! Amei o resultado. Obrigado, Katie. E a Chris Sickles, do Red Nose Studio, que criou a arte da capa em si. É o quarto livro em que trabalho com Chris, e espero que ele faça todas as minhas capas a partir de agora. Isso mostra o quanto bom ele é no que faz.

Saraciea Fennell é minha relações-públicas e uma das pessoas mais dedicadas que já tive o prazer de conhecer. Sou da opinião de que tudo seria um caos sem ela e, como isso seria péssimo, fico feliz em tê-la por perto. Obrigado, Saraciea.

Rebecca Yeager cuida do marketing. Sabe todos aqueles materiais extras? Pins, artes, desenhos? Eles existem graças a ela, e, de algum jeito, ela faz isso parecer fácil. Obrigado, Rebecca.

Sara Thwaite cuidou do copidesque. O editor-chefe é Rafal Gibek. A editora de produção é Melanie Sanders. O chefe de produção é Steven Bucsok. O diretor-editorial é William Hinton. Devi Pillai é o presidente — e uma das pessoas mais engraçadas que já conheci.

Minhas leitoras-beta: Lynn, Amy e Mia. Sem vocês três, meus livros seriam verdadeiras tragédias, e sou muito agradecido a vocês e ao trabalho que realizam para tornarem minhas histórias as melhores possíveis. Obrigado por fazerem parte do meu time e por serem minhas amigas.

Por último — mas definitivamente não menos importante — agradeço a você, leitor. A humanidade é terrível, furiosa e violenta. Mas também somos mágicos e musicais. Dançamos. Cantamos. Criamos. Vivemos e rimos e nos enfurecemos e choramos e nos desesperamos e temos esperança. Somos um amontoado de contradições sem pé nem cabeça. E não há nada igual em todo o universo.

Não acham que devemos aproveitar isso ao máximo?

TJ Klune

8 de novembro de 2022

SOBRE O AUTOR

TJ KLUNE é um autor estadunidense que escreve desde os oito anos. Ganhador dos prêmios Lambda, Alex Award e Mythopoeic Fantasy, ele acredita na importância de representar, agora mais do que nunca, personagens queer de maneira positiva, uma vez que faz parte da comunidade LGBTQIA+. Seu outro livro, *A casa no mar cerúleo*, também publicado pela Morro Branco, tornou-se um sucesso de crítica e de público, figurando nas listas de mais vendidos do *New York Times*, do *USA Today* e do *Washington Post*. Também é autor best-seller do *New York Times* dos livros *Wolfsong: O Chamado* e *Ravensong: Os Laços e Além da Porta Sussurrante.*